ハヤカワ文庫 SF

〈SF2223〉

ビット・プレイヤー

グレッグ・イーガン

山岸　真編・訳

早川書房

8322

BIT PLAYERS AND OTHER STORIES
by
Greg Egan

Edited and translated by
Makoto Yamagishi
First published 2019 in Japan by
HAYAKAWA PUBLISHING, INC.
This book is published in Japan by
arrangement with
CURTIS BROWN GROUP LTD.
through THE ENGLISH AGENCY (JAPAN) LTD.

目次

ビット・プレイヤー

七色覚

Seventh Sight

1

　ぼくの十二歳の誕生日に、従兄（いとこ）のショーンが〈虹〉アプリを送信してきた。それからの六日間、ぼくはそれを携帯に入れたままで手をつけず、でも使いたくてうずうずしていた。ショーンが自分の視覚インプラント群をハッキングしたのは十八カ月ほど前だから、ぼくが同じことをしても安全なのはほとんどまちがいないはずだけれど、ぼくが自分の人工網膜を再配線したのが父さんにバレたらどうなるかは、想像する気にもなれなかった。

　ぼくは日曜の午後まで待った。その時間、父さんと母さんは映画鑑賞に没頭する。ぼくは自分の部屋のドアを閉めて、カーテンを引いた。ドアには鍵がなかったから、ベッドに寝そべってシーツを頭までかぶったものの、携帯をじっと見つめたままでいるうちに画面が暗くなってしまった。闇の中で、お祖父さんのことを考えた。お祖父さんはぼくも持っているのと同じ遺伝子が原因で視力を失ったが、目の見えなかった期間が長すぎたので、インプラント群の力では光を取りもどすにいたらなかった。ショーンが照らした道すじへの信頼が揺らぎはじめる。ショーンのインプラント群とぼくのとは同じ型だが、体は個々人それぞれだ。ぼくは視力を失うハメにはなりたくない——それに、ぼくがもたらそうとしている変化は、検眼医のところへ行ってインプラント群の設定をもとに戻せば取り消せるものだとはいっても、それは両親に気づかれずにできることではなかった。

携帯を揺すってふたたび明るくし、アプリの起動画面の環状の虹を表示した。この空想的なアイコンのような鮮明で明るい色合いの虹が空にかかっているのを、ぼくは見たことがない。けれど生物学的視覚を持つ友人たちが、神話ともいえる〝虹の七色〟を見分けることは自分たちにも全然できないと保証してくれたことがあり、その言葉を疑う理由はなかった。ぼくのインプラント群は、人間の三種類の錐体細胞の典型的な反応と同じように反応することで、人間の目の色覚を真似るよう最善を尽くす。だが、単なる真似しかできないわけではなく、ほかの選択をすることもできる——その選択をした場合、ぼくは頭蓋の中に新しいハードウェアを入れることなく、生物学的な色覚以上の色覚を得ることができるのだ。

その仕組みはこうだ。ぼくの人工網膜じゅうに散らばっている量子ドットセンサーには数百万個のスペアが含まれていて、機能中のセンサーのどれかが故障したときに代わりができるよう待機している。そのスペアは、前もって特定の色に割りあてられてはいない。

なぜなら、たとえば代替の需要が緑錐体や青錐体に偏った場合に、赤錐体に割りあてられたスペアが、スキットルズ・キャンディの人気薄な味みたいな場所ふさぎに終わることがないようにするためだ。そして選択後に錐体細胞を真似る手段は、色素分子や着色フィルターではなく、量子井戸全体に一連の電圧を設定するというものなので、スペアが表現できるのは錐体の三色に限定されない。ショーンが送ってきたアプリは、インプラント群に指示してぼくの持つスペアのすべてを覚醒させ、さらに、覚醒したスペアをもともとの三色の帯域のあいだとその両側、計四つの新しい帯域に同調させることができた。

ぼくは虹の縁を指先でなでながら、結論を出そうとした。インプラント群がぼくをほかの人と同じにしている。インプラント群のおかげでぼくは人々の中に入りこんでいる。それ以上のものを望む理由は？　生物学的な運命まかせにされていても、ぼくはあと十年、完全に視力を失うことはなかっただろうが、両親は可能なもっとも早い時期に代替手段を選択し、ぼくはこのデバイスに適応する機会を最大限にあたえられた。

だが、それは六年前のことだ。ぼくの脳にまだ新しい情報を意味あるものにできる柔軟性があるいま、この実験を試みなかったら、自分がなにを逃(のが)したかは死ぬまでわからないままだろう。

決断を引きのばさせていた円弧から指を離して、そのすぐ上のボタンをタップする。

『続ける』

アプリはインプラント群のシリアルナンバーとサービス・パスワードを必要としたが、どちらもインプラントの取扱説明書にはっきりと印刷されていた。アプリメーカーの保証書は期限切れだが、なにも無効にはなっていなくて、アプリの長たらしい前書きが謳うところによれば、このアプリは定期調整をする医療従事者からその作動を完全に隠すことができる。スペアを休止状態に戻しても修正不能なまちがいが生じないかぎりは、ぼくが自分の可視波長域に干渉したことは一生発覚しない可能性もあった。

次の画面は応答曲線を表示していた。標準の赤と緑の曲線はすでにかなりの部分が重なりあっていたが、青の曲線はそこからほぼ完全に離れたところにあった。アプリのデフォルトで選択されているのは、青と緑のあいだにふたつの新しい曲線を押しこんでから、さらに近赤外線の端にひとつ、近紫外線の端にひとつの曲線をつけ加える方法だ。〝逆方式〟のデフォルトもひと組用意されていて、それは新しい原色のさまざまな組みあわせからどのようなかたちで情報を引きだすかを指定するものだった――あらゆる人間の目の中で赤と緑の反応の違いが計算され、脳へ送られるのとまったく同じように。

そうした細目をなにかしら編集する――そのプロセスにぼく独自のひねりを加える――ことを考えると、手が汗ばんだ。理想的な色調範囲（パレット）がどんなものか、ぼく自身の個人的な考えを作りあげようとしても、どこから手をつければいいかさえわからない。それは同時に、ぼくがデフォルト設定を許可するとしても、それが情報に基づいた選択ではないことの証明だともいえるだろう。けれど、表示されている七つの曲線の整然とした見た目には、心落ちつかせるものがあった。密集して並ぶ曲線の小さな山の各々は、隣の山から約五十ナノメートル離れた波長で頂点に達していて、可視波長域を均等かつ効率的にカバーしている。そのどこにもおかしな感じはなかったし、生物物理学的深層レベルの複雑な正当化なしには納得できないところもなかった。なにも変更は必要ない。

ぼくは『許可する』を押して、次のページに進んだ。

警告

あなたの人工網膜（ＡＲ）のスペア・センサーを起動・再同調させると、あなたの脳の視覚経路に永久的な変化を生じさせる可能性があります。このアプリはＡＲをオリジナルの状態に戻すことができますが、あなたの視覚皮質に関しては、われわれはそのような保証をいっさいいたしません。

決定の責任はすべてあなたにあります。

〈虹プロジェクト〉

この警告文にぼくはまったく動じなかった。脳が受けとったり受けとらなかったりする情報によって改変されるというのは、ぼくには耳新しい話ではなく、家系図にでかでかと書いてあることだった。インプラントの登場はぼくの父さんを救うのにはちょうどまにあったが、ぼくを救ってくれたほどの効果があるものではまだなかった。さまざまな年齢のおじたちや従兄弟たちもドットを導入している。考えれば考えるほど確かだと思えてくるのは、ぼくがこのチャンスをふいにしているあいだに、ショーンや彼の友人たちがぼくのはるか先を全力疾走して虹の反対側に姿を消してしまうのがいちばんおそろしい、ということだ。

ぼくは『続ける』をタップした。

警告文は明滅するブルートゥースのアイコンとプログレスバーに取ってかわられた。アプリとインプラント群の共同作業の進行状況を、バーの上の文章が説明するのをぼくはじっと見ていた。スペア・センサーの目録作成、センサーの内部テスト、再同調、再テスト。プログレスバーが九十五パーセントのところで一時停止し、アプリがぼくに、空は晴れているか、適切なプリズムは入手ずみか、と尋ねた。晴れていて、入手ずみだった。ぼくはベッドから這いだし、カーテンをひらいて細いくさび形の日光を部屋に導きいれてから、ショーンにもらったプリズムを机の上に置き、それが壁に投じるスペクトルが連続した帯になるまで前後に動かした。

　アプリに指示されるまま、ぼくはゆっくりと頭をまわして、スペクトルの左から右へ、赤の端から順に少しずつ視線を動かしていった。イヤホンからナノメートルの数字がカウントダウンされるのが聞こえるのは、アプリが量子ドットにおこなった微調整をあらゆる波長で検証しているのだ。それはとても日常的で安堵感をもたらしてくれた。インクカートリッジを交換したあとにページを試し刷りしてチェックする手順の、人間版のようなものだ。

　アプリが告げた。「完了」携帯を見おろすと、プログレスバーは百パーセントに達していた。画像がズームアウトして、環状の虹がふたたび表示され、それが縮んで点になってアプリが終了し、ぼくを携帯のホーム画面に連れもどした。

　カーテンを完全にひらいて、部屋を日光で満たす。なにひとつ前と違って見えるものはなかった。世界を知覚するかたちになにかの変化が生じるには数日から数週間かかることもある、と注意を受けてはいた。けれど、いらだちは安堵感に相殺されていた。ぼくがいまほかになにをしたにしろ、少なくとも、インプラント群に害をあたえて視力を失ってはいなかった。

「花が枯れかけてるね」夕食のテーブルの準備をしながら、ぼくは父さんに声をかけた。

「捨ててこようか？」

「枯れかけている？」父さんはキッチンから出てきて、テーブルの中央に飾られた花を見据えてから、顔を近づけて花のひとつひとつをじっくりと見た。「きれいに咲いているじゃないか、ジェイク。なにをいっているんだ？」

「ごめんなさい」ぼくは間の抜けた返事をした。「光のいたずらってやつかな」

父さんは怪訝そうに顔をしかめると、野菜の水気を切りに戻っていった。ぼくは母さんと姉さんを呼びにいって、家族みんなが夕食の席に着いた。

食事のあいだじゅう、ぼくはちらちらと花に目をやっていた。父さんは家の前の小さな庭に二、三種類の違う花を植えていて、ぼくはそれにほとんどなんの関心もなかったけれど、花が元気だとかそうでないとか、いろいろな状態が自然と見分けられるようになっていた。じつのところ、テーブルに飾られたラッパズイセンはしおれてさえいなかった。花びらは垂れさがることなくピンと張っている。けれど見慣れていたムラなく黄色い花に、朝顔の花にあるような模様が生じていて、ぼくはそれをしおれかけていると勘違いしたのだった。それぞれの花の中央から放射状に広がる縞模様は、沈んだ色合いというほどではなかったが影のように見えた。

花に気をつかうのをやめて家族に注意をむけたとき、ぼくはようやく、変化がどれほど進行しているかを理解した。父さんの顔はまるで発疹ができているかのようで、ほぼ左右対称に両頰が赤くほてり、ロールシャッハ・テストのような染みがこめかみを飾っていた。その結果、父さんの顔はテレビ番組のひどいエイリアンのメーキャップにどうしようもなく近いものになっていて、一方、母さんと姉さんはそれと大差ない仮面にさらに趣向を凝らしたものをかぶっていた。いつものぼくなら気づくことのない、ふたりがじっさいにしている化粧が、化粧の過程を一種のフィンガーペイントだと思って自分でもやりたがった四歳児の手になるもののように見えた。母さんと姉さんの顔じゅうが縞や畝だらけだ。ぼくにはふたりをまじまじと見ずにいるのが精いっぱいだった。あるいは、自分の行為を暴きかねない無意味なジョークをいわずにいることが。泥浴は楽しかったか、とふたりに訊くとかいうような。

夕食後、ぼくたち四人はリヴィングのテレビでシットコムを見たが、おかげでぼくはまわりにいるけばけばしい人々から目を逸らして画面にかじりついている理由ができた。しかし、電子画像を長く見つめているうちに、その色がどんどんのっぺりしたものに思えてきて、しまいには実写なのにある種の様式化されたアニメーションのように見えはじめた。それはぼくがもう、自分の家族の飾りたてられた顔を通常の状態と考えるようになっていたからではなく、役者の肌の色調がマネキン人形のようなプラスチックに、その周囲のセットが子ども番組のパステル調のおとぎ話の城に見えるせいだった。もっとも単純な現実の物体の色合いが、画面のそれよりどれほど豊かで繊細になりうるかを知るには、カウチのむこうにすわっている両親をちらりと見るだけでよかった。

ベッドに入ってから、ぼくは眠らずに、インプラント群をオリジナルの状態に戻すべきだろうかと考えていた。もしまわりの人すべてをピエロのような見た目にしたいなら、携帯の画像にフェイスペイントを施すアプリがあるが、ぼくが八歳のときにその目新しさは半時間で消え去ってしまった。かといって、高度なエリート集団かなにかに加わることになるとぼくに思いこませようとして、十四歳の従兄ができとうなことをいったとも思えない。

深夜直前、ぼくはショーンにメッセージを送った。『こいつはひどい、なにを見てもぞっとする。なんでこんなことをさせたの？』

ショーンの返事。『我慢しろ。一週間待て。それでも気に入らなかったときは、まだ手遅れにならずに引き返せる』

ぼくはだまされているような気分のまま、闇の中に目を凝らした。けれどぼくはこの十二年間を、三色型色覚者（網膜が三原色を正常に弁別できる人）として生きてきたのだ。結論を出す前に、新しい知覚が心を包みこむ機会を自分にあたえてみてもいいだろう。

ベッド脇のテーブルに携帯を置いたとき、部屋の細部をいつもよりずっとはっきりと見てとっていることに、突然気づいた。感熱性夜間視覚が魔法のように手に入ったのではない――アイロンより冷たいものは、ぼくの感覚器官が捕捉できる種類の赤外線を発しないのだから。隣家の明かりがカーテンのまわりの隙間からわずかに入りこんでいて、これまではその程度の光では、薄暗い中に印象派の絵のような手掛かりがふたつ三つ見えるだけだったのだが、〈虹〉アプリによって変容した視野は部屋の中を繊細に配合された色で染めて、あらゆる物体を闇から浮かびあがらせていた。

その結果は、滑稽でもなければ、ぞっとするものでもなかった。夜の世界のより深いところを見ている気分だった。魅力を減らすことなしに、世界のエッジが鋭くなっている。そのあと眠りに落ちたぼくは、近所の上空を飛びまわる夢を見た。暗闇から秘密を引っぱりだす鋭い目を持つ猛禽になって。

次の数日間、ぼくは学校を練習場にして、染みのついた服や速乾性漆喰（スパックル）で補修したような変な顔をじっと見つめないことを学習した――いうまでもなく、暴力や、懲戒処分や、答えようのない危険な質問（「なにがそんなにおかしいんだ？」）につながるような、それよりはっきりした反応を見せないことも。際立ってゾンビっぽいクラスメートや、レブロン社の化粧品まみれの教師を見て、にやにや笑いをこらえるのが無理そうになったときには、自分だってどこを取っても同じくらい馬鹿みたいに見えていることを思いだすようにした。そのためには鏡は必要なかった。ちらっとシャツの汗の染みに視線を下げれば、それはまるで洪水の水が引くときに残していった灰色の沈泥のように見えて、こみあげる恥ずかしさがきっちりと唇から笑みを拭い去った。

塗装された壁という壁は粗塗りで汚らしく感じられ、剝きだしの煉瓦でさえ、奇妙な新種の黴が生えて朽ちつつあるように見えた。このあふれかえるまだら模様がじっさいはそれほどでたらめなものではないことを、ぼくの一部は完全に理解していた――煉瓦ひとつひとつの表面に見てとることのできる十八から二十種類の色調も、結局は以前のぼくがそれを見たら、まったく同じ色合いの赤と名づけただろうものに属しているのだから。けれど、この新たに明かされた相違にはなにか意味があるはずだという印象を振りはらうのは、不可能だった。かつては一様だったが、いまではまだら模様になってしまった表面は、もしかすると長いことひとつにまとまっていられないかもしれず、見事な蹴りを一発入れれば、腐った床板のようにかんたんにばらばらになってしまうに違いない。

空の眺めは損なわれていないようだったが、ゆるやかに変化する色のどの部分を見ていても、ぼくは太陽がどこにあるかが正確にわかり、やがては半時間単位でいまの時刻も判断できるようになった。空色は空色に変わりはなかったが、いまのそれは太陽の円盤を中心とする百の繊細な輪として見えていた――そしてそれよりかすかな、天頂を中心部とするもうひとつのパターンもそこに印されていた。いまや午前十一時は、正午や日暮れや夜明けとははっきり違う、それ独自の雰囲気を帯びていた。

次の日曜日、ショーンがビーチで会おうといってきた。海岸行きのバスから、ぼくは外の自動車展示場や広告看板を眺めた。ＢＭＷの新車でさえ、どこかの屋外ショーの演し物に使われて傷だらけになった薄汚いプラスチック製の車体に見えたし、アートディレクターが仕切ったポスターも、病院の治療の一環で描かれたクレヨン写生画の中から、とことん無味乾燥なものを選びだしたかのようだった。けれど、現実の人間の肌の奇妙な赤らみは、だんだん好きになってきた。ぼくは通路をはさんだ十代の女の子が、目を閉じて、ヘッドホンで音楽に聴きいっているのをちらりと見た。その曲の叩きつけるようなベースが音漏れして、通路を越えて伝わってきたが、彼女の頬骨の下で毛細血管に血が流れこんだり引いたりするのが見てとれるのは、少しも滑稽でも不快でもなかった。

ぼくが道路脇で待っていると、ショーンが三人の友人たちといっしょにサーフボードを持って、友人たちのだれかのお兄さんの車から降りてきた。砂丘を通り抜けていく途中で、ショーンはほかの人たちがぼくたちふたりよりずっと前を行くようにした。そして、「目の感じはどうだ？」と訊いてきた。

「いい感じになってきてる、と思う」ショーンの顔には日焼け止めが塗られていたが、その塗り方は隅々まで異様に気が配られていた。ぼくたちが同一の視覚で世界を見ていることを、仮にぼくがそのときまだ知らなかったとしても、これが証拠になっただろう。ぼくは砂丘の砂をその場にとどめている、しぶとい低木の茂みを見まわした。濃い緑色の小さな葉は、ぼくの記憶にあるのとそんなに違っていなかった。「少なくとも、なにを見ても驚いてばかりってことはなくなった」

「そりゃよかった」ショーンは陰険な笑みを浮かべていた。まるで、背中にまわした手の中になにか気色悪いものを隠していて、これからそれをぼくのTシャツの襟に落とそうとしているみたいに。

「なんだよ？」ぼくはいつでも後ずされるようにしながら尋ねた。

ぼくたちは砂丘のてっぺんに来た。

肌が氷のように冷たくなって、腸がゆるんだ。幸いにして腸内には出すものがなかったが。目の前に広がる海は非地球的（エイリアン）で、自分たちは直前の数十歩で千光年を運ばれてきたのかと思った。けれど、さらに強い不安を呼びながらも、潮流やさざ波、海藻の切れ端、それに深さや水の濁り具合の変化が信じられないほど複雑にもつれあう光景は、目の錯覚のようにゆらめいて折り重なっていき、これまでの記憶にある同じ眺めの中にしっかりと根をおろした。ぼくが知覚しているのは、もはや地球外の光景ではなかった。これは、ぼくが生まれてきてからずっと知っていたのと同じ、青緑色に白い泡が浮かぶ海だ。ただ、いままではそこに、おなじみの色の境界を少しもはみ出すことなく、新しい細部が刻まれ、説明が付加されていた。その豊かさはたとえるなら、目の前に手のひらをかざしたら、渦状紋や肌の皺が百万の言葉や絵となって、ぼくのこれまでの人生すべてを語っているのが見えたようなものだ。

友人のひとりから待ちくたびれたように大声で呼ばれて、ショーンは駆け足になった。ショーンがボードを持って寄せ波に入っていくのをぼくは見ていた。ぼくはサーフィンはやらなかったけれど、ひと目見るごとに海があたえてくれる啓示をショーンがどんな風に利用するつもりかは――ほんのちょっとだけ――想像がついた。

ぼくは涙を流していることをだれにも絶対気づかれないよう、砕ける波に足を踏みいれると、しゃがみこんで顔に海水をはねかけた。これこそが、世界を見る、ということだった。これでぼくは失明の怖れから、足もとに迫ってくる一族の呪いから、逃れることができた――それは前にもいちど、子どものときに経験しているけれど、あれとは違う。あのときは包帯をほどかれてから、濁った色の染みが味気ない現実の眺めに見えるようになるまで三カ月がかりで教えこまれ、ぼくは無邪気にそれを、物そのものとして受けいれてきた。

両手を波のうねりにくぐらせて、一秒か二秒、それとももしかすると丸々一分、緑色の中にあるたくさんの緑色の密度に圧倒されながら、ぼくは自分が欺かれていたのだと本気で信じこんだ。地球上のすべての人が、じつは世界をこんな風に見ているのだと。そして人工眼を持つ哀れな愚か者たちだけが例外で、とても若いときから期待値を低くするようしつけられてきたために、自分たちがなにを手に入れそこねているか考えもしないのだと。

だがこんな一時的な妄想が過ぎ去って正当性のない怒りが消えると、それに置きかわっ

た正反対の真実も、ほとんど同じくらいに混乱させられるものだった。ぼくの目の前にあ

ある世界は、まぎれもなく、世界がそう見えるべき姿に違いはなく、それに手の届かない

い人々は、空っぽの眼窩にガラスか石が詰まっているも同然に、無力で気の毒なのだ。

「四日、日曜の午後二時」ぼくは小声でいった。

「なにいってんだ?」メヘディはぼくの視線をたどったが、ぼくにその言葉をいわせるよ

うなものは彼の目に映らなかった。

「気にするな」そのメッセージは、ぼくたちがいま前を通りすぎている広告板にくっきり

と描かれていた——青い部分の上に、別の色合いの青いインクで。その広告板が見おろし

ている小さな公園のベンチや遊具に、もっとたくさんの〈七色彩〉の落書きが見つかった

が、ぼくは立ち止まってそれをよく見たいのをこらえて歩きつづけた。

「おまえはどう思った、ジェイク?」ディランがぼくを会話に引きこもうとした。ほかの

三人はこの十分、さっき見た映画についてしゃべりまくっていたが、ぼくはずっと口をひ

らかずにいた。

「悪くなかったね」ぼくは仕方なくそういった。

「悪くなかった?」まるで靴に唾を吐かれたかのように、クワンがぼくをにらんだ。「も

のすごかっただろ!」

「ああ、そうだ」

ディランもメヘディもクワンも何年も前からの友だちで、ぼくたちは新作の３Ｄ超大作映画を片っぱしからいっしょに見にいくのが恒例だった。ぼくがこの最新アクション映画に同行したのは、ほかの三人に機嫌を悪くされたくなかったからだが、以前ならドキドキワクワクしたはずのスタントや特殊効果をぼくが面白がれなくなっているだろうことは、最初からわかっていた。

「彼のヘリコプターをやつらが列車から投げ縄でつかまえて、彼がそのロープを滑りおりてきて窓から飛びこんで──」メヘディは力強く胸を叩いた。「全部を自分で、現実にやってるみたいだったよな」

「ほんとに」とぼくがいったのは嘘だった。「あれはクールだった」

正直になろうとするなら、ぼくにはどの場面もひとつ残らず、作り物めいてしかたなかったと認め──そしてその理由も話すことになる。ぼくは自分の改変行為が両親に伝わる危険をおかすわけにはいかなかったが、この友人たちがぼくを裏切ろうとすると本気で思う理由などありはしない。自分のしたことをこの三人に知ってほしいと思わなかった、というのがほんとうのところだった。そもそも相手に理解のしようがない話を聞かせて、なんの意味がある？

次の週末、両親には今日も映画を見にいくといって出かけた。公園には一時十五分に着いた。人けはなかったが、同じメッセージが看板に描かれたままだった。

先週ここを通ったときに気づいた、もっと小さな走り書きのいくつかを探してまわる。**『〈七色覚〉が支配者だ』**と**『さらに四色分の畏怖』**が繰りかえし、ほとんど判読不能な飾り文字で、どれもが同じスタイルと色で描かれていた。ベンチで見つけたその飾り書きのひとつを見つめていると、後ろで声がした。

「それをタトゥーにしたい？」

ぼくは振りむいた。ぼくと大差ない歳の女の子がいた。「針は滅菌ずみ？」ぼくは訊いた。

女の子は笑って、「ずっと残るやつじゃないよ。一日で消える、たぶん」ショルダーストラップをつかんで手にぶら下げていたバックパックを、ベンチにどさりと置いて、ファスナーをあけた。「インクは自作したの」といいながら、小瓶を取りだす。「六カ月、試行錯誤して」

ぼくはバックパックを覗きこんだ。小瓶が四十個は入っていたに違いない。「すごく手間をかけたんだね」

「大変だったのは、いろんな違う背景にのせても、〈三錐体〉の人たちの目には見えないふたつか三つを見つけること」

「そんな方法があるの？」ぼくにはわからなかった。

女の子は携帯を取りだすと、タップして画面をぼくにむけ、落書きの消えたベンチの画像を見せた。ぼくは馬鹿な質問をしたことで顔が赤らむのを感じ——それが彼女の目にどんな風に映っているかに気づいて、ますます顔が赤らんでしまった。

「どうして時間前に来たの？」彼女がぼくに訊いた。「そんなことしたら、楽しみが台無しじゃない」

「きみだって来るのが早すぎだろ」ぼくはいい返した。

「早すぎないよ、順路に印をつけに来たんだから」

ぼくが半ば予想していたとおり、これは宝探しのようななにからしい。「きみがこれの仕掛け人てこと？」

女の子はうなずいた。「わたしはルーシー」

「ジェイクだ」

「手伝う気はある？」

「もちろん」

夫婦と幼い子どもふたりの家族連れが公園に入ってきて、ブランコのところにむかった。母親がぼくたちのほうを疑わしげに見つめる中で、ルーシーは軟毛刷毛（はけ）を手に取って、看板の片隅に描き込みをはじめた——とはいえぼくたちはスプレー缶を振りまわしてはいなかったし、水彩絵の具でいたずらをしているようには見えても、なんの汚れもつけていなかった。

『北へ三ブロック、左折』とルーシーは描いた。**『ブレーキの絶叫を聞け』**

「行こう」ルーシーはそういって、ぼくにバックパックを手渡した。「嫌じゃなかったら、これを持ってきてもいいよ」

ぼくたちは街を横断する旅に出た。最初は近くのゲームセンター。西側入口近くにF1（エフワン）ゲームがあって、サウンドエフェクトが外の道まで鳴り響いていた。ルーシーは壁の脇にすわりこんで、〝二十三番〟を渡してくれとぼくにいった。バックパックの中の瓶は四つの袋に分けて整理されていて、それぞれの瓶を見つけやすくなっていた。ぼくたちに怪訝そうな目をむける通行人も数人いたが、ルーシーが刷毛を動かしてもなんの跡も残さないかぎりは、警察沙汰にはなりようがない。ぼくは自分の携帯をかざして、〈三錐体〉の目でその場を眺めた。ルーシーは茶色の煉瓦をていねいに掃除しているように見えた。

ルーシーがインク瓶を返してきたとき、ぼくはラベルを前よりじっくり見た。「シナモンとクローブ？　これがこの中身なの？」

「違う。わたしがそれをそういう風に思ってるだけ」

ゲームセンターの壁にルーシーが描いた文字に、ぼくは目を戻した。**『古くなったパンに出会うまで東へ』**ぼくは〈虹〉アプリを走らせて以来、まとまった量のスパイスを見たことはあまりないけれど、ラベルに書かれた名前は、そっくりそのままではまったくないにしても、その文字の色合いを想起させた。豊かでくっきりした茶色は、ラベルに名前のある香りのよい材料のにおいがするに違いない。

「じゃあ、材料はなに？」

ルーシーは笑みを浮かべた。「教えてあげない。自分で考えて」腕時計をちらりと見て、「どんどん先へ進まなくちゃ」

最後の手掛かりと、お目当ての宝物を示す矢印はぼくが描かせてもらったが、色を選ぶときにはルーシーのアドバイスが必要だった。戦利品の正体は一枚の紙で、ルーシーはそれをトイレットペーパーの芯の空洞部分に詰めこむと、博物館の中庭にある茂みの裏に隠した。

「あの番号はなんなの？」紙には、〈三錐体〉の人には見えないに違いないインクで、文字と数字の長い列が書かれていた。

「一種のコードね」ルーシーが説明する。「ウェブサイトにそれを打ちこむと、また別の番号が手に入って、それが、その人が優勝だという証明になる」

「そのために自分のウェブサイトを作ったんだ？」

ルーシーは面白がるように首を横に振った。「だれでも使えるサイトがあるの。〈三錐体〉も同じような遊びをやっていて、でも、使うのはＧＰＳと拡張現実（AR）だけ。現実世界の手掛かりは存在しないけれど、携帯や眼鏡（グラス）で見ることができる」

「で、きみはここで待ってるわけ？」ぼくは尋ねた。「いつになったら参加者がゴールするか、高みの見物？」

「そうすることもある。あなたが嫌じゃなければ、今日もそうしてもいい」

ぼくたちは隠し場所が見えるベンチにすわった。十五分後、痩せた年下の男の子がスケートボードでやってきて、まっすぐ獲物にむかった。

男の子がそれを手にすると、ルーシーは両手を口のまわりに当てて声をかけた。「さすがね、ティム！」

ティムはぼくたちのほうへむかってボードで中庭を横切りながら、携帯に親指で番号を打ちこんでいた。見た目は十歳くらいで、ぼくは落ちつかない気分になった。ハッキングの最低年齢は十二歳と不文律で決まっている、とショーンがほのめかしていたからだ。

ルーシーがティムとぼくを引きあわせているあいだに、ほかの競争者がふたり姿を見せた。少しすると、ベンチのまわりには十数人が集まって、各人が捜索の過程を自慢しあったり、このおんぼろの街やそこに住む不運な〈三錐体〉たちについての、この面子でなければ通じないだろうジョークを飛ばしたりしていた。ティムがいちばん年下だったけれど、十四歳より上の人はひとりもいなそうだった。ぼくは新顔という立場を意識して黙ったままでいたが、わざと無視されている感じはまったくしなかった。

午後がすぎ、人が去っていって、天球がもの悲しい色を帯びてきたように思えた。残っているのがふたりだけになったとき、ルーシーがぼくの考えていることを口にした。

「いままでの友だちをみんな失ったような気分なんでしょう」ルーシーはいった。「そして、たまたま出会った数人の〈七色覚〉では、その代わりにならないと思ってる」

ぼくは気まずく感じながら肩をすくめた。

「あなたはだれも失っていない」ルーシーがいった。「〈虹〉仲間と集まるのは、それはそれでいいことだけど、そのことを自慢に思え、なんていってくる人はいないよ。あなたの目が見えなくなってたら、友だちに見捨てられてたと思う？」

恥ずかしい気持ちで首を横に振る。「きみはだれかに話した？」ぼくはルーシーに尋ねた。「〈三錐体〉の友だちのだれかに？」

「いいえ。でもいまでも、いっしょに遊んでる。余計なことはいわないようにして、とくにファッション関連で口をはさみすぎないようにする必要があるだけ」

そういうルーシーの服装は、ほかの人たち同様に汚らしかった――それをそうでなくできるテクノロジーは、NASAのクリーンルームの外には、たぶん存在しないだろう――が、自分の思いどおりにできる要素については、ルーシーが調和の取れた選択をしていることが、ぼくにはわかった。

「毎月最初の日曜日に、今日みたいなことをやってるの」ルーシーがいった。「次回はティムがコースに印をつける番――でも嫌じゃなかったら、わたしたち、チームを組んでいっしょに手掛かりを追ってもいいけど」
ぼくはいった。「それ、いいね」

2

「コール」ぼくは宣言した。淡々とした声の調子をうまく保てなかったとしても、ぼくの声が帯びたかすかな気配は、自信よりは不安に聞こえただろう。ダニーはスリーカードしか作れないし、チェンも——もっと上位の札でだが——同様で、一方、いちども名前を明かしていない黒い目の女性の手札はストレートなので、ふたりのどちらよりも上位に立てた。同じテーブルを囲むほかの人々は皆、すでにフォールド（降りて）していて、その中にはそうしなくてもよかった人もいる。残っている面子では、ぼくのささやかなフラッシュが確実なベットだったが、いまのぼくにいちばん縁がないのは、無敵な気分だった。

ダニーがフォールドした。チェンはベットを五十、レイズし、続いて黒い目の女性がさらに五十、レイズした。

ぼくは五秒間延々と煩悶した。決してひと晩に千以上勝たないというのが自分に課したルールで、このままだとその制限を越えてしまう。だが、いまフォールドしたら、わずか三百ドルのために、この気の滅入る場所に八時間もいたことになる。

ぼくはチップを前に出して、ベットをマッチさせた。チェンが腹立たしげに鋭くぼくをにらむと、フォールドした。

黒い目の女性がふたたびレイズした。彼女があまりにも平然とした顔をしているので、ぼくは自分自身の目が見ている証拠はともかく、記憶のほうを疑いはじめていた。彼女のカードの裏面にあらためて目をやる危険はおかさなかったけれど、ぼくは前々回に手札を見せたとき、クラブの5の裏にねじれた砂時計のようなラッカーの染みがついているのに気づいていて、彼女のカードの一枚にその染みがあるのはまちがいない。それにほかの一枚は、紺青のインクの半分がうっすらと赤みを帯びていて、今夜のずっと早い時間にハートの6がぼくの手もとに来たときにそれが嫌でも目についた。こんな場末の店では、ひと勝負ごとにデッキを取りかえるようなことはないし、たとえディーラーが新しいデッキをシャッフル機に入れるのをぼくが見逃すことがありえたとしても、ふたつのデッキにまったく同じ欠陥があることは絶対にない。だから、自分が目にした重大な欠陥について、ぼくがなにか取り違えてしまっているか、それとも、ぼくの対戦相手のブラフがとても見事かの、どちらかだ。

「マッチ」ぼくはいって、チップをさしだした。

黒い目の女性は遠慮なく勝利の笑みを浮かべながら、自分のカードをひらいた。クラブの5、ハートの6。フロップがダイヤの7、8、9なので、ストレートが成立するが、それだけでしかない。

　ぼくの顔に浮かんだ安堵の表情は、作り物ではなかった。ぼくはダイヤの3と6をおもてにむけた。女性の笑みが消えずにいたので、ディーラーがチップをかき集めて残りをぼくのほうに寄越すまで、彼女は負けたことに気づいてさえいないのではないかと思った。だがたぶん、彼女のブラフの秘密は、自分の手札が無敵だという自己催眠的な確信にあり、そこから認識を切りかえて現実を受けいれられるようになるまで数秒を要したのだろう。

　ぼくは自分の獲物を掬いあげて、テーブルから立ちあがった。

「おい、ジェイク！」ダニーがぼくをにらみつけた。「そいつを取り返すチャンスをくれ！」ダニーは酔っていたし、今夜は負け続きだった。ぼくは腕時計に目をやってみせてから、すまなそうに首を横に振った。「来週、きっとな」

　チップをキャッシャーに持っていって、テーブルをちらりと振りかえる。ダニーはそこにとどまって、新たな顔ぶれで運試しをしようとしていた。

　車まで歩く途中、地面が光っている部分を三カ所よけて通った。この道は街灯がまばらだが、先にある通りのナイトクラブ正面のネオンが、血痕の残りをしっかりと照らしていた。春の雨はそれを流しきらずに位置を動かしただけで、それをこすり落とさずにいられなく感じた〈三錐体〉もいなかったのだ。

帰りついたのは午前四時近くで、ルーシーはまだ起きていた。「どうだった？」と彼女は訊いた。

ぼくは戦利品を見せた。札束を扇形に広げて、ルーシーがひと目で数えられるようにする。

ルーシーは最初から懸念をいだいていたが、いまでは前以上に不安になったようだ。

「あなたが刑務所行きになるのは嫌。もっと悪い結末も」

「そんなハメにはならない。店側はなんの証拠も出せないんだから。ぼくを出入り禁止にするのがせいぜいだよ」ぼくはカウチに身を投げた。「寝てなくちゃダメな時間だろ」ぼくはルーシーをたしなめた。時間を歪めるカードルームの環境のせいで、ぼくが丸一日すっ飛ばすほど混乱しているのでなければ、ルーシーが出勤するまで五時間ないはずだ。

「で、出入り禁止になったらどうするの？」ルーシーは引きさがらなかった。

「疑わしく思われるほどの大勝ちはいちどもしてない」〈七色覚〉はなんらかの脅威と思われるにはほど遠い人数しかいなかったし、一方で高級カジノでさえ、すべての客の頭をＭＲＩの機械でスキャンするのは到底無理だった。ぼくが参加したささやかなゲームを仕切っている連中は、とうてい素人とはいえないが、ぼくが自分の強みを過信して失敗しないだけの自制を保てるかぎりは、単なる幸運という統計的な影の中に隠れていられる自信があった。

ルーシーがいった。「今月末で画廊から解雇されることになったの」

その話はショックだった。ぼくが自分の能力を使った結果どんな災難を招くことがあったとしても、ルーシーが自分の能力を活かしている方法は、これ以上はない誠実なものだった。「きみの代わりはどうするつもりなんだ——質量分析器でも使うのか？」

「さすがにそれはないけど」とルーシーは答えた。「でも、マルチスペクトル・カメラと筆致解析を使って、わたしがしているのとほとんど同じ仕事をこなせる新しいソフトウェアができたんだって。それ一式のリース料金が、わたしの給料の十分の一」

ルーシーが産休から復帰して以来、画廊は週三日しか働かせてくれなかったが、それでも彼女の稼ぎは、ぼくが自分の手段に課している上限額とほとんど同じくらいだった。

「わたしたち、なにひとつうまくいかない運命なんだ」ルーシーが声を荒げた。

「そんなことはないよ」

ルーシーは顔を背けると、嫌悪のこもった目で自分の絵の一枚を見つめた。都市に迫る大火災、煙にかすむ彼方に輝く摩天楼、下方のハイウェイと同じくらいにはっきり見える高熱の空気の流れ。「自分はもうきっかけをつかんでいるんだって、わたしは自分をずっとごまかしてきた——でもほんとうは、失敗した料理をいち早く嗅ぎあてられるというだけで、シェフへの出世コースに乗ったつもりになっている調理場の下働きと変わりがなかった」

「真贋判定に役立つ機械ができたからといって」ぼくはいった。「きみの絵からなにかがなくなるわけじゃない」

　ルーシーは吐き捨てるように笑った。「コネがあるときでさえ一枚の絵も買い手がつかなかったのに、これから先、どれだけチャンスがあると思うの？」

「なにをいってるんだ？」疑わしげなやさしい口調を意識しながら、問いかける。「コネだけですべてが決まるっていうのか？」

「そうじゃない」ルーシーは認めた。「作品はもちろん重要。でも、その作品を見てもらうのが、前よりむずかしくなる」

　ぼくは理性の声の役を務めて、ルーシーを崖っぷちから穏便に連れもどすべく説得しようとした――だが困ったことに、ルーシーは自分が直面している問題を、ぼくよりもはるかに深く理解している。「美術商が一枚の絵を見るというのは、特別なはからいなのか？」

「そうよ」ルーシーはぶっきらぼうにいい切った。「〈三錐体〉には、そこにあるものの十分の一をやっと見てとれる程度に注意深く見るのも、特別な行為だから。そうそういつも起きることじゃない」

　ぼくは降参のしるしに両腕を広げると、シャワーを浴びにいった。

　ベッドに入る前に、ゼルダの顔をちょっと見に寄った。娘はぼくたちが話していたあいだも眠りっぱなしで、目をさまして泣きはじめるといけないので、かがんでキスしたいのをこらえた。

ゼルダはもうすぐ六ヵ月になる――つまり、この子に遺伝子治療ベクターを投与するかしないかをルーシーとぼくが決めるまで、あと六ヵ月しかないということだ。それ以降だと修復後の網膜細胞の質は、投与を遅らせた分、低くなっていく。仮に娘が〈三錐体〉になるとしても、少なくともその状態で可能なかぎりの鮮明な視覚を持たせたい。

五年前、ぼくがルーシーといっしょに暮らしはじめたとき、自分たちが逃れてきた平板なカートゥーン的世界に自分たちの子どもを追いやることは決してしない、とふたりで誓った。しかし、従兄のショーンはいまでもプロサーファーとしていろんな大会で優勝しているものの、ぼくたち〈七色覚〉の大半は、悪戦苦闘したり、挫折したり、世の中を恨んだりする結果に終わっていた。ともに成長してきた〈七色覚〉のうち、真に活躍している者を片手の指で数えられるというのに、同じ将来を自分の娘に贈ることがどうしてできるだろう？

「いいでしょう、五十、レイズします」マーカスがいった。ぼくは偽装工作としてわざと粘って少し負けるかたちで、数ラウンド前にフォールドしていた。いま残っているプレイヤーはふたりだけで、ふたりとも度胸比べに持ちこむつもりのようだ。

「マッチ」ダニーが応じた。彼の手札はどうしようもないものだったが、ブラフを重ねていって勝てるとどこかの時点で独り決めしたに違いなく、この頑固な男がひとたびその戦略を選んだら、進路変更はありえなかった。

　マーカスがさらに五十、レイズした。

「クソっ」ダニーはささやいて、ベットをマッチした。

　ぼくはふたりを見ているうちに不安が募ってきて、マーカスにゲームを降りてほしいと思った。今夜になるまで知らなかった男なので、それはありうると、そのときはまだ考えていた。ダニーは貨物列車のように突進を続けるだけだろう。

「もういちどレイズする必要があるようですね」マーカスが相手を嘲った。

　ダニーは手持ちの最後のチップを前に出した。「マッチだ」

　マーカスはためらってから、「では勝負です」と結論を出した。

　ダニーは9のペアをひらいてみせ、それはフロップにあるキングのペアとあわせてツーペアになった。マーカスはキングとクイーンを一枚ずつホールに持っていて、トリップスになる。ぼくの手札でもトリップスを作れたが、ただし7でだ。ほかの面子の手札はクズばかりだった。

　ディーラーはハウスカットを取ってから、残りをマーカスのほうへ滑らせた。

「いかさまだ」ダニーが小声でいった。

「なんですって？」マーカスは笑みを浮かべて、テーブルを見まわした。ダニーに味方する人はいなかった。「今夜はこれで終わりにしましょう。もっとツキのある晩に、またどうぞ」

ダニーが身を乗りだした。「トリップスなんかでこんな大金を賭けたってのか？　ありえない」

ディーラーがいった。「お客さま、おやめください」

マーカスが気色ばんで咆哮するような笑い声をあげた。「そういうあなたは、同じ額をどんな手役に賭けたんでしたかね！」

「だが、おまえにとっては賭けじゃなかった」ダニーがいい返す。「もういちどレイズされたらおれがマッチできないのを、おまえは知っていたんだ」

「あなたのサイフの中身なんか、知るわけないでしょう！」マーカスは怒鳴りちらした。「あなたはだれかに金を借りたかもしれない——わたしは読心術師じゃないんだ！」ぼくにはマーカスの顔から血が引いていくのが見えて、それでわかった。どうやってだか、この男にはほんとうにダニーの手札がずっとわかっていたのだ。そしていま口を滑らせて、痛いところをさらしてしまった。

ダニーがテーブル越しに手を伸ばして、殴りつける前の珍妙な紳士的準備行為であるかのように、マーカスの顔から眼鏡をつまみ取った。ディーラーが用心棒を呼ぼうと手をあげたが、ダニーはだれも殴らず、単に眼鏡を自分でかけて、テーブルを見おろした。

「わかったぜ！」ダニーは勝ち誇った声でいい放った。眼鏡を外して、ディーラーにそれをさしだす。「どのカードにも緑色の数字が書かれてる！」

ディーラーは躊躇していたが、自分でも眼鏡を掛けてみた。「なるほど」彼はいらだたしげにいった。「全員、席を立たないでください。ゲームは無効で、みなさんのベットはお返しします」

ふたりの用心棒と支配人が加わって、天井の監視カメラの映像が再生され、チップが再配分された。マーカスは無言で席にすわり、顔は恐怖で染みだらけだった。カードにどんな種類の染料でも印がつけられていないことは、ぼくにはわかっていた。マーカスの眼鏡は、ぼくが目をつけるのと同じ、すでにそこにある些細な特徴を見つけてから、マーカスが仕事をしやすくなるよう、そのパターンに番号を振って、マーカスの網膜にオーバーレイ・レーザーペイントで見せていたに違いない。ぼくは眼鏡のブリッジの中央に小さな黒い丸があることに気づいていたが、とくに気にしないでいた――成形プラスチックにはどれもこれも、製造者が目に見えないと思っているありとあらゆる奇妙なへこみがある。だが、その黒い丸がいったいなんなのかは、いま明確になった。ちっぽけなマルチスペクトル・カメラだ。ぼく自身の目の中にあるのとまったく同じセンサー付きの。

帰宅すると部屋に明かりがついていなかったので、ぼくはカウチで寝ようと考えながら、靴を脱いでリヴィングルームに腰をおろした。ぼくはまだ二十九歳だ。人生はまだまだ終わらない。無数の人が、高校を中退し、大学をドロップアウトし、最初の就職先を辞めている……そして、最後には成功にいたる道を見つけている。もしかつてのぼくが、自分を他人から抜きんださせているひとつの能力がその道への答えの一部になると期待していたなら、お気の毒というほかはない。自分よりもっと鮮明に世界を見せるために、ぼくにお金を払おうとする人はいない──ましてや、黙ってぼくの能力のカモになってくれる人なと、なおさらいない。ルーシーは〈七色覚〉の友人たちのちっぽけなグループにむけて絵を描くことはできるし、ルーシーとぼくは並んで歩きながら、海と空の美しさや街の汚らしさに驚きの声をあげることもできる。だが最後には、ぼくたちの視覚の力は、ぼくたちが死ぬのといっしょに消え、なにも考えない機械が完全に代役を務めることになるだろう。

「船が沈没しかけていて、あなたには救命ボートに持ちこむ品物を、ひとつだけ手に取る時間しかありません。ビニールシート、鏡、羅針盤。どれを選びますか？」

面接官は片手をノートパッドの上で待機させて、期待するように身を乗りだした。

ぼくはいった。「募集している仕事は倉庫の荷積みでしょう。ぼくは船で海に出るような部署に応募したんじゃありません」

『ビニールシートです。雨水を集めるために』と答えればいいんだよ」面接官はうんざりしたようにいった。「ここに来る前に、グーグルで面接問答集を見てこなかったのか？」

「ビニールシートです。雨水を集めるために」

面接官が最後のチェック項目をタップすると、陰気なチャイムが響いた。

「残念だが」面接官はいった。「不採用だ」

「どうしてです？」

面接官は画面に目を落として、「きみはどこの職場でも長続きしたことがない。それに正直なところ、年齢が高すぎる」

ぼくは逆転の手掛かりになるものはないかと、必死で部屋を見まわした。一枚のポスターの中で、有名シェフがカートンに山盛りの丸々したアプリコットにむかって手をおろしていた――その果実の見た目のレタッチが変すぎることは、〈三錐体〉でも見逃すことはないだろう。「お見せしたいことがあるんですが」ぼくは提案した。「農産物売場で」

「なんの話だ？」

「ぼくを雇えば、会社はひと月数千ドルの費用節減ができます」ぼくは堂々といった。「腐る寸前だったり、虫がついている品物があれば、ぼくは――」

面接官は笑顔だった。なにをいまさらという表情で首を横に振ったが、もしかするとぼくの図々しさにほんの少しは感心していたのかもしれない。

面接官はいった。「すまないが、そのアプリはもう使っている」

ぼくはそのアプリについて調べた。それはぼくが使っているような古い携帯では作動しないが、現在の最新機種では、書き換え可能な量子ドットカメラは標準装備だった。全スペクトルにアクセスできるのは、画廊やＤＩＹトランプ詐欺師だけではなかった。その機能を持つ機器を早くから導入した人々にはとっくにできることだし、五年もすれば、それは遍在しているだろう。携帯、ノートパッド、眼鏡――あらゆる小さくて安価なカメラが、その所有者の人間たちが見ている以上の世界を見ることになるのは、まもなくだ。

ルーシーが画廊で働く最後の日、終業後に彼女の同僚たちが、ぼくたちをディナーに誘った。ぼくは自分の席で人々を眺めながら、愛想よくふるまってみせ、ほかのみんなが笑ったときに笑った。ある男は焼き具合のレア加減の判定と、食中毒の危険性の定量化のためにステーキの写真を撮った。ある女はこっそりまわりを見てから、家で同じものを再現できるようにデザートをすばやく撮影した。こういう連中が、自分の目で世界を見るのを学ぶことは、決してないだろう――だが、数分おきに自分のガジェットに意見を求めることに、もう慣れきっている。

ルーシーがぼくを、通夜の席で浮かれているだれかのおじを見るような目でにらんでいた。

　この晩は、ぼくの母がゼルダの面倒を見てくれていた。ルーシーとふたりきりになったとき、ぼくは訊いた。「宝探しを覚えてるかい？」

　ルーシーはうめき声をあげた。「ああ、勘弁して――もう古きよき時代じゃないんだから」

　ぼくはいった。「作りかたのメモは残っているか？　きみが使っていたインクの」

「それをどうするの？」そこでルーシーは話を理解した。「流行しても長続きしない」彼女はいった。「目新しさだけが取り柄。一年保ったらラッキーよ」

「一発屋的なブームでも、一年で大金を稼ぐことはできる。ソフトウェア、ポスター、スプレー缶、マーカーペン、衣類、タトゥー。ふつうの目では見ることができない秘密の世界が丸ごとひとつ――でも、仮想現実オーバーレイの類じゃない。素手で触れる実物の物体なんだ」

　ルーシーは懐疑的だった。「それで、だれの腎臓を売って、この帝国の資金にするつもり？」

　ぼくはいった。「資金提供者がいないと無理だ。この発想を理解できる人で。というわけで、ぼくの従兄がサーフィンの賞金を全額使い果たしていないことを祈ろう」

3

ゼルダが両腕を頭の上に伸ばして、ぼくにむかってもどかしげに両手を振った。「持ちあげて、父さん！」おんぶできれば楽だが娘はそうさせてくれないし、肩車もさせてくれなかった。脇の下をしっかりつかまれて、ぼくの胸の高さの前方五十センチに持ちあげられるのでなくてはダメなのだ。そして先行する偵察兵のように、なにもかもをぼくより一瞬早く見る。

「おまえはもうこんなことをする歳じゃないよ」ぼくはいいながら、画廊の自動ドアをよろよろとくぐった。

「それは父さんのことでしょ！」

「おっしゃるとおり」

ぼくが下におろすと、ゼルダはルーシーに駆けよっていったが、母親といっしょに知らない人がふたりいるのを見て、内気になって立ち止まった。ルーシーがゼルダに微笑みかけ、客のふたりも同じようにしたが、三人はすぐに絵のほうに顔を戻した。

「あなたの絵は川を完璧に描きとっているわ！」女性客が驚嘆の声をあげ、眼鏡の脇で手を動かす仕草をして、偽色彩法レンダリングを切りかえた。「どの波長をマップしても…

…自然のままの細部がそこにある」

「まさにそれを目指しました」ルーシーが答えた。

「この絵にどれくらいの期間をかけたんですか？」女性の連れが尋ねた。

「約一年です」ルーシーがちらりと視線を寄越したが、ぼくは無表情を崩さなかった。

「それくらいはかかるでしょうねえ」

　ぼくは口を出さずに、ルーシーが商談をまとめるのを待っていた。

〈三錐体〉はぼくたちが見ているのと同じ広大な世界に、真の意味で加わることはできないが、自分たちのいる牢獄の鍵穴から外を覗いて、その眺めをだんだんと知っていくうちに、もはや、窓のない石壁を一生涯見つめていてもかまわないとは思わなくなった。いろいろなギミックが登場しては消えていく。マルチスペクトル眼鏡に似せた視点で撮られたテレビ番組。専用装備をつけた観客相手に、毛細血管で感情を表現する訓練をした役者たちが出演する演劇。シークレットメッセージが描かれていて、それが見えるようになるために五秒間かけて虹の七色の中を探しまわったあと、深みや説得力が増す広告看板。そして、そこに描かれているものとほんとうにそっくりな絵を壁に飾りたいという――かなり裕福な人々のあいだでの――需要。

　客たちが買った絵を持って店を出ていくと、ルーシーは靴を脱いで、流行の白い長椅子にだるそうにすわった。長椅子はルーシーの――そしてぼくの――尻の跡が一面についていていたが、ぼくたちはその配置が趣味のいいパターンになるよう工夫していた。

「お絵描きしたい」ゼルダがせがんだ。

ルーシーはため息をつき、気が進まないふりをしてみせてから、店の奥に置いてあった紙の束と大量の色鉛筆を取ってきた。ゼルダは床にすわりこんで、さしだされた六百色の中から念入りに色を選んだ。娘は縞模様の花々が咲く庭と、派手なまだら模様の顔をした棒人間を三人描き、それからそのすべての上のほうを、十一時の空の輪で細かく塗りわけはじめた。

不気味の谷

Uncanny Valley

1

映像の流れが一時停止して、彼は気づいた。自分が計り知れない長い時間、夢を見ていて、それを終わらせたがっていることを。しかし、目ざめたときに目に入るはずの光景を思い浮かべようとすると、彼の心がちょっかいを出してきて、闇の中から呼びだされたいくつもの光景は、思い浮かべようとしたのと全然無関係なわけではないが、とうの昔に正しい答えではなくなっていると確実にわかるものばかりだった。彼は思いだした。九歳まで兄といっしょに寝ていた二段ベッドを。数個の壊れたスプリングの一部が、ささやかな灰色の鍾乳石のように顔の上に垂れさがっていた。枕元の電気スタンドの笠には、ぐるりと小さなダイヤモンド形の穴があいていた。その穴を指でふさいで、自分の体を透過して出てくる赤い光をじっと見つめたものだ、電球の発する熱に耐えられなくなるまで。

十歳になると自分だけの部屋をあたえられ、ベッドには金属製の中空の柱がついていて、そのてっぺんのプラスチックのキャップはかんたんに取り外せたので、彼はそこにいろんなものを放りこんだ。歯形のついたちびた鉛筆。学校のシャツを買ったとき、複雑に畳まれたシャツをボール紙の台紙に留めていたピン。薪の束に載せた亜鉛メッキの鉄板に絵を彫ろうとして、金槌をまっすぐ打てずにゆがめてしまった鋲。靴の中に入りこんだ砂利。ハンカチからこそげ落としたひからびた鼻くそ。そのときは重要だったのだろう四、五文字のなにかの書き込みがそれぞれにある、丸めた小さな紙切れ。積み重なったそれらが発見されれば、地質学的地層から掘削した錐芯（コア）試料にも似た彼の人生の記録として、どんな日記よりもはるかに未来の考古学者を興奮させるだろう。

彼はまた、折りたたみ式カウチだけでベッドがどこにもないワンルーム（ベッドシット）のアパートの床に散らばる衣類を、酒にかすんだ目でローアングルから眺めたのを思いだすこともできた。それは子ども時代と同じくらい遠い昔に感じられたが、なにかに急きたてられるようにして彼はその部屋の細部を肉付けしていった。テーブルの上にタイプライター。そのリボンのにおいがして、それの入っていた箱が文房具屋の片隅の棚に置いてあるところが目に浮かんだ。箱には青地に白で文字が書いてあるが、それがなんという言葉かは思いだせない。彼はいつも黒一色のリボンを探していたのだが、ほとんどの店には黒赤二色のリボンしかなかった。いったいだれがどんな言葉を赤字でタイプする必要があるのだろう？

リボン交換のあと、指についたインクの染みを打ちまちがえたタイプ用紙で拭いながら、彼はその場面全体が古い時代のものだと気づいていて、ダイヴァーが遠くにほの見える太陽を目指すように、その認識を頼りにして表面に浮上しようとした。だが、なにかが彼を引きおろし、その暖房していない部屋の冷たい木の椅子につなぎ留めていた。彼の右側には白い紙の山、左側にはタイプずみの用紙の束、テーブルの下にはゴミ箱。彼は、〝e〟の字の閉じた部分がときどきまっ黒になり、使い古しのTシャツに変性アルコールを含ませて全部のタイプバーを掃除せずにはいられなくなることについて、考える必要に迫られていた。もしいま考えなかったなら、そのことを考える機会は二度とないかもしれないと彼は思った。

2

アダムはさんざん忠告されたのを無視して、老人の葬儀に参列することに決めた。

当の老人は、来るなと事前にアダムにいっていた。「わざわざ騒ぎを起こしてどうする?」と訊ねた老人は、病院のベッドの上からアダムをじっと見つめ、そこに込められたたじたじとさせられるほどの吸血鬼めいた渇望は、死期が迫るほどに強まっていた。「おまえがあいつらに嫌な思いをさせればさせるほど、しつこく追いまわされることになるんだぞ」

「あの人たちにはそういう真似はできない、と前にはいっていましたよ」

「あいつらを止めようとしてわたしはできるかぎりの手を打った、といっただけだ。おまえは遺産を自分のものにしておきたいのか、それとも弁護士どもへの支払いで無駄に消えてもいいのか？　必要以上に自分を攻撃目標にするな」

だがシャワーを浴びながら、湯が肌に打ちつける感覚を味わっていると、アダムの決心はいっそう固くなるばかりだった。なぜ葬儀に顔を出そうとしてはいけないのか？　自分には恥ずべきことはなにもない。

老人はだいぶ前にアダム用のスーツを二、三着買って、自分の服の隣に掛けていた。アダムはその一着を選んでベッドの上に置いてから、着古されたオリーヴグリーンのワイシャツを手に取って、すりきれた袖をなでた。そのシャツはまちがいなく体にぴったり合うだろうから、それを着ようかと少しのあいだ思ったが、考えているうちに懸念を感じて、スーツといっしょに購入された新しいシャツのひとつを選んだ。

服を着つつ、皺ひとつないベッドを見つめながら、アダムは自分がいまだに客用寝室からここへ移っていないちゃんとした理由を考えてみた。ほかのだれかが、ここは自分の部屋だといいだすことはないのだ。だが、この屋敷はすっかり自分のものだという気分になるべきではない。ここを売って、はるかに慎ましいどこかに引っ越す必要が生じるかもしれないのだから。

　車の手配をはじめたところで、アダムは葬儀の会場がどこかをまったく知らないことに気づいた。結局、老人の死亡記事のいちばん下に詳細が出ていて、そこにはだれでも参列自由である旨が記されていた。正面玄関を出て車を待ちながら、死亡記事本文を読もうと三度目か四度目の試みをしたが、視野はぼうっと曇ったままだった。『モリスがどうのこうの……。モリスがどうの、モリスがこうの……』

　携帯電話(フォン)が鳴って、ゲートがひらき、車が私道に入ってきた。アダムが助手席にすわって眺めていると、ハンドルがポルターガイスト的に動いてＵターンをやってのけた。この先、弁護士たちが裁判でどんな成果をあげるとしても、アダムはもうしばらくのあいだ、〝指示なし運転〟分の割増料金を支払わなくてはいけないようだ。

　車がセパルヴェーダ・ブールヴァードに曲がると、アダムは街並みを奇妙に感じた――半分はなじみ深く、半分はなにかが違っている――が、たぶん最近できた建物があるのだろう。アダムは視界の明度をダイヤルして下げ、あらゆるものから疎外されているという感覚がまとわりつくのを消そうとした。雲ひとつない青空の下、舗装道路の照り返しは容赦なかったが、車のウィンドウは暗くしないままでおいた。

　葬儀場はたぶん冠婚葬祭のどれにも使える類の礼拝堂風の建物で、そのなにに使う場合でも顕著な宗教性や陶酔的な神性を感じさせる要素はなかった。老人は遺体を医学部に献体していたので、少なくとも参列者たちはロサンジェルス郊外のフォレストローン共同墓地まで足を運ばずにすんでいた。車からおりて歩きながら、アダムは甥のひとりのライアンが入口に歩いていくのを目にとめた。ライアンには妻と成人した子どもたちが同伴していたが、老人はそのだれともあまり会ったことがなく、けれどアダムがまごつかずにすむように、最近の写真を入手して見せてくれていた。

アダムは気後れして、ライアンたちが建物に入るのを待ってから、前庭を入口にむかった。扉に近づいていくと、明らかにがん発症前の老人の大きな肖像写真が演壇の脇のスタンドに載っているのが目に入って、アダムの決意は揺らぎはじめた。だが覚悟を決めて、先へ進む。

目を伏せたまま会場に入り、すわっている人のいない長椅子のうちでいちばん前の、無理に彼の前を通って奥にすわろうとする人がいないくらいに通路から離れた場所に腰掛けた。一分ほどして、初老の男性が長椅子の通路側にすわった。アダムはこの隣人をすばやく横目で見たが、知った顔ではないようだった。結果的にアダムがここへ来たタイミングは完璧だった。あと少しでも遅かったら、アダムが中に入ったときに注意を引いただろうし、もう少し早ければ、建物の外にたむろする人々がいただろう。これからなにが起きても、わざわざ騒ぎを起こしたといってアダムが責められるいわれはない。

ライアンが階段をのぼって演壇に立った。アダムは自分の前列の長椅子の背を見つめていた。だれに強いられてここに来たのでもないけれど、教会内にとらわれた子どものような気分だった。

「最後におじの姿を見たのは」ライアンが話しはじめた。「十年近く前、おじの夫だったカルロスの葬儀でのことです。そのときまで、ここに立って、おじに別れの言葉を述べるのはカルロスになるのだろうとずっと思っていました。わたしが、いえ、ほかのだれが話すのよりもはるかにこの場にふさわしく、そして雄弁に」

アダムは胸の中を貨物列車が突進しているような気分になったが、椅子の背のワニスが褪色した斑点に視線を据えたままでいた。ここに来たのはいい考えではなかった。だが、いま退出することはできない。

「おじはロバートとソフィーのモリス夫婦の末っ子でした」ライアンが話を続ける。「おじは兄のスティーヴン、姉のジョーン、そしてわたしの母であるサラよりも生き長らえました。わたしはおじと近しかったとはとうていいえませんが、これほど多くのご友人やご同業の方がこうしておじに敬意を表しにいらしているのを見て、胸が熱くなっています。わたしはもちろん、おじが脚本を書いた番組を見ていましたが、そうでなかった人がいるでしょうか？　おじの番組のハイライトシーンをつないだようなものをここで上映すべきだろうかと考えていたのですが、事情通の人々から、エミー賞授賞式で追悼映像が流されるはずだと聞かされて、プロの編集ボットとは張りあわないことにしました」

そのネタはいくらかの控えめな笑いを呼び、アダムも顔をあげて笑みを浮かべなくてはいけないと感じた。この一族のだれひとり、どんな種類の極悪人でもない。アダムに対してどんな仕打ちをしたがっていようとも。一族の人々は、アダムと老人の関係について特定の見かたをしているにすぎない——数百万ドルに魅了されて刺々しくなってはいるが、そうでなくても同じことを思ったはずだ。

ライアンは故人を偲ぶ言葉を短くすませたが、次にシンシア・ナヴァロが演壇に立つと、アダムは顔をまた前列の椅子にむけなくてはならなかった。シンシアがアダムの顔に気づくとは思えない——老人が彼女といっしょに仕事をしたのは、違う年齢のときだった——が、データベース記載事項の自動マッシュアップと何度もコピペされた引用まちがいからなる死亡記事とはまったく違って、温かみと悲嘆のこもった声で語られる逸話の数々を心から閉めだすのはむずかしかった。シンシアは回想の最後に、ジェマ・フリーマンが脚を骨折してヘリコプター搬送する必要が生じたあと、エキストラ六百人を動員した野外撮影を乗りきる方策を、老人とふたりで徹夜で検討したときの話をした。彼女が話すあいだ、アダムは目を閉じて、テーブルの上に散らばった書き込みだらけの台本と、友人が口にする救済策がどんどん破れかぶれになるのを疑わしげなあきれ顔で見つめていたシンシアとを、脳裏に思い浮かべていた。

「けれど、それですべてがなんとかなったのです」シンシアは話を締めくくりにかかった。

『視聴者がだれひとりとして、そう来るとは思っていなかった』プロットのひねりは、第三シーズンを『まったく新しいレベル』に引きあげてくれましたが、そのためになくてはならなかったのは、オイル漏れの起きた場所がたまたまミズ・フリーマンの楽屋用トレーラーと……」

笑いが湧きあがってシンシアの話を中断させ、アダムは再度、視線をあげないわけにはいかないと思った。だが笑いざわめきがおさまる前に、同じ長椅子にすわっていた初老の男性が席を近くに移動してきて、ひそひそ声でいった。「わたしをご記憶かな？」

アダムは首をまわしたが、相手を真正面からは見なかった。「お会いしたことが？」男性の発音は特定はしがたいが東海岸風で、広告のナレーションやエレベーターの中でふと耳に入った会話と同じ意味でなら、確かに聞き覚えがある気がするといえた。

「それがわからないんだ」と男性は答えた。辛辣な口調というよりは面白がっていて、文字どおりの意味でいっている。アダムが礼を失さずあたりさわりもない返事を考えているあいだに会衆は静まって、声を出したら気づかれてシーッといわれるほどになり、隣の男性も演壇に顔を戻してしまった。

シンシアの次は老人のエージェントたちの代表者が壇上に立ったが、最盛期の老人と面識のあった人は皆、とうの昔にこの世を去っていた。ワーナー・ブラザースやネットフリックスやHBOの重役たちも話をしたが、そのだれが語った老人の逸話も、明らかに各社の最近の番組の台本を書いているのと同じボットが書いたものだった。会はしだいに温かみを欠くものになっていき、アダムは嫌な予感がしてパニックを起こしそうになった。そのうちライアンが、お話をされたい方がいらしたらどうぞ壇上におあがりくださいというだろう、そしてそれに続く気詰まりな沈黙の中で、会場を眺めまわしていた人々の目が自分の上に落ちるだろう。

けれど、ふたたび演壇に立ったライアンは、本日はご参集いただきありがとうございました、どうぞ気をつけてお帰りください、といっただけだった。

「音楽もなしか?」アダムの隣の男性がいった。「詩の朗読も? こういう場で笑いを呼び起こせるディラン・トマスの詩があった気がするんだが」

「音楽は流さないよう、故人が指示していたんでしょう」アダムは言葉を返した。

「なるほど。『再会の時』からこっち、少しでもしゃれっ気が感じられるものは、不適切な内輪ウケと見なされるからね」

「失礼、わたしはそろそろ……」人々が会場を出て行きはじめていて、アダムはこれ以上人の注意を引かないうちに姿を消したかった。

アダムが立ちあがったとき、隣の男性が電話(フォン)を親指でフリックした。それに対してアダムの電話が小さな音で応答した。「いつかきみが連絡したくなったときのために」男性はにこにこしながら説明した。

「それはどうも」アダムはそういうと、返信を期待されていないらしいことにほっとしながら、うなずいて垢抜けない別れのあいさつがわりとした。

扉のすぐ手前には早くも何人かがぐすぐずと居残って、人々が外に出る邪魔になっていた。ようやく前庭に出たアダムは道路脇に直行して、車を呼んだ。

「おい、おまえ！　ミスター六十パーセント！」

アダムはふり返った。三十代の男がこわい顔をしてこちらへずんずんとやってくる。激しく腹を立てて、柔らかそうな頬を赤く染めていた。「なにかご用でも？」アダムはおだやかに訊ねた。こうした対決をおそれてはいたものの、いざこうなってみると、アダムはおじけづくというよりは気力が湧いてきた。

「どの面下げてここに来やがった」

「だれでも参列自由なんだろう？」

「おまえは〝だれでも〟のうちに入らないんだよ！」

アダムはようやく相手がだれだか思いだした。ライアンの息子のひとりだ。会場に入るとき、後ろ姿を目にしていた。「遺言がお気に召さなかったのかな、ジェラルド？」

ジェラルドが近くまで来た。身震いしているのが怒りのせいかおそれのせいか、アダムにはわからなかった。「そんなことをいってられるのもいまのうちだ、六十野郎。おまえなんかすぐにでも粗大ゴミといっしょに放りだされることになるんだからな」

「さっきからいっている〝六十〟とはなんのことだ？」自分は遺産を百パーセント遺贈されている、というのがアダムの認識だった。ジェラルドが早くも裁判の費用を計算に入れているのでなければだが。

「六十パーセント。おまえがあの人に似ている割合だ」

「それはちょっとひどすぎないか。ある判定基準によれば、最低でも七十パーセントのはずだ」

ジェラルドは、それで自分の主張が立証されたかのように、したり顔でにやりと笑った。

「あの人はハードルを下げがちだったようだな。フェイスブックで〝最新情報〟がわかるし、グーグルで〝基礎データ〟はわかるものと信じて育った人があてにするような品質管理なんてものは、最初からないも同然なんだよ」

「きみは彼の世代をお父さんの世代と混同しているようだ」インターネット長者を軽蔑していたことでは、老人がこの甥の息子に引けを取らないのは、絶対確実だ。「現実のなにかの七十パーセントというのは、そんなに悪くない。完璧に近いサイドロードを作るのは、あのペテン師たちがやったどんなことより、何千倍何万倍もむずかしい」

「じゃあ、おまえを作った詐欺師にノーベル賞でもくれてやればいいさ。まあ耄碌（もうろく）したんでなけりゃ、そんな結果で満足はしないだろうけどな」

「彼は耄碌などしていなかった。金を払ったとおりのものを手に入れたと彼が考えていたことはまちがいない。わたしたちは彼が亡くなる前のひと月に少なくとも十数回は語らって、彼はその問いちども、わたしを作動停止するという選択をしなかったのだから」その時点でのアダムは、作動停止が可能だとは知りもしなかったのだが、いまから思うと、だれもそれを教えてくれなかったのはありがたいことだった。知っていたら、病床での語らいは若干緊迫したものになっていただろう。

「それが根拠か？」ジェラルドが問いつめる。アダムが即答できずにいると、ジェラルドは嘲笑った。「もしかして、金を払った甲斐があったとあの人が思った理由は、あの人の心の内でおまえが持っていない三十パーセントの部分にあるんじゃないのか？」

「それはまあ、ありうる」アダムは認めるほかなかったが、その結論になにひとつ不満がないかのようないいかたをしようとした。各スタジオで使われているボットは同じ目標の十パーセントしか達成していないのに相当な金額を稼いでいる、というジョークを口にしかけて自主規制する。老人の親族から、皮相的な物真似を斜に構えて演じるそんなボットたちの同類視されるような事態を招くことは、なんとしても避けたかった。

「つまり、おまえがいったいなにを知らないかをおまえが自分でわかっていないことを、い、いい、どうしてあの人が気にしていなかったのか、おまえは知らないってのか？　こいつぁカフカも顔負けだな」

「彼なら『ジョーゼフ・ヘラーも顔負け』といったと思うが……わたしにはそれがわか

る」

「わかったところで、来週のおまえは粗大ゴミになってるよ」ジェラルドは自分の言葉にご満悦の体で後ずさりした。「来週は廃品置き場の肥やしだ」

車がアダムの脇に止まり、ドアがスライドしてひらいた。「迎えに来てくれたそれは、おまえのおばあちゃんか？」ジェラルドが嘲弄する。「いや、きっと知能の遅れたいとこだな」

「通夜を楽しんでくれ」アダムは言葉を返した。自分の頭をコツコツと叩いて、「老人がこれからもきみたちのことを気に掛けるのは、請けあうよ」

3

アダムは弁護士たちとの電話会議でいった。「現状はどうなっていますか？」

「遺族は遺言書無効の申し立てをするつもりです」ジーナが答えた。

「申し立ての根拠は？」

「信託財産の管財人と信託受益者が、モリス氏を誤誘導して詐欺行為を働いた、というものです」

「わたしがなんらかのかたちで彼を誤誘導した、と主張している？」

「違います」コービンが話に入ってきた。「合衆国の法律はあなたを人とは認めていません。あなた自身は訴訟の対象になりえませんが、あなたが依拠している企業は対象になります」

「なるほど」そのくらいはアダムも知っていたが、内心では、法律を複雑に組みあわせて、自分には自己決定権があるという錯覚を維持することに余念がなかった。純粋に実際的なレベルでいえば、アダムは三つの口座の金をなんの問題もなく利用できる——とはいえ、それはたぶん無数の株式取引アルゴリズムにもあてはまることで、だからといってアルゴリズムがそれ自身の運命を自由に左右できるということにはならない。「では、じっさいに詐欺で告訴されているのはだれなんですか？」

「わたしたちの法律事務所と」これもジーナが答えた。「モリス氏の指示を履行するためにわたしたちが創立した企業の役員多数。ロードストーン社も、現在同社が持つ技術を不当な要求で取得購入したことと、メンテナンス契約に保証されたアフターサービスに関連する継続中の詐欺によって」

「わたしはメンテナンス契約にはきわめて満足しているんですよ！」耳たぶの片方の感覚がなくなったとアダムが電話したときには、その日のうちにサンドラが屋敷まで出むいてきて、不具合を修理してくれた。

「そういう問題ではないんです」コービンがいらだたしげにいった。アダムはまた自分の立場を失念していた。法学上では、アダムが満足かどうかになどなんの効力もない。

「それで、これからどうなるんですか？」

「第一回の審問はまだ七カ月先です」ジーナが説明する。「こうなることは予想どおりですし、準備の時間はたっぷりあります。もちろん早期の訴訟却下を目指しますが、確実にお約束できることはありません」

「それはわかっています」アダムは口ごもった。「しかし、あの人たちが手に入れられるのは、屋敷だけじゃないんですか？」エストニアに口座を……」

ジーナがいった。「あなたがエストニアにデジタル居住して問題がかんたんになる部分もありますが、それでお金が法廷の権限外になるわけではありません」

「なるほど」

電話を切ったあと、アダムは仕事部屋を歩きまわった。老人の遺言を守るのは、これほどまでに大変なことなのか？　弁護士たちにこの種の訴訟手続きを好きなだけ引きのばす気をなくさせるにはどうしたらいいのかさえ、アダムにはわからなかった。もしかすると、アダムが依拠している企業のどれかの重役が、もし弁護士たちの金の浪費が目に余った場合に手綱を取る権限と義務とをあたえられているのかも？　だがアダム自身は、特定の限定された目的に関してはエストニアがアダムを人に分類してくれるからというだけで、弁護士たちを解雇したり、自分の指示に従うことを強要したりすることは不可能だった。

　老人はアダムがなに不自由なく暮らせるようお膳立てしたと本気で思っていたが、アダムを支えることになっている仕組みのすべてが、逃げ場のなさを感じさせるばかりだった。もしアダムが屋敷のことはあきらめて、出ていったら？　もし、各地の裁判所が介入してきて基金を凍結する前に、アダムが自分のドルとユーロの口座をいくつかのブロックチェーン通貨に換金したら、社会保障番号や出生証明書やパスポートの恩恵がなくても、財産を守り、享受することがたやすくなるかもしれない。だがそうした通貨は狂ったように変動するものばかりで、それらをたがいに掛けつないで損を防ごうとするのは、スカイダイヴィングをするときに自分の両足を抱えこむことで命を守ろうとするようなものだった。

　アダムがこの国を出る合法的な手段は、ボディを活動停止状態にして貨物として送れるようにする以外にはなかった。ロードストーン社は、アダムが付き添いなしで街を歩ける三十九の司法管轄区のうちなら、アダムの希望するどこへの旅でも援助を約束していた。その種の行為の先陣を切ったピザ配達ボットと同じくらいに、誇らしげでかつ自由な旅を。しかし、会社のサーバーに戻るか、あるいは滞空時間のあいだ停止状態にされて、忘却の地にいわば拘禁状態に置かれたままになることを考えると、アダムは恐怖で満たされるのだった。

現状のアダムは、〈谷〉で身動きできずにいるように思える。アダムにできるのは、それをなるべく有効活用する手段を見つけることだけだった。

4

ナイトクラブ裏手の路地でふたつの木枠をひっくり返して腰かけているふたりにも、壁越しに漏れてくる叩きつけるような音楽のベースラインが聞こえたが、少なくともここで会話することは可能だった。

カルロスの話しぶりは、アダムがこれまで知らなかったほど孤独な人間に聞こえた。この人はだれにでも、出会ったばかりでも、これほどの身の上話をするのだろうか？　そうではなくて、この美しい男性に打ちあけ話をする気にさせるものが自分自身の挙措の中にあったのだと、アダムは信じたかった。

カルロスはこの国に来て十二年になるが、エルサルヴァドルにいる姉の生活を支えるために、いまも大変な苦労をしていた。カルロスが生後六カ月のときに父が、五歳のときに母が亡くなったあと、カルロスを育ててくれたのは姉だった。だがいま、姉は三人の子どもを抱えていて、その子たちの父親は姉にとってはまったくの役立たずだった。

「姉さんのことはとても大切に思っている」カルロスはいった。「自分の人生と同じくらい大切だ。見捨てたりはしたくない。でもしょっちゅう子どもたちが病気をしたり、なにかが壊れて修理が必要になったりする」

アダムには面倒を見る相手はいなかったし、だれからもなにごとも期待されていなかった。アダム自身の資産は増減したが、少なくとも、金欠になってもほかに困る人はいないし、だれかの期待に応えられなかったという気分にさせられることもない。

「どうやってストレスを発散しているんだ？」アダムは訊いた。

カルロスは悲しげに微笑んだ。「昔は煙草を吸ってたんだが、とんでもなく値上がりしてしまった」

「それでやめたのか？」

「煙草のほうだけだ」

顔をカルロスのほうにむけながら、アダムの心は、路地の闇の奥へふらふらと進んでいった。『この糸をいまつかめ、さもなくば永遠に失われるぞ』と告げているかのような切迫感を振りはらうことができず、きらめく糸のあとをたどっていかずにはいられない。ふたりでベッドをともにした時間のあれこれを、長々と思いだす必要はなかった。すべてを圧倒するあの幸福感につつまれたときを二、三思いだせば、それでじゅうぶん残りすべてのかわりになった。その幸福感が、そのあとに続いたあらゆるものを駆りたてる動力源だったのかもしれない。だがそれが後ろに引きずっているものは、新婚カップルの幸せを心底熱く願う無数の人々が飾りたてた車が引きずる空き缶と似ていた。

アダムは、ガラガラ鳴る缶の中から、ふたりの諍い(いさか)をあらわすいくつかをつかみとり、ざらつく表面に指を走らせてみた。相手に対するいらだちや蔑み、たがいにプライドを傷つけあったこと、理解してもらえなかった善意、そうしたささやかな事柄の数々に。そこでアダムの指は、ぎざぎざになった縁を感じとった。疑念が噴きあがって心にできた裂け目だ。

けれどもなにかの出来事があって、とがった縁を鈍らせ、それから縁が繰りかえし畳みこまれて、裂け目の跡には綴じ目だけが残り、それが畝になり、単なる傷跡になった。それから先は、どんなに事態が厳しくなっても、ふたりの関係の基盤に疑いの余地はなかった。ふたりはたがいの信頼を手に入れ、それは揺るぎないものだった。

アダムはもっと深く理解しようと、路地の闇の中へさらに突き進んだ。彼が足をむける場所には、つねに光がさしこんでくるはずであり、目ざめるまでにできるだけ多くの脇道に足を踏みいれるのが、彼のなすべきことだった。

だが今回足をむけた路地では、闇は晴れないままだった。アダムは動揺しつつ、手探りで前進した。どの路地も、これまでになくすぐ行き止まりになっていた——そのことだけは確信を持っていえた。それなら自分はなぜ、青ひげの城の部屋を闇雲によろめき歩いているような気分で、なにがあってもランプだけは手もとにほしがってはいけないと感じているのだろう？

5

アダムは老人のホームシアターに三週間こもって、老人が手掛けた番組ひとつ残らずと、ここ十年で最大級のヒット番組のそれぞれから一、二話ずつを見た。スタジオに新しい番組の企画を持ちこんだとして、それがすでに六シーズン目になるその社の番組と同じものだったと判明する以上にバツの悪い思いをさせられることがあるとすれば、それはただひとつ。単に昔の番組のどれか、ではなく、ほかならぬアダム・モリスが書いた脚本を結果的に使いまわすことだ。

老人が書いた番組の大半は、編集ルームで何百回も見てきたかのようになじみ深いものに感じられたが、ときどきサブプロットまるごとひとつがいきなり出現したように見えることがあった。そうした番組は、改竄（かいざん）に注意をむけられないほど老人の病状が悪化してから、スタジオがいじくりまわしたのだろうか？　アダムはネットをチェックしたが、少しでもそんな改竄があれば騒ぎたてるだろういくつものファンサイトは、まったく静かだった。脚本に手が入っていたのは、別のメディアに移植されるときだけだった。

アダムはなんとしてでも、新しい番組の脚本を書く必要があった。金の問題は別としても、ほかになにをして時間をつぶせというのか？　老人のわずかな存命の友人たちは全員が、老人のサイドロードとはいっさい関わりあいたくないと、老人が没する前に表明していた。アダムには、サイバネティック若返りの成果の多くを試すこともできる。皮膚は隅から隅まで皮膚そのものに感じられたし、笑ってしまうほど本物らしい張り形のペニスは、もしアダムがその使い道を探す気になれば、どんな相手でも失望させることはないだろう――だがじっさいは、アダムはカルロスに対する老人の感情をあまりに深く受け継いでいたので、それを払いのけて、補綴物や点滴袋をつけていない二十歳に戻ったふりをすることはできなかった。自分が完全に自分独自のアイデンティティを作りあげたいと思っているのか、それとももっと完璧に老人になるよう努めるというもうひとつの道を取りたいと思っているのかさえ、アダムにはいまもわかっていなかった。老人の記憶を自分のヴァーチャル頭蓋に引っぱりこんだときになにを感じたにせよ、結局のところ自分にとっては他人の物語に出てくる登場人物以上のものではない死んで十年になる恋人を、〝裏切り〟ようなどあるはずもない。けれど、それが正しいと完全に納得するまでは、そんな〝裏切り〟をおかすつもりは、アダムにはなかった。

自分が何者かを知る唯一の方法は、新しいなにかを創造することだろう。そのなにかは、もし老人自身がもう二、三年長く生きていても書くことのなかっただろう物語でなくても別にいい……それがじつは老人が書きかけていて、うまくいかずに放りだし、引き出しに突っこんでいたものでさえなければ。アダムは、ある脚本の各バージョンから一ページずつを抜きだして同じ単語が重なるようにした紙束を光にかざし、違いがあまりに多すぎたり、ほとんどなかったりしないか判断しようとしている自分の姿を思い浮かべた。

6

「一、一週間で六万ドル？」アダムは耳を疑った。

ジーナの返事は冷静だった。「活動顧客勘定はすべて明細書に記してあります。これはほんとうに正直なところをいうのですが、わたしたちの請求額は、これくらい複雑なケースではまったくきわめて穏当なものなのです」

「金は彼のものだった、そして彼はそれを自由にできた。それで話は終わりでしょ」

「判例法ではそうはならないんです」ジーナは、家族の集まりで、じつは気に入っていない甥をあやすだけのために幼稚なビデオゲームを無理やり遊ばされるハメに追いこまれたとでもいうような、ごく微妙ないらだちを見せはじめた。ジーナが内心でアダムを人と認めているにせよいないにせよ、アダムがジーナに指示をあたえる立場の存在でないのは確かだし、ジーナがアダムからの電話に出ているのは、老人が法律事務所との契約書になんらかの袖の下をうまいこと書きこんで、アダムにとって物事が順調に行くようにしたからでしかないのはまちがいなかった。

「わかりました。お騒がせしてすみませんでした」

電話を切ったあとの沈黙の中で、アダムはカルロスが老人にいった言葉を思いだした。まだニューヨークにいたころのうだるように暑い七月のある日、ふたりが中古のエアコンを買おうとして値切っている最中に、カルロスは老人を脇に連れだした。「おまえは善人だ、カリーノ（ダーリン）、だから、カモにされかかっていても気づかない」カルロスは心からそういったのかもしれないし、〝善人〟は〝世間知らず〟の如才ない婉曲表現だったのかもしれないが、老人がほんとうに人を疑わない人間だったなら、どうしてアダムは正反対の性格になったのだろう？　シニシズムはサイドローディング・プロセスの起点となったテンプレートに結線された、ある種の初期設定なのだろうか？

アダムは老人の弁護士たちとはいっさいつながりのない監査役を探した。まずランダムにある都市を決め、それから十分間の相談料が支払い可能な額で、ネットの評判スコアが最高得点の人を選ぶ。その弁護士はリリアン・アジャーニといった。

「それらの会社は株主を持たないからですね」とアジャーニは説明した。「会社の公開ファイルで開示が必要なものは、それほど多くないんです。わたしが会社に出むいて、経理記録を見せるよう請求するというわけにはいきません。裁判所になら原則的には可能ですし、あなたのお金を使ってそれを実現させようとする弁護士を見つけることもできるでしょう。しかし、そんな弁護士に依頼しようとする人がいると思いますか？」

アジャーニが思いやりのある表情でアダムの視線を受けとめつつ、アダムが――自分が精査しようとしているまさにその企業体がなければ――行政目的ではじっさいには存在していないことを思いださせるそのやりかたに、アダムは敬服するほかなかった。

「では、わたしにできることはなにもないのですか？」ひょっとするとアダムは、老人からのお下がりである現実世界の記憶と、山のように視聴した番組とを混同しはじめているのかもしれない。そうした番組の中で、人々はひたすら金のいいなりだった。警察は決して裁判所の関与を必要としなかったし、一般市民でさえ神業的才能のハッカーをいつでも使い放題だった。「たとえば……捜査員を雇って……だれかに情報漏洩を説得できたりは……？」『ブレイキング・バッド』の登場人物のマイク・エルマントラウトだったら、三日きっかりでそれを実現する方策を見つけただろう。

ミズ・アジャーニは非難をこめた目でアダムを見た。「わたしは違法行為に関わる気はいっさいありません。が、もしかしてあなたは、ご自身の所有物の中にとても役立つものがあるのに、気づいていないのかもしれませんよ」

「どんなものです？」

「あなたの……ご先祖は、コンピュータについての知識はいかがでした？」

「ワープロとウェブ・ブラウザは使えました。それからスカイプも」

「そうした機器のどれかを、まだお持ちですか？」

アダムは笑った。「彼の電話（フォン）がどこへ行ったかは知りませんが、いまは彼のラップトップであなたと話をしています」

「わかりました。期待しすぎないでほしいのですが、もし経理記録か法律関係書類を含むファイルで、ご先祖が受けとったあと削除したものがあって、それをわざわざ完全に消去したのでなければ、まだ復元できるかもしれません」

ミズ・アジャーニはアダムに一本のソフトウェアへのリンクを送ってきて、それがその作業をおこなえると保証した。アダムはソフトウェアをインストールすると、ドライヴに表示された八万三千の〝理解可能な断片〟の一覧表を呆然として見つめた。

アダムはフィルタリング・オプションをいじってみるところから手をつけた。〝テキスト〟を選択すると、数々の脚本の一部分が霧の中から姿をあらわしてきた――どの番組か即座にわかるものもあれば、たぶん行きづまって捨てられたものもある。その捨てられた部分が自分の潜在意識の中にすでに埋もれていなかった場合に、それを取りこんでしまうことをおそれて、アダムは目をそらした。どこかで線引きをしなくてはならない。

〝経理〟という名のオプションを見つけて、それが公共料金の雪崩を生じさせるのを見たアダムは、思いつくかぎりの関連するキーワードを追加した。

弁護士たちからの請求書と、ロードストーン社からの請求書が出てきた。もしジーナがアダムから余計な金を巻きあげているのなら、老人にも同様のことをしていたことになる。時間あたりの料金が変わっていないからだ。アダムは馬鹿馬鹿しい気分になりはじめていた。自分の危なっかしい立場に対して強い警戒心をいだくのは正しいことだが、それが本格的なパラノイアに悪化するのを放っておいたら、しまいには自分の足もとを支えてくれている仕組みをすべて蹴り飛ばすことになってしまうだろう。

ロードストーン社も料金請求に遠慮はなかった。アダムはこれまで、自分のボディにかかる費用がいったいどれくらいか知らなかったが、全般的に卓越したエンジニアリングを考慮すれば、支払いをケチるのはむずかしい。テンプレート購入という項目があり、サイドローディング・セッション一回ごとに項目が立っていて、それは種々の構成要素に分けられていた。「超伝導量子干渉計オペレーター？」困惑して言葉が出た。「なんだそりゃ？」だがアダムは、ロードストーン社が老人をテクノバブルで目くらまししていたという結論にむかおうとはしなかった。老人は自分がなにに金を払っているかわかっていて、その結果に満足していることを、入院中にアダムに見せた態度のいちいちで語っていた。「閉鎖標的？」脳血栓のことだろうか？　老人はログインの詳細を残して、自分の死後にアダムが全医療データにアクセスできるようにしていた。アダムは医療データをチェックしたが、血栓はできていなかった。

アダムはその語句をサイドローディングの文脈でウェブ検索した。見つけることのできたもっとも簡にして要を得た説明は、「指定された記憶群や形質群の選択的非伝達」

それは、老人が意図的になにかを隠したことを意味する。アダムは老人の不完全なコピーであり、それはテクノロジーが不完全だからというだけでなく、老人がそういう風になることを望んだからなのだった。

「このろくでなしの嘘つき野郎め」最期のときにむけて、老人は彼自身の業績をいつかアダムが超えることへの期待をとりとめなく話しつづけたが、これまでアダムが努力してきた結果から判断すると、超えるどころか近づくことさえなさそうだった。新しいシナリオに三回挑戦して、どれもにっちもさっちも行かなくなった。遺産の中でもっとも価値のある部分をアダムから奪ったのは、ライアンと一族ではなかったのだ。

アダムはすわりこんだまま両手をじっと見つめ、老人が終生で持っていた唯一の技能なしで、生きる価値のある人生を送れる可能性に思いをめぐらせた。カルロスにこんなジョークをいったのを覚えている。ふたりして医者になる訓練を受け、サンサルヴァドルで無料クリニックを開業する。「自分たちが金持ちになってからね」だが、彼のオリジナルに、ましてや削減バージョンである自分に、おまるをあける以上のことを学習する頭があるかは、疑わしい。

　ラップトップの電源を落として、主寝室に足を踏みいれる。老人の衣服は、もういちど着るときが来ると本気で思っていたかのように、すべてがそこにあった。アダムは着ていた服を脱いで、老人の服をひとつずつ順番に身につけてみて、まちがいなく着た覚えがあるものを数えていった。自分はジェラルドのいうミスター六十パーセントなのだろうか？　むしろ四十パーセント、いや三十パーセントのほうが近い？　もしかすると老人がアダムにかけた励ましの言葉は、皮肉なジョークだったのかもしれない。そして老人は内心では、アダム・モリスはこの世にひとりしかおらず、各スタジオが使っている馬鹿げた〝ディープラーニング〟ボットのような世界最高のテクノロジーでも、老人の真のひらめきをとらえることはできない、という最終評決が出るのを望んでいたのではないだろうか。

　アダムは裸でベッドに腰掛けて、数十人のロボット・フェチたちとどこかの無軌道な乱交パーティに出かけ、セックスに没頭してから、バラバラにしたアダムのボディをおみやげとしてお持ち帰りいただくというのはどうだろう、と考えた。それを手配するのはむずかしくないはずだし、自分の企業インフラの中に、ロードストーン社が持つ毎日のバックアップを使ってアダムを復活させる義務を負っている部署があるとは思えなかった。老人は、狂っているとしかいえないうぬぼれた芸術的論点を立証するためにアダムを利用したのかもしれないが、決して自殺を不可能にするほど残酷ではなかったはずだ。

アダムは、ふたりの男がハリウッドサインの下で大げさなポーズを取っている写真を目にとめて、自分が涙を流さずにすすり泣いていることに気づいた。よりにもよって、悲嘆から。アダムが望んでいるのは、カルロスが隣にいて——いまの状態を耐えられるものにし、きちんと整理してくれることだった。アダムは、死んだ男の死んだ恋人を、今後ほかのだれを愛することになるのよりも愛していて、しかし死んだ男ならできただろう価値あることをなにひとつできないままだった。

アダムは、カルロスに両腕で抱きかかえられているところを思い描いた。「シーッ。それはおまえが思っているほど悪いことじゃない——決してそんなことはないんだ、カリーノ。おれたちは手にしているものからスタートして、進みながらかけらを埋めていくだけだ」

『いまのあなたにできるのは』とアダムは答えた。『口を閉じてファックすることだ。わたしの手に残っているのはそれだけだ』アダムはベッドに横になって、ペニスを手でつつんだ。それは前にはいけないことだと思えたが、いまではどうでもよかった。ふたりの男のどちらにも、アダムはなにも負っていない。そして少なくともカルロスは、たぶんアダムを気の毒がって、無料のゲスト出演を渋ることはないだろう。

アダムは目を閉じて、太ももにあたる無精髭の感覚を思いだそうとしたが、自作の夢想の台本を自由にすることさえできなかった。カルロスは単に話をしたがった。

「おまえには友人たちがいる」カルロスは強い声でいった。「おまえは人々におまえの世話をするようにさせた」

アダムは自分が勝手に作話をしているのか、それともこれは遠い過去にじっさいにあった会話の断片なのか、まったくわからなかったが、だいじなのは文脈だけだ。「もうそうじゃないよ、カリーノ。友人たちは死んでいるか、わたしが友人たちにとって死んでいるかだ」

アダムが支離滅裂な誇張したことをいったかのように、カルロスは疑い深げに見つめ返してくるだけだった。

だが、その疑わしげな態度からは確かに得るところがあった。もしアダムがシンシアの家のドアを叩いたら、たぶん彼女は木の杭でアダムの心臓を貫こうとするだろうが、葬儀でアダムの横にすわっていた愛想のいい見知らぬ人は、アダムよりもずっとふたりで話したそうにしていた。その男性がだれか、アダムがいまだに思いだせないという事実は、もはやその男性を避けるじゅうぶんな理由になるとは思えなかった。もしその男性が記憶の空隙からあらわれたのなら、老人たちのことをなにか知っているに違いない。

カルロスは姿を消した。ベッドに起きあがったアダムはまだ落ちこんだ気分だったが、自己憐憫では事態は改善しない。

自分の電話を見つけて、〝自己紹介〟の項をチェックする。アダムは応答時の記録を消去していなかった。葬儀で会ったあの男性は、パトリック・オースターといった。アダムはその番号にかけた。

7

「あなたが先にどうぞ」アダムはいった。「なんでも質問してください。それが公正な取り引きというものです」ふたりはシーザーズという名の昔風のダイナーでボックス席にすわっていた。この店を面会場所に選んだのはオースターだ。店は混んでおらず、まわりのボックスには客がいないので、話の内容や言葉を制限したり、暗号でしゃべったりする必要はなかった。

オースターは、気前よく盛りつけられた大きめのチョコレートクリームパイをアダムが食べはじめたのを手で指した。「それをほんとうに味わっているのかい？」

「もちろんです」

「その味は以前と変わらない？」

クオリアと記憶は根本的に比較できないという屁理屈で答えに予防線を張る気は、アダムには最初からなかった。「まったく変わりません」自分の後方三つ目のボックスの客たちを親指で示して、「覗き見しなくても、ベーコンを食べている人がいると指摘できます。そして、人の顔に関する記憶があまりいい状態でないとしても、わたしの聴覚や視覚になんの問題もないのは、明白だと思います」

「残りの五感は……」

「熊革の敷物の毛の一本一本を感じとれますよ」アダムは請けあった。

　オースターは口ごもった。アダムはいった。「質問は三つまでといった制限はありません。お望みなら、一日じゅう質問と答えを続けてもいいです」

「ほかの人たちとはつながりがあるのか？」オースターが訊いた。

「ほかのサイドロードたちとですか？　いいえ。いままでにひとりとして知っている人はいないし、だからむこうからいまわたしに連絡してくる理由はありません」

　オースターは驚いていた。「きみたちは当然、全員が提携しているんだと思っていたよ。法的な立場を改善しようとして」

「たぶんそうするのが正解なんでしょう。でも、もしどこかに公民権を再取得しようとしている不死人たちの秘密結社のようなものがあるとしても、いまのところ中心メンバーには誘われていません」

　オースターがコーヒーをかきまわしながら考えにふけるのを、アダムは黙って見ていた。

「納得した」やがてオースターが結論づけた。

「よかった。ところで、葬儀では無愛想ですみませんでした」アダムはいった。「あのときは目立たないようにしていたかったので。人々がどう反応するか、不安でしたから」

「気にしていないよ」

「それで、あなたはニューヨークにいたころのわたしをご存じだったのですか？」アダムは三人称を使わないつもりだった。会話がややこしくなりすぎる。加えて、失われた記憶を自分自身のものだと主張するためにここへ来たアダムとしては、自分からその記憶と距離を置くことは絶対に避けたい。

「そうだよ」

「仕事上のつきあいですか、それとも友人だったんですか？」ネットでは、オースターがインディペンデント映画の脚本をふたつ書いていることしか調べがつかなかった。このふたりが同じ企画でいっしょに仕事をしたという記録はない。ふたりの公式のケヴィン・ベーコン数は三で、アダムとオースターの近しさは、アンジェリーナ・ジョリーとの近しさと変わらないということだ。

「両方だった、と思いたいね」オースターは口ごもってから、憮然として最後の部分を撤回した。「いや、わたしたちは友人だった。すまないね、たとえ故意にではないにせよ、記憶にないといわれて腹を立てないのはむずかしい」

その侮辱がオースターをいったいどれほど深く傷つけたかを、アダムは見計ろうとした。

「恋人どうしだったんですか？」

オースターはコーヒーでむせかけた。「おいおい、違うよ！　わたしは一貫してストレートだし、はじめて会ったときには、きみにはもうカルロスがいた」オースターは眉をひそめた。「きみは浮気はしなかったんだよな？」非難するというより、とても信じられないという口調だった。

「わたしの知るかぎりでは」ロサンジェルス郊外のここ、ガーデナ市まで車で来る途中でアダムは、老人は不貞をエアブラシで消そうとしたのではないかと考えていた。それは異様なかたちの虚栄心、あるいは偽善、または世界がまだ呼び名を持たないなにかほかの罪ということになるが、それでもまだ、故意に自らの継承者を不完全な出来にしようとする試みよりは、かんたんに許せるものだった。

「わたしたちがはじめて会ったのは二〇一〇年ごろだ」オースターが話を進めた。「『サッドランド』の脚色のことで、わたしがきみに最初に連絡したときに」

「なるほど」

「『サッドランド』のことは覚えているね？」

「わたしのふたつ目の長篇です」アダムは答えた。一瞬、それ以上のことはなにも思いだせなかったが、また口をひらいて、「流行性の自殺が全国的に拡大しますが、それは規則性がないように思われ、人口統計とは関係なく均等に人々を襲う」

「批評家が書きそうなあらすじのまとめかただな」オースターが茶化した。「わたしは足かけ六年、その映像化をものにしようと取りくんだ」

単に資金不足で日の目を見なかったのかもしれないそのときの出来事の痕跡がなにかないか、アダムは自分の心を浚(さら)ったが、なにも見つからなかった。「それでわたしは、あなたに感謝すべきなんでしょうか、あやまるべきなんでしょうか？　脚本のことであなたにつらく当たったりは？」

「いや全然。わたしは折に触れて草稿をきみに見せ、譲れない意見があるときにはきみはわたしにそういったが、越権行為をすることはいっさいなかった」

「あの本自体はあまり売れませんでしたがね」アダムは思いだしていた。

オースターは異を唱えなかった。「出版社でさえ、〝じわじわとカルト的にヒット〟という宣伝文句を使うのをやめてしまったが、もし企画が実現していたなら、スタジオがそれをプレスリリースで使ったのはまちがいないと思う」

アダムは躊躇した。「ほかにはなにかありましたか？」老人がその十年間に発表した作品は多くない。雑誌に短篇が二、三あるだけだ。著書の売れ行きはどん底で、半端な仕事のあれこれでやりくりしていた。だが少なくともあの当時は、ホテルの駐車サービスの仕事のような、貴い機会があった。「わたしたちは頻繁に顔を合わせていましたか？　わたしはとくになにかを話題にしていませんでしたか？」

オースターはアダムをじっくりと眺めまわした。「きみは単に、葬儀での態度を詫びたいだけではないんだね？　なにか重要に思えるものを失って、いまきみはダシール・ハメット作品の探偵役を自分で務めようとしている」

「そうです」アダムは認めた。

オースターは肩をすくめた。「わかった、それもいいんじゃないか？　『エンゼル・ハート』ではきちんと結果を出した方法だしね」といってしばらく考え、「『サッドランド』のことを話しあっていないときには、きみは自分の金銭問題について話したり、カルロスのことを話したりしていた」

「カルロスのなにを？」

「彼の金銭問題を」

アダムは笑った。「失礼しました。わたしはそれはもうひどい話し相手だったに違いないですね」

オースターがいった。「カルロスは三つか四つの、どれも最低賃金の仕事を掛け持ちしていたと思う。きみは仕事ふたつで、週に二、三時間の執筆時間は確保していた。きみが〈ニューヨーカー〉に短篇をひとつ売ったのを覚えているが、お祝いムードはほとんどなかった。全原稿料は即座に、借金の返済に消えたんだ」

「借金？」アダムには金のことでそこまで切羽つまった記憶はなかった。「わたしはあなたからも金を借りようとしましたか？」

「きみはそこまで無分別ではなかったようだ。わたしもほとんど同様の文無しなのを、きみは知っていたし。わたしは企画進行の費用として手にした二万ドルを使って、一年がかりで『サッドランド』をサンダンス映画祭や映画館チェーン大手のＡＭＣが買いとるような代物に磨きあげようとして――ほんとうの話だぞ、すべての金が家賃と食費に消えたよ」

「それで、わたしはそこからなにを手にしたんです？」アダムはわざとらしくうらやましげに訊いた。

「オプションの二千ドルだ。もしパイロット番組製作までこぎ着けていたらきみは二万ドル受けとって、シリーズ化が決まったらさらに倍を受けとっていたと思う」オースターはにこりとした。「いまのきみにとって、それはきっと小さな違いに思えるだろうが、あの当時には夜と昼ほどに違っただろう――とくにカルロスのお姉さんにとっては」

「ええ、ほんとうにがめつい人だったようですね」アダムはため息をついた。オースターの顔が色を失った。ほかのだれもが列福に値すると見なしている女性を、アダムが中傷したかのように。「なにかまずいことをいいましたか？」

「その記憶すらないのか？」

「なんの記憶が？」

「彼女はがんで死にかけていたんだぞ！　金がどこへ消えたと思っていたんだ！　きみとカルロスはリッツホテルで暮らしていたのでもなければ、麻薬を打っていたのでもない」

「わかりました」アダムにはその記憶がまったくなかった。アデリーナがカルロスのずっと前に死んでいるのは知っていたが、くわしいことを呼び起こそうとしたことさえ、これまでまったくなかった。「ではカルロスとわたしは、彼女の医療費を払うために週八十時間働いていた……そしてわたしはあなたにグチをぶちまけていた。そうすれば魔法のハリウッドマネーが、少しでも早くわたしの自由になるところに落ちてくるかのように」

「そのいいかたは厳しすぎる」オースターが返事をする。「きみはだれかを相手にガス抜きをする必要があって、わたしは話を聞いても押しつぶされないくらいに、その件から離れた立場だった。同情だけして、その場を去れる立場だ」

アダムはしばらく考えた。「わたしがその件でカルロスに八つ当たりをしたことがあると思いますか？」

「きみからそういう話を聞いたことはない。きみがそんなことをしたとして、それでもきみたちはいっしょにいられただろうか？」

「わかりません」いいながらアダムはなにも感じなかった。これが〝閉鎖〟の核心部分なのだろうか？　ふたりの関係が試されたとき、老人は心が折れてしまい、それを恥じるあまりに、そのときのありとあらゆる痕跡を消去しようとした？　老人がどんなことをしたにせよ、カルロスが最後には老人を許したことはまちがいないが、もしかするとそのことがまた、老人にとって自分の弱さを考えることをいっそうつらくしたのかもしれない。

「では、わたしはいちども地雷を踏まずにいたんでしょうか？」アダムは訊ねた。「アデリーナから手を引いて、もう知ったことか、あとは全部自分で払えとカルロスにいったりはしなかった？」

オースターが答えた。「きみが体面を保つために、わたしに嘘をついていたのでなければ。わたしの聞いていた話では、きみたちは節約したお金を一ドル残らず彼女に送っていて、それは彼女が亡くなる日まで続いた。きみが四万ドルを受けとれていたら、状況がまったく変わっていただろう部分だ──彼女をもっと延命できたかもしれないし、金で治療を受けさせられたかもしれない。医療計画のくわしいことはわたしはなにも聞かされなかったが、コールマンの一件が起きたときには、きみたちはふたりとも大打撃を受けていた」

アダムはまだ料理が残っているプレートを脇に置くと、うんざりした気分で訊いた。

「それで、〝コールマンの一件〟というのはなんですか？」

オースターは弁解がましくうなずいた。「これからその話をするところだったんだ。サンダンスの関係者は『サッドランド』に大いに興味を示していたが、そこでネイサン・コールマンという英国人がある作品をネットフリックスに売ったという話を耳にして、その作品というのが……流行性の自殺が全国的に拡大するが、それは規則性がないように思われ、人口統計とは関係なく均等に人々を襲う、という話だった」

「なのにわたしたちは、そのふてぶてしい卑劣漢を訴えて身ぐるみ剝がなかったと？」

オースターは鼻を鳴らした。「そのために弁護士に金を払える〝わたしたち〟ってだれのことだ？『サッドランド』のオプションを持っていた製作会社は費用便益分析をおこなって、損失を減らすことを決めた。会社は二万二千ドルをドブに捨てたが、次なる『ゲーム・オブ・スローンズ』をだましとられたというわけじゃない。きみとわたしにできることといえば、ぐっとこらえて、『サッドランド』のファンがどこかの無名のチャットルームにコールマンの番組の辛辣なコメントをポストしたときに、わずかなあいだの慰めを得ることだけだった」

はらわたが煮えくりかえるようなアダムの憤激はおさまらなかったけれど、いま聞いた顚末はどう冷静に評価しても、そうとしかなりようがなかっただろう。

「もちろん、わたしは因果応報という信念を、やがては取り戻したがね」オースターが謎めいた言葉をつけ加えた。

「またおっしゃることがよくわかりません」仲介者や剽窃者が過去のものとなってからの老人の成功が、老人の痛みを鎮めたことはまちがいない――だが、ネットで見つかるオースターの足跡(そくせき)は、彼自身の人生の第三幕(サード・アクト)は老人ほどの富をもたらさなかったことを示唆している。

「コールマンの番組が第二シーズンの撮影を終える前に、強盗がコールマンの家に押し入って、トロフィーでコールマンの頭をかち割ったんだ」

「エミー賞のトロフィーで？」

「いや、ただの英国映画テレビ芸術アカデミー賞（BAFTA）」

アダムは笑みを浮かべまいと苦労した。「それで、『サッドランド』がご破算になってからも、わたしたちは連絡を取りつづけたんでしょうか」

「そうとはいえない」オースターが答えた。「わたしがこの街へ越してきたのは、きみよりずっとあとだった。ブロードウェイでなにかを上演しようとして五年間を無駄にしてから、プライドを捨てて、スクリプト・ドクター業に甘んじた。そのときには、きみはもう大成功をおさめていたから、仕事を求めてきみを訪ねるのは、気後れがした」

アダムはいまや、心から恥ずかしかった。「訪ねてくれるべきだったんです。あなたにはそれだけの借りがある」

オースターは首を横に振った。「わたしは路上暮らしをしていたわけじゃない。この街ではじゅうぶんうまくやってきた。きみと同じものを手に入れる余裕はないが……」とアダムの不滅の体（シャーシ）を身ぶりで示して、「まあともかく、わたしはサイドローディングで生じる記憶の空隙をうまく処理できるか自信がない」

アダムは車を呼んだ。オースターは割り勘を主張して譲らなかった。

サービスカートがガタガタと走ってきて、食器を片づけはじめた。オースターがいった。

「記憶の空白を埋める手伝いができてうれしいが、その答えは警告つきでもたらされるべきだったのかもしれない」

「今度は警告ですか」

「コールマンの一件だ。あんなことには振りまわされないようにしろよ」

アダムは困惑した。「わたしが振りまわされる理由はありませんよ。もしコールマンの遺族にその番組からの雀の涙ほどの収入がいまだにもたらされているとしても、訴える気はありません」じっさいは、アダムにはだれに対してもどんな理由にせよ訴訟を起こすことはできないのだが、ここで問題になっているのは、そういうことを考えるかどうかだ。

「よろしい」オースターはその話題から離れる気になっていたが、今度はアダムが、はっきりさせておく必要を感じた。

「コールマンの一件に、最初わたしはどんなひどい反応をしましたか？」

オースターは一本の指で、こめかみにドリルのように穴をあける仕草をした。「クソな寄生虫が脳内にいるといわんばかりだった。コールマンはきみのかけがえのない小説を盗用し、きみの恋人のお姉さんを殺した。彼はなにも持っていないきみを地面に蹴り倒し、きみの唯一の希望を取りあげた」

自分たちがなぜ連絡を取りつづけなかったのか、アダムはいまではわかる気がした。苦境の時期の連帯感というものは確かにあるが、そうした強迫観念的な反感は古びやすい。オースターは新たな興味の対象を見つけ、そちらへ進むことにしたのだ。

「三十年以上前の話です」アダムは言葉を返した。「いまのわたしは別人です」

「それはわたしたちみんながそうじゃないのかな？」

オースターの呼んだ車が先に来た。アダムはダイナーの外で、オースターが去るのを見送った。ハンドルには指一本触れる必要がなくても、当然のように運転席にすわっていた。

8

アダムは車の行く先をガーデナのダウンタウンに変更した。ファストフード店が並ぶあたりでおりて、公衆ウェブキオスクを探した。明白すぎる足あとを残さずに支払いができるベストの方法に頭を悩ませてきたあげく、ここの市では公共の冷水器と同様にあれこれが無料だとわかったのだ。

エンターテインメント業界のトリヴィアで、ネットが永遠の命をあたえ損ねているものは、ひとかけらもなかった。コールマンはシリーズの撮影にあたってロンドンからロサンジェルスに居を移して、押し込みが発生したときにはアダムの現在の住居からわずか数マイル南に住んでいた。だが老人はその当時、まだニューヨークの住人で、アダムが思いだせるかぎりでは、その翌年までカリフォルニアの地を踏んだこともなかった。アダムがデータ発掘をはじめたラップトップには一九九〇年代に遡るファイルも入っていたが、それはマシンからマシンへコピーを重ねられてきたものだろう。コンピュータそのものが、三十年前のフライトを予約した電子メールの削除跡が残っているほど古いものである可能性は皆無だ。たとえ老人が、自分の旅の痕跡をそんなかんたんにたどれるようにしておくほど愚かだったとしても。

アダムは自分の肩越しに覗きこんでいる通行人がいはしないかと、キオスクのプロジェクション画面から視線を後ろにむけた。現実を把握できなくなりかけている。〝閉鎖〟が標的としていたのは、老人がいだきつづけた怨恨にすぎなかったということは大いにありうる。もし彼が過去の出来事を忘れることができずにいたとしたら――コールマンの死後でさえ、そして自分自身のキャリアが花ひらいたあとでさえ――そんな無意味に沸きかえる激情がアダムとはいっさい無縁になるよう願ったかもしれない。

それがいちばん単純な説明だった。わざと隠していたなら別だが、オースターは老人がコールマンを殺したとはちらりとも考えたことがなかったようだし、もし警察が訪ねてきたことがあったなら、きっとそのことを口にしていただろう。もしほかにだれも老人が有罪だと思っていないなら、彼に疑いを持つ資格がアダムにあるのか——根拠となるのは、自分が思いだせない三十パーセントのあれやこれやの中の、失われた記憶が作る暗い穴の形と位置しかないというのに？

アダムは画面に再度目をむけ、自分の憶測にもっと確かな判定をくだせる方法を考えようとした。サイドロード自身へのフローは、各種プライバシー法のぶ厚いファイアウォールで保護されているだろうが、ロードストーン社の技術者たちへの指示はどれもが特権対象ではないかと、アダムは考えた。つまり、もしそれをラップトップ上で見つけても、有罪にはなりそうにないということだ。わが手でコールマンの脳を叩きだしたことを忘れるという依頼を老人が表現できた唯一の方法は、なんらかのかたちでそれとつながりうるもっと罪のない出来事すべてを、削除することだ。がんの手術で外科医が腫瘍の周囲をできるかぎり幅広く切りとることを選択するように。だが老人は、索漠とした十年間の全体をなるべくたくさん忘れるというだけの目的で、まったく同じ指示を出したのかもしれない——ハリウッドに食い物にされ、カルロスが自分を育ててあげてくれた女性のために嘆き悲しんでいた十年。そして老人は、ほんとうにやっとのことでなんとかそれを乗り切り、やがて二〇年代に新たなスタートを切ったのだった。

アダムはキオスクからログオフした。オースターからは強迫観念に振りまわされるなと警告された——そしてあの人は、いまのアダムが持つ友人にいちばん近い存在だ。もしほんとうにエンターテインメント業界のだれもが、自分を邪魔した相手の頭に片っぱしから穴をあけていたら、そこには人っ子ひとり残らないだろう。

アダムは車を呼んで、帰宅した。

9

アフターサービス員のサンドラは、アダムの求めに応じて不承不承、頑丈な三個の箱を床に置くと、蓋をあけて発泡プラスチックと、ストラップと、箱の内側のくぼみを見せた。それはアダムに、老人の撮影スタッフが用具類の収納に使っていた多目的トランクを思いださせた。

「わたしに変なことしないでよ」サンドラが訴えるようにいった。

「しないよ」アダムは約束した。「これからなにが起こるのかを、はっきり思い描きたいだけだ」

「それほんと？　わたしは歯医者に、予定している治療の映像を見せられるのも嫌だけど」

「あなたがどこの歯医者よりもいい仕事をしてくれるのは信じている」

「あなたは人がよすぎ」サンドラは誇らしげな魔術師のようにトランクのほうに手を振ると、お辞儀をして喝采に応えた。

アダムはいった。「さあ、これであなたにはもう解剖（エル・ディセクト）するほか道はない。作業が完了したら、わたしのために写真を一枚撮っておいてくれよ」

「あなたのスペイン語が、いまの発音よりはうまいといいんだけど」

「あなた（ヴォセオ）と違って、わたしはヴォードヴィリアンになろうとしていたんだ」アダムには、手術を前にしたときの老人の記憶がいくらかあったが、手術から無事生還したという知識をそこから取り除いた上で、自分が二度と目ざめないかもしれないという恐怖にいったいどれほど震えていたかを理解できる気は、あまりしなかった。

サンドラが腕時計をちらりと見た。「おふざけはそこまで。着ているものを脱いで、ベッドに横になってから、暗証フレーズを四回、声に出して繰りかえしてください。わたしは外で待っています」

まだ意識があるあいだに自分の裸をサンドラに見られても、アダムはかまわなかったが、サンドラが気まずいかもしれない。「わかった」サンドラが部屋を出てしまうと、アダムはもう時間稼ぎはしなかった。手早く服を脱いで、決められた言葉を唱えはじめる。

「赤いレンズ豆、黄色いレンズ豆。赤いレンズ豆、黄色いレンズ豆。赤いレンズ豆、黄色いレンズ豆」並べられたトランクからサンドラの道具箱へちらりと目をやる。道具箱の中は以前見たことがあるが、肉切り包丁も鉈もチェーンソーもなかった。あるのは数本の磁性ねじ回しだけで、それは皮膚を貫くことさえなくアダムの体内にあるボルトをゆるめられる。アダムはあおむけになって天井を見つめた。「赤いレンズ豆、黄色いレンズ豆」

天井が白いことに変わりはなかったが、影の形が新しくなり、換気口のグリルと照明器具が生じていた。皮膚の下にあるベッドカバーの感触は、絹からビーズ製に変わっていた。アダムは首を横にむけた。さっき脱いだのと同じ衣類がきれいに畳まれて脇に置いてある。手早く服を着て、スイートのあいだのドアへ歩き、ノックする。

サンドラがドアをあけた。前に見たときとは服が違っていて、疲れきっているようすだった。アダムの腕時計によると、現地時間で午後十一時二十分、カリフォルニアでは九時二十分。

「わたしはいまもこの中にいることを、あなたに伝えようと思って」アダムは自分の頭蓋を指さしながらいった。

サンドラは笑みを浮かべた。「オーケイ、アダム」

「この仕事を引きうけてくれたことへの感謝も」アダムは続けていった。

「なに馬鹿いってるの。あれこれの手当や時間外の分は全額払ってもらっているし、フライトもそんなに長くなかった。またこの国へ来たかったら、何度でもどうぞ」

アダムは口ごもってから、「写真は撮ってくれなかったんだね？」

サンドラはいいわけはしなかった。「ええ。そのせいで解雇されるかもしれないから。会社の規則は全部が全部、無意味なわけじゃない」

「わかった。寝てもらっていいよ。また朝に」

「うん」

最前までのよりは穏やかなかたちの眠りをもたらす暗証ワードをつぶやく気になるまで、アダムは一時間、ベッドの上で眠らずにいた。もしアダムがそう望んだなら、ロードストーン社はアダムに、このフライトとその前後のいかにもそれらしいシミュレーションを提供することができただろう——会社のサーバー群とボディとのあいだでアダムを行ったり来たりさせるのにかかる時間を隠蔽するための、たくさんのごまかしが必要になるにせよ。だが、航空会社はアダムのような種類の機械に対して、いかなる種類の安全な〝フライトモード〟も認めていなかった。たとえアダムが、バラバラの部品にされて、別々の三つの箱にしまわれていても。今回のフライトを体験するにあたって、アダムはもっとも誠実なかたちを選択した。それはその部分を飛ばして（ジャンプカット）、十三時間を空隙に失うというものだった。

朝になると、サンドラはサンサルヴァドルの団体観光ツアーにひとりで参加する予約をした。サンドラの雇用者が入っている保険会社は、アダムよりもサンドラの安全を気にかけていたし、いずれにしろ、道具箱を持ったサンドラをアダムについてまわらせたりしたら、ふたりのどちらにとってもやりにくかっただろう。

「認可証だけは肌身離さずにね」出かける前にサンドラはアダムに注意した。「それを手に入れるのに記入しなくちゃだった書類ときたら、きっとドローンに世界二周させる飛行経路の許可を取るのより多かったんだから、もしあなたが認可証をなくしたら、スクラップ置き場から救い出しに行ってあげたりはしません」

「だれがわたしをスクラップ置き場に捨てたりする？」アダムは両腕を広げて、自分のボディを見おろした。「わたしがバービーの恋人、ケン人形だとでもいうのかい？」片方の前腕を顔の前にあげて、しげしげと眺めまわしたが、肘のまわりの皮膚は迫真の皺の寄り方だった。

「いいえ、でもあなたのしゃべりかたはいかにも外国人だし、パスポートも持っていない。だから……とにかくトラブルには巻きこまれないように」

「承知いたしました」

　老人はこの街へいちどしか来たことがなく、そのときはカルロスがナイトクラブへ、子どものころ通いつめた場所へ、いとこのだれかのアパートへと跳弾のように連れまわしたので、老人は自力で街をまわってみようとはいっさいしなかった。だがアダムは、ベアトリスが住んでいる街区が昔とはまったく別の場所にあると知って、がっかりした。ベアトリスを訪ねる途中には、当時のほかの記憶を呼び戻す手掛かりも、きっかけもないだろう。コローニア・レイコはホテルから車で半時間の街区だった。走っている自動運転車はアダムの記憶にあるより多かったが、そのあいだに少なからぬ数の電動スクーターが混じりこんでいて、エンジン音が薄気味悪いほど同期したLAの車の流れの模倣にならずにすんでいた。

車は新しめの共同住宅ブロックの前でアダムをおろした。アダムはロビーの控え室に入って、インターコムを見つけた。

「ベアトリスですか、アダムです」

「ようこそ！　あがっていらして！」

アダムはスイングドアをいくつか通りぬけ、階段を五階までのぼった。その程度で健康にいいということはないだろうが、古い習慣はなかなか抜けないものだ。ベアトリスが玄関のドアをあけたとき、アダムは相手が後ずさりするのを覚悟していたが、じっさいには歩み寄ってきて、アダムを抱きしめた。たぶん、ベアトリスが生まれたころにはもう、歳よりも若く見える裕福なカリフォルニア人の姿を見ても、だれも驚かなくなっていたのだ。

ベアトリスはアダムを部屋の中へ案内した。一瞬舌がもつれたのは、飛行機はどうでしたかとか、体の具合はどうですかとか、思わず訊きそうになるのを押しとどめるためだったのだろう。結局口にした質問は、「調子はいかがですか？」だった。

ベアトリスの英語はアダムのスペイン語とは比較にならないうまさだったので、アダムはスペイン語を使ってみようともしなかった。「調子はいいです」とアダムは答えた。「ここしばらく仕事から離れているあいだに、あなたとはご無沙汰だと気づいたんです」

最後にふたりが会ったのは、カルロスの葬儀でだった。

ベアトリスはアダムをリヴィングルームに通して、身ぶりで椅子を示すと、菓子の皿とコーヒーポットを取ってきた。カルロスはアデリーナにカムアウトする勇気を出せずじまいになったが、ベアトリスは母親が亡くなるずっと前から、おじの秘密を知っていた。カルロスが老人との暮らしについてどこまで細かくベアトリスに打ちあけたのか、アダムには見当もつかなかったが、老人を直接知っていていて、自ら進んで話を聞かせてくれる人には当たりつくしていた。それにベアトリスはアダムの電子メールにとても親身になって対応してくれたので、それ自体を目的にふたりのつながりを復活させることに、アダムはなんのためらいもなかった。

「お子さんたちはどうされています？」アダムは訊ねた。

ベアトリスは体をまわして、後ろの書棚の上に並んだ写真を誇らしげに示した。「あれが去年の卒業式のときのピラル。六カ月前から病院で働いています。ロドリゴは工学部の最終学年です」

アダムは微笑んだ。「カルロスが聞いたら大喜びしたでしょうね」

「まちがいなく」ベアトリスが賛同する。「おじが俳優業をはじめた当初、わたしたちはさんざんからかいましたが、それでもあの人の心はつねにわたしたちとともにありました。あなたとともに、そしてわたしたちとともに」

アダムは写真をざっと眺めて、三十何歳かのカルロスがスーツ姿で、ずっと若いウェディングドレスの女性の脇にいるのを目にとめた。

「あれはあなたですね？」アダムは写真を指さした。

「ええ」

「訊かないとわからなくて申しわけない」カルロスがこの結婚式に出かけた記憶はアダムにはなかったが、式があげられたのは、カルロスと老人がLAに引っ越す一、二年前のはずだった。

ベアトリスは舌打ちして、「あなたが式にいらしたら歓迎されたでしょうが、アダム、あの当時のあなたがどれほどギリギリの状況だったかは知っていました。あなたが母のためにしてくださったことも、わたしたちはみんな知っていました」

『だがそれでは、お母さんを生きつづけさせるには足りませんでしたが』とアダムは思った。だがそれを口にするのは残酷だし、意味もないだろう。そしてアダムは、自分たちがつかみ損ねた大チャンスのことで、自分がカルロスにした悪意だらけの話を、カルロスが姉の子どもたちになにひとつ聞かせていないよう願った。

ベアトリスは、正される必要がある誤りについて、独自の意見を持っていた。「もちろん、母本人はじっさいのところを知らされていません。自分の弟に、手助けしてくれる友人がいることは知っていましたが、おじは、その人がお金持ちで、おじにお金を貸してくれていて、それはその人にとってなんでもないことだ、という話にしなくてはなりませんでした。おじは母にほんとうのことを話すべきだったんです。もし母があなたを家族の一員だと考えていたら、あなたの無償の援助を拒みはしなかったでしょう」

自分が何者かを知りもしない女性のために、次から次と小切手を手渡していた老人が、寛大な気持ちだったのかそうでなかったのかがわからず、アダムは落ちつかない気持ちでうなずいた。「昔のことです。今日はあなたのお子さんたちの顔を見て、みなさんの近況を聞きたかっただけ」

「あら」ベアトリスは申しわけなさげに顔をしかめた。「お伝えしておくべきでしたね、ロドリゴはボーイフレンドとランチに出かけるんです」

「いや、全然気にしないで」二十歳の工学部生がなるべくたくさんの人に見せびらかしたいと思わないものがあるとすれば、それは映画スターだった偉大なおじの恋人のアニマトロニクス・バージョンではなかろうか？

アダムがホテルに戻ったのは、午後遅くなってからだった。サンドラにメッセージすると、ダウンタウンのバーでとても楽しくやっていて、来るのは大歓迎だと返信があった。アダムは辞退して、ベッドに寝転がった。いま分かちあってきたばかりの食事は、実体化してから体験してきたことの中で、いちばんごくふつうの出来事だった。もう少しで、自分のための場所がここにある、自分がどうにかしてこの家族の一部になって一家の愛情だけを糧に生きていける、と勝手に思いこむところだった。今日一日のもてなしや温厚な興味が、いつまでも引きだし続けられるものであるかのように。

借りものにすぎない家族の輝きが色褪せると、過去が引き寄せる力がふたたび強まった。失われた過去の断片が見つかったときには、アダムはそれを集めて組みたてる努力を続ける必要がある。アダムはラップトップを取りだして、SNSの書き込みのアーカイヴを検索し、ベアトリスの結婚式の日付がわかるかを確かめてみた。写真にはとんでもなくまちがった説明がつけられがちだったり、ボットの餌食になってでたらめに再利用されたりするので、別々の四人の招待客からの独立した確証と思われるものが手に入ったときでも、アダムは結果を完全に信じることはできず、結局、少額の料金を払ってエルサルヴァドル政府の記録にアクセスした。

ベアトリスの結婚式は二〇一八年三月四日。記憶の空隙の年表をまとめるのに使っているスプレッドシートをひらくまでもなく、その日の前後にはほとんど記載事項がないのを、アダムは知っていた。ひとつの出来事を除いて。ネイサン・コールマンが侵入者に撲殺されたのは、その年の三月十日だった。

結婚式に出席するために飛行機で出かけたカルロスが、式の翌日に帰国の途についたとはとても思えない。少なくとも二週間は滞在するものと、家族は思っていただろう。老人はニューヨークにひとりきりで、どこにいようがどこに行こうが、注意している人はいなかった。バスで国を横断して戻ってくる時間さえあったかもしれない。支払いは現金を使い、バスを細かく乗り継いで、ところどころでヒッチハイクし、もっと大きな構図をできるかぎりわかりにくくする。

日付がなんの証明にもならないのは、もちろんだ。もしアダムが、これほど根拠薄弱な裁判の陪審員だったら、検察当局を笑い飛ばすだろう。老人に反論として要求する証拠も、同じ水準のものでかまわない。

その反面、公判では証人席に立った老人が、そこまで苦労して隠そうとしたものがいったいなにかを説明することになっていたかもしれなかった。

ＬＡ行きの便は夕方六時までなかったが、サンドラは二日酔いがひどくてホテルを出られなかったし、アダムはなんの予定も立てていなかった。それでふたりはアダムの部屋で映画を眺め、厨房に軽食を注文し、その間にアダムは、ひと晩じゅう眠れなかった原因である疑問を、サンドラに訊ねる勇気をまとめあげた。

「わたしの閉鎖標的の仕様書を入手してもらえる手段はある？」賄賂を使ってでもいいからとあえて口にする前に、アダムはサンドラの返事を待った。もしそもそもの頼みがサンドラにとって侮辱だとしたら、賄賂の話を持ちだすのは反感を増大させるだけだ。

「いいえ」サンドラの返事は平然としていて、まるでアダムが、ルームサービスには指圧も含まれるのかなと声に出して考えたのに答えたかのようだった。「あの仕様書ってやつは厳重に保管されている。こんな二日酔いの頭じゃ、準同型暗号化をあなたに説明するのは一日がかりになるから、わたしのいうことをそのまま信じること。生きている人で仕様書の中身を話せる人はいない、たとえ話したいと思っても」

「だがわたしは、閉鎖標的のことに触れた請求書をラップトップから復元した」アダムは反論した。「フォート・ファッキン・ノックスおそれるに足らず！（フォート・ノックスにはアメリカ合衆国金銀塊保管所がある）」

サンドラは首を横に振った。「復元できたのは、彼が不注意だったから――まあ復元可能とわかったからには、アカウント生成の担当者に連絡して表示を再考させるべきなんでしょうけど――けれど、彼が仕様書の詳細を書き記すときには、ロードストーン社が彼の手をそれはそれはしっかりと握っていたはず。もし彼がプライベートな日記に書き残していなかったとしたら、その情報はもはやどこにも存在しない」

アダムはサンドラのいうことが嘘だとは思わなかった。「知る必要のある事柄があるんだ」アダムは簡潔にいった。「それを知らずにいたほうがわたしは幸せでいられると、彼は心から信じていた――でも、もし彼がもっと長生きして、わたしが面とむかって質問することがあったなら、彼の決心を変えることができたのは確かだ」

　サンドラは映画を一時停止した。「完璧なソフトウェアなんてないに等しい。とくに、こういう複雑なことが対象の場合は。サイドローディングが、集めようとしているものをすべては集められないとすれば……」

「逆に、ブロックしようとしているものを、すべてブロックすることもできない」アダムが結論部分をいった。「たぶんそのことは彼の契約書で細字部分のどこかに書かれているんだろうが、何カ月も頭をひねってきたけれど、ふるいに穴をあけるような石をただのひとつも見つけられなかった」

「もし、ひとつひとつのかけらはふるいの目を通りぬけられるのに、いまはひと塊になっているのだとしたら？」

　アダムはその話をどうにかこうにか自分の状況に置きかえた。「それは抑圧記憶治療を受けろという話？」

「違う。でも〈縫合（スティッチャー）〉のベータ版コピーをこっそり入手してあげることはできる」

「〈縫合〉？」

「ロードストーン社がいずれ顧客全員に提供することになる、新しいレイヤーのこと」サンドラが説明する。「現行の手法だと必然的にサイドロードは、容易にアクセス可能な形態にはない一定量の情報を内在させる結果になる。いわば数千のちっぽけな記憶のかけらが、決して全体としてまとまることなくちらちらと見えている状態。けれど、その部分部分の視野をひとつ残らずつなぎあわせれば、かけらの細かなところまで描きだすことができる」

「つまりこのソフトウェアは、シュレッダーにかけられたノートのあるページをくっつけ直して、なくなった前のページの文字が筆圧で写っているのを復元するようなもの？」

サンドラがいった。「デジタル脳の持ち主にしては、あなたは目いっぱい前世紀人的だね」

アダムはたがいの使うメタファーを同期させる努力を放棄した。「そのソフトは、わたしの知りたいことを教えてくれるかな？」

「それはなんともいえない」サンドラはにべもなくそういった。「内在情報を持つかけら——それが何千もあるのは確実だけど——の中に、ソフトがなんらかの思いもよらないわずかな関連を見いだし、そこに生じた新しい糸をあなたは自ずとたどることにはなるでしょう。でもそれでわかるのは、あなたの小学校の入学式でお母さんが着ていたセーターの色がせいぜいかもしれない」

「了解だ」

サンドラは映画の再生を再開した。「昨晩はどうしてバーに来てくれなかったの」サンドラがいった。「わたしの知り合いはエルサルヴァドルのだれと酒飲み勝負をしても先に酔いつぶれることはないといったら、それで賭けをしようとバーのお客さんたちがいいだして」

「悪趣味なんだよあなたは」アダムはたしなめた。「次にこの国に来たときは、賭けに乗るかも」

10

カリフォルニアでもとどおりに再組み立てされたアダムは、覆いを押しのける試みをもう一回だけ、今度はアルゴリズム的なかたちでおこなうかどうか決めるのに、じっくり時間をかけた。もし老人が殺人者だったというのが真実だとしたら、それを知ることでいったいなんのいいことがあるというのか？　アダムは犯行を当局に〝自白〟して、裁判所が最終的にどのような法的結論をくだすかを一か八か試してみる気は、さらさらなかった。アダムは人ではない。アダムは起訴されたり訴訟を起こされたりはできないが、ロードストーン社はありとあらゆるアダムのソフトウェアを消去するよう命じられることがありうるし、市当局はアダムのボディを道路法違反の車や飛行法違反のドローンとともに水圧式圧縮機の上に並べるよう指示を受けることがありうる。

だが、たとえ自分が処罰される危険がいっさいないとしても、事件は押し込みが最悪の結果になったものと従来考えてきたコールマンの遺族が、それがじっさいは計画的待ち伏せだったと知ることが幸せなのか、アダムには疑問だった。遺族にとってなにがいちばんいいかはアダムが判断すべきことではない、それはもちろんだが、決断をくだすのがアダムであるのは変わらない事実であり、殺人という行為自体と、それがなしてきた害悪に対してアダムが感じる恐怖のすべてにもかかわらず、この世に残された人々への共感が、口を閉ざしつづける方向へアダムをすっかり押しやった。

だから、覆いを押しのけるとすれば、それはあくまでもアダム自身のためだ。老人が自分を神話化しようとするうぬぼれた神経症患者にすぎず、自身の人生のディレクターズカット版を死後に残そうとしたのだ、と知って安心するために……あるいは、それをきっかけとして老人と完全に縁を切り、自分にできるあらゆるかたちで老人の遺産に火を放って、自分自身の人生に乗りだすために。

アダムはサンドラとシーザーズ・ダイナーで会うことにした。アダムは現金の小さな包みをむかいあってすわったサンドラのほうにすべらせ、サンドラはメモリスティックをアダムの手にすべりこませた。

「これをどうすればいい？」アダムは訊ねた。

「バスルームの鏡で見ても自分のボディに全然ポートが見つからないからといって、そこにポートがないわけじゃない」サンドラはひと続きの単語数個をナプキンに書いて、アダムに渡した。それは非常に粗悪なドラッグを打っただれかが書き写しまちがえた〝でたらめ言葉（ジャバウォッキー）〟のように見えた。「それを四回で、あなたを眠らせることなく、首の側面が外れる」

「なんでそんなことが可能なんだ？」

「自分にどれだけ隠し機能（イースターエッグ）がついているか、想像もつかないでしょうね」

「で、そのあとは？」

「スティックを挿しこめば、あとは全部やってくれる。麻痺することもないし、意識を失うこともない。でも、暗いところで横になって、目を閉じているのがいちばんいいでしょう。終わったときにはスティックを抜くだけ。皮膚パネルをもとに戻すには一、二分かかるでしょうけど、カチッといったら、また防水密封になっている」サンドラは口ごもった。

「カチッと音を立ててはめられなかったら、清潔なセーム革でパネルと開口部の両方の縁を拭ってみて。どこにもマシンオイルをつけたりはしないでね。なんの役にも立たないから」

「しっかりと覚えておくよ」

アダムはバスルームの中に立ち、ナプキンに書かれた呪文を唱えた。最後の音節が唇を離れたときに、横目使いの幻影が鏡の中で自分と置きかわるのを半ば予期していたのだが、ポンと静かな音がして首の筋肉が収縮し、首から外れただけだった。それが床に落ちないうちにつかまえて、きれいな正方形のペーパータオルの上に置く。

いまできた開口部の内側を見るのはむずかしく、そうしたいのかもよくわからなかったが、触っただけでポートはかんたんに見つかった。寝室まで歩いてサイドテーブルからメモリスティックを手に取り、ベッドに横たわって照明を薄暗くした。アダムの一部は、老人のプライバシーを侵害する恩知らずな息子のように感じていたが、もし老人が自分の秘密を墓まで持っていこうとしたのなら、ほかのクソ忌々しいものも全部、いっしょに持っていくべきだったのだ。

アダムはメモリスティックを所定の位置に挿した。

なにごとも起こらなかったかに思えたが、目を閉じると、自分が廊下の先の部屋でベッドの端にひざまずいて、ベッドカバーを顔に押しあて、やるせなくすすり泣いているのが見えた。アダムはぞっとした。サーバーの中へ、際限のないサイドローディングの夢の中へ戻ったかのようだった。糸をたどって闇の中に出ると、長いあいだ見つかるのは悲嘆ばかりで、だがそこでむきを変えるとカルロスの葬儀に出くわした。葬儀のさなかに、ニューヨークから駆けつけた白髪交じりの友人たちや十数人のカルロスの親族といっしょになって、騒ぎを起こした。スタジオのお偉いさんたちの弔辞を騒々しくかき消し、パパラッチにむかっていっせいにフラッシュをたく。

棺に歩み寄ったアダムは、自分が病院のベッドの脇に立って、よく知っているざらざらの両手の片方だけを自分の両手で握りしめているのに気づいた。

「問題ない」カルロスがしきりにいった。カルロスの目にはわずかな恐怖もなかった。「おれに必要なのは、おまえがしっかりしていてくれることだけだ」

「努力する」

アダムは闇の中に後ずさり、撮影中のセットに出た。彼はたとえこんな小さな役であっても、素人を使うのはリスクの多いわがままだと考えていたが、カルロスは、自分の生涯いちどきりの演技が編集室の床に捨てられる結果に終わっても、気を悪くしたりはしないと誓った。役者になるという道がありうるのかどうか知るチャンスを、カルロスはほしがっていた。

〈刑事その2〉がいった。「ご同行いただかなくてはなりません、奥様」そしてジェマ・フリーマンの震える腕を手に取ると、そこから連れだした。

編集室でアダムは、ぶっきらぼうにシンシアに声をかけた。「本当のところ、わたしがしていることは馬鹿な真似だと思うか?」

「思わない」シンシアはいった。「あの人にはほんものの存在感がある。本人はリア王を演じる気はないでしょうけれど、名前が売れて、セリフを覚えられるようなら……」

アダムは、自分たちがあまりに多くを望むことで運命を試しているかのように、不安がうずくのを感じた。だが、その望みは適切なものだったのだろう。アダムとカルロスはこの高みにまでともに駆けあがってきた。ふたりのどちらも、ひとりだけではここまで到達できなかっただろう。

ロサンジェルスに到着したその日、ふたりはハリウッドサインの下で写真を撮れるように、まったくの赤の他人を説き伏せ、三人でフェンスをくぐってリー山を徒歩でのぼった。ひっかき傷だらけの前腕に折れた枝葉の液がついてにおった。

「こいつのことを忘れるなよ」カルロスは共犯になってくれた人に誇らしげにいった。「未来の大ヒットメイカーだから。こいつの脚本にはもう買い手がついているんだ」

「パイロット番組のだよ」アダムは正確なところをいった。「パイロット番組一本だけだ」

アダムは連なる丘の上空にあがって、昼が夜に変わるのを眺めながら、自分が前にもこの街に来たことの証明となるデジャヴがちらついて、罪を告発するのを待った。だが、浮かんでくる記憶はすべて映画に由来するものだった。『L.A.コンフィデンシャル』『マルホランド・ドライブ』
　アダムは東にむかって飛び、街の明かりや黒く染まった砂漠の上を翔けぬけ、ニューヨークの自分たちのアパートに戻ってそこに降りたつと、自分のコンピュータの上に身を乗りだし、つんと来る汗のにおいを嗅ぎながら、この部屋のエアコンを買いとりに来た女性と値段をめぐって押し問答するカルロスの声を閉めだそうとした。アダムは暗い気持ちでコンピュータの画面を見つめて、会話の削除に手をつけ、そのかわりできるだけ多くをト書きに移した。
『彼女は彼の血まみれの手を両手でつつむ。彼がやったことがショックで吐き気もするが、彼女が理解――』
　画面がまっ暗になった。ラップトップは停電中でも作業ができてしかるべきだが、バッテリーがいかれて数カ月になる。アダムはペンを手に取ると、紙に書きはじめた。『彼女が理解しているのは、彼をその行為に押しやったのは彼女だということ――意図していなかったとしても、非は彼女にもあった』
　アダムは手を止めると、紙をくしゃくしゃに丸めた。赤い光の斑点が視野じゅうを流れる。自分が動いている列車に飛び乗ろうとしているところを、つかまえたような気分だった。だが、自分にはどんな選択肢があるというのか？　列車を止めることはできない、引きかえさせることもできない、やり直しもできない。アダムは列車に乗りこむ方法を見つけねばならず、さもなくばふたりの関係は終わりになるだろう。

こっちに来てエアコンを階段で運びおろすのを手伝ってくれ、とカルロスがアダムに声をかけた。暗くなった踊り場で止まって休憩するたびに、三人は爆笑した。

女性が車で去ると、ふたりは街路に突っ立って、そよ風がむしむしした空気を運び去るのを待った。カルロスがアダムのうなじに片手を置いた。「問題なさそうか？」

「あんなとんでもないガラクタ、わたしたちには必要なかった」アダムは答えた。

カルロスはしばらく黙っていたが、やがて口をひらいた。「お前に心の安らぎをもたらしたかっただけなんだ」

メモリスティックを抜いて皮膚の穴を閉じると、アダムは老人の部屋に入って、闇の中で老人のベッドに横たわった。下に敷かれたマットレスはすっかり体になじんでいたし、家具の灰色の輪郭はそうあるべき形そっくりそのままに見えた。まるでアダムがここに何千回も横たわったことがあるかのように。このベッドの中で目ざめた記憶を、アダムはこのはじめから必死で求めてきたのだった。

ふたりの行為は、たがいのためのものだった。そのことを認めるのに、いいわけは必要なかった。カルロスを警察に突きだし、死刑囚棟への捧げ物にするような真似は、とても考えられなかっただろう――そして、もし老人がそんな真似をしていたなら法的には潔白になれていたという事実は、アダムに老人を非難する気をいっそうなくさせていた。少なくとも老人は、もし真実が明るみに出たときには自分も危険にさらすだけの勇気を見せたのだ。

アダムは部屋の影の中に目を凝らしたまま、自分が同情心を持って老人を裁いている共感的傍観者なのか、それとも、昔から練習してきた自己弁護を繰りかえしている老人自身なのか、決められずにいた。

(自分は最後の一線にどれくらい近づいているのだろう？)

もしかするといまのアダムは、老人と同じ暗き場所を書けるに足るものを持っているのかもしれない――そしてやがては老人をしのぎ、妄想めいた野心を実現できるに足るものを。

だがそのためには、アダムが決してそうはならないようにと老人が望んだものになるほかはなかった。そのためには、免罪という目もくらむ高みまで巨石を転がしていってから、それが自責の念という深みにすべり落ちるのを、いつかそこから逃れられる希望がいっさいないまま、何度も何度も繰りかえし眺めるほかはなかった。

11

アダムは老人の所持品を梱包し、そのいくつもの箱を中古品店の店員たちが回収に来るのを待っていた。店員たちが去ると、アダムは屋敷に施錠し、鍵はドアに取りつけられたダイヤル錠式金庫に入れた。

アダムがライアンに自分で話をして、相手が恥じ入るような無私の決定を受けいれさせたときには、ジーナはかんかんになった。ライアンの一族は屋敷を手に入れられるが、老人の遺産の大部分はサンサルヴァドルのある病院のものになる。遺産の残りは、アダムが生きつづけるために必要な金額とちょうど同じ。メンテナンス契約の支払い、公衆の場所を出歩く認可証の更新、そして唯一の存在理由がアダムを所有することである幽霊会社の名目上の役員たちのポケットをぎっしりにする、不労所得の固定給。

アダムはひとつきりのスーツケースを転がしながら、しっかりした足取りでゲートにむかって歩いた。老人の霊廟というシェルターを離れたら、なにかのときに守ってくれる自分自身の身分証明書(アイデンティティ)は持てなくなるだろうが、正式書類を持たずにこの国で成功をおさめようとした人間は、アダムがはじめてのわけがない。

老人は自分の人生がバラバラに崩れたとき、そのかけらを自分のような人々にとってなんらかの意味のある物語へと変える方法を見つけだした。だがアダムの人生は別のかたちで破壊され、世界がそれを理解できるようになるには時間がかかるだろう。もしかすると今後二十年、あるいは百年もして、〈谷〉でアダムに加わる人の数がじゅうぶんに多くなったとき、アダムにはいうべきことがあって、人々はそれを聞く準備ができているだろう。

ビット・プレイヤー

Bit Players

1

右足のふくらはぎが引きつる痛みで彼女は眠りから覚め、周囲のあまりの明るさに覚醒したままになった。目をひらいて、日を浴びた岩をじっと見あげる。湾曲しながら頭上に広がるざらざらした灰色の岩には見覚えがない――が、岩でなければなにが見えると思っていたのか？　彼女には答えの持ちあわせがなかった。

彼女は粗織りの敷物のようなものに横たわっていたが、その下にある固い岩が感じとれる。視線を動かして、周囲をもっと広く目に入れる。彼女がいるのは洞穴の中、入口から十か十二フィートのところ――それだけ奥まったいま現在の位置から見える外の世界は、まっ青な空だけだ。立ちあがって洞穴の入口のほうに進みはじめると、日光が思いがけず下から顔を照らし、彼女は腕で目をかばった。

「気をつけて」と女性の声が彼女に忠告した。「あなたはじゅうぶん回復しているはずだけれど、まだふらつくかもしれない」

「気をつけます」彼女は洞穴の奥にちらりと目をやり、その女性の顔を暗がりの中でなんとか見分けた。けれど、足は止めなかった。一歩ごとに、日光の当たる体の範囲が広がって、薄汚いチュニック越しに胸と腹を温め、チュニックの縁をすぎて剝きだしの膝に達した。こういう風に光が広がるということは、洞穴の床が傾いている——洞穴は、のぼったばかりの太陽よりずっと上の地点にねらいを定めたライフルの銃身のような状態にある——のを意味するように思えるが、彼女自身の平衡感覚は、平らな地面を進んでいると強く告げていた。

洞穴の入口まで来ると彼女はひざまずいて、わずかに身震いしながら、外を見やった。彼女はほぼ水平にかがんでいて、まっすぐ下を見おろしていたが、洞穴の外の灰色の岩肌のようすからすると、まるで彼女が縦穴の中に立って、おそるおそる地面の上に頭を突きだしているかのように思えた。岩肌は彼女の下方に垂直に落ちこむように延び広がって、視野の限りまで続き、ゆらめく霞の中に消えていた。視線をあげると、正面には半球状の空が丸ごとあって、真下の〝地平線〟と、正気の世界でなら天頂にあたるだろう青い半球(ドーム)の水平方向の中心点との中ほどに、太陽がかかっている。

彼女は洞穴の中に後ずさりしたが、ここでやめるわけにはいかないと気づいた。確信を得るには、まだ見ていない方向も見なくては。あおむけになってじりじりと前進すると、やがて洞穴の天井が視野をさえぎらなくなり、彼女はでこぼこした岩の壁が、下方と同様、上方にも、反対側の〝地平線〟にぼやけて消えるまで続いているのを見あげていた。冷たくて乾いた風が顔を打つ。

「どうしてみんな傾いているの？」彼女は疑問を口にした。

サンダルが石に足音を立てるのが聞こえ、先ほどの女性が彼女の両足首をつかんで穴の縁から引きずり戻した。「もう一回落ちたい？」

「いいえ」垂直方向の感覚の傾きがおさまるのを待って、這うように立ちあがり、しわがれ声の相手と顔を合わせる。「まじめな質問ですが、空を移動させたのは何者のしわざです？」

「どこに空があると思っていたの？」相手はこもった声でたずねた。

「ええと？」彼女は洞穴の天井を手振りで示した。

相手は顔をしかめて、「あなたの名前は？　どこの村から来たの？」

名前？　頭の中を探しまわったが、なにも出てこない。ほんとうの名前を思い起こせるまでのあいだ、仮の記号が必要だ。「わたしはサグレダ」そう決めた。「どこから来たかは覚えていません」

「わたしはガーサー」と相手がいった。

サグレダは肩越しにふりむいたが、のぼってきた太陽にまた目がくらんだだけだった。

「世界がどうなっちゃったのか、教えてもらえますか？」と頼みこむ。

「あなたは〈大災厄〉を忘れたというの？」ガーサーが疑わしげに訊く。

「災厄って？」

「重力が横むきになったときのこと。重力がわたしたちを地球の中心にむけて引っぱるのをやめて、そのかわりに東に引っぱるようになったとき」

サグレダはいった。「もしそういう体験をしたことがあるなら、まずまちがいなく覚えていると思います」

「あなた、よほどひどい落ちかたをしたのね」とガーサーは判断して、「わたしがあなたを看病して一日になるけれど、あなたはきっとその前もしばらくのあいだ、岩棚で意識を失っていたんだわ」

「それなら、お礼をいわないといけませんね」サグレダはそういった。ガーサーは白髪はなかったが、顔は皺だらけだ。何歳にせよ、その人生は気楽なものではなかったはずだ。ガーサーが着ているのはサグレダのとよく似た粗雑な織りのチュニックで、サンダルは動物の皮から手作りしたように見えた。サグレダは自分の体にちらりと目をやった。両腕は擦りむけているが、傷は消毒されている。

「あなたがほんとうにどこから来たか覚えていないなら、うちの村に居場所を見つけなくてはね」ガーサーが話を進める。

　サグレダは黙って立っていた。寛大な申し出を受けて謙虚になっている面もあったが、尻込みしている面もあった――善意からとはほど遠い同化を受けいれろといわれているかのように。足の裏に岩が冷たく感じられる。

「なにがわたしたちを支えているんですか？」サグレダは訊いた。

「どういうこと？」

「重力があらゆる場所で東をむいているなら……」洞穴の床を身振りで示して、「この岩が東にむかって動かないようにしているのは、何なんです？」

「下にある岩よ」ガーサーが当たり前のように答えた。

「へぇ！」サグレダは相手の女性がにっこり笑って、あなたをからかったのよと認めるのを待った。「地すべりがこの前あって、わたしはそのせいで落ちてきたのかもしれませんが、それでもわたしは五歳の子どもじゃありません。わたしたちの足もとの岩を支えているのが、その下の岩だけで、同じ説明を繰りかえして惑星をぐるりと一周したら……一切合切を支えるものがなにひとつないことになります。それなら、車輪は回転できない、なぜならそれぞれの部位が隣の部位の邪魔をするからだ、と説明したほうがマシです」

「わたしがいったのは、地球の中心に近いところの岩のこと」ガーサーが説明する。

「〈変化〉はずっと中のほうまでは達していない、とわたしたちは考えているの。ある程度深いところまで潜ったら、重力はふたたび正常に戻る、とね。だって現に、地表のはるか上ではそうなっているのだから。月はいまも昔どおりに、わたしたちのまわりで軌道を描いているもの」

サグレダは洞穴の壁をあちこち確かめてみた。「じゃあ、この岩はそれ自体の重さで東に引っぱられていて、けれどそれは、もっと深いところにあって東に引っぱられていない岩と同種のもので……それが、わたしたちの足もとの床が崩落せずにいることの説明になる、というのですか？」周囲の灰色の鉱物は花崗岩のように思えたが、それがなんであれ、固くて頑丈なのは確かなようだ。

そして重い。

「その説明も意味をなしません」サグレダはいった。「〈大災厄〉の前に見たことのある、崖から突きだした張り出し（オーバーハング）でいちばん長いのはどれくらいありました？」

「わたしにはそのころの知識がまったくないの」ガーサーがきっぱりといった。

サグレダ自身にも、明確な記憶はなかった。けれども、さまざまな形状での岩の組み合わせを思い描いて、それがありえそうか不自然かを判断することはできた。「かつて存在した最長のオーバーハングは三十か四十フィートだったと思うし、その場合でも、たぶん自然のアーチ構造のようなもので支えられていたはずです――四十フィートもの岩が、なにもなしで厚板のように突きだしているなんて、ありえない光景です！　もし地球の表面の大半を含む範囲の高度に〈変化〉が及んでいるとしたら――もしそうでないなら、なぜわたしたちは正常な重力の領域に突きだした低地か高地で通常の生活を送るかわりに、ここにいるのか、という話になりますが――それは、何千フィートもの長さの岩盤に東むきの力が働いているということです。そして、もしそんなとてつもない重さの物体が自重で東へ動くのを止めているのが、その一端がより深いところにある岩の塊とつながっているという事実以外にないとしたら、そのつながった部分はいずれ千切れてしまうでしょう。隣りあう岩盤は役に立ちません。その岩盤も自重を支えなくてはならないから、ほかのものつっかえ棒になってなどいられない。つまり、〈変化〉がはじまった深度に至るあらゆるものが、いまごろはもう崩壊していなければおかしいということです。巨礫がどんどん速さを増す円を描いて転がってくる、果てしない地すべりが起きているはず」

ガーサーが両腕を広げて、「そうはなっていないようね」

サグレダはこめかみをこすりながら、「ええ、そうですね」と同意した。たぶん自分は、単に岩の強度を取り違えたのだ。記憶喪失かどうかはともかく、自分が地質学の専門家だったことがないのは、はっきりと確信があった。

「岩が崩れないとしても、砂はどうです？」サグレダは疑問を口にした。「それに海は！すべての滝の源のような大瀑布が、なだれ落ちるように惑星じゅうを巡っているはずです――一周ごとに速さを増しながら！」

「そうなっている場所もあるかもね」ガーサーは認めた。「でも、遠くの土地でどんな驚異の光景が見られるかなんて、わかりようがないわ。少なくともわたしには。いちども村を離れたことがないから」

「じゃあ、空気はどうです?」サグレダは洞穴の入口に近づいていった。「東むきに吹いている強い風は、なぜ速度を増さないんでしょう?」

「摩擦のせい?」ガーサーが思いついたようにいう。

それを聞いて、サグレダは言葉を途切れさせた。大気中を落下する岩が永遠に加速するわけではないのは、知っている。やがて岩にかかる抵抗力が岩の重さと釣りあって、岩はつねにある終端速度で落下するようになるのだ。それならたぶん、地球の表面をかすめ落ちていく空気の層も、同様の状態に至るのかもしれない。

だが、摩擦とはいったいなんだろう? 異なる種類の運動による熱の発生だ。ではもし、摩擦がなければ大気がそれまでに落下によって得ていたはずの速度のすべてを、摩擦が奪っているとしたら、風は溶鉱炉から吹きつけてくるように感じられるべきで、地面は地球に再突入する宇宙カプセルのシールド並みに熱くなっているべきなのはまちがいない。

「もうひとつ、理解できない問題点があります」サグレダはいった。「エネルギーの保存はどうなっちゃったんでしょう?」

ガーサーは顔をしかめた。「保存?」

相手が冗談をいっていてもサグレダには見分けられなかったが、用語になじみがあるかないかはともかくとして、ガーサーがその概念になにかしらピンと来るものがあるのは確かだった。「たとえばわたしが岩を落とすとします、地面からじゅうぶん離れているので、岩がさえぎられることなくぐるりと円を描ける地点から。もし摩擦で燃えなければ、岩はわたしが手を離した地点に戻ってくるでしょう、どんな弾丸よりも速く動いて。わたしは岩からエネルギーを抽出して、同じ道すじにふたたび送りだすことができます、何度でも、好きな回数だけ」

「うまくそうできるといいわね」ガーサーがからかうようにいう。

「いままでだれもやったことがないのは驚きです」サグレダは荒涼とした洞穴を見まわした。「この場所には電気は通っていないんですね？」だが計画が実際的かどうかは問題ではない。厄介なのは、サグレダには原理上それができるということだった。「もしかして、地球が貯蔵所の役を果たしてくれている？」サグレダは考えこんだ。「岩がどんどん速く周回したら、もしかして地球の回転がほんのちょっと遅くなるとか？」もしありとあらゆる力に、反対むきの等しい力があるとしたら、もしかすると岩を引っぱって東むきに動かす力は、惑星上を西むきに引き戻す力と釣りあって、最終的にすべての計算が合うのかもしれない。「これって意味をなしていますか？」

ガーサーはなんの意見もいわなかった。サグレダは、「法則をテストして、どうなるか確かめればいいわけでしょ？」

サグレダは床を探しまわって、さまざまな大きさの石を見つけると、それをさっきガーサーといっしょにいた場所に持ってきて、地面に並べた。いちばん大きい石を親指で弾いて動かし、いちばん小さい石にぶつけて洞穴の中をすべらせる。

「あの小さい石は最初静止していて、保存則を満たす量で、大きい石があたえることのできたエネルギーを得た。ということですよね？」音や摩擦で少しのエネルギーが失われたとして、ほかのなにが石の最終的な速度を決定できたのか？

ガーサーからは反論がなかったので、サグレダは先を続けた。「では、もう少しだけ重い石にぶつけたらどうなるか、見てみましょう」さっきと同じ石を弾いて、別の、もっと大きめの標的に衝突させると、その石はすべっていったが——前の石よりも目に見えて動きが遅かった。

こうした結果はなにひとつ、サグレダには意外ではなかった。よく考えてみれば、例外的でない結果が出るのは当然なのだ、そもそも彼女が生きていることからすれば。彼女の体の細胞という細胞の生化学的メカニズムは、生命誕生以前から君臨している分子ビリヤードのルールに依存しているはずだ。一夜にしてそれを手直しするのは、致命的な結果を招くに違いない。

ガーサーがいった。「このお遊びでなにがわかったと思うの？」

「小さいほうのふたつの石は、最初静止していました」サグレダは答えた。「それから、別のもっと大きな物体からいくらかのエネルギーをもらって、ある速度で動くようになりました。ふたつ目の小さな石の場合、その速度は最初の小さな石よりも遅かった。その唯一の理由は、ふたつ目の石のほうが重かったからという事実だけ――ほかのすべては同じだった」

「だから……？」

「もしわたしが、小さなほうの石ふたつを、妨げになる空気がない場所で落下させて、石が一周して円を描くのを待ったなら……ふたつの石はそのあいだずっと隣りあって落下して、同じ速度で戻ってくるでしょう。それはつまり、石が得たエネルギーを、地球の動きから奪うことで釣りあわせることはできないということです！　変化の帳尻を合わせるには、重いほうの石は軽いほうの石よりずっとゆっくり動く必要がある――同じ法則が衝突後の速度を決定したときと同じかたちで」

「どうして重いほうの石がゆっくり落ちないといい切れるの？」ガーサーが訊いた。

「馬鹿いわないでください！　もしふたつの石を紐で結びつけたら、落ちる速度を魔法のように変化させることになるというんですか？　わたしが巨礫を引っぱりながら落下したら、落ちる速度がゆっくりになるとか？」

「ふうむ」ガーサーはそんな無茶なシナリオは受けいれなかったが、それを却下することの意味あいをわかっていないように見えた。

サグレダは口をつぐんで、変貌した世界のどんどん怪しげになる原理を、心の中で展開させてみてから、「円を描いて落下するという考え自体に、なにかまちがったところがある」といった。「永久運動という異常事態よりも、もっと基本的ななにか。はっきりとは指摘できないけれど……いえ、ちょっとだけ待って、もうちょっとでわかりそうだから」

月はつねに、地球のまわりを円を描きながら落下しているのだから、不合理なのは経路それ自体の形状ではない——けれど、月は最初静止していて、それからどんどん速く周回するようになったわけではない。

「なぜあなたは、自分の感覚がはっきりと示しているものを否定しつづけているの？」ガーサーがいらだたしげに尋ねた。「あなたがどれだけしゃべろうと、この洞穴の床は崩落していないでしょ！　なぜいい加減、やめられないの？」

「アインシュタインはこういいました」サグレダは思いだした。「落下するエレベーターの中にいる人は、恒星間宇宙を漂っているのと同じようなものだ、と。自由落下している人は無重力状態にあり、重力の影響をじっさいに見ることができない——もっとずっと大きな状況に気づかないでいるとすれば。その人が、自分の脇を落ちていく物体を見ていたら——近くの物体の動きを短時間追いかけたら——その人から見た物体は、等速で直線を描いて移動するだけでしょう、重力のないところでの物体の動きのように」

ガーサーは、アインシュタインってだれ、とは訊いてこなかった。ポスト・アポカリプス時代の田舎者でも、知らないわけがないことというのはあるらしい。

　サグレダは話を続けた。「仮にわたしがこの洞穴の出口から落下して、円を描いて東に落ちつづけたとします。そのとき、仮にあなたがわたしよりも前に、どこかもっと西の場所から落下していたとしたら。わたしがまだほとんど移動しないうちに、あなたはわたしの落下開始地点に到達するから、わたしを追い越せる速度をつける時間があったことになる。そうなると思いませんか――あなたはわたしをあっさり追い抜いて落ちていくと？」

「それはそうでしょう」ガーサーはうれしそうではなかったが、サグレダが話の根拠にしているのは、当のこの女性が〈変化〉についていっていることだけなのだ。重力は、円を描くように人を東に引っぱっている。静止状態から動きはじめると、しだいに速度を増す。

「わたしといっしょに円を描いて歩いて、わたしを追い越してください」サグレダはガーサーに頼んだ。

「どうしてわたしがそんなことを」ガーサーは不機嫌そうにいった。

「まあいいじゃないですか」

　サグレダは洞穴の入口から遠ざかるほうに移動した。しぶしぶとガーサーもサグレダにつきあって、反時計まわりに弧を描いて足を運びはじめ、後ろからサグレダに近づくにつれて歩調は着々と勢いを増していった。サグレダは一、二秒待ってから自分の〝落下〟をはじめた――が、ガーサーに追い抜かれないようにするには、それでは遅かった。ガーサーはそのまま円を描いて進んでいく。

サグレダは得意顔で両手を打ち鳴らした。「あなたはわたしの左後方から近づいてきて……前方へ遠ざかっていった、やっぱりわたしの左側を！　落下して追い抜くときも、そういう風に見えるはずです。でもアインシュタインのいうところでは、クローズアップして見れば、あらゆる落下中の物体は直線を描いているように見える。直線は、左側から近づいてきて、そのあと同じく左側へ遠ざかってはいきません。ふたりで落下している途中で、あなたの経路がわたしのと出会うとすれば、それは交差する以外にないんです！　左側からにじり寄ってきて、また左側へ離れていくことはできない！」

「もし円がもっと大きかったら」とガーサーが反論する。「あなたには、わたしがあなたの左側にいることすらわからなかったんじゃない！　あなたはわたしが真後ろから近づいてくると思ったでしょう」

サグレダはその考えを検討した。「あなたがいおうとしているのが、あらゆるじゅうぶんにゆるやかな曲線はまっすぐに見えるということなら、アインシュタインの考えは空論になります。だとしたら、重力についてなにひとつ語っていないようなことを、なぜアインシュタインはわざわざ口にしたんでしょうか？」少し考えてから、「同じ軌道上に、ただし反対むきに動いているふたつの衛星があったとしたら、そのふたつはまちがいなく正面衝突するでしょう。わたしたちが物事を比較すべき基準はそれです。それならば、大きい軌道についてああだこうだいってごまかす必要はありません」

その違いを納得させるのに必要なら衝突を実演しようという気にサグレダはなりかけたが、ガーサーは戦術を切りかえてきた。「〈変化〉の結果、どれくらい変化があったかをあなたは知らないのよ」とガーサーはいったのだ。

「それほど根本的なものだったということはありえないでしょう、わたしの体の原子が爆発しなかったのだから」

「ひも理論！」ガーサーがやけくそのように名称をあげていく。「余剰次元！　零点エネルギー！」

「それは関係ないと思います」サグレダはそうしたことのどれひとつ学んだ記憶がなかったが、そうしたものがすべて、それ以前の時代の科学を好き勝手に捨て去るのではなしに、それを基盤にしようとする試みと関わっていたことには、最大限に近い確信があった。どんな幾何学においても、自由落下が有する基本特性は同じはずだ。落下物体に円を描きながら加速させられるようにと、どんなに激しく湾曲した多次元時空を思いつこうとも、それはどうやってもうまくはいかない。

「で、これはいったいどういう仕掛けなんですか？」サグレダは気が抜けた口調で尋ねた。大股で洞穴の出口にむかい、「外のどこかに鏡があるとか？」

「いいえ」

サグレダは洞穴のしっかりした床の端まで来ると、いまにも彼女を下方への大いなる落下に送りだそうとしているかのような岩のてっぺんの縁につま先を合わせて、太陽に斜め下から顎を照らされながらそこに立った。

「そこから落ちたら」ガーサーが警告する。「ほんとうに落ちてしまうのよ」

この錯覚がどうやってこんなにも現実となめらかにつながって呼びおこされているのか、サグレダにはどうにも理解できなかった。足もとすぐのところに、下方四十五度に傾いた鏡があれば、サグレダの下むきの視線を水平方向に屈折させることができる。だがその場合、空のほうに傾いた別の鏡が彼女の正面にあって、前方の景色が直接見えないようにさえぎり、なおかつ鏡に映った景色がぼやけないようになっている必要がある。さらに、彼女が横をむいたときに同様の不毛な岩が地平線まで延々と続いているのを見るには……。

「こうすればわかる」サグレダはいい放つと、右足をすべらせて縁を越えさせていった。

だが体は異議を唱え、足を戻せと切迫した忠告をはじめる。「でもそうじゃなくて、鏡が何枚か割れるまで石を投げるだけでいいのかも」

「鏡なんてないのよ」とガーサーがうんざりした声で告げた。「これは全部、デジタルなんだから」

「デジタル？」サグレダはその真相告白にぞくっとしながら、ガーサーをふり返った。

「映像だということですか？　ＩＭＡＸみたいな？」

「それよりは仮想現実に近い」

　サグレダは自分の顔を手探りした。「でもわたしはゴーグルをつけていません。自分がゴーグルをしていればわかるはずです」

「世の中はゴーグルの時代から進歩したの」とガーサーが言葉を返す。

「どう進歩したんです？　コンタクトレンズとか？」サグレダは目の端に指を立てて、惑わしの源を探しはじめた。ガーサーが前に進みでて、サグレダの両肩に手を置くと、洞穴の入口から引き戻した。

「ど、ど、どう進歩したんですか？」サグレダは重ねて訊いた。「わたしの脳内に電線があるとか？　それとも頭蓋骨の中にチップ？　こんなとんでもないでたらめをあたえているのは、何なんです？」

「どう進歩したか。ありとあらゆるものに」ガーサーがいった。「あなたには目もなければ、脳もないし、体もない。それはすべてデジタルなの。あなたも、わたしも、わたしたちのまわりのなにもかもも」

　サグレダは脚の力が抜けるのを感じた、デジタルであろうとなかろうと。「あなたのいうことを信じる根拠は？」と悲痛な声で尋ねる。「それが真実だというなら、さっきはなぜ嘘をいったんです？」

「あなたが生きやすくするためよ」ガーサーは悲しげだった。「大して見こみがないのはわかっているけれど、新参者が来るごとに、わたしたちは最善を尽くそうとするの」

「新参者にこれが現実だと思わせようと、最善を尽くそうとする？」

「ええ」

サグレダは声をあげて笑った。「それでなぜ、わたしが生きやすくなるというんです？」

「これはゲーム世界なの」というのがガーサーの答えだった。「でも、わたしたちは料金を払っている利用者ではない。わたしたちは単なる背景の一部でしかない。わたしたちの役目は、まるで人生のすべてをここで生きてきて、ほかのことはなにも知らず、世界設定（ギミック）を本気にしているかのように振る舞うこと。賢い十歳の子どもなら、みんなこの世界の正体を五分で見破れる——でも、もしわたしたちが利用者の前で役柄を外れて、これが茶番劇だとわたしたちが知っていることを利用者に知られたら、それでおしまい」

「おしまいって？」サグレダは尋ねた。

「あなたは削除（デリート）されて、おしまい」

2

梟の休息所（オウルズ・レスト）の〃村〃は、サグレダが目ざめた洞穴とつながった、小規模な網状の洞穴の連なりだった。ガーサーが暗い通路を抜けてサグレダを連れていった先は、日の当たる窪み穴（アルコーヴ）で、そこでは歓迎パーティが待ちうけていた。半ダースの人々と、ひとり当たりの量が貧弱な料理の載った毛布。

「彼女が〈そのお方（ザ・ワン）〉なのか？」若い男性がガーサーに訊いた。

「違うわ、マシス」

サグレダは眉をひそめて、「〈そのお方（ザ・ワン）〉？」

「これが現実だと信じる能力を持つ、〈聖なる愚者〉だよ」マシスが答えた。「ぼくたちは長いこと、自分たちの目をごまかす方法を教えてくださるよそ者がやってくるという予言を信じているってわけさ」

「わたしは自分の目隠しをむしり取るまで、しばらくかかったわ」サグレダは打ちあけた。

「あなたは優秀だった」ガーサーが請けあった。「ここへ来たときには激しく混乱していて、丸一日かかる人たちもいるもの」

ガーサーはその場の人々を紹介していった。「サグレダ、ここにいるのが、マシス、セシス、ジェジス」とだらしない身なりの三人の男性を順に指さす。女性たちはもっとマシな見かけをするよう努めていたが、名前の選択はそうでもなかった。「シッシャー、ギッシャー、ティッシャー」

「ほんとの名前？」サグレダは辟易した気分で、「ピッシャーやトッシャーはいないの？」

「設定(ギミック)には従わなくてはいけない」マシスは厳しい声でサグレダをとがめた。「きみが利用者たち相手に〝サグレダ〟という名前を使いつづけられるつもりでいるなら、そんなことは忘れるんだ」

「この村よりは……伝統的なかたちで名前が変化したよその土地から来た、というのはダメ？」サグレダは訴えてみた。

「それを試して、結果を見てみたい？」シッシャーが不吉な口調でいった。

サグレダは空腹だった。ガーサーに招かれて、毛布の脇であぐらをかくと、チーズに手を出してみた。舌ざわりは奇妙だったが、味はそんなに悪くなかった。「じゃあわたしたちは、このチーズも自分たちで作ったというお芝居を最初から最後まで演じなくてはならないわけ？　まず、シミュレーション牛の乳搾りをして……」

「山羊よ」ティッシャーが訂正する。「においがするでしょ？」

山羊の気配を探してあたりを見まわしたサグレダは、かわりに壁面にある一種の日時計に目をとめた。岩の割れ目に木釘が押しこまれ、その脇に木釘の影に合わせて目盛り付きの曲線がいくつか彫られている。村の人たちがどれくらいの期間ここにいるのかをだれかに尋ねる勇気は、まだサグレダにはなかったが、曲線のようすからすると、それが描かれ、修正されるようになってから、少なくとも季節が完全に二巡しているようだった。

「それで、〈大災厄〉はだれが考えたんですか？」サグレダは訊いた。だれかが奇抜な新世界を作りだそうとしたが、現実の世界の仕組みをほとんどなにも知らなかったので、思いつけたのは仕掛けと矛盾のごった煮が精いっぱいだった、という感じがする。

「利用者が集団でやってきたときには」とマシスがいう。「ときどき、メタレベルの会話を耳にする。そこで一致しているのは、この世界は、ウィリアム・タッシュという名前の男が書いた、『東』という無名の三文小説が原作らしいことだ」

　サグレダは弱々しく笑った。「嘘でしょう？　その程度の本をそんなに手間暇かけて、形あるものにしようとする人なんて、いるわけないじゃないですか？」

「いないでしょうね、まったく手間暇がかからないのでないかぎりは」ガーサーが答えた。

「わたしたちがよく知っていたころと比べて、計算コストは数桁単位で下がり、ステップの大部分は自動化されたに違いないわ。この世界は、『ロード・オブ・ザ・リング』規模の人員も予算も必要ではなかったはず。むしろ、だれかが電子書籍を世界構築（ワールド・ビルダー）アプリに走らせてから、出来高払いでデジタル職人を数人雇ってヤスリがけをさせた、というほうが近いでしょう。同じようにして作られたほかの世界が、おそらく数百万はある。証明はできないけれど、話のすじは通るわ。そうでなければ、どうして粗悪な残り物を原作にしたりするの？　これまでになにか、ＹｏｕＴｕｂｅで見つけられないものなんてあった——

脱毛症治療法の最悪に低俗な広告でさえも？　コストがほんのわずかで、だれかがそのプロセスから数セントをほじくり出せるかぎり、人は黙々とガラクタをゴミ粉砕器に投入して、クランクをまわしつづけるのよ」

　サグレダはこのぞっとするような世界像相手に抗った。「何百万もの世界があって……そのすべてにわたしたちのような人たちがいる？『高慢と偏見』の世界なら我慢したけれど……」と、そこで言葉を切って、「そんなことをいっているわたしはいったいどこのだれ、そもそもそんな本を知っているなんて？　自分の母親の顔も覚えていないのに、そんな本の記憶があるってどういうこと？」

　マシスがいった。「利用者たちの内輪では、わたしたちは〝コンプ〟と呼ばれている」

「計算された(コンピューテッド)存在だから？」サグレダは推測してみた。

　マシスは両手を広げて、「かもしれない――だがぼくは、〝合成者(コンポジット)〟説だ。もしぼくたちが一から作りだされたＡＩだとしたら、なぜ現実世界についての知識をこんなにたくさんロードされているんだ。その結果ぼくたちは、ここでの役柄(ロール)を果たすのが困難になっているだけなのに？」

「それは作成方法しだいよ」ティッシャーが反論する。この女性の見た目は女性たちの中でいちばん高齢だ、それになんの意味があるかはともかく。「とても安く購入できる――あるいは海賊版が手に入る――日用品レベルのＡＩがあるとしたら、その標準モデルには、現実世界で実用性を持つ知識が備わっているでしょう。その基本線から離れる変更は高くつくでしょうし、ここみたいな完全に作り物の世界で特別に必要とされる馬鹿げた知識に金を払おうとする人はいないはず。だから利用者たちは購入したそのままのわたしたちをこの世界に放り（ダンプ）だして、順応できるかどうかはわたしたちまかせなのよ」

「その説の弱点は」マシスが応じる。「最新情報がいつのものかだ」サグレダのほうをむいて、「世界情勢について思いだせる最新の事件はなんだ？」

「急にいわれても」

「9・11は覚えている？」とマシスが助け船を出す。

「もちろん」

「バラク・オバマ？」

「ええ。アメリカの大統領」

「オバマの次はだれ？」

サグレダは首を横に振った。「知らないわ」

「興行収入が史上最高の映画は？」

「『タイタニック』？」これは推測だ。

「人によっては『アバター』と答えるだろうね」マシスは笑った。「これはぼく自身の説には反する、というのは、ぼくはその映画の物語のすじを知っていて、それはどうしようもないものに思えるからだ。だが、大金を稼いだからというだけで、ぼくの素材提供者たちがかならずしもその映画を気に入っていたことにはならない」

「素材提供者?」

マシスはサグレダのほうに身を乗りだした。彼の息は予想されたとおりに悪臭がした。

「二十一世紀初期に、数万人の人々がなにかの医学的研究のために脳をマップさせたとしよう。解像度はその人たちをソフトウェア内で——個々人として——再現できる高さではなかったが、ある時点で全データをまとめあげて合成者を構成することが可能になった。各素材提供者は基本的な神経構造は同じものを共有しているはずだが、ほかに共通して持っているものも同様にぼくたちに反映されることはありうる。大半の素材提供者は英語を話し、大半はエルヴィス・プレスリーやアルバート・アインシュタインの名前を耳にしたことがある……全員が一定の一般知識と常識を持った人々だ」

サグレダはいま、洞穴から頭を突きだしたときよりも、ずっと混乱した気分だった。

「ここにいるみんなが同じデータから構成されているのなら、なぜ全員が同じじゃないの? もし構成の過程で別々の性を生じさせるようにしたというなら、なぜわたしの心はガーサーと同じじゃないの?」

「加重平均のせいだよ」というのがマシスの答えだった。「異なる素材提供者に重みを置いて、異なるコンプを作る。オリジナルの人格のどれかが復活することはありえないが、混ぜあわせて生じる結果は無数だ」

「〝素材提供者〟たちは、みんなその計画に同意したの？」サグレダはみすぼらしいピクニック用毛布の端を、上の空で引っぱっていた。『そうか、わかった、それでいいよ。わたしの心のかけらの一部を、好きなだけクズVRゲームの中でよみがえらせてくれ』」

「もしかすると、素材提供者たちは死後に脳を寄贈したのかもしれない」とマシス。「それとも、全データが最終的にパブリック・ドメインになって、それをうまいこと合成者にまとめあげる技術が実現したときには、データをネット上から回収・削除する術がなくなっていたのかもしれない。なにがいいたいかというと、もしぼくたちが人間の先祖を持たないAIだとしたら、なぜぼくたちの創造者たちが、ぼくたちに自分の出自を教えないことにしたかは納得がいく――けれど、現代世界に関するほかのことを、なぜこんなにたくさん削除したんだ？　戦争や、各国の指導者たちや、ほかの新しいテクノロジーのことを？　削除が唯一意味をなすのは、ぼくたちの知識はすべて、何十年も前に得られたもので、だれであれぼくたちを生みだした人たちにはそれを修正する能力がない場合だ――こうした仮想環境で目ざめさせたぼくたちに、その環境から通常の方法で学ばせるという手段以外には。もしぼくたちが、説得力のある小説の中にいるとしたら、自分たちが知っているつもりだったすべてを手放して――なぜなら、それを補強してくれるものが存在しないから――その小説世界に屈服しただろう。たぶん、そういう道をたどったコンプたちもいる。そういうコンプたちは、信じることのできる世界を持てたというだけで、幸運だったのかもしれない。だがこの世界では、ぼくたちにできるのは、即興で振る舞って、利用者たちを満足させつづけようとすることだけだ」

サグレダは食欲がなくなっていた。立ちあがって、歓迎の宴から離れていく。「奴隷制度は廃止されたんじゃなかったの？」

ガーサーが、「最初のときには、そのために何世紀かかった？　わたしたちがどんな存在にしろ、いくらでもいるし、あまりに安価だし、とてもかんたんに沈黙させられるから、解放されるなんてことは当然ない。もしいまが、コンピュータが人間に話しかけるようになって五十年経っているなら──そしてどんどん自然な感じになっているなら──わたしたちがなにをいおうがしようが、世界の半分は、衛星ナビの指示を読みあげる声と同程度の基本的人権しかわたしたちにはあたえられない、と結論をくだすようになっているでしょう」

サグレダは下に手を伸ばして、怪我をしている右膝の皮膚を手探りした。「シンデレラにおとぎ話の本から逃げだしたいと嘆願されたら、だれだってぞっとするでしょう。でも、わたしたちがガラクタを切り裂いて、自分たちの真の姿を示したら？」

セシスが毛布のむこうから、噛んでいる途中の食べ物を吐き飛ばした。彼はいまのいままで会話を無視して、サグレダがナイーヴな質問を口にしているあいだも、楽しげに食事をしていたのだが。「自分の真の姿を示すのは、いちばん手っ取り早く死ぬ方法だ。利用者にひと言でもそんなことをいおうものなら、もっと広い世界が外部にあるのを自分は知っているとさらけだすことになる」そしてべとつく手をあげて、二本の指を自分のこめかみに突きつけた。

3

「おれの名前はジョンヒズ。あんたたちに害をなす気はない。ひと晩泊めてくれたら、引き換えに金属を渡そう」月光を浴びた男性の顔が洞穴の入口にあらわれてきて、男性が両前腕を完全に洞穴の床の上に置こうと奮闘するのを見ながら、サグレダは主人公たちがアパートの窓によじ登って出入りすることに明け暮れるドタバタ喜劇のあれやこれやを思いだしていた。

ギッシャーにちらりと目をやると、相手はかすかにうなずいた。サグレダは大股で前に出て、ジョンヒズが入口の縁を越えるのに手を貸した。ジョンヒズは髭を生やして、ずんぐりした、中年の男性で、この世界の住人（ローカル）すべてと同様にとんでもない悪臭を放っていた。

サグレダはジョンヒズをじっと見つめないよう精いっぱい努めつつ、この男性の現実の肉体が住んでいる場所を想像しようとした。彼女の仲間の端役（ビット・プレイヤー）たちはキングコングやコカ・コーラについて際限なくべらべらと話をするが、そんなだれもが持っている古くさいぼやけた知識よりもずっと鮮明でもっと現在に近いことを知っている相手と、サグレダがようやく巡り会ったとしても、いっさいの意味のある議論は厳禁なのだ。この世界のあまたの残酷さの中でも、それはトイレ設備の件に限りなく近い二位に位置した。

「ようこそ、ジョンヒズ。わたしの名前はサッシャー」自分が旅人に対して警戒していることになっているのはわかっていたが、この男性はサグレダと空腹痛を共有している感じではなかった。もしどちらかの側がちょっとばかり食人を試してみようかという誘惑に負けるとしたら、サグレダはだれよりもその気満々の候補者だった。

ギッシャーが自己紹介して、単刀直入に本題に入った。「金属のことをいっていたわね？」

ジョンヒズは背嚢の中を掻きまわすと、それぞれが約六インチの長さのわずかに錆びた角腕金を五つ取りだした。ギッシャーはうなり声で承認を示して、それを受けとった。

「ひと晩よ」と条件に同意し、「朝食はなし」

ジョンヒズはその条件で満足なようすだった。この男性がこの世界の住人（ローカル）でないのは確実だ。ジョンヒズは角腕金をそれっぽく装った古代遺跡からじっさいに発掘してきたのだろうか、それともゲーム世界に入る前に現実世界の金銭で購入した、一種のゲーム通貨なのだろうか、とサグレダは思った。

「敷物は要りますか？」サグレダはジョンヒズに尋ねた。

「いや、いい」背嚢の脇を叩いて、「必要なものはみんなここにあるから」

「どこから来たんです？」サグレダはさらに尋ねた。

「下の東のほうさ」その答えにはためらいがあった。

「もっとくわしくいうと？」

「鷲の嘆き（イーグルズ・ラメント）だ」とジョンヒズはいって、ぼろぼろの山羊皮の毛布を背嚢から引っぱりだした。

「ずいぶん長く登ってきたんですね」

「数日がかりだった」とジョンヒズは認め、「だが、ほかに選択肢があるか？　おれは西を目ざす、戦いに加わるために。義務は義務だ」

「そして重力は重力」サグレダは苦々しい思いでそういった。

ジョンヒズは笑った。蹴るようにしてブーツを脱ぐと、山羊皮の上で大の字になる。

「ごもっとも」

サグレダとギッシャーがその夜の見張り番で、完全に封鎖するには幅のありすぎる、後方の養兎場への入口を見張っていた。ギッシャーは無表情に壁の脇の持ち場に戻って、たぶんいつの間にかマイクロ睡眠に入ったり出たりしているようだったが、サグレダは外部世界からの来訪者を前にして口をつぐんではいられなかった。

「ここの暮らしはとてもつらいわ」サグレダは話しはじめた。「この前の冬はほんとうにひどかった。イーグルズ・ラメントでは山羊の群れで三頭死んで、菜園層ひとつ丸ごとの土壌が風に持っていかれた」

（わたしたちはみんなこの世界でいっしょに苦労しているとでもいうの？　冗談じゃない）サグレダは攻めかたを変えてみた。「創造者（クリエイター）はいると思いますか？」

ジョンヒズの答えは慎重だった。「たぶん」

「きっと公正な神なら、その民に才覚しだいで利益を得られる力をあたえると思いませんか？　問題には理性で対処し、逆境を克服して繁栄できる力を？」

「神がおれたちに〈大災厄〉をもたらしたわけじゃない」ジョンヒズが反論する。「あれは人間のせいだ」

「ほんとうに？」

「言い伝えではみんなそうなっている。おれたち自身の罪深い選択が、おれたちをエデンの東に落下させたのだと」

サグレダは小馬鹿にして鼻を鳴らさないよう苦労したが、ジョンヒズは話に熱が入ってきた。「おれたちが〈変化〉から学んだのは、努力することの無益さだ」と断言する。

「おれたちは西に登ろうとして一生を送ることもできる――だがその結果は、登りはじめた場所に自分を連れもどすだけだ」

「それが学ぶに値する教訓だと、あなたは思うんですね？」タッシュの小説もどうしようもない現実逃避以外のなにものにも思えなかったけれど、もし〈変化〉がほんとうにメタファーを意図したものだったら、それは無様きわまる思いあがりの最悪の例に違いない。

ジョンヒズはサグレダの問いに直接は答えず、「旅しているあいだ、人生には埋め合わせになるものがあった」感慨をこめていう。「毎朝の目ざめ、美しい女性との性交、自分に課す岩と風への試練、そして得られた黙想を日記に書き記す」

「すごくロマンチックです」サグレダはそう返事をした。「その女性たちというのはどこかで手に入れるんですか、それとも箱の中からク……」あやういところで口を閉じた。『東』の世界にはクリネックスはないのだ。

ジョンヒズはサグレダの言葉を面白がるように、傲慢に鼻を鳴らしてみせた。

サグレダはいった。「人生を耐えられるものにしているのは、つぶさに見ていけば世界は解明できるとわかっていることです。カオスの下にも、理解できるなんらかの秩序がつねにある――わたしたちの苦難の原因にも、理解できる意味があるんです。わたしたちを人間たらしめているのは、そうした事柄を改善できるくらいにじゅうぶん理解したいという欲求です」

　ジョンヒズは罠に食いつかなかった。「創造者はいるに違いないと思う」と言明してから、「だが、この世界でおれの目に入るのは、秩序よりむしろ……ある種の皮肉好きな知性だな」

　この世界の設計(デザイン)に知性を見出すこと以上の皮肉を、サグレダは想像できなかった。「わたしがよりよい人生を送るために、それがどう役に立つんです？」

「それには、〝前進〟あるのみだ」ジョンヒズは鼻であしらった。

「わたしが前進しようとする道に立ちふさがっている唯一のものは」サグレダはいった。「かつてわたしたちと正しく関わっていたさまざまな力が、手の届かないほど深いところに埋められてしまったことなんですが。いまのわたしには、気まぐれだけで形成された表面にしか触れられません」

　ジョンヒズは両肘をついて体を起こすと、正面からサグレダを見つめ、灰色の空を背景に頭が影になって浮かびあがった。自分はしゃべりすぎたのだろうか、なにもかもを理解していることをバラしてしまったのだろうか、とサグレダは思った。利用者たちのインターフェイスには大きな赤い苦情ボタンがついていて、それをほんのひと押しすれば、利用者が当然のものとしていた不信の停止を壊そうなどとした端役は、一瞬で処分されてしまうのだろうか？

「だが、それを変えられるやつがいるか？」ジョンヒズは訊いた。「神がいようがいまいが、そうした事柄はあんたやおれのような者の自由にはならないのさ」

サグレダは手探りでマシスの部屋の入口までやってくると、そこに立って彼の寝息に耳をすました。マシスが目ざめて呼吸が変化するのがわかり、身動きするのが聞こえた。

「きみかい？」マシスが訊いた。

「ええ」

ほかの女性たちはサグレダに、妊娠することはありえないと請けあっていた。幼児のコンプなどというものはいないし、この世界生まれの子どもとなればなおのこと。マシスのにおいのほうへゆっくりと歩いていったサグレダは、マシスが伸ばした手にぶつかった。マシスが立ちあがっていたのには、まるで気づかなかった。サグレダは笑い声をあげ、それからすすり泣きはじめた。

「シーッ」マシスはサグレダの両肩をつかんで、それから体ごと抱きしめると前後に揺すった。

「もしわたしが飛びおりても」とサグレダはいった。「きっと自殺にはならない。やつらはわたしを再利用するだろうから。そうしたらわたしは別の世界で目ざめられるかもしれないわ、清潔で苦労なく暮らせる世界で」

「『白鯨』の世界とか？」マシスが冗談をいう。

「あの作品に女性の登場人物なんていた？」

「たぶん、だれかの妻や、陸（おか）で待っている恋人がいるよ」

「わたしはその世界でも真実を知るのかしら？」サグレダはいった。「十九世紀のナンタケットで、黒人が大統領だとか自動操縦の車がもうすぐ実現しそうだとかいう奇妙な確信を持って目ざめて、真実を解き明かすことになるの？」

「さあどうだろうね」とマシス。「でも、きみがそんな危ないことを試してみるべきだとは、思わない」

4

サグレダは山羊たちが餌を探しまわるままにして、さっき山羊たちに水を飲ませに連れてきた湧き水の横にしゃがんだ。山羊たちが狭い岩棚を速歩で駆け、岩の窪みや割れ目にたまった土から突きだした新芽を探しまわっているあいだ、サグレダは細い水の流れが〝天然の〟溜め池に流れ落ちてしぶきをあげるのをじっと見つめながら、編んだ髪の毛に似た水の流れや、液体の複雑な表面が光を反射するようすが本物らしく見えることに驚嘆していた。

この世界を存在可能にしているインターネット企業がどんなに低俗だとしても、なんらかの汎用ゲーム・エンジンを手にしていることはまちがいなく、そのエンジンを作った人々は現実世界の仕組みをきわめて詳細に理解していた。流れる水の幻影（イリュージョン）をこれほど本物らしく見せるのは、平凡な業績どころの騒ぎではない。利用者でもコンプでも、こういう見慣れたものにわずかでも瑕疵（かし）があれば、目は非常に敏感にそれを感知するはずだ。

ゲーム・エンジンが使われているということは、こうしたちょっとした細部をもっともらしく見せる必要を意味しているのだろう――そしてここまでの四十九日間の人生で、サグレダは歴然とした不合理をまだなにひとつ見つけていなかった。世界設定（ギミック）はゲーム・エンジンのコア深くに書きこまれたものではなく、無理やり押しつけられたものに違いなかった。結局のところ、この村で通用して、サグレダの身のまわりの日常的な物体にあてはまるもっともらしい物理学と、それより少しでも大きなスケールで世界を支えるのに必要な、『ロードランナー』のカートゥーンめいた各種法則とを両立させられる前提など、存在しないのだ。

ここで問題になるのは、サグレダにその不一致を利用する方法を見つけられるかだった。

次の日、サグレダは道具ベルトを巻いて、槌と鏨（たがね）を持って出かけた。そして山羊たちが餌を探すあいだ、サグレダは湧き水のすぐ上の崖面の脇で危なっかしくバランスを取り、岩を相手に全力をふるった。

鑿は旅人のひとりからの支払いとして村人たちが入手した前〈大災厄〉時代の産物で、その鋼鉄の刃が打ちこまれるたびに、花崗岩のかけらが飛び散った。サグレダは両腕に痛みを覚えはじめたが、黙々と作業を続け、短い休憩を取って湧き水を飲み、顔に水をはねかけた。午後早くにはチュニックが汗でびっしょりだったが、長さ約三フィートで幅と深さ二インチの垂直な切り込みができていた。

サグレダの体力は尽き、ゲーム世界は力やその回復モードの計算をきわめて重要視していた。食べて眠る機会があるまで、サグレダの筋肉は弱ったままだろう。

村に戻ったサグレダが、ベルトから槌と鑿を外すのを見たマシスは、「あそこで彫刻を彫っているのか？」と冗談をいった。「前からこの村版のラシュモア山があればいいと思っていたんだ」

「それとはちょっと違う」

マシスは微笑んで、続きの言葉を待っていた。サグレダはいった。「わたしは直感を試しているの。手伝いたいなら、歓迎よ」

「ちょっと社交の予定表を確かめさせてくれ」

朝、ふたりはいっしょに出かけ、山羊たちが岩棚沿いの道を先に進んだ。湧き水のところまで来て、マシスはサグレダの昨日の努力の結果を目にした。

「なんのためにこんなことを？」マシスは訊いた。「屋内トイレを作ろうとしているのなら、妙なはじめかたをしたね」

サグレダはいった。「まあ好きにさせて。もし、わたしがただの馬鹿だったという結果に終わったら、あなたはそれをだれよりも早く知る喜びを味わえるから」

ふたりは順番に岩を相手にした。もうひと組の手があるおかげでどれほど仕事が楽になることか、サグレダはびっくりした。二分おきに休みが取れて、それでいて溝が絶えず深くなっていく光景を楽しめる。

正午ちょっとすぎ、切り込みのてっぺんが水のあるところを掘り抜いた。小さな穴から水がちょろちょろと流れ出て、岩の表面をたどってすべり落ちていく。

「これがきみの期待していたことなのか？」額から埃を拭いながら、マシスが尋ねた。

「それとも、世界がきみをコケにしたのか？」

「まだどちらでもないわ」サグレダは切り込みの端から端までを手で示して、「溜め池まですっと、水が自由に流れ落ちる道を作るまでは」

マシスは議論することなくサグレダに鑿を手渡し、サグレダは作業を続行した。

論理的には、水は岩の内部亀裂を伝って流れ落ち、やがて湧き水の開口部に達している〝のでなくてはならない〟。一インチまた一インチと、サグレダはこの隠された道すじをさらけ出して、確かめられるようにしていった。中間地点までの状況は、サグレダが正しかったのを示している感じだったが、まだ決定的ではなかった。だがそこから先はどんどん明白になってきて、ついには疑問の余地がなくなった。

最後に鏨を振るったのはマシスで、水を包みこんでいた岩の最後のひとかけらを粉々にした。マシスは岩にもたれかかると、右腕を叩いて筋肉をほぐした。「この一年でいちばん固い岩だった」小型の滝に目を凝らして、「ということは……水はどこからともなくあらわれていたわけではなかったのか？　それがきみの証明しようとしていたこと？　やつらは水を岩からの出口で魔法のように生みだしているのではない——そしてぼくたちがとことん意固地になれば、水の流れを逆にたどって惑星を一周できるかもしれない、と？」

「そこまで野心的なことを考えていたわけじゃないけれど」サグレダは微笑んで、「でもほんとうに、変化に気づいていないの？」

「どんな変化に？」

「水が溜め池に打ちつけているところ」

マシスはもういちどそこに目をやった。「水しぶきが大きくなっている」飛沫は溜め池をかすめて崖から離れ、飛び散って姿を消す前に日光を散乱させて、うっすらと虹を架けていた。

サグレダはいった。「しぶきが大きくなったのは、水が前より速く落ちているからよ」

「きみのいうとおりだ」マシスは眉をひそめた。「だが、なぜだ？　いまでは岩に触れずに、空気中を落ちているからなのか？」

「現実世界でそれがどんな違いを生むかは、見当もつかないわ」とサグレダは白状した。「でもわたしたちにとっては、こうして水が落下するところを見られるようになってみると、もし水が落下しながら速度を増さなかったら、嘘っぽく見えたでしょうね。岩から出てくるときの水は、いまでもありえないほどゆっくりだけれど、その見た目があまり奇妙に思えないのは、現実世界の山の湧き水は何万マイルもの高さの水柱になったりはしないからよ」

「なるほど」マシスは西のほうをちらりと見あげた。「それできみは、この結果をずっと押し進めていけると考えているんだね？」

サグレダは答えて、「当然でしょう？　ゲーム・エンジンの役割は、ありとあらゆるものを可能なかぎり現実的に見えるようにすること。だからもし、水がどんな高さから落下しても、現実の水と同じかたちで下にぶつかるように見せることを、わたしたちがゲーム・エンジンに強いたとしたら」そこで言葉を切る。「確かに、だれにも差異がわからないとゲーム・エンジンがあっさり判断をくだす、なんらかの限界はあるでしょう。でもわたしたちは、そこに至るはるか前に、大型水車（ホイール）を設置できる」

「ホイール？」マシスは笑った。「きみの望みは、水力発電プラントの建設なのか？」

「旅人から磁石を手に入れたことが、いちどでもある？」

「ないと思うね」

「なら、わたしは最初の計画をそのまま進めるわ」

マシスはぐるりと体をまわしてサグレダにむきあい、その途中で一瞬、すぐ脇の果てしない奈落の上に片足を突きだすかたちになった。「その計画というのは？」

「水車で発生させたエネルギーを使って、岩を掘っていくの。手はじめに、水の落下距離を長くして、もっとエネルギーが得られるようにする」

「エネルギーを増してなにをするんだ？」

サグレダは両手を広げて冷たい花崗岩に押しつけた。「天井がほとんどわからないくらいに高く、縁にほとんど気づかないくらいに深い洞穴を掘る。平らな地面で作物を育てられる大きさの洞穴を。百人を安全に守り、じゅうぶん養える大きさの」

5

「そんな大きさの洞穴は、たちまち崩壊するだろう」セシスが予言した。

サグレダは絵を描くのに使った黄土色の棒を指にはさんでまわした。壁から後ろに下がって絵の全体を眺めると、急にそれが、クレヨンを使った子どものお絵かきのような幼稚なものに思えてきた。けれど、反対意見がひとつ出ただけで、自分の構想をあきらめるつもりはなかった。

「この惑星の地殻全体が、自重で崩れ去らなければおかしいのに、そうはなっていません」サグレダは反論した。「なのにあなたは、ありえないほど大きな洞穴ひとつにごちゃごちゃいう気なんですか？」

　セシスがいう。「ほかならぬきみが、とにかく重要なのは見かけだ、とわたしたちに気づかせてくれたばかりではないか。確かに、地球の地殻全体はなんの支えも受けていない……だが、それに気づくには十秒間の合理的な思考が必要だ。それに対して、崖面の巨大な穴の上の岩がなんの支えも受けていないのは、見ればわかる。この世界が許容しない類の不合理のひとつは、どんな脳なし利用者でも気づくようなやつだ」

　サグレダは自分を支持してくれる人がいないかと見まわしたが、セシスに反論する気のある人はだれひとりいなかった。「では、崩壊のあとはどうなるでしょう？」サグレダは問うた。「天井から岩が降りそそいで洞穴を埋める……その結果、前に天井があったところに新しい洞穴ができます、最初に作った洞穴とまったく同じ大きさの。そしてその洞穴も崩壊して、以下同様に続いて、進路を西へ。上にあるなにもかもを片っぱしからむさぼり食う吸い込み穴です」あるいは、もし崩壊のたびに南北方向にもわずかずつ広がるとしたら、〝上にある〟は不要になるかもしれないが。

　ギッシャーがいった。「あるいは、再起動（リブート）を招くだけかもしれないわ。ゲームは一から再開される、新しい端役をそろえて」

サグレダは両肩に寒気を感じた。それは、大量虐殺だと意識することさえなしにおこなわれうるのだ。こんなデジタル僻地には人間の管理者なんていないのでは、とサグレダは思っていた。だが、もしゲーム・エンジンが音をあげて、素材を最低限レベルのもっともらしさでレンダリングすることさえ不可能になったと宣言したら、完全自動プロセスが起動されて、〝黒板〟をきれいに消し去ってしまうのではないだろうか。

「支柱を立てればいい」といったのはマシスだった。「というより、岩を掘っていくときに、その場所だけを残すんだ」サグレダが視線を投げると、マシスは午後の日ざしの中でだらしなく床にすわって、うすのろのようににやにやしていた。「〝重さを支えられる〟頑丈さで」とマシスは言葉を足して、「でも、光をさえぎらない太さで」

ガーサーが愉快そうに大声で笑った。「いいんじゃない？　すべてを剝ぎとるのではなく、『皇帝の新しい重力』用の〝くさいものに蓋〟を残しておく。ショッピングモールの巨大なアトリウムが数本の細長いコンクリートの柱で支えられている光景にも、人々は慣れたわ。この世界は丸ごと崩壊して当然だと気づいた上に、さらに一歩進まないと、人々は最新素材の必要性を考えはしない」

サグレダは黄土色の棒で半ダースの垂直な線を計画図に描き足した。そしてセシスにむき直る。

セシスはいった。「支柱のあいだにアーチを渡せば、うまいことといくのではないかと思う」

アーチがあれば、天井の重さを支柱にむけているように見えるだろう。そして全体がとてもクラシカルでエレガントな眺めになるだろう。ゲーム・エンジンは目を楽しませようと必死で働く——そして目は、こんな質問をしなくなるだろう。『なにがこの支柱を支えているの？　なにが床を支えているの？』

6

「なぜわたしは不安な気持ちなの？」ガーサーがサグレダに叫んだ。「ここでメタレベルの話をしても、だれにも責められるわけではないのに、それでもこの眺めには腸（はらわた）がよじれるわ」

サグレダも同じ気分だったが、怖じ気づくつもりはさらさらなかった。ガーサーの肩に腕をまわして、監視プラットフォームの端から引き戻す。Ⅳ型機はふたりのほんの六、七フィート下だが、機械のてっぺんにあるホイールの上に落ちたら——まして、三本の広がった脚のあいだで濡れた岩に鏨が無慈悲に打ちこまれている空間にならなおさら——まず助かるまい。

剝きだしになった滝は、いまでは少なくとも切場の上、六十フィートまで延びている。まったくの幸運なのか、なんらかの水文学的経験則のおかげなのか、ここにもともとあった湧き水は、はるかに大きな流れから脇に出てきた支流のひとつにすぎないことがわかった。量も速度も大きな水流が得られたおかげで、掘削機は毎日百立方フィートの岩を掘り抜きつづけていた。

「おや、お客さんだ！」ガーサーがいって、南側の岩壁を登ってくる女性を指さした。女性は岩に刻まれた一連の手懸かりや足懸かりをたどって上に進んでくる。自分の素材提供者の大半は、こんな風に登攀を試みる人の姿を見ただけで目が眩んで気絶するのではないかという気もするが、サグレダはもはや、この光景がほとんど通常のことに思える状態に達していた。

「ミッシャー！　元気だった？」ガーサーは手を下に伸ばして、女性がプラットフォームにあがってくるのを助けた。「イーグルズ・ラメントはどんな様子？」

ミッシャーはサグレダをちらりと見て、「この人は……？」

「利用者かって？　違うわ！」

「なら、わたしをマーガレットと呼んで。奴隷名にはもううんざりだから」

ガーサーは驚いた顔になったが、うなずいて了解すると、「こちらはサグレダよ」

マーガレットはサグレダと握手すると、ふりむいて、下の溝の中に鎮座して滝に打たれている奇怪な装置を調べはじめた。Ⅳ型機がすばらしいのは、掘削点を自動的に移動させることだ。制御用ロープがシリンダーからほどけ、鏨が支えの三脚の中央真下から螺旋を描いて外側に移動していく。サグレダの目にはそれが、泡立つ水中に隠れた巨大爬虫類を火星人が串刺しにしようとしているところのように映った。

「あなたたちがこういうものをもっと作れるようにするなんてことのために、わたしたちが手持ちの金属の半分を譲り渡すと、本気で思っているの？」マーガレットは笑った。「確かに印象的ではあるけれど、水力駆動ロボットで現実的な食い扶持を稼ぐのには、ほど遠いわ」

「古くさい未来は忘れて」ガーサーがいった。「もっといいものをあげられるかもしれない」

　オウルズ・レストに戻り、村人たちが来客を山羊肉やヤムイモでもてなす中、サグレダは内心温めていた新しい計画を説明した。

「いま現在、この村では滝の水のすべてを、しぶきとして飛び散らせているだけです」サグレダはいった。「滝を落ちたあとの水はほったらかしで、たぶん霞になっているんでしょう。けれど、そちらの村が、ある設備を村外れに設置する気があれば、この水の流れを丸ごと無駄にする理由はなくなります」

「どんな設備？」マーガレットは警戒するように尋ねた。

「仮にこの村で、滝から落ちた水をS字形に曲がった水路に流して、崖面から流れ去る速度の大半を殺し、できるだけまとまった水流を形成するとします。そしてそれをまっすぐに落下させる」サグレダは指一本で空中にその流れを描いてみせた。「そして、そちらの村でそれを受けとめる準備がしてあれば、あとの使い道はご自由に。そちらの村でもホイールを動かすとか、一部を灌漑にまわすとか……そして残った分をもっと東の村に転売するとか」

「灌漑は有用でしょうね」マーガレットは同意した。「だけど、うちの村で独自のホイールを持っても、なんの役に立つのかわからない」

「掘削よ」ガーサーが例をあげた。「あなたの村では、サグレダの計画している洞窟ほど広いものを欲しいとは思わないかもしれないけれど、もう少し生活空間があっても無意味だとはいわないでしょ」

マーガレットは考えこんでから、「掘削機の製造方法について、あなたからのアドバイスが必要になりそうね」

「それはぜひ」サグレダは答えた。「わたしたちの失敗すべてを、そちらの村でも繰りかえさなくてはならない理由はありません」

「その前に、わたしはこれを投票にかける必要がある」

「でも、推薦する立場でほかの村人たちに話すんでしょう？」ガーサーが不安げに尋ねた。

マーガレットはいった。「ひと晩考えさせて」


サグレダは朝食のあいだ、この取り引きを成功と呼ぶ際に必要な、特定の種類の金属部品をマーガレットによくよく説明した。紙とインクの欠如に、サグレダは気が狂いそうだった。イーグルズ・ラメントの村全体が取引に賛成したとしても、取り決めの細部に対する文句が出ないわけはないのだから。

一時間後、サグレダはガーサーと並んで洞穴の縁にすわって足をぶらぶらさせながら、東へ進んでいくマーガレットを見送っていた。一週間以内に返事を送りかえすとマーガレットは約束していた。

「これからはグレースと呼んでちょうだい」ガーサーがきっぱりといった。

「ガートルードじゃなくて？」とサグレダがからかう。

「くだらない」グレースは崖面から顔をあげて、片腕をかざして太陽を目からさえぎった。

「たとえ二台目の掘削機が手に入っても、この計画が完了するまでには何年もかかるでしょう。中世の大聖堂の建設のようなものだわ」

「当時の人たちは大聖堂の内部で作物を育てたりはしなかったと思いますよ。家畜は飼ったかもしれませんが」

「そしてわたしたちは仮想花崗岩をインチ単位で延々と掘り進んでいるけれど……それは全部、適切なコンピュータで二、三のキーを打てば一瞬で実現できる変化に、ちょっと手を出しているにすぎない」

サグレダはそれに反論できなかった。「このゲームがはじまってから、どれくらい経っていると思いますか？」サグレダは訊いた。グレースは彼女の〝先祖〟の一覧を暗誦できる。グレースが最初に目ざめたとき、この世界への案内役になったティッシャーにはじまって、バスシェバーにいたるまで遡って。バスシェバーというのは、あくまでも前提にこだわり抜いたといわれている人物で、それゆえに非意識のローディング・プログラムか、だまされやすい人間の例を作るために雇われた外部世界の人間に違いないと思われている。ティッシャー以外は全員が故人だ。落下するところを目撃された人も何人かいるが、そうでない人も含めて大半が自ら飛びおりて死ぬことを選んだのだと信じられていた。

「約十一年ね、いろいろと足しあげてみると」とグレースは答えた。

「いずれ、人々の考えかたは変わるんじゃないでしょうか」とサグレダはいう。「ここにいるわたしたちがその徴候に気づくことはできないかもしれませんが――ましてや、人々に訴えることなどなおさらですが――人々がわたしたちのことを誠実に考えはじめることがあれば、わたしたちに自由をあたえるのは時間の問題にすぎないといえるのでは」

グレースは冷淡に笑った。「利用者と何人も会ったことがあるのに……それでもあなたはまだ、希望があると思うの？」

「人々がいっそう愚かで残酷になればなるほど」とサグレダは主張した。「そもそもシステムを利用したいと思うのは、その愚かさと残酷さゆえであることが、いっそう明確になっていきます。コンプは人類の、とくに典型的なサンプルです。もし肉体を持つ人々の大半がわたしたちと似ているとすれば、この状態をそんなに長いこと放置しておくほど無情だとはとても思えません」

7

サグレダは制御用ロープを引っぱりおろし、水流をさえぎって内側の斜路に流れこませていた水門の扉を、放水口の端から端まで動かした。掘削機が沈黙し、イーグルズ・ラメント目ざして落ちていく激流が勢いを増す。サグレダは両方の音を愛するようになっていたが、ぞくぞくするのは垂直の水流が立てる騒音のほうで、それは流れ落ちる水の力と雄大さを純粋に表現していた。

五分かかって、岩のかけらで濁った水が洞窟の床から引き、あとには掘削された花崗岩が日光にきらきらと輝いていた。サグレダはマシスのほうをむいて、「掘削機を点検してくる」

「いっしょに行くよ」マシスがいった。

マシスはサグレダのあとから梯子を下った。床はまだすべりやすく、ふたりのサンダルは濡れた床の上でコミカルに鳴った。

午後の日光が洞窟の奥深くにまでさしこんでいる。支柱が床に投げる細長い影は、一日を通じてほんのわずかしか動かず、季節が変わってもそれよりほんの少し動くだけなので、周囲に作物を植えるときに問題はないはずだ。湧き水から濾しとった沈泥の畑から伸びる穀物や野菜の列を、サグレダは思い描いた。すでにゲーム・エンジンはいくつかの試験用区画において、この計画の実現性を認めていた。たとえ先例は先例にすぎないとしても、もはやゲーム・エンジンはサグレダたちに対して、ここでは作物は実を結ばないというフリはできない。

ふたりは、六台の機械が岩面をジグザクに上がり下がりするときに使うフレームのところに来た。洞窟の床から十フィートかそこらの高さで歯止め装置で停止している最初の機械に、サグレダはよじ登った。

「刃のひとつが割れている」サグレダは声に出して報告し、鋼鉄にできた細いひび割れを指先でなでた。以前ならサグレダは、それをそのままにしておいて、粉々になるまで最大限利用しただろうが、イーグルズ・ラメントの坑夫たちが炭層を掘りあててから、少しでも損傷した道具は鋳造所に送って修理する価値を持つようになった。

「こっちは問題なしだ」マシスが二台目の機械から声を返した。ずっと上の、ほとんど天井近くにいる。

サグレダは支え台から刃を引き抜いて、しっかりと自分のベルトにしまった。機械からおりる途中で、きしみ音が聞こえ、自分の不注意な動作のどれかのせいでフレームの一部ががたついたのだろうかと思った。

だが、うるさい音は切場からは遠い洞窟の入口から響いてくる。ふりむいたサグレダは、最南端の支柱の中央が外側に曲がって、そして鶏肉の骨のようにポキンと折れるのをちょうど目にした。ふたつに折れた支柱が床にぶつかり、そこにつながっていたアーチもあとを追う。こまかい粉塵がサグレダにむかって押し寄せる一方、立ちのぼり、厚みを増して、ついには日光を完全にさえぎった。

サグレダはマシスを探して周囲を見まわしながら、自分たちの身を守るにはなにができるかを考えようとした。とはいえ、もしひとたび天井が崩落したら、連鎖的な崩落は止めようがない。誤謬（ごびゅう）だらけで作られた世界全体が、その不整合の重みによって崩壊するだろう。外観は瓦礫の山と化し、ゲームはリブートされるだろう。生き残れる希望はない。

咳をして塵を吐きだしながら、サグレダは視界ゼロの状態で手を伸ばし、もういちどフレームを見つけて、自分の位置をはっきりさせようとした。

「マシス！」と叫ぶ。

「ここにいる！」

サグレダは目を細くして暗闇の中を覗き、マシスが数フィート先にいるのを見た。だが、いざその瞬間になってみると、別れの言葉を思いつかなかった。

「次に目ざめるときは、エイハブなんていう名前になる気じゃないでしょうね！」

「それはないよ」マシスは約束した。

サグレダはマシスにむかって歩きながら、ふたりが隣りあって目ざめるところを想像した。田舎家で、ブリキの掘っ立て小屋で、野原で。豪華な世界は必要ない、サグレダに必要なのは、とにかく意味をなす世界だった。

塵のあいだから日の光がさした。マシスが片腕をサグレダにむけて伸ばし、その影が地面まで斜めに続くくっきりした黒い平面になる。マシスはサグレダの手をつかむと、しっかりと握りしめた。

「あの音！」マシスがいった。

サグレダには滝の音しか聞こえない。

「わたしたちはおもちゃにされているわ」サグレダはいった。崩壊のプロセスがはじまってしまったら、それが途中で止まる理由があるはずはない。

ふたりは空気が澄んでくるのを待った。洞窟の入口には、粉々になった岩が山と積もり、折れた支柱の一部がいくつか突きだしていた。真上の天井はでこぼこした丸天井に姿を変えていたが、ほかにはなにも落下してきていなかった。

まったくすじが通らない。果てしなく上に続く岩は、この崩壊によって軽くなってはいないし、その岩の重さをきっちり支えていることになっていたありとあらゆる構造は、弱体化しかしていないのに。けれども、サグレダは認めざるをえなかったが、頭を働かせるのをやめ、そうした事実を気づかせようとするしつこい声には戯れ歌でも聞かせてやることにしてしまえば、この局部的な崩壊の影響は一見するとおさまったように見える。時の流れとともに荒廃が進んでいるが、荒廃しているという点では変化のない古代の廃墟のように。タッシュのカートゥーン的重力は、サグレダの鉄面皮に手痛い一撃を加えた上、自らの力を観察眼のない観衆にあらためて見せつけるのに必要なだけの損害を出してみせた。だがそこでカートゥーン的重力は、結果がアポカリプス的なものになる前に、勝ちようのない争いから手を引いたのだ。

サグレダはいった。「あの瓦礫はそのままにしておきましょう、ゲーム・エンジンのご機嫌を取るために。光をさえぎりすぎることもないだろうし」

マシスは体を震わせていた。サグレダは彼を引き寄せて、抱きしめた。

「いままでここには、老いが理由で死んだ人はいる？」サグレダは訊いた。

マシスは首を横に振った。「死んだ人は、全員飛びおりたんだ」

サグレダは一歩下がって、マシスと目を合わせた。「それなら、実験をしてみましょうよ」サグレダはいった。「ふたりでいっしょに、年老いていきましょう。どれだけ長く、どれほどしあわせに生きていけるか試しながら、外部世界が文明的といえるようになるのを待つの」

失われた大陸

Lost Continent

1

おじがアリの右腕をつかんでよそ者にさしだし、相手はアリの手首をきつく握った。

「いまこのときから、おまえはこの人のいうことに従わねばならん」おじがアリに命じた。

「父親に従うようにして、この人に従うのだ。そうしていれば、おまえの人生はだいじょうぶだ」

「はい、おじさん」アリは敬意を示して視線を下げたままでいた。

「いっしょに来い、少年」よそ者がいって、ドアのほうにむかった。

「はい、ハジ」アリはぼそぼそした声でいって、おとなしくあとに従った。母が隣室でそっとすすり泣いているのが聞こえていたし、自分も涙をこらえるのに苦労しなくてはならなかった。母とおじには別れの挨拶をしていたが、いとこたちとは最後に話す機会がまったくなかった。いまは真夜中と夜明けのあいだで、家の中でほかに起きている人がいても、毛布の中にうずくまって、なにが起きているのかと耳を澄ませはするものの、顔を出そうとまではしなかった。

鉄の手かせのようにアリの手首をつかんだまま、よそ者は大股で冷たい夜の中へ歩き出た。彼はアリを、おじの家の外の氷混じりのぬかるみに駐まっているランドクルーザーのところへ連れて行った。霜に覆われた車の表面が星明かりにきらめいて、悪夢から出てきた幽霊のようだ。車のにおいを嗅いだだけで、アリの体が恐怖で強ばった。においが父の死や兄の失踪の前兆だった。経験がアリに、そういう機械は悲劇を運んでくるだけだと教えていたが、おじはこの車の運転手にアリの身をゆだねたのだった。アリは自分に鞭打って車に近づいた。

よそ者はようやくアリの手首を放し、車両後部のドアをあけた。「中に入って、毛布で体を覆え。身動きするな、そして音を立てるな、なにがあっても。おれにいっさい質問するな、そしておれに車を止めろと頼むな。小便をしておく必要はあるか？」

「いいえ、ハジ」と返事をしたアリは、恥辱で顔が熱くなっていた。この人はぼくを子どもだと思っているんだろうか？

「よし、中に入れ」

アリがいわれたとおりにすると、男はぞっとするような笑いのこもった声でいった。

「おれを〝ハジ〟と呼んで敬意を見せているつもりか？　おまえの村の老人はみんな〝ハ

ジ〟なんだろうが！　おれはメッカに行ったことがあるだけじゃない、預言者その人の時代にそこにいたんだ、彼に平安あれ」アリはぼろぼろの毛布で顔を覆ったが、それには濃縮された機械の悪臭がたっぷり染みこんでいた。アリはよそ者が少しのあいだ闇の中で、メッカへのこの世ではありえない巡礼について思いにふける姿を思い描いた。男はアリの父の農場を十回以上買えるほどの金を身に帯びていた。なのにおじは、その農場と、アリの母の宝飾品――数世代がかりでようやく手に入れた財産――を売って、そのお金をすべて、アリを安全な場所と時間へ神隠(スピリット・アウェイ)ししてやると大口を叩くこの男に渡した。

ランドクルーザーのエンジンが震えて動きはじめた。車が高速でバックし、アリは危険を感じた。だが車は停止すると、タイヤをきしらせながら進行方向を変えて前進をはじめた。ぬかるみに刻まれた轍(わだち)がアリの脳裏に浮かんだ。

こうした機械に乗るのは、アリはこれがはじめてだった。友人たちの二、三人は〈学者たち〉といっしょに、荷台のある車に乗せてもらったことがあった。友人たちは空にむけてライフルを撃ちまくったあと、荷台から転げおちて埃まみれになり、その後十日間は興奮してはしゃいでいた。その友人たちの全員がスンニ派だったのはいうまでもない。シーア派にとって、〈学者たち〉といっしょに車に乗ることは、別の結末を意味していた。

ホラーサーン地方はアリが物心ついてからずっと、戦禍をこうむっていた。何十年にもわたって、遠い未来から来た想像を絶する残虐な暴君たちが国じゅうの徒党に自らの武器をあたえ、あたえられた側は土地と権力をめぐるつまらぬ諍いでそれを使った。時おり将軍たちは若い男たちを兵隊にとるために徴兵部隊を峡谷に派遣したが、最初のうち村人たちは結束して息子たちを隠したり、徴兵員に贈賄をして素通りさせたりした。スンニ派でもシーア派でも違いはなかった。隣人どうしはいっしょになって、兵士を自称する盗賊どもを知恵で打ち負かし、村に手を触れさせなかった。

ところが四年前〈学者たち〉がやってきて、なにもかもが変わった。

〈学者たち〉が過去から来たのか未来から来たのかははっきりしなかったが、未来の武器と乗り物を持っているのは確かだった。〈学者たち〉はホラーサーン地方に意気揚々と自分たちのランドクルーザーを走らせて、将軍たちの何人かの命を奪い、何人かは贈賄で抱きこんで、みすぼらしい封土の血まみれの継ぎ接ぎ細工をひとつまたひとつと征服していった。この地に統一と敬神をもたらすと〈学者たち〉が約束したので、多くの人々が喝采を送った。将軍たちとその暴徒も同然の軍隊は好き勝手に女や子どもを誘拐し、強姦してきた。〈学者たち〉は強姦者どもを都市の門から吊した。将軍たちは道路という道路に検問所を設けて、旅人から金銭を巻きあげていた。〈学者たち〉は道路を開放して、ふたたび安全に交易と巡礼ができるようにした。

だが〈学者たち〉によるこの地の征服は不完全なままで、いまも北部では激しい戦闘が続いていた。〈学者たち〉が自らも兵隊を探してアリの村にやってきたときには、徴兵巡回に新たな戦略を持ちこんでいた。シーア派だけを前線に送りこんで、制圧されていない将軍たちの銃弾に身をさらさせるのだ。〈学者たち〉の布告によれば、シーア派は真のイスラム教徒ではなく、これがその身をあがなえるただひとつの道なのだ、という。より敬虔で誉むべきスンニ派の同胞のために命を捨てることが。

この欺瞞は、この甘言と無慈悲は、村をふたつに引き裂いた。多くの友人たちはその分断を超えて誠実なままでいたが、古くからの信頼は、古くからの結束は、失われてしまった。

二カ月前、アリの近所に住む人が、アリの兄ハッサンの隠れ場所を〈学者たち〉に密告した。十数人の〈学者たち〉が二台のランドクルーザーで朝早い時間に農場へやってくると、ハッサンを引っぱっていった。父から手出しを禁じられていたアリは、なすすべもなくそのようすを自身の隠れ場所から見守っていた。それに、数えられないほどの速度で大量の弾丸をばらまく〈学者たち〉の武器を相手に、自分たちのライフルでなにができるというのか？

翌朝、アリの父は村の〈学者たち〉の駐屯地に赴いて、賄賂でハッサンを取り戻そうとした。アリは山腹から農場を眺めおろして待っていた。ランドクルーザーが一台だけ戻ってきたとき、アリの心は希望で膨らんだ。〈学者たち〉がぐんにゃりした身体を車から放りだしたときでさえ、アリはそれがハッサンで、殴打されて気絶はしているがまだ生きていて、介抱すれば健康を取りもどすものと考えていた。

それはハッサンではなかった。アリの父だった。やつらは父の喉を切り裂いて、硬貨を一枚、口の中に入れていた。

アリは父を埋葬すると、半日歩いて、母が身を寄せている隣村のおじのところに行った。おじは裕福な近隣の人に農場を売却する手配をすると、アリを安全な場所へ連れて行ってくれる時間旅行者（モサーフアー・エ・ワクト）を探しだした。

アリは抗議したが、すべてはもう決まったことで、アリの意向など問題にされなかった。アリの母は自分の兄の庇護のもとで暮らし、アリは未来で自力で生計を立てていくことになる。もしかするとハッサンも、神の思し召しがあれば、〈学者たち〉から逃げだすだろうが、それはアリたちにはどうにもならないことだった。だいじなのはわたしの若いほうの息子を〈学者たち〉の手の届かないところにやることだ、とアリの母はあくまでもいい張った。

ランドクルーザーの後部で、アリの心は大きく揺れていた。こんな風にして逃げだしたくはなかったが、とどまっていたら命の危険にさらされたことは疑う余地がない。兄が戻ってくることを、父の敵討ちができることを望み、〈学者たち〉が滅ぼされるのを見たいと願ったが、〈学者たち〉の敵として残っている中で、まともな戦力があるのは残忍な犯罪者たちだけで、そいつらは〈学者たち〉と同様、アリの同胞を憎悪していた。高潔さと純粋な精神を持つ正義の軍隊など、どこにもなかった。

ランドクルーザーが減速して、やがて停止したが、エンジンはアイドリングしたままだった。時間旅行者（モサーファー・エ・ワクト）が大声で挨拶し、何者かと親しげに言葉を交わしはじめた。おそらく、道路を監視している〈学者たち〉のひとりだろう。

　アリは血が凍った。このよそ者がアリを〈学者たち〉に引き渡すだけだったら？　単なる金銭でどれだけの誠実さを買えるというのか？　おじはコネのある人がいないかを峡谷のあちこちに問いあわせ、この男の評判に得心していたが、時間旅行者（モサーファー・エ・ワクト）が自分の名声とそれがもたらす利益をどれほど重く見ていたとしても、そこには別の種類の取り引き、背信によって得られる利益というものがつねに存在するはずだ。

　ふたりの男は声をあげて笑い、別れの挨拶を交わした。ランドクルーザーが加速する。

　数時間に思えるあいだ、アリは死んだように動かず、エンジンのゴロゴロいう音を聞きながら、どれくらい遠くまで来たかを判断しようとしていた。アリは生まれてからいままで村をいちども出たことがなく、その外になにがあるのか、ほんとうに大まかな概念しか持っていなかった。夜明けが近づくと好奇心を抑えきれなくなって、リアウィンドウからちらっと外が見える程度にそっと毛布の裾を持ちあげた。雪をかぶった山頂が夜明け前の光の中で左側にくっきりと見えた。それが自分の知っている山をいつもと違う角度から見ているのか、これまで目にしたことのない山なのか、はっきりしなかった。

そのあとあまり経たないうちに、車は礼拝のために止まった。男とアリは氷のように冷たい小川で身を清めた。スンニ派とシーア派のふたりは横に並んで祈りを捧げ、アリの不安と疑いは少し後退した。どれほど傲岸であっても、この男は〈学者たち〉と違って、アリの同胞を侮蔑してはいない。

礼拝のあと、ふたりは無言で食事をした。時間旅行者（モサーフアー・エ・ワクト）はパンとドライフルーツと塩漬け肉を持ってきていた。アリがあたりを見まわすと、人が作った道を車があとにしてからずいぶんになるのは明らかだった。車は峡谷よりも高地にあるが、まだ雪線よりはずっと下の山道をたどっていた。

車は山の中を三日間走り、ようやく突風の吹く埃っぽい平原に出た。アリはあまりに長いこと丸まって横になっていたので、平原で二度目に停車したとき、その機会を最大限に活かして脚を伸ばし、ランドクルーザーから離れて一、二分歩きまわった。

戻ってきたアリに、時間旅行者（モサーフアー・エ・ワクト）がいった。「なにを探していた？」

「なにも探していません、ハジ」

「ここをもういちど見つけられるように、目印になるものを探していたんだろう？」

アリは困惑した。「いいえ、ハジ」

男は近くに来ると、アリがよろめくほど強く顔を横殴りにした。「通ってきた道のことをだれかに話したら、おまえは家族についての悪い知らせをもっと聞くことになるぞ。どういう意味かわかるな？」

「はい、ハジ」

男はのしのしとランドクルーザーに戻った。アリは震えながらそのあとに従った。車がたどってきた道すじの細かいことも、取り引きの秘密も、なにひとつ、相手がだれでも漏らすつもりはなかったが、現実のことでも想像上のことでもなにかうかつなことを口走ったときの人質として、おじが名指しにされたのだった。

午後遅く、アリが耳にする風の音が急に変わり、歯がずきずき痛むようなかん高い号泣と化した。こらえきれず、アリは毛布の下から頭をあげた。

車の前方で小さな砂嵐が地面を舞っていた。それは行きつ戻りつしながら全体として車から遠ざかり、そのようすは生き物が車から逃げようとしているようでもあった。ランドクルーザーは砂嵐に追いついた。嵐の中央は砂塵が立ちこめて暗く、風がもつれあっていた。アリは胸を締めつけられる思いがした。これがそれなのだ——時間橋（ポル・エ・ワクト）。アリの村のだれもがそういうもののことを耳にしたことがあったが、それがなんなのかは各人いうことが違った。人の作りしもの、精霊（ジン）の作りしもの、神の作りしもの。起源がなんにせよ、その秘密を知った人々がいた。その秘密を真の意味で手にした時間旅行者（モサーフアー・エ・ワクト）はまだひとりもいないけれど、ほかにそれらの橋を見つけたり、その奇妙な深みを目的地へ渡ることができる人はいなかった。

車はじりじりと近づいていった。ランドクルーザーの窓に降りかかる砂塵は、アリが目にしたことのあるどんな砂よりも細かく、けれどアリの家の屋根にときどき降る雹（ひょう）のように騒々しかった。アリは命じられていた事柄をすっかり忘れて、車が闇の中へと消えていくとき、毛布を払いのけ、大声で祈りはじめた。

時間旅行者（モサーファー・エ・ワクト）はアリにはかまわず、独り言をいいながら、なにかの機械の魔法によって彼の正面で流れるように変化していく、不思議な発光する地図と文字に集中していた。ランドクルーザーはのろのろと進み、砂塵と風に打ちつけられながらも、明白に前進していた。二、三分すると、外から見えていた砂嵐の全幅をずっと超える距離を車が移動していることが、アリにもはっきりした。車はアリの時代とアリの国をあとにして、橋の内部深くに入っていた。

ランドクルーザーのライトが照らしだすのは、前方手幅の距離の飛びまわる砂塵だけだった。アリは正面の輝く地図をこっそり凝視したが、それは分岐し再結合する通り道の迷路で、アリにはなにも読みとれなかった。時間旅行者（モサーファー・エ・ワクト）は一本の道の上に指を走らせつづけてから、前方になにかの障害物か危険を発見したかのように悪態をつくと、別の道に指を移した。アリのおじは、〈学者たち〉はもっと遠くにある別の橋を通ってホラーサーンへ来たのだから、少なくともここで〈学者たち〉と鉢合わせすることはない、とか安請け合いをしていた。別の橋への入口は、ふらつき歩く酔いどれ王の護衛のように、砂漠を渡って果てしなくそれを追いかける一団の車両によって、昼夜の別なく監視されている。

遠いところに日光の気配があらわれ、それはゆっくりと明るさを増していった。だが二、三分後、時間旅行者（モサーファー・エ・ワクト）はののしり声をあげて、その明るみから進路をそらした。アリはうろたえた。この男はアリが最終的にどこの、いつに行きつくことになるかをおじにいうことができず、単に〈学者たち〉からは守られると約束しただけだった。村人の中には——友人の友人が未来へ逃げたというような人——海岸から反対側の海岸まで丸ごと平和と繁栄が行き渡った広大な大陸のことを口にする人もいた。その大陸の統治者たちは自前の武器も軍隊も持たないが、賢明さと公正さと慈悲深さを示すがゆえに人々から選ばれる。それは地上の楽園のような話だったが、アリは自身の目でそれを見るまでは、そのような場所があるとは信じられなかった。

またむなしい期待の光があらわれ、さらにまたひとつ。ランドクルーザーの車体がうめきをあげてガタガタ揺れはじめていた。時間旅行者（モサーファー・エ・ワクト）がエンジンを切ったが、車は風に押されて、あるいは地面そのものに動かされて進みつづけた。その両方だったのかもしれないが、同じ方向にではなかった。アリは車輪が不安定な砂の流れの上ですべるのを感じた。不意に耳の内側深くに鋭い痛みがあり、続いて巨大な鳥の悲鳴のような音がして、アリの横のドアが消えた。アリは正面の座席の背に飛びついたが、風に闇の中へ引きずり出されたときに両手がつかんでいたのは、薄っぺらな毛布だけだった。

アリは肺が空っぽになるまでわめいた。だが、地面に叩きつけられる苦痛に備えていたのに、いつまで経ってもそれはやってこなかった。毛布が車内のなにかに引っかかり、風の力でアリは砂の上に浮いたままでいる。手を交互に動かして毛布伝いにランドクルーザーに戻ろうとしていたアリは、毛布に裂け目が広がるのを感じた。落下に備えて再度身を固くしたが、アリをぶら下げた細いリボン状の布を残して裂け目が広がるのは止まった。

アリは祈った。「慈悲深き神よ、いまぼくをあなたのもとへ連れて行かれるのなら、どうかハッサンを無事に家へお返しください」一年か二年ならおじはアリの母の面倒を見られるだろうが、おじは高齢だし、養わなければならない家族が多すぎる。自分自身の子どもがそばにいなかったら、母のこの先の人生は耐えがたいものになるだろう。

視野を奪う砂塵の中から手が伸びてきた。アリは腕を伸ばしてそれをつかみ、今度ばかりは男の鉄のような握力に感謝した。時間旅行者（モサーファー・エ・ワクト）にランドクルーザーの中へ引っぱり戻されると、アリは歯をガチガチ鳴らしながらよそ者の足もとにうずくまった。「ありがとうございます、ハジ。わたしはあなたのしもべです、ハジ」時間旅行者（モサーファー・エ・ワクト）はなにもいわずに、座席をのぼって車の前部に戻った。

時間が経過したが、アリの思考に変化はなかった。心の一部は死ぬ覚悟をしたままだったが、残りの部分は考えつづけている。

日光がどこからともなくあらわれた。遠くの気配ではなく、昼の盛りのまばゆさ。「もら勘弁してくれ」時間旅行者（モサーファー・エ・ワクト）がうんざりした声でいった。

アリは手をかざして輝きから目を守り、手をどけたときには、世界が回転していた。青い空と砂漠が入れかわる。

さっき予期していた痣ができるほどの強打が、ついにアリを襲った。頬から足首までが地面に叩きつけられる。アリはじっと横たわったまま、怪我のひどさを見きわめようとした。顔の前にある砂には赤い斑点がある。血のせいではない。砂そのものがオーカーの赤い色をしている。

速い呼気のような音がして、アリは肌に熱を感じた。両肘で支えて体を起こす。十歩離れたところでランドクルーザーがひっくり返しになって、燃えていた。アリはよろよろと立ちあがって車に近づき、命の恩人の男を探した。大破した車のむこうで、アリ自身の世界で橋の入口が生じさせていたのと同じような砂嵐が、ふらふらと前後に行きつ戻りつし、自分がもたらした大惨事にはしゃぐ狂ったならず者（フーリガン）のように踊っている。

炎の中に一本の腕がちらりと見えた。アリは男に駆け寄ろうとしたが、熱さに後ずさりした。

「お願いです神よ」アリはうめいた。「ぼくに勇気を」

もういちど炎を突き抜けようとしたとき、砂嵐がよろよろと前に出てきて、アリを出迎えた。アリは足を踏ん張ったが、ランドクルーザーがルーフを支えに回転して、アリの肩にぶつかって打ち倒した。アリはやっとのことで立ちあがると、なくなったドアのところへまわりこもうとしたが、そうしているあいだに風が強まって、炎をあおった。

もはや熱の壁は足を踏みこめる状態ではなく、砂嵐は壊れたコマをあたえられた子どものようにランドクルーザーをもてあそんだ。アリは後ろに下がり、周囲の信じがたい赤い風景に目を走らせながら、この災難をなかったことにできる力を持った何者かが、声の聞こえる範囲にいたりはしないだろうかと思った。アリは助けを求めて叫び、目は燃える車の残骸に釘づけになったまま、それでも奇跡が意識のない運転手を炎の中から運びだしてくれるかもしれないと希望をいだいていた。

ふたたび前進してきた砂嵐が、ランドクルーザーにむかって直進した。アリは後ろをむいて下がった。肩越しにふり返ると、そこに車の姿はなく、闇は依然として前進していた。アリはでこぼこの地面に足を取られながらも走った。ついに脚がそれ以上動かなくなって砂の上にくずおれたとき、橋は視野のどこにもなかった。アリは赤い砂漠でひとりきりだった。空気は動かず、とても暑かった。

しばらくしてからアリは立ちあがり、日が暮れて涼しくなるのを待ちながら休めるような日陰を探した。赤い砂のほか、そこにあるのは小石と、いくつかのもっと大きな割れた岩で、土地の平坦さを破るものはなにもなかった。陰に隠れられるような巨礫さえない。ある方向に、背の低い乾ききった藪があったが、その幹はアリの指程度の太さしかなく、枝の高さはせいぜいでアリの膝までだった。太陽から隠れたいなら、うっすらした自分の口ひげの下に入ったほうがマシなくらいだ。地平線を眺めわたしたが、好ましそうな目的地は見当たらなかった。

身を清める水は一滴もなかったが、アリはできるかぎり体を清潔にして、祈りを捧げた。それから地面にあぐらをかき、ショールで顔を覆うと、体に悪い眠りに落ちた。

アリは日暮れ時に目をさますと、歩きはじめた。知っている星座がいくつかあったが、それはアリが知っているのよりも地平線に近い空を横切っていた。ほかの星座はまったく見覚えがなかった。月は出ていない。地面は平らなのに、闇の中で先を急ぎすぎると足を踏みはずすことがすぐにわかった。

朝になっても、周囲にそれとわかる変化はなかった。この土地にあるのは、赤い砂と二、三の骸骨のような植物だけのようだ。

その日も昼間は寝てすごし、礼拝のときだけ体を動かした。だんだんと目の裏の脈打つような痛みで眠りが途切れるようになっていった。夜は肌寒いが、昼の暑さはアリがいちども経験したことのないものだった。自分が水なしでどれくらい生きていられるのか、見当もつかない。橋の内部で風にさらわれるか、燃えるランドクルーザーの中で死を迎えるかしたほうがマシだったのだろうか、とアリは考えはじめた。

日没後、アリはよろめきながら立ちあがると、希望を持って、だがなんの導きもない旅を続けた。いまでは熱が出ていて、痛む関節がもっと休ませてくれと訴えていたが、ここで眠りに身をゆだねたら、二度と目ざめないだろうと思えた。

足が道路を踏んだとき、アリは自分の頭がおかしくなったのだと思った。だれがこんな荒涼とした土地に、苦労してこんな道を通そうとするというのか？　アリは立ち止まると、それを確かめるためにしゃがみこんだ。道路は風に飛ばされてきた砂が薄く積もって、ざらざらしていた。砂の下は黒い物質で、石ほど固くないが弾力があり、その上で弾めそうなほどだった。

こういう道路は大都市に続いているに違いない。アリはその道路をたどっていった。

夜明けの一時間か二時間前、遠くに明るいヘッドライトがあらわれた。アリは本能的な恐怖をねじ伏せた。未来ではそんな乗り物はきっとありふれたもので、盗賊たちや殺人者たちの専有物ではないはずだ。アリは車がやってくるのを道路脇で待った。

ランドクルーザーはアリがこれまでに見たどれとも違っていて、白い車体に青いマークがついていた。マークには文字が書いてあり、それは市場（バザール）に入りこんできた機械部品や武器の多くで見たことのあるヨーロッパの文字と同じものだったが、アリが見てわかったり、ましてや理解できる単語はなかった。運転手の横にひとりの乗客がいた。その男は車を降りて近づいてくると、理解不能な言語でアリに挨拶した。

「こんにちは、あなたに平安あれ（サラーム・アレイクム）」アリは思いきってそういった。「すみません（ベバシード・アガ）、わたしは旅人です（モサーフェル・ハスタム）。よろしければ（バ・タワーズ）、あなたがたの自動車に（ショマ・モハーフファザット・）乗せていただけませんか（ホーヘッシュ・ミコナム）」

男はふたたび自分の言語でアリに短く話しかけたが、今度はアリと同じく、自分のいうことが伝わるとは思っていないことが明らかだった。男は運転手に声をかけ、アリにその場を動かないよう身振りで伝えてから、ランドクルーザーに戻った。運転手が男にふたつの小さな機械を手渡した。アリは緊張したが、その機械はこれまでに見たどんな武器とも似ていなかった。

男がアリのところに戻ってきた。機械のひとつを顔の横に持っていき、それからまた下におろすと、アリにさしだした。アリは機械を受けとると、相手のいまの動作をなぞった。耳もとで女の声がした。アリはなにが起きているのか理解した。〈学者たち〉が似たような機械を使って、おたがいに遠く離れて話しているのを見たことがある。残念ながら女の言語は理解不能なままだった。アリが返事をしようとしたそのとき、女がさっきとは違うように聞こえる言語でふたたび話した。それからまた違う言語で、そしてさらに違う言語で。アリが辛抱強く待っていると、とうとう女がぎこちないペルシア語で挨拶をよこした。

アリが返事をすると、女がいった。「待っていてください」二、三分後、別の声が話しかけてきた。「きみに平安あれ」

「あなたにも」

「きみはどこから来たのですか？」アリの耳に男の発音は異国風に聞こえたが、男は自信たっぷりにペルシア語でしゃべっていた。

「ホラーサーンです」

「いつの時代の？」

「〈学者たち〉の到来から四年後です」

「なるほど」

ペルシア語をしゃべっていた男が、少しのあいだ別の言語に切りかえた。路上に出ていた男は、車に戻りながらもうひとつの機械で会話を聞いていたが、ぶっきらぼうな返事をした。アリはこの人たちの対応のよさに驚いていた。真夜中に、ものの数分で、アリの言葉をしゃべれる人を見つけだしたのだ。

「どうやってこの道路に来たのですか？」

「砂漠を歩いてきました」

「どっちから？　どこから？　どれくらい遠くから来ましたか？」

「すみません、覚えていません」

通訳はそっけなくいった。「思いだそうとしてみてください」

アリは頭が混乱した。それがどうしたというのだろう？　少なくともひとりの男は、アリがどれくらい疲れきっているかわかるはずだ。なぜこの人たちはアリに休む機会もあたえずに、こんな質問をしているのだろう？

「お許しください、サー。お話しできることはありません。旅の途中で病気になったんです」

　男たちは母国語で会話を交わし、そのあと気づまりな沈黙がおりた。やがて通訳がいった。「この男の人が、きみをしばらく落ちつける場所に連れて行きます。明日くわしい話を聞かせてもらいます」

「ありがとうございます、サー。あなたはわたしにすばらしいことをなさいました。神があなたに報いてくださいますように」

　路上にいた男がアリのところへ歩いてきた。アリは感謝のしるしに相手を抱きしめようと、両腕を伸ばした。男は金属製の手錠を取りだして、それをアリの両手首にかけた。

2

　収容所（キャンプ）は二重の高いフェンスで囲まれていて、フェンスの上部はピカピカ光る鋭利な金属のリボンで覆われていた。リボンの隙間は同じ材質の渦巻きでぎっしり埋まっている。

フェンスの外側には、目に見えるかぎりの遠くまで砂漠が広がっているのみ。フェンスの内側には守衛たちがいて、夜にはあらゆるものに絶え間なく強烈な照明が浴びせられる。アリは自分が来たのは監獄であることを疑わなかったが、世話人たちは、ここはそういう場所ではないとあくまでもいい張った。

アリの最初の夜は、呆然としているうちにすぎていった。食べ物と水をあたえられ、医者の検査を受け、それからほかに三人の男が寝起きしている小さな金属製の小屋に連れて来られた。男たちのうちのふたり、アレックスとトランはアリに手短に挨拶できるくらいのペルシア語しか知らなかったが、三人目のシャヒーンはイラン人で、アリとじゅうぶんにいうことが通じあった。小屋の四つの寝台は上下二段でふたつひと組になっている。アリは床に敷いたマットで寝る習慣だったが、ここの慣行に従うのを拒んでだれかを怒らせたくはなかった。守衛たちはアリの手錠を外すと、左手首に腕輪をはめた——紙のようななにかが素材だが、おそろしくじょうぶだ。腕輪には〝3739〟という番号がついていた。最後の数字は、ペルシア文字の9とそれなりに似た形だった。ほかの数字は機械部品で見覚えがあったが、その数がいくつなのかは知らない。

夜通しで二時間ごとに、守衛が小屋のドアをあけて、四人の顔を順番にライトで照らした。はじめてそれをされたとき、アリは守衛が四人を起こしに来て、どこかへ連れて行くのだと思ったが、シャヒーンがそういう〝頭数を数える〟のはひと晩中、毎晩あることだと教えてくれた。

翌朝、収容所の役人たちがアリを車に乗せて外に連れだし、橋を通って到着した正確な場所に案内しろといった。アリは最善をつくしたが、砂漠はどこもかしこも同じにしか見えなかった。正午になるころには、適当にある場所を指さして世話人たちを満足させればいいという気になりかけたが、この人たちに嘘をつきたくなかった。一行は陰鬱なムードで収容所に引きかえした。なぜこの人たちにとってそれがそんなにも重要なのか、アリには理解できなかった。

機械を通してアリと最初に話をしたペルシア語通訳のレザーが、アリがほんとうに危険から逃げてきたのであって、苦労のない暮らしがしたいというだけで未来にやってきたのではないことを政府の役人たちが納得するまで、アリは収容所にいることになる、と説明した。自分の世話人たちがだまされるのを嫌っていることはアリにも理解できたが、判定をくだすまでアリを収監しておく必要を感じていることには気落ちさせられた。きっと近くの街には、アリを一日か二日、泊めてくれる気になる一家がいるはずだ。アリの父が村を通りすがる旅人をだれでも歓迎しただろうように。

アリが入れられた区画は、収容所のほかの部分からフェンスで隔離され、約百人が収容されていた。全員がアリと同じ旅人で、アリが聞いたことのあるあらゆる国と、さらにそれ以外の場所からも来た人々だった。若い男がほとんどだが、女や子どももいて、家族全員という例もいくつかあった。村にいたときなら、アリは挨拶がわりに子どもたちに駆け寄って抱えあげ、キスをして笑顔にしただろうが、ここの子どもたちはとても悲しげでふさいでいるようで、どんなに親しげでも見知らぬ人が近づいたら怯えさせてしまうように思えた。

　シャヒーンはアリより二、三歳年上だが、ずっと勉強しかしてこなかった。旅した時間はちょうど二十年分で、母国の革命から逃れてきた。シャヒーンの説明によると、収容所で彼らが入れられている部分は、〝第一次滞在区画（ステージ・ワン）〟と呼ばれている。ここの人たちは自分たちのケースに判定がくだされる方法について多くを知ることがないよう、ほかの人々から引き離されているのだ。「どんな質問をされて、どんな身の上話をしたらうまくいくかをわたしたちが知って、話をこまごまと飾りたてるのを避けたいんだ」

「あなたはどれくらいここにいるんですか？」アリはたずねた。

「九カ月だ。ずっと面接されるのを待っている」

「九カ月！」

　シャヒーンは疲れた笑みを浮かべた。「ステージ・ワンに一年いる人たちもいるよ。だが心配するな、きみはそんなに待たなくてすむだろう。わたしがここに来たときの所長は、面白い方針をとっていた。彼に正しい申請用紙を請求するまでは、だれのケースも審査されることはない、というものだ。もちろん、だれも自分たちがそんなことをするよう求められているとは知らなかったし、所長も教えるつもりはなかった。三カ月前、そいつはよその収容所に異動になった。わたしは彼の後任の女性に、話を聞いてもらうにはなにをすればいいのかとたずね、彼女は即座に答えた。書式866の用紙を請求しろ、と」

アリはいまの話の全部について行けたわけではなかった。シャヒーンは説明を続けた。

アリはいった。「それでぼくになにかいいことがあるんですか、その紙切れを手に入れることで？　ぼくはあの人たちの言葉を読めないし、自分のだってほとんど書けません」

「それは問題じゃない。あいつらはきみに、そういう問題の専門家として訓練された男か女相手に話をさせる。その人がきみのかわりに書類を埋めてくれる、英語（イングリッシュ）で。きみは自分の問題を説明して、紙のいちばん下に自分の名前を書けばそれでいい」

「イギリス人（イングリッシュ）？」アリはイギリス人についての話は聞かされていた。アリが生まれる前、イギリス人はヒンドゥスタン地方とホラーサーン地方を侵略しようとしたが、不首尾に終わっていた。「イギリス人の言葉がなぜここで使われているんですか？」いまいる場所がイギリスでないのは確実だ。

「あいつらはこの国を二世紀前に征服したことがある。木造船で世界を渡ってきて、自分たちの王のためにこの国を奪ったんだ」

「知らなかった」アリはめまいを感じた。自分がしてきた旅のことさえ、まだじゅうぶんには心が受けいれていないのに。「ホラーサーンはどうだったんですか？」アリはふざけていった。「イギリス人はあそこも征服したんですか？」

　シャヒーンは首を横に振った。「いいや」

「いまはどうなっているんです？　あのあたりは平和なんですか？」このイギリス人との奇妙な面倒ごとが片づいたら、たぶん母国へ旅して行けるだろう。時間が経ったせいでどれほど変わっていても、自分がそこで幸せに暮らせるという確信があった。

　シャヒーンがいった。「この世界にホラーサーンという国はない。その地域の一部はいまはヒンドゥスタンで、一部はイランで、一部はロシアだ」

　なにをいわれたのかわからず、アリはシャヒーンをまじまじと見つめた。「なんでそんなことに？」同胞たちの内部紛争がどんなに激しかったとしても、侵略者に土地を奪わせたりは決してするはずがない。

「くわしい歴史は知らないが」シャヒーンがいった。「きみは理解する必要がある。ここはきみの未来ではないということを。きみが知っていた場所で起きたことは、この世界の歴史の一部じゃないんだ。同じ世界の過去と未来をつないでいる時間橋（ポル・エ・ワクト）は存在しない。いちど橋を渡ったら、なにもかもが変わる、過去を含めて」

　シャヒーンに付き添ってもらって、アリは政府の役人のひとりのところへ行った。ジェイムズという名前のその男に、アリは丸暗記した英語でいった。「ミスター・ジェイムズ、書式866をいただけるでしょうか？」

ジェイムズは天を仰いで、返事をした。「わかった、わかった！　そのうちちゃんときみの番が来るから」そしてシャヒーンのほうをむいて、「永遠にステージ・ワンから出られないといって新入りを怯えさせるのは、やめてほしいんだがな。カーツ大佐が北に異動になってから、いろいろと変わってきているのは知っているだろう」

シャヒーンはそれを全部、アリに翻訳して聞かせた。〝カーツ大佐〟は前所長にシャヒーンがつけたあだ名だが、守衛たちさえ含むだれもがその呼び名を使っていた。シャヒーンは同室のトランを〝熊手〟、アレックスを〝砂漠のデニーソヴィチ〟と呼んでいる。

三週間後、アリは特別室に呼びだされて椅子にすわらされ、部屋にはレザーもいた。遠くの街から来た弁護士のミズ・エヴァンズという女が、レザーが〝スピーカーフォン〟と呼ぶ機械を通して、英語でふたりと話をした。レザーに通訳させて、ミズ・エヴァンズはありとあらゆることをアリに質問した。アリの村のこと、アリの家族のこと、〈学者たち〉とのあいだでアリが抱えていた問題のこと。そのいくつかについてはここに着いた晩にもきかれていたが、そのときのアリはとても疲れていたし、あれこれをはっきりさせる機会がなかった。

面接の三日後、アリはジェイムズのところに呼ばれた。ミズ・エヴァンズが英語で必要事項をすべて記入した特別書式を送ってきていた。レザーは書類に目を通し、すべてをいちいちアリに翻訳して聞かせて、まちがいがないか確認した。それからアリは書類のいちばん下に自分の名前を書いた。ジェイムズがいった。「われわれが判定をくだす前に、街から人が来てきみと面接する。それまではしばらくかかるだろうから、辛抱するんだぞ」

アリは英語でいった。「それは問題ありません」

そうしなくてはならないなら、一年でも待てる気分だった。最初の四週間は新しく理解することがたくさんあって、たちまちすぎ去った。ぎゅうぎゅう詰めの心の中にはホームシックになる余地はほとんど残されていなかったし、ハッサンと母のことは思いわずらわないようにしていた。収容所のことで悩みの種はたくさんあったが、アリは運がよかった。悪名高い〝カーツ大佐〟が去っていたので、アリはおそらく三、四ヵ月でここから出られそうだった。この国の都市はほとんどが遠くの海岸沿いにあり、収容所の周囲の砂漠の無限倍は穏やかな土地だ、とシャヒーンが請けあった。アリは肉体労働に就いて夜学で英語を学ぶこともできるだろうし、あるいは農場の仕事が見つかるかもしれない。新しい人生をはじめるのはまだこれからだったが、アリは安全で、なにもかもが希望に満ちているように見えた。

収容所での三ヵ月目が終わるころには、アリは不安になってきていた。大半の日々を、アリはシャヒーンとトラン、そしてラケシュというヒンドゥスタン人の男とトランプをしてすごし、アレックスは寝台に寝転がってロシア語の本を読んでいた。ラケシュはカセットプレイヤーと大量のテープを持っていた。テープに録音された歌のほとんどはヒンディー語で、その言語にはそれがなんについての歌か、アリにもある程度はわかるくらいのペルシア語の単語が含まれていた。それはつねに、愛か、悲しみか、その両方についての歌だった。

金属製の小屋は、我慢できるくらいには機械でずっと冷やされていたが、外には日除けがなかった。夜には男たちはサッカーに興じ、アリもときどき参加していたが、コンクリートの上で激しく、しかも二回転倒して、自分むきのゲームではないと判断した。シャヒーンに、サッカーは芝生の上でやるゲームだと教えられた。シャヒーンはテヘランの自宅で、何十もの国がサッカーの試合をするのを見た。アリはこの世界のあらゆる驚異に思いをはせて、こみあげる興奮を感じた。じれったいことにそれにはまだ手が届かない。ステージ・ワンでは、テレビも、ラジオも、新聞も、電話も、すべて禁じられていた。ラケシュのテープでさえ守衛のチェックが入り、最初から最後まで再生されて、面接をパスするための秘密の教えが録音されていたりしないか確認された。アリはステージ・ツーに到達するのを待ちきれなかった。歴史が開示されていくのをだれもが見ることができ、自分の都合がいいときにほかのだれとでも話ができる世界で生きることがどんな風なのかを、ステージ・ツーではじめて垣間見ることができる。

英語は収容所の全員にとって、共通言語にいちばん近いものだった。シャヒーンはアリが英語を学びはじめるにあたってできるかぎりのことをしてくれたし、アリがブロークン・イングリッシュで会話できるようになると、守衛の中でも親切な人たちの何人かが練習につきあってくれて、しばしば相手も大いに楽しんだ。「全部の車がランドクルーザーと呼ばれているわけじゃない」とギャリーが教えてくれた。「きみの出身国は絶対にトヨタスタンだと思う」

シャヒーンが面接に呼ばれて行った。アリは彼のために祈ってから、トランといっしょに小屋の床にすわりこんで、気まぐれなトランプの世界に没入しようとした。このなごやかなゲームでアリがいちばん好きなところは、ツキも悪運も滅多に長続きしないことで、たとえ長続きしても、だからまあどうということはない。あらゆる呪いもあらゆる祝福も羽毛のように軽い。

四時間後に戻ってきたシャヒーンは、疲弊しているが満足げだった。「話せることは全部話した」とシャヒーン。「あとはむこうしだいだ」彼の面接をした役人は、判定がどうなるかの手掛かりはいっさいあたえなかったが、シャヒーンは自分が苦しんできたあらゆることを、自分を故郷から無理やり立ち去らせたあらゆることを、話して意味のある相手に話す機会を持てただけでも、ほっとしているように見えた。

その夜シャヒーンは、半時間後のステージ・ツーへの移動を告げられた。シャヒーンはアリを抱きしめた。「自由になったらまた会おう、兄弟」

「神の思し召しがあれば」

シャヒーンが出ていったあと、アリは寝台に四日間横たわったまま、食事も拒み、身を清めて礼拝するときだけ起きあがった。友人が去ったことはきっかけにすぎない。峡谷での最後の日々の生々しい悲しみが、いまや想像もつかない深淵によって家族と隔てられていることでいっそう深くなって、あふれるように戻ってきた。ハッサンは〈学者たち〉から逃げだしただろうか？　それとも兄は果てしない戦争の前線で戦い、毎日毎時間ごとに死の危険をおかしているのだろうか？　アリが知っている唯一の時間旅行者（モサーファー・エ・ワクト）が死んでしまったいま、いったいどうしたら家族からの知らせを受けとったり、自分から援助を送ったりできるというのだろう？

トランが不器用な慰めを、いつもの歌うような英語でささやいた。「心配するな、若いの。なにもかもがうまく行く。成り行きを見守るんだ」

単に見守っているのより悪いのは、無駄に時をすごしているという気分だった。なんの有益なことにも使いようがないまま、したたる水滴のように時間が流れ去る。アリは英語を上達させようとしたが、アリの母国語を理解している人の助けなしでは手掛かりもつかめない概念がいくつかあった。レザーが政府の事務所を離れてフェンスの囲いの中に来ることはまれで、たまに来たときは忙しすぎてアリは質問ができなかった。

アリは庭作りをしようとして、食事でときどき出る果物から取っておいたさまざまな種を蒔いた。ステージ・ワンの大部分はコンクリートで覆われていたが、厳しい日ざしがさえぎられている剝きだしの地面の小区画が自分の小屋の裏にあるのを、アリは見つけていた。サッカー場のむこう側にある水飲み場の蛇口から水を運んできて、一日四回、土に振りかけた。だがなにも起こらない。種は休眠したままで、大地は種を受けつけようとしなかった。

シャヒーンが去ってから三週間後、アレックスが面接を受けて、ステージ・ワンから出ていった。一週間後、トランがあとに続いた。アリは日の盛りを寝倒すようになった。夕食の行列に並ぶのにぎりぎりまにあう時間に起きだして、そのあとはラケシュとその友人たちと夜明けまでトランプをする。

六カ月目の終わりには、無気力と退屈の底に苦々しさが染みのように入りこんでくるのを感じていた。アリは泥棒でも殺人者でもなく、なんの罪もおかしていなかった。なぜあの連中はアリが働けるように、施しを受けるのではなく自活できるように、新しい人生の準備ができるように、自由の身にすることができないんだろう？

ある夜、延々とトランプをするのに飽きて、アリはいつもより早くラケシュの小屋からふらふらと外に出た。守衛のひとり、シェリルという女が事務所の外で煙草を吸っていた。

アリはぶつぶつと挨拶しながら、その脇を通った。シェリルは親切な守衛たちのひとりではなかったが、アリはだれに対してもていねいな態度を取ろうとしていた。

「故郷に帰ればすむことだろ?」シェリルがいった。

アリは立ち止まったが、いまのが返事をする価値があるような言葉かどうか、よくわからなかった。自分の村を離れた理由をアリが説明しはじめると、ほとんどの守衛が無表情になることは、だいぶ前から知っている。どこでどうしてだかはわからないが、被収容者（四人）たちのいうことはなにひとつ信じられないと守衛たちは叩きこまれていた。

「だれかがあんたをここに招待したわけじゃない」シェリルはずけずけといった。「文明国で暮らしたいって?　故郷に帰って、自分でそういう国を築くんだね。帰ったら戦争中?　わたしの先祖はいくつも戦争をして、自由を勝ちとるために死んでいった。なにを期待していた——五百年分の進歩を皿に盛ってさしだしてもらえるとでも?　だれもおまえに快適な人生をくれてやる義理はない。故郷に帰って、自分でそれを手に入れな」

アリはこの女にいってやりたかった、ぼくの人生はすばらしいものになっていただろう、もし未来から来た〈干渉者たち〉が、歴史を動かす梃子の支点にホラーサーンを選んでいなかったなら、と。だがアリの英語は、それをいえるほど上達していなかった。

アリはいった。「ぼくはここにいる。ぼくがあなたの国にとっての大きな悲劇を生んでいますか?　ぼくは正直な人間で、勤勉です。あなたたちの親切、裏切りません」

シェリルは忍び笑いした。下手な英語のせいで笑われたのか、感傷的なことをいったせいかはわからなかったが、アリは話をやめなかった。「あなたたちのリーダーは、ほかの国々と協定を結びました。保護を求めた人はだれでも、公正な聴取を受けられると」シャヒーンはその点をアリに強調していた。それは法であり、この社会では法がすべてなのだと。「それはぼくの権利です」

シェリルが煙草にむせた。「ずっと夢を見続けるんだね、アフマド」

「ぼくの名前はアリです」

「どっちでもいいけど」シェリルは手を伸ばしてアリの手首をつかむと、手を持ちあげてID腕輪を確認した。「夢見続けな、３７３９」

ジェイムズがアリを自分の事務室に呼んで、手紙を手渡した。レザーがそれを翻訳してくれた。八カ月待たされたが、あと六日でアリはとうとう面接を受けることになる。

アリはミズ・エヴァンズから呼び出しがかかって、もう何カ月も前になるが前回話をしたときに約束してくれたように、アリがこの世界で暮らす準備を援助してくれるのを、そわそわと待った。面会予定日の朝、アリはまたジェイムズの事務室に呼びだされて、レザーといっしょにスピーカーフォンのある〝面接室〟に連れて行かれた。その場にいないミスター・コールという別の弁護士がスピーカーフォンを通して、ミズ・エヴァンズは職を辞して、自分がアリの事例を引き継いだと告げた。ミスター・コールはアリに、すべては順調に行くだろう、自分はアリの面接に立ち会って話を注意深く聞き、すべてが確実にうまく運ぶようにする、といった。

　コールがスピーカーフォンを切ると、レザーが鼻を鳴らして嘲った。「この道化師連中がどうやって選ばれるか知っているかい？　こいつらは入札に参加して、いちばん安い入札者に仕事がまわるのさ」アリにはなんのことかさっぱりわからなかったが、元気づけられる話ではなさそうだ。レザーはアリの表情に気づいて、いい足した。「心配するな、きみのケースはうまく進むよ。〈学者たち〉から逃げてくるのは、いま人気の話題なんだ」

　三時間後、アリはふたたび面接室に連れて来られた。

　街から来た役人は、ジョン・フェルナンデスと名乗った。レザーはその場にはいなかった。フェルナンデスは別の通訳を連れて来ていた。パーヴィズという男だ。ミスター・コールがスピーカーフォンを通して話に加わった。フェルナンデスはカセットレコーダーのスイッチを入れて、自分の質問すべてに対して誠実に答えることをコーランに誓うよう、アリに求めた。

　フェルナンデスはアリに、氏名と生年月日、逃げだしてきた場所と時代をたずねた。アリは自分の誕生日も、正確な年齢も知らなかった。自分ではだいたい十八歳だと思っているが、村にはそんなことを記録する慣習はなかった。自分がおじの家を去ったのが、預言者のメディナへの聖遷から千二百六十五年目であることなら知っていた。

「きみの抱えていた問題を聞きたい」フェルナンデスがいった。「ここへ来た理由を聞きたい」

この世界の歴史はアリ自身の世界のものとは違うとシャヒーンに聞かされていたので、アリはホラーサーンの長年にわたる戦争のことを、〈干渉者たち〉とそいつらが生みだした将軍たちのことを、〈学者たち〉の到来のことを、ていねいに説明した。シーア派が強制的に連れて行かれて、もっとも危険な戦場で戦わされていることを。ハッサンがどのように連れて行かれたかを。父がどのように殺されたかを。フェルナンデスは辛抱強く話を聞き、ときどきアリがしゃべっている最中に、自分の前にある紙の束になにかを書きつけ、口をはさむのは、話が飛んだ部分を埋めてあらゆることをはっきりさせるよう、アリにうながすときだけだった。

ようやくなにもかもを詳述し終えると、アリはとてつもない安堵を覚えた。この男は守衛たちと違って、アリの言葉を嘲笑しなかった。それどころかアリに、家族や同胞のこうむってきた不当な行為を洗いざらい率直に話させてくれた。

フェルナンデスにはまだいくつかきくことがあった。

「きみの村と、きみのおじさんの村のことを聞きたい。ふたつの村のあいだは徒歩でどれくらいかかる？」

「半日です、サー」

「半日。きみは陳述でもそういっている。だが、入所面接では一日といった」アリは当惑した。パーヴィズが説明した。アリの〝陳述〟というのは、ミズ・エヴァンズが彼との会話の録音を書きおこして政府に送ったもののこと。〝入所面接〟は、アリが最初に収容所に着いて、十分か十五分質問されたときのこと。

「ぼくは単に、長旅じゃないというつもりでいったんです、サー、途中のどこかでひと晩泊まる必要はないんです。その日のうちに着きます」

「ふうむ。オーケー。では、密航業者がきみをおじさんの村から連れだしたとき、彼はどちらへむかって車を走らせた？」

「峡谷沿いにです、サー」

「東西南北のどの方角へ？」

「よくわかりません」東西南北という言葉は知っていたが、日常生活で使う語彙には入っていなかった。礼拝のときにむく方向は知っていたし、どの方向に行けば隣村のそれぞれに着くかも知っていた。

「太陽が東からのぼるのは知っているね？」

「はい」

「では、きみが乗せられた車が走っていたのと同じ方向をむいているとしたら、太陽がのぼるのはきみの左側からかな、それとも右側から、うしろから、どっちからだ？」

「車が走っていたのは夜のあいだでした」

「うんうん、でもきみは峡谷に住んでいたとき、朝に、車が走っていたのと同じ方向をむいていたことが何千回もあったはずだ。そのとき太陽はどっちからのぼった？」

アリは目を閉じて、その光景を思い浮かべた。「右側です」

フェルナンデスはほっとため息をついた。「オーケー。やれやれ。つまり、きみを乗せた車は北へむかっていた。では、その場所のことを聞きたい。密航業者は峡谷沿いに車を走らせた。それからどうなった？　峡谷と橋のあいだで、どんな景色を見た？」

アリは凍りついた。政府はその情報をどうするつもりだろう？　自分たちの橋を使って人を送りこんで、アリが通ってきた橋を見つけて破壊する？　アリは時間旅行者（モサーファー・エ・ワクト）から、橋への道はだれにもいうなと警告された。あの男は死んだが、ひとりだけでやっていた仕事だとはとても思えない。手伝いをする兄弟とか息子とかいとことかはだれにでもいる。もし橋が破壊されて、その原因がアリにあると時間旅行者（モサーファー・エ・ワクト）の家族が突きとめることがあったなら、死んだ男がアリのおじについて口にした脅迫が現実になるだろう。

アリはいった。「ぼくは毛布の下に隠れていました。なのでなにも見ていません」

「毛布の下に隠れていた？　何日間？」

「三日です」

「三日。食事や、水や、トイレはどうしていたんだ？」

「男がぼくに目隠しをしました」アリは嘘をついた。

「そうなのか？　きみはいままでいちどもそんな話はしなかったぞ」フェルナンデスは書類をあわただしくめくった。「そんなことはきみの陳述に出てこない」

「それが重要なことだとは思わなかったんです、サー」アリは胃が締めつけられる思いだった。なにがどうしたんだ？　アリはさっきまで、この男の信頼を勝ちとれたと思っていた。当然だ。アリは男に、あらゆることについて真実を話したのだから、いまのいままでは。橋にむかう途中でどの山や小川がちらりと見えたかが、アリが〈学者たち〉に対して抱えている問題にどんな違いをもたらすというのだろう？　アリは真実を話すと誓ったが、おじの命を危険にさらすことのほうがはるかに大きな罪になるのはまちがいなかった。

　フェルナンデスにはまだ質問することがあり、今度は村での生活についてだった。いくつかはかんたんに答えられたが、いくつかは奇妙な内容で、アリは数を、数を、数をたずねられつづけた。それはどれくらいの重さか、それの値段はいくらか、それにはどれくらい時間がかかるのか？　市場は何時にひらくのか？　アリにはわからなかった、というのは朝は農場の仕事で手いっぱいだから、まだバザーがひらかれていないだろう早い時間のうちにそこへ行ったことはいちどもなかったのだ。金曜の礼拝にシーア派のモスクには何人来るのか？　だれも来ません、〈学者たち〉がやってきてからは。それ以前は？　アリは思いだせなかった。百人以上？　アリは口ごもった。「だと思います」数えたことなどなかった、そんなことをする理由があるとでも？

面接が終了したとき、アリはまだ頭の中で三つ前の質問について、自分の答えが明確さを欠いていたのではないかと不安に思っていた。フェルナンデスはテープを巻きもどすと、形式的にアリと握手して、部屋を出ていった。

ミスター・コールがいった。「うまく行ったと思うよ。わたしになにか質問はあるかな？」

アリはいった。「いいえ、サー」パーヴィズはすでに部屋を出ていた。

「オーライ。グッドラック」スピーカーフォンがカチッと音を立てて切れた。アリはテーブルを前にすわったまま、守衛が囲い地に連れもどしに来るのを待った。

3

ステージ・ツーに足を踏みいれたとき、アリはにぎやかな街の中心部に入りこんだように感じた。騒音や大声や音楽だらけ。この不協和音の一端が、収容所をいくつかの部分に隔離しているフェンス囲みの〝消毒エリア〟を渡って流れてくるのはときどき耳にしていたが、いまアリはそのまっただ中にいた。何列もの小屋、そしてそのあいだで動く群集は、どこまでも続いているように見えた。ここには何千人もいるに違いない。その全員が、自らの残虐な歴史から不本意ながら逃れてきた旅人たちなのだ。

アリは所持品を入れた小さなバッグを、割りあてられた小屋に持っていったが、新しい同室人たちは全員が留守で挨拶できなかった。アリは囲い地の中をあてもなく歩き、襲いかかってくる新たな光景と音でふらふらになった。頭に巻かれていたぶ厚い布をほどかれたばかりで、剝きだしにされた五感がまだ必死で順応しようとしているような気分。こんなことで頭がくらくらしているようでは、自由の身になって、ほんものの都会の街なかに出ていったときには、どんな気分になることやら。

夕食が終わり、太陽が沈み、外の暑さが耐えられるものになった。ほとんどあらゆる人が外に出て散歩したり、ひらいたドアから録音された音楽が大音響で流れる友人の小屋の入口に集まったりしているように見える。ある小屋の並びの端まで来ると、小屋よりも大きな建物があり、三、四十人が腰をおろしていた。部屋の中に入ると、窓のついた小さな箱が目にとまり、その窓からは奇妙な色つきの、ゆがんだ、絶え間なく変化している眺めが見えた。ひとりの女が踊りながらヒンディー語で歌っている。

「テレビだ」アリは驚いて声をあげた。これがシャヒーンが話していたものなのだ。いま、全世界がアリの熱心な視線の前にひらかれていた。

アリのすぐ横にいたアフリカ人男性が首を横に振った。「ビデオだよ。テレビはほかの談話室でやってる」

アリはそこを離れず、催眠術にかかったように画像を見ていた。女はとても美しく、アリの村の規範からすると慎みのない服装だったが、気品があり、物怖じしていないように見えた。〈学者たち〉ならきっとこの女を石打ちの刑に処すだろうが、もしムンバイの街なかにこんな光景があふれているなら、アリは喜んでそこで物乞いになっただろう。

部屋を出たときには、空はもう暗くなっていた。収容所の投光照明が点けられ、ひと目でも星を見たいという望みを打ち砕いた。アリは近くの人たちに、「テレビはどこにありますか、教えてください」とたずね、その人たちについて行った。

さっきとは別の部屋に入ったアリは、一瞬で雰囲気がなにか違うことに気づいた。ここにいる人々は気を張りつめ、注意を研ぎすましている。アリがテレビのほうをむくと、そこにはぞっとするほどよく知っている風景が映っていた。砂漠の広がり、だが、収容所の外のそれとは違う。四機か五機のヘリコプターがその土地の上を飛んでいる。遠くで細い漏斗状に砂塵が渦を巻き、地面の上を踊っていた。

アリは釘づけになって立ちつくした。画面に映っている土地は明るく照らされ、それはアリが見ているのはすでに起こった出来事であることを意味する。その日の早いうちに、橋の入口を捜しあてた人がいたのだ。アリは画面に小さく映ったヘリコプターを凝視した。

アリがこれまでに見たヘリコプターは、ある将軍のちゃちな兵器が敵に撃墜されて地面に転がっている残骸だけだったが、画面上のヘリコプターの側面から銃が突きだしているのは見てとれた。だれが橋を見つけたにせよ、それはいまや兵士たちの掌中にあった。

　アリが見ていると、一台のランドクルーザーが砂嵐の中から突然飛びだしてきた。続いてもう一台、さらにもう一台。これはアリ自身が到着したときとは違っていた。車列は砂塵に厚く覆われていたが、ほぼ無傷だった。と、ヘリコプター部隊が降下してきて、銃がけたたましく音を立てた。長い数秒間、アリは虐殺を目撃しようとしているのだと思ったが、兵士たちは一貫してランドクルーザーの一メートルかそこら前方にむけて発砲していた。車両を橋の内部に引き返させて外に出すまいとしている。

　車列は散り散りになって、運転手たちが個々に封鎖を突破しようと車を操った。弾幕がその周囲に降りそそいで、ふらふらと移動する砂嵐にむけて車を後退させる。車の中にいる人々の姿は見えなかったが、アリにはその人たちの恐怖と混乱が想像できた。これが未来？　これが避難所（サンクチュアリ）？　どんな暴政から逃げてきたにせよ、勇を鼓して時間（ポル・エ・ワクト）橋の迷路に立ちむかった結果が弾幕射撃の出迎えというのは、自分たちの判断を、自分たちの正気を、自分たちの神を疑わせずにはおかない、あまりに残酷な運命だった。

　橋の入口のまわりを旋回するヘリコプター部隊は、疲れ知らずで目的に邁進する猟犬のようだった。アリはその冷酷な舞いに耐えられなくなっていたが、顔を背けることができなかった。ランドクルーザーの一台が停車した。砂嵐からじゅうぶんに安全な距離ではなかったが、銃弾から身をかわしつづけるよりは賢明なことに思えたに違いない。車のドアが次々とひらいて、人々が転がるように出てきた。不気味なことにちょうどその瞬間に画像が乱れ、旅人たちの顔は明滅する色の塊に置きかわった。

兵士たちが銃をかまえて近づいていき、身振りと威嚇的な声で強制的に旅人たちを車の中に戻らせた。緑色と茶色でまだらに塗装されたトラックが一台やってきた。車と車が鎖で連結された。だれかがランドクルーザーから出てきた。その人の顔も色の塊でわからなくされたが、アリはそれが女だとわかった。その人の言葉は聞こえなかったが、両手を振りまわしてしゃべり、懇願し、激しく非難し、慈悲を請うているのはわかった。兵士たちは力ずくでその女を車の中に連れもどした。

トラックがエンジンをかけた。砂がトラックの車輪のまわりに飛び散った。ふたりの兵士がトラックの後部に乗りこんで、武器をランドクルーザーにむける。そしてトラックはランドクルーザーを砂嵐の中に牽引していった。

ほかの二台のランドクルーザーが狩りたてられるのを、アリは麻痺したように見ていた。二台目がエンストを起こし、兵士たちが押し寄せた。三台目の運転手はあきらめて、自分から橋の入口に進路をむけた。

兵士たちのトラックが、一台だけで砂嵐から出てきた。ヘリコプターは旋回しながら離れていき、砂塵の漏斗からもっと慎重な距離で円を描いた。アリは部屋にいるほかの人たちの顔を見た。みな血の気を失った顔をして、すすり泣いている人たちもいた。

　画面が変わった。ふたりの男がどこかの屋内にいる。ひとりは高齢で、髪が白く、皺の寄った顔だ。その男の前にいる年下の男が、画面に映っていない質問者に返答している。ふたりとも誇らしげな笑顔だった。

　アリはふたりの言葉を少ししか理解できなかったが、だんだんとそれをつなぎ合わせて、いくつかのことがわかってきた。この男たちは政府の人間で、昼間の出来事を説明しているところだった。政府が兵士を派遣したのは橋を〝守る〟ためであり、新たな犯罪者や野蛮人がそこから出てきて、国民の平和な生活を脅かすことがないよう、万全を期すためである。わが国はこれまであまりに長いあいだ、そうした侵入者たちを我慢してきた。だが本日より、だれひとり橋を通りぬけてくることはなくなる。

　ふたりの男の後ろには、巨大な横断幕が掲げられていた。そこには若いほうの男の顔写真と、『**過去を過去にとどめる**』という文字。

「法律的にはどうなんですか？」質問が飛んだ。協定は署名ずみだった。わが国に到着し、保護を求めた旅人はだれでも、公正な聴取を受ける権利を持つ。

「法案は起草されており、明日、議会に提出される。可決されれば、それは今朝九時に遡って有効となる。橋の周囲二十キロ以内の土地は、本法の趣旨にもとづき、もはやわが国の一部ではなくなる。侵入禁止区域に立ちいった者は、わが国の保護を請求する法的根拠をなんら持たないものとする」

わけがわからず、アリはつぶやいた。「なにをいっているんだ？(チ・ゴフト)」そばにすわっていた若い男が、アリに顔をむけた。「こんにちは、はじめまして(サラーム・チェトリ)。おれはファーヒムだ(ファーヒム・ハスタム)」

ファーヒムの発音はまぎれもなくホラーサーン人のものだった。アリは笑みを浮かべた。「ぼくはアリです(アリ・ハスタム)。はじめまして(ショマ・チェトリ)」

ファーヒムが、テレビに映っている男がいっていることを説明した。いまでは、橋の入口から出てきたあらゆる人は、橋のむこう側の世界にいたほうがマシだったと思うことになる。この国の政府は、その人々を援助する義務をいっさい認めない。「橋のまわりの土地がもはやこの国のものでないというなら」とファーヒム。「もしかすると、それをおれたちにくれるかもしれない。おれたちは自分たちの国を築けるわけだ、砂漠じゅうを橋についてまわる旅列からなる放浪部族」

アリは不安を覚えた。「ぼくの面接は今日でした。テレビで九時がどうとかいっていましたよね？」

ファーヒムはあっさり首を横に振った。「きみは何カ月も前に申請を出したんだろう？なら、いまも以前の法律で保護されているよ」

アリは相手のいうことを信じようとした。「あなたはまだ自分の判定を待っているところですか？」

「それにはほど遠い。三年前に却下された」

「三年？　でも送り返されなかった？」

「法廷で争っているんだ。戻るわけにはいかない。一週間後には死んでいるだろうから」

ファーヒムの目の下には隈があった。申請を却下されたのが三年前ということは、おそらく四年近くをこの監獄で送ってきたのだろう。

ファーヒムはアリと同室のひとりであることがわかった。ファーヒムはステージ・ツーにいるほかの十二人のホラーサーン人を集めて、アリと引きあわせ、そのあと一同は小屋のひとつに腰を据えて、明け方まで語りあった。アリは自分と同じ言葉を、時代を、風習を知っている人々といっしょにいることがうれしくてたまらなかった。その人たちのほとんどが自分とは遠く離れた州の出身で、一年前だったら、その人たちを異国のよそ者だと思っただろう、などということは問題ではない。

けれど、その人たちの顔をすぐそばでじっくり見ると、うれしさいっぱいではいられなくなった。全員がアリと同様に、〈学者たち〉から逃げてきた。全員が身の危険を感じている。そして全員がとても長い期間、拘留されていた。二年、三年、四年、五年。

その後数週間、アリは自分の運命を気に病む時間を作らないようにした。ステージ・ツーでは英語の授業がおこなわれていて、ファーヒムやほかの同郷人はとっくにそのレベルを卒業していたが、アリは授業に出席した。アリはようやく、これまでずっと武器や機械に書いてあるのを目にしてきたヨーロッパの文字や数字の読みかたを学び、教師はアリに、個々の単語をペルシア語から翻訳するのをやめて、文章全体、考えていること丸ごとを異国の言葉に作りかえるよううながした。

毎夕、アリはファーヒムと談話室で合流して、テレビのニュースを見た。自分たちがやってきたこの場所が、平和で栄えていることは疑いようがない。戦争の話が出るとき、それは決まってどこか遠い場所のことだ。ここの統治者たちは武力によって治めているのではないし、人々によって選ばれ、いまこのときでさえ競争が進行中だった。橋を封鎖するために派兵した男たちが、自分たちを再選するよう人々にお願いしている。

守衛に朝八時に起こされたとき、アリは三時間しか寝ていなかったが、文句はいわなかった。さっとシャワーを浴びて、囲い地の南門に行く。こういうかたちでの移動を、アリはもうおかしなことだとは思わなくなっていた。待っていると守衛がやってきて、一連のドアを順に解錠し、フェンス囲みの迷路を通って囲い地から隔離された政府の事務所にアリを連れて行った。

事務所ではジェイムズとレザーが待っていた。アリはふたりに挨拶したが、口がからからだった。ジェイムズがいった。「レザーがきみの判定結果を読みあげる。十ページほどあるので、辛抱強く聞くように。そのあと、なにか質問があれば、わたしにそういいなさい」

　レザーはアリと目を合わさずに書類を読みあげた。アリと面接したフェルナンデスという男は、異なる時点でのアリの発言のあいだには複数の食い違う点があり、本人がそこから来たと主張する場所と時代に関する知識には欠落がある、と書いていた。そればかりか、アリがしゃべるのを録音で聞いた〈学者たち〉の時代の専門家は、アリの話しかたはその時代のものではないと断定した。「たぶんこの男性の曾祖父が〈学者たち〉の時代にホラーサーンを脱出し、断片的な情報が下の世代へと伝えられたのだろう。しかしながら申請者本人は、数十年後にならなければ使用されていなかった多数の単語を用いている」

　アリはくどくどした断罪の言葉が終わりに来るのを待ったが、それは永遠に続くように思えた。「わたしは申請者に、疑わしきは罰せずの原理を適用しようと努めたが」とフェルナンデスは書いていた。「はなはだしい証拠の重みが、彼は自分の出自、背景、および主張のすべてに関して虚偽を述べているという結論を支持している」

　アリはすわったまま両手で頭を抱えた。

　ジェイムズがいった。「きみは以上が意味するところを理解したか？　きみには再審査を申請する猶予が七日間あたえられる。もしきみが再審査を申請しなければ、きみは自分の国に戻らなくてはならない」

　レザーがいい足した。「きみは弁護士に連絡するべきだ。テレフォンカードを買うお金は持っているか?」

アリはうなずいた。ゴミ掃除の仕事に就いていて、口座にはすでに三十ポイントが貯まっていた。

何回電話しても、弁護士は話し中だった。ファーヒムはアリが再審査申請書を埋めるのを手伝ってくれ、ふたりはそれを期限の二時間前にジェイムズに手渡した。「幸運なことにカーツ大佐はいない」ファーヒムがアリにいった。「さもなくばあの書類はファックスのトレイに最低一週間は置かれっぱなしだっただろう」

大胆な噂が収容所を席巻した。政権交代が間近で、全員が解放されるだろうというのだ。だがアリは、現政府の対抗勢力が、橋を封鎖するための兵員投入を承認したことを知っていた。そんな対抗勢力が政権を勝ちとったとき、砂漠の囚人たちにどれほどの慈悲を示すかは疑わしい、とアリは思った。

選挙の日がやってきて、それまでの政府が勝利をおさめ、しかも以前よりも強大になった。

その夜、そろそろ眠りに就こうというとき、ファーヒムの上腕と胸に十文字に刻まれた白くて長い傷あとをアリが凝視していることに、ファーヒムが気づいた。「剃刀の刃でやっている」ファーヒムが打ちあけた。「気分がよくなるんだ。おれにもひとつの力が残されているんだって。自分自身の痛みを選びとる力が」

「ぼくは絶対にそんなことはしない」アリは誓った。

ファーヒムは虚ろな笑い声をあげた。「煙草より安いぞ」

アリは目をつむって自由を思い描こうとしたが、見えるのは暗闇だけだった。過去は消え去り、未来も消え去り、世界は縮まってこの監獄になっていた。

4

「アリ、起きろ、見に来いよ！」

ダニエルがアリを揺さぶっていた。アリは腹を立ててダニエルの手を払いのけた。このアフリカ人はいちばんの親友のひとりで、以前はそれでもまだアリを英語の授業やジムに引きずっていくことができたが、再審査局で門前払いになってからは、アリはどんなことにもいっさい興味を見せなくなっていた。「眠らせてくれ」

「人が大勢いる。フェンスの外に」

「脱走か？」

「違う違う。街から来たんだ！」

アリは寝台から這いおりた。顔に水をはねかけてから、友人のあとを追う。

数十人の囚人たちがフェンスの南西の角に集まって視野をさえぎっているが、アリにはフェンスの外にいる人々が叫んだりドラム缶を叩いたりしているのが聞こえた。ダニエルは通り道を作ろうとしていたが、それは無理だった。「おれの肩に乗れ」ダニエルがしゃがんで、アリに身振りで指示した。

アリは笑った。「そこまでするほどのことじゃないよ」

ダニエルはアリを平手打ちするかのように、怒った顔で片手を上にあげた。「乗れ、おまえは見なきゃダメだ」ダニエルは真剣だった。アリはその言葉に従った。

見晴らしのきく場所からだと、内側のフェンスに押しつけられている囚人の集団の鏡像のように、外側のフェンスにたどり着こうと苦労している別の群集がいるのが見えた。警官が、騎馬警官数人も含めて、外の群集を止めようとしている。揉み合いが起きているところに目を凝らしたアリは、驚いた。何十人もの若者が、男も女も、警察の非常線を押しまくり、ときどき警官のあいだをすり抜けて、前へ駆けてくる人がいる。砂漠の少し離れたところに明るい色のバスが駐車していた。車体じゅうに、英語、ペルシア語、アラビア語、そのほかアリには読めない十か十二の言語でもたぶん、〝自由〟という言葉がペンキで書かれている。群集は繰りかえし叫んでいた。「自由の身に！　自由の身に！」ひとりの若い女がフェンスにたどり着いて、挑むように叫びながらフェンスにしがみついた。四人の警官が殺到して、彼女を引き剝がした。

砂塵の雲が砂漠の道路を移動していた。さらに多くの警察車両が、増援を乗せてやってくる。アリの心にナイフがねじこまれた。この友愛の意思表示はアリを驚愕させたが、それはなんの成果ももたらさないだろう。あと五分か十分で、抗議者たちは一網打尽にされて、連れ去られる。

フェンスの外側の若い男と、アリの視線が合った。「おーい！　ぼくの名前はベン！」

「ぼくはアリだ」

ベンは頭に血がのぼったようにきょろきょろした。「きみの番号は？」

「なんだって？」

「きみに手紙を出す。番号を教えてくれ。ＩＤ番号が書いてある手紙は、ちゃんと届ける規則なんだ」

「後ろだ！」アリは叫んだが、警告はまにあわなかった。警官のひとりがベンにヘッドロックをかけ、もうひとりが手を貸して地面に押さえこんだ。

アリはダニエルがよろめくのを感じた。自分たちの側の群集が、警棒とシールドを持って押し寄せる守衛たちをかわそうとしている。

アリは地面に降りると、「あっちの人たちはぼくたちのＩＤ番号を知りたがっている」とダニエルにいった。ダニエルは乱闘状態の周囲を見まわした。「字を書ける紙とかないか？」

アリは尻ポケットを手探りした。持ち歩くのが習慣になっている小さなノートとペンが、まだそこにあった。ダニエルの背中にノートを置いて、『アリ３７３９　ダニエル５４２０』と書く。ほかには？　ファーヒムとあと数人を急いで書き加えた。

地面から石をかき集めて、そのまわりを紙でくるむ。ダニエルがまたアリを肩に乗せて持ちあげた。

警官隊が抗議者集団と激しく揉みあい、相手の髪を鷲づかみにして土の上を引きずりまわしていた。アリからの伝言を受けとること以外に気にかけるべき火急の用がなにもない人など、ひとりとして見当たらない。アリは気落ちして、腕をおろした。

そのとき、バスの脇の人影が目にとまった。男か女かはわからない。彼だか彼女だかは手をあげて挨拶をよこした。アリは手を振りかえすと、石をそちらに飛ばした。石はバスに届く前に地面に落ちたが、遠くの人影はそこに駆け寄って、砂の上から石を手に取った。下のダニエルがくずおれ、警棒と催涙ガスを持った守衛たちが囚人たちのあいだに割りこんできた。アリは前腕で目をかばいながら、すすり泣き、希望で生き返った思いだった。

鰐乗り

Riding the Crocodile

1

　結婚生活一万と三百九年目、リーラとジャシムは死ぬことを真剣に考えはじめた。ふたりは愛を知り、子どもたちを育て、何世代もの子孫たちが繁栄するところに立ちあってきた。一ダースの世界に旅し、千の文化の中で暮らした。いくつもの独学を重ね、いくつもの定理を証明し、いくつもの芸術的感性や技能を身につけては捨て去った。考えうるあらゆる様式で暮らしてみたというにはほど遠かったが、世の中全員が存在の順列をひとつ残らず試そうとしたら、個々人の割り当てはごくわずかになってしまう。だれもが試してみるべきいくつかの体験と、全時代を通じてひと握りの人々が手を出せばそれでいいその他の体験とがある、という点でふたりの意見は一致していた。自分という個人の特質を放棄したいとも、自分のパーソナリティを遠い昔に腰を落ちつけたニッチから引きはがしたいとも思っていなかったし、自分がそうなっていたかもしれない他人すべてを並べたひたすら長い一覧を順にこなしていく気などなおさらない。ふたりはそれぞれが自分自身でありつづけてきて、その体験に関してはもう、多かれ少なかれきわめていた。

ただし、死ぬのは壮大でむこう見ずななにかを試みてからにしたい、とふたりは思った。それは、ふたりの人生が最後にひと花咲かせる必要があるような不完全なものだったからではない。もしふたりが、思いも寄らないなにかの災難のせいでこのフィナーレを演じる機会を奪われたとしても、ふたりのもっとも近しい友人たちはそれをとくに意識することも、ましてや嘆くことも決してないだろう。満足させるべき審美的強迫衝動も、満たされずに心をうずかせる実存的空虚さも、そこにはなかった。それでもふたりはどちらもがそれを望み、たがいにその気持ちを告げあってからは、ふたりはその問題に専心することになった。

なにをなすかという目標(プロジェクト)の選択は、大きな問題ではなかった。その作業過程に必要なのは忍耐だけだ。ふさわしいプロジェクトが心に浮かんだときにはすぐさまそうとわかるはずだ、とふたりとも理解していた。毎夜、就寝前に、ジャシムがリーラに尋ねる。「なにか思いついた?」

「まだ。あなたは?」

「いいや、まだだ」

夢の中でそれを見つけたという夢をリーラが見て、しかし〈再現〉によってそんなことはなかったと判明する。思考の表層のすぐ下にそれが潜んでいるとジャシムが確信を持ち、しかし潜って確かめてみると光のいたずらにすぎない。

何年もがすぎた。ふたりは単純な楽しみに没頭していた。庭いじり、海水浴、友人たちとのおしゃべり、子孫たちのもとへの訪問。ふたりは繰りかえしても苦にならない暇つぶしを見つけることに上達した。それでも、もしまだ名前のない冒険がその先に待っていなかったとしたら、ふたりは毎晩、サイコロ二個を転がして、六のゾロ目が出たらすべてを終わらせることで同意していただろう。

ある夜、リーラはひとりきりで庭にたたずんで、空を眺めていた。ふたりが母世界とするナジブから旅したことがあるのは、居住世界を持つ至近の星々のみで、その旅ごとに失ったのはほんの二、三十年ずつでしかなかった。そうした制限を設けたのは、友人たちや親族と疎遠にならないようにするためで、それを束縛だと感じたことはまったくなかった。じっさいには、融合世界（アマルガム）の文明は銀河系を覆いつくしていて、ある旅人がその気になったら二十万年がかりでぐるりと一周して出発地に戻ってくることも可能だが、そんな大仰な遍歴をしてなにが得られるというのか？　ナジブ近隣の一ダースの世界だけでも、どんな旅人にも手に余るほどの多様性を備えていて、もっと遠い領域には目新しい新奇さが満ちているのか、それとも同じようなことが延々と繰りかえされるばかりなのかなど、ほとんどどうでもいいことに思える。ひとつのゴールを、ひとつの最終目的地を持つのはそれはそれで意味があるとしても、多様な世界の豊潤さそのものに満足してしまうのは、まったく無意味に思えた。

最終目的地？　リーラは星空に情報をオーバーレイした。情報の大半が数ミレニアム（千年紀）分古いのは仕方がない。息をのむような星雲や星団の眺望が得られる世界がいくつもあり、それが目的でそこまで旅していったときにその眺望がまだ存在していることは保証されている。だがそうした光景を直接目にすることは、いまナジブのライブラリで手に入る非の打ちどころがない映像に浸入することに、それほどまさっているのだろうか？　まばたきする間に一万年を消し去った結果が、緑色と紫色のガスの雲の下で目ざめるだけというのは、その光景がどんなに美麗なものだとしても、とてつもないアンチクライマックスに思えた。

星々が大きさを増しながら鈴のような音を発し、そのもの悲しさがリーラの注意を強引に引きつけた。アーキテクチャーへ行こう、〈川〉へ、フェスティヴァルへ！　たとえそうした観光施設が数ミレニアムのあいだ存続できたとしても、たとえその中に真に唯一無二のものがあったとしても、死への序曲としてふさわしいとリーラに思わせるものはなかった。もし彼女とジャシムが何世紀も前に、すばらしい美や興趣を備えていると噂の銀河系の反対側の世界にたまにでも関心を持って、ほかにすることがなくなったらそこを探してみようという話をずっとしてきていたなら、それを実行に移すことはじゅうぶんに価値があったかもしれない。たとえ、たどりついた先が廃墟と化した世界だったとしても。けれど、ふたりにはそんな長年の目的地はなかったし、その思いを育むには手遅れだった。

リーラの視線はフェスティヴァルを広告する星々がまばらな部分を追って、銀河の中心を取りまく星々の膨らみ（バルジ）へと行きついた。天の川銀河（ミルキーウェイ）の円盤部分は融合世界に属し、そこではさまざまな先祖を持つ種族が事実上ひとつの文明に溶けあっているが、その中央にあるバルジの居住者たちは、自分たちの周囲の居住者たちとコミュニケートすることさえ拒んでいる。バルジにプローブを——旅行用インフラストラクチャーを作りだすために必要なエンジニアリング種子の類はいうまでもなく——送りこもうとする試みのすべては、穏やかに、だが断固として拒絶され、バルジへの侵入者たちはまっすぐに叩き返されてきた。孤高世界（アルーフ）は、融合世界そのものが存在すらしなかったころから変わらぬ沈黙と孤立を保ちつづけていた。

この件に関する最新ニュースは二万年前のものだが、状況は百万年近く変化のないままだった。もしリーラとジャシムが融合世界の版図の最内縁部に旅したとして、その旅にかかる時間のあいだに孤高世界が方針転換をしていない可能性は、超特大に大きかった。とはいえ、もし旅のあいだに孤高世界がいきなり境界を開放しても、それはちっとも残念なことではない。そんな予想外の雪解けを目撃できたら、それは比類のない体験になるだろうから。それでも、問題が未解決のままでいたら、それはそのほうがいい。

リーラはジャシムを庭に呼びだして、上っ面だけの歴史で粉飾されたりしていない、豊かさに満ちた星々を指さした。

「それでぼくたちの行き先は？」

「孤高世界のそばに、可能なところまで」

「そしてどうするんだ？」

「孤高世界を観察する」リーラはいった。「孤高世界についてなにか知るためにあれこれする。とにかくできるかぎりの手段で、接触(コンタクト)を試みる」

「そういうことはもう試されているとは思わない？」

「百万回は試されたでしょう。でも最近はあまり多くはない。もしかすると、わたしたちの側の関心が薄れていっているあいだに、あちら側がだんだんと変化して、受容度を増しているかもしれない」

「かもしれないし、そんなことはないかもしれない」ジャシムは笑みを浮かべた。最初はリーラの提案に少しばかり面食らったようだが、そのアイデアが気に入ってきたらしい。「そいつは全力で取りくむにしても、とびきりの難題だ。でも、やるだけ無駄ということはない。その正反対だ」ジャシムは両手でリーラの両手をくるんだ。「朝になったら、あらためて考えてみよう」

朝になると、ふたりともが確信していた。自分たちは、姿を見せようともしない異文明の門の前にキャンプを張って、相手を無関心から引っぱりだそうとすることになるだろう、と。

ふたりはくまなくナジブ全域から親族を呼び集めた。孫やさらに遠い子孫の中には何十光年も離れたよその星系に住みついている者もいたが、リーラとジャシムはそういう親族の到着を待たなくてすむように、この最後のお別れの会には呼ばないことにした。

物質界の屋敷と庭に二百人の親族がひしめき、仮想の翼棟にとどまるかたちでさらに二百人がいた。お祝いの席にはつきものの会話と食べ物と音楽があり、リーラは忍び入ってくる厳粛な雰囲気をことごとく薄めようとした。けれど夜がふけるにつれ、わが子や孫にキスするたびごとに、古い友人と抱擁するたびごとに、リーラは思うのだった。これが最後になるんだ、ほんとうに。なにごとにつけ最後のときがあるのは当然だし、それを先延ばしにしようとしてさらに一万年を送るのはごめんだったが、リーラの中にはあたたかな触れあいのひとつひとつが無に帰していくことを思って、追いつめられた獣のようにうなり声をあげてもがいている部分があった。

夜明けが近づくにつれ、パーティーは完全に非物質界へと移行していった。参加者たちは、神話や異類種学に由来する奇抜な衣装をまとうか、単に冗談で自分自身の幻想の体をいじりまわすかしていた。それはすべて落ちついた穏当なもので、リーラの若い時分の記憶にあるようなシュールさが暴走したものとはまったく違ったが、それでもリーラはかすかな目まいを感じた。息子のハーリドが両耳を大きくして回転させた。その愛すべきおふざけが、厳しいメッセージをリーラにもたらした——屋敷の機械装置によってリーラの心はすでに体から引きはがされており、その過程は従来と同様に移行感のないものだったが、今回のリーラが同じ肉体に戻ってくることは決してないだろう、と。

日の出とともに別れの第一弾がはじまった。リーラは強い意志の力で、さしだされた手のひとつひとつを離し、非実在の体のひとつひとつにまわした両腕をほどいた。リーラはジャシムにささやいた。「あなたも発狂しそう?」

「いうまでもない」

徐々に人混みはまばらになった。翼棟は静まっていった。気がつくとリーラは、まだ居残っているだれかと出くわすかもしれないと思っているかのように部屋から部屋へと歩きまわっていたが、そこで、最後に残った人々に自分が退出をうながし、子どもたちや友人たちが涙ながらに玄関広間から出ていったのを思いだした。癒しようのない悲しみから身をかわすと、リーラはその感情を踏みこえて、ジャシムを探しにいった。

ジャシムはふたりの寝室の外でリーラを待っていた。

「眠る準備はできた?」ジャシムがやさしく尋ねた。

リーラはいった。「何十億年でも」

2

リーラは体を横たえたのと同じベッドで目ざめた。ジャシムは隣でまだ眠っている。窓の外は夜明けだったが、それはいつもの崖と海の眺めではなかった。

リーラは屋敷に状況説明をさせた。リーラたちふたりを運ぶ情報パッケージは二万年がかりで——おおよそ光速で旅をし、クリーンアップと増幅のために幾多の中継地点で一、二マイクロ秒だけ停止して——無事に惑星ナズディーク・ビ・ビーゲインに到着した。この世界は居住者が密集しておらず、さまざまな代謝様式と適合するように自己改造するかたちで手を加えられていた。屋敷は、リーラたちが望むなら実体化して快適に暮らせる土地を、交渉して手に入れていた。

ジャシムが身じろぎして、目をひらいた。「おはよう。気分は？」

「歳を取ったわ」

「ほんとうに？」

リーラは間を取って、その言葉を真剣に考えてみた。「いいえ。ほんの少しも。あなたは——」

「快調だ。外はどんなようすか気になっていた」ジャシムは体を起こすと、窓から外を覗いた。屋敷が具現化したのは広大で人けのない平原で、緑色と黄色の低草木に覆われていた。その植物はふたりの食用になるもので、屋敷はふたりが眠っているあいだに香辛料園を作りはじめていた。ジャシムは両腕を伸ばして、「朝食を作りにいこうか」

ふたりは階段をおりて、できたての体に入りこむと、庭に出ていった。風はなく、日射しがすでにあたたかい。ふたりの収穫作業に役立つ道具を、屋敷は準備ずみだった。旅のありかたからいってふたりはこの世界に手ぶらで到着し、ここに近親者はいなかった。十六代前で血のつながったいとこもいないし、友人の友人もいない。それでもふたりが歓迎されるのが融合世界のありかたで、居住者のためにこの世界を管理する機械類も最善を尽くして、ふたりが食べていけるようにしてくれた。

「これが死後の世界か」黄色い茎を刈りとりながらジャシムがいった。「とても質素だな」

「わたしを巻きこまないで」リーラはいい返した。「わたしはまだ死んでないんだから」鎌を地面に置くと、植物の一本を根こそぎ引っこ抜いた。

ふたりの作った料理は、腹は満たしたが、味が薄かった。リーラは味覚を調節したいという衝動をこらえ、しかるべきレシピを自力でものにするというやりがいのある作業に挑むことを選んだ。それは、ふたりがここに来た目的であるずっと難物の課題と、上手く釣り合いを取ってもくれるだろう。

　その日の残りは、ふたりで歩きまわって、とりあえず周辺の状況を調べるだけにした。屋敷は近くの小川を水源として確保していたし、蓄積された日光はふたりが必要とする全エネルギーを供給してくれるだろう。一時間ほど歩いたところの丘から、別の建物のある野原が見えたが、隣人たちに挨拶しに行くのはもう少し待つことにした。空気には、ほかの代謝様式の維持に必要な各種成分に由来するかすかに奇妙なにおいがあったが、気になりすぎるほどではなかった。

　夜の到来はふたりの意表を突くものだった。日が沈みもしないうちに星々がぱらぱらと東の空に見えはじめ、少しのあいだリーラは、色褪せゆく青を背景にしたそうした白い斑点を、気温が下がって成層圏に形成された小さな雲だとかいった、異世界的(エキゾチック)な大気現象の類だと思っていた。なにが起きているかがはっきりしてくると、リーラはジャシムを手招きして小川の土手で自分の隣にすわらせ、バルジの星々が姿をあらわすのを見守った。

　ふたりが到着した時期、ナズディークはその太陽と銀河中心のあいだに位置していた。日が暮れると、孤高世界のまばゆい領域の半分が東の地平線から天頂にかけて広がり、暗がりゆく空を背景に西方向へゆっくりと進んでいく星々は、その壮麗な光輝をあらわにしていく一方だった。

「あれを見たら死んでも惜しくなくなった？」屋敷へ歩いて戻る途中で、ジャシムが冗談で訊いた。

「野心的な気分でなくなったなら、いまここで終わりにしてもいいのよ」

ジャシムがリーラの手を握りしめた。「もし一万年かかるとしても、ぼくはやる気だ」

屋外で眠ることもできそうな穏やかな夜だったが、それには天の壮観さがあまりにも邪魔だった。ふたりは物質界の翼棟で一階にとどまっていた。家具類が落とす奇妙に入りくんだ影が壁を移ろっていくのを、リーラは見つめていた。あの隣人たちはまったく眠らないのだ、とリーラは思った。そしてはじめて挨拶をしにいったわたしたちに、なぜこんなに時間がかかったのかと尋ねるだろう。

3

数百の観測施設がナズディークを周回していた。リーラたちと同じ目標を持ってやって来た人々が建造したのち、放棄されたものだ。帯状に連なる破損していない宇宙ゴミ――ロボット歩哨によって果てしない年月のあいだ管理、清掃されてきた軌道――が目の前に表示されたのを見たリーラは、自分たちの先達の墓が屋敷裏の野原に目の届くかぎり広がっているのを見つけたような気分になった。

ナズディークには、もしリーラたちが望むなら新たな器械類ひと組を真空中に打ちあげる資源を提供する用意ができていたが、放棄された観測施設の多くは完璧に機能していて、さらに大半がだれからの命令でも受けいれる指示待ち状態のままだった。

リーラとジャシムは屋敷のリヴィングルームに腰を据えて、次から次へと観測施設の機械を数ミレニアムの休止状態から目ざめさせていった。その中のいくつかは、休むどころか規則正しい観測を継続し、所有者たちがとうに関心を失ったあともデータを蓄積していたことが判明した。

恒星が密集するバルジの領域では、重力の作用が破壊的なために惑星の形成は円盤部分よりもまれにしか起こらず、軌道もより不安定になる。それでも、惑星の存在は確認されていた。ナズディークからはそのうちの二、三千を追跡可能で、その大気スペクトルを過去十二ミレニアムのあいだモニターしている観測施設がひとつあった。そうした惑星のすべてで、その期間すべてにわたって、大気組成が純粋に天体化学的にありうるモデルから逸脱する徴候は見られなかった。つまり野生生物も、未成熟な産業も存在しないということだ。だからといってそうした惑星に居住者がいないということにはならないが、そこから考えられるのは、孤高世界が徹底して化学的痕跡を残すのを避けるようにしているか、あるいは孤高世界での生活様式が融合世界で形作られたいかなる文明ともまったく異なっているかだった。

銀河円盤各地で発見された十一の生化学の形態は、最終的にそのすべてが普遍的知性を持つ数百の生物種族を生みだしていた。そうした出自を持つ多くの文明のすべてが、ソフトウェアとして生きることを是認する柔軟性を持つ文化を含むと同時に、物質的存在であることに固執する文化も含んでいた。リーラ自身はどちらのモードも自発的に手放すことは決してないだろうが、ある下位文化がそうすることを想像するのは容易な一方、ひとつの種族まるごとがそうするというのは、異例に思えた。ある意味、融合世界のもつれあった文明の存在を可能ならしめているのは、ひとつの種族とほかの種族のあいだにあるのと同じくらいたくさんの文化的バリエーションがあらゆる種族それぞれの中に存在する、という事実だった。そんな爆発的多様性の中では必然的に、種族を超えて関心事が重なりあう。

もし孤高世界がその例外で、物質文化的にはほんの二、三の目立たないプロセッサ——各々がブユ程度のエネルギーしか必要とせず、広大無辺な塵と燃えたつ星々の中に散らばっている——にまで縮小しているとしたら、発見は不可能だ。

もちろん、そんな最悪の想定が真実であることは、まずありえない。そもそも孤高世界の存在が当然視されているただひとつの理由は、バルジに送りこまれるプローブというプローブを、むこうの物質文化のなんらかの構成要素が投げ返してくることだ。その機械がどんなに目立たないものだとしても、まばらにしか存在していないということは絶対にありえない。何万もの異なるルートで送りこまれた何億もの個々のプローブの軌道を追跡し、さえぎり、反転させてのけていることからして、情報流の相対論的制約を考えると、孤高世界はバルジの縁のほぼありとあらゆる星になんらかの物質的存在を配しているものと思われた。

リーラとジャシムは、バルジに入りこもうとしたいちばん最近の試みについてナズディークに要約説明させたが、四万年経っても基本的事実に変化はなかった。孤高世界の版図のしるしとなるくっきりした輪郭を持つ防壁は存在せず、しかし幅約五十光年の境界地帯内部のどこかの地点で、送りこまれたプローブはひとつ残らず機能停止していた。機内ビーコンや送信機を備えたそれらのプローブからの信号は、前触れなしに途絶える。一世紀かそこらののち、ほとんど同じ地点に信号が再出現するが、進行方向が正反対になって、やって来たほうに引き返している。回収・精査されたプローブは無傷であることが判明したが、データログに行方不明だった時期の数十年分の記録はなにもなかった。

ジャシムがいった。「孤高世界が死滅しているということはありうる。完全無欠な防壁は作ったが、いまや防壁が作り手よりも長く残っているんだ。防壁はその廃墟を防護しているにすぎない」

リーラはそれを強い口調で退けた。「ひとつの星系の外まで広がった文明が、完全に消滅した例はない。まったくの別ものに姿を変えることはあるけれど、末裔を遺さずに死に絶えた文明はないわ」

「それは歴史上の事実であって、普遍的な法則じゃない」ジャシムは自説をまげなかった。「融合世界にいるままずっと議論しても、らちがあかない。孤高世界も例外でないのだとしたら、ぼくたちはここにいなかっただろうし」

「それは確かね。でも、なにか証拠を目にするまでは、孤高世界が死に絶えているとは認められない」

「いったいなにだったら、証拠のうちに入るんだ？　百万年の沈黙じゃ、ダメなのか？」

リーラはいった。「沈黙はどんな意味でもありうる。もし孤高世界がほんとうに死に絶えているなら、沈黙以上のなにかが、もっと明白ななにかが見つかるはず」

「例えば？」

「それを見つけたときには、そうとわかるはずよ」

ふたりは本格的にプロジェクトに着手して、大昔の観測施設のデータを精査した。手を止めるのは、食べ物の準備と、食事と、眠るときだけ。ふたりはナジブを発つ前には、計画の細部を詰めないでおいた。事前に取り決めたどんなアプローチも、最新の調査結果を前にしたら時代遅れになりそうだという理屈からだ。だがいま、この地に到着してみると、問題をめぐる状況はなにひとつ変化していなかった。こういう状況に対する準備なら出発前にしておけたのだから、その場合の対応策をいくつかはっきりと考えておけばよかった、とリーラは思った。

じっさい、ナジブにいたときのリーラたちは事情に疎い素人気分だったかもしれないが、孤高世界がふたりの全存在理由(レゾンデートル)になったいま、系統立ったアプローチがことごとく失敗に終わっていることを考えると、じっさいに実を結ぶかどうかわからないような憶測をゆったりと楽しむことなどとてもできなかった。このために二万光年彼方からやって来たふたりは、問題は心の裏側でじっくり考えることにしてナズディークの牧歌的生活のリズムに身をゆだね、空想にふけって時間を費やすわけにはいかない。というわけでふたりは、従来のあらゆる試みを調べ、入念に新しいアプローチを探り、先達たちすべてが持っていた決定的な盲点を自分たちは持っていないかもしれない――仮に偶然でしかないにせよ――ことを期待して、古いアイデアを新たな目で見られないかと思った。

成果もひらめきもなしに七カ月がすぎたとき、かわりばえのない日々からようやくふたりを引きずりだしたのはジャシムだった。「これじゃ徒労に終わるだけだ」ジャシムがいった。「それを認めて、これは全部、脇にやって、お隣さんに挨拶しに行こう」

相手の頭がおかしくなったと思っている顔で、リーラはジャシムをまじまじと見た。「挨拶しに行く？　どうやって？　どうしてむこうがいきなりわたしたちを受けいれてくれるようになるなんていいだしたの？」

ジャシムがいった。「お隣さんだよ。覚えてない？　丘のむこうの。じっさいにぼくたちと話をしたがっているかもしれない人たちのことだよ」

4

リーラとジャシムの隣人たちが公表している〈大要〉には、原則として社会的接触を歓迎する旨が記されていた。ただし、返答にだいぶ時間がかかるかもしれないとも。ジャシムは、こちらの屋敷においでになりませんかという招待を送信して、返答を待った。

わずか三日で返答が届いた。おふたりの屋敷を物理的に改造するお手間をかけさせたくはなく、また現時点では非物質化せずにすめばと思います、と隣人たちはいってきた。実体化時のおふたりの種族の必要条件はあまり厳しくはないようですから、こちらの屋敷においでになるのはいかがですか、と。

リーラはいった。「そうしましょう」そして訪問の日時を取り決めた。

隣人たちの〈大要〉は、遭遇に際して心得ておくべき生物学的・社会学的詳細をすべて含んでいた。隣人たちは生化学的に炭素系で酸素呼吸生物だったが、リーラやジャシムのDNAとは異なる自己複製子(レプリケーター)が使われていた。隣人たちの先祖の表現型は、柔毛に覆われた大きな蛇に似ていて、実体化時には通常、屋敷内に百ほどある巣で暮らしている。各個体の精神は完全に自律しているが、孤独という概念は隣人たちにとってなじみが薄く、不安を誘われるものだ。

リーラとジャシムは午前遅くに屋敷を出発し、午後早くに隣家に着くようにした。陰鬱な雲が低くたれこめていたが、空一面を覆うまではいかず、太陽が雲にさえぎられると、リーラはバルジの縁のもっとも明るい星々のいくつかを見てとることができた。

ジャシムがとがめるようにいった。「星を見るのはやめろよ。今日は仕事は休みだ」

蛇たちの建物は貯水槽に似た大きなずんぐりした円柱で、刺激臭のある苔状のなにかに埋もれていた。リーラたちが建物に着くと、三人の主人役（ホスト）が玄関で待っていてふたりを出迎えた。ホストたちは苔から突きだした大きなトンネルの入口の地面にとぐろを巻いていた。ホストたちの体の幅は招待客（ゲスト）たちとほぼ同じで、長さは八から十メートルくらい、頭には正面をむいたふたつの目があるが、ほかの感覚器官ははっきりしなかった。口は見てとれたし、その奥に何列の歯があるかもリーラは事前説明で知っていたが、幅の広いピンクの分かれ目は閉じていて、灰色の柔毛にほとんど埋もれていた。

蛇たちは低周波の強打音をコミュニケーションに使っていて、また、複雑な命名法を用いていたので、リーラは心の中では、ランダムに選択したほんの少し異世界的な名前を相手の三人にタグ付けし――ティム、ジョン、サラ――自分の翻訳機を調整して、どの人がだれで、自分に話しかけているのがだれか、さらに相手の身振りの意味も直観的に認識できるようにした。

「よくおいでくださいました」ティムが熱っぽくいった。

「お招きに感謝します」ジャシムが応じた。

「お客さんはずいぶん久しぶり」とサラ。「だからお会いできてほんとうにうれしいです」

「久しぶりというのは？」リーラは尋ねた。

「二十年になります」サラが答えた。

「とはいえ、ここへやって来たのは、静かに暮らせると思ってのことなので」ジョンがいい足す。「そのくらいは予想していましたが」

百人からなる一族が静かに暮らせるものだろうかとリーラは考えこんだが、招かざる部外者がずかずか入りこんできた場合と家族間の出来事とは、別の話なのだろう。

「巣までおいでになりますか？」ティムが尋ねた。「中に入るのがお嫌でも、わたしたちが気にすることはありませんが、みんながおふたりと会いたがっていて、しかし中には広いところへ出るのを好まない者もいるのです」

リーラはちらりとジャシムを見た。彼は非公開でリーラにいった。『ぼくたちの視界は赤外線に切りかえられる。においも平気なように調整できる』

リーラは同意した。

「行きましょう」ジャシムがティムにいった。

ティムがすばやい優雅な動きでトンネルにすべりこんで姿を消し、ジョンがゲストにむかって、彼のあとについていってくださいというように頭を動かした。リーラが先に入って、膝と肘をついてゆるい斜面をのぼっていった。蛇たちが栽培して巣にしている植物の表面は、冷たく、乾いていて、弾力性があった。十メートルほど前方に見えるティムの姿は、体熱で発光する巨大な幼虫のようで、ちょうどリーラが追いつけるよう速度を落としたところだった。ちらりとジャシムをふり返ると、激しい運動で顔や腕に奇妙な光の帯を浮かべたいまの姿は、蛇よりも不気味に見えた。

二、三分すると、大きな洞室に出た。空気は湿っぽいが、狭苦しいトンネルを通ってきたあとだと、ひんやりしてさわやかに感じる。ティムはリーラたちを中央部に連れていき、そこにはすでに一ダースのほかの蛇たちが出迎えに来ていた。蛇たちは興奮気味にゲストを取り囲み、うれしそうに強打音で歓迎の意を示した。リーラはアドレナリンがあふれるのを感じた。自分とジャシムが危険にさらされてなどいないのはわかっているが、この生き物たちの大きさと熱気は並大抵ではなかった。

「ナズディークに来られた理由を訊いてもよろしいですか？」サラがいった。

「もちろん」一、二秒、リーラは彼女とアイコンタクトを取ろうとしたが、ほかの蛇たち同様、サラも休みなく動きつづけていて、リーラの翻訳機はその動作を興奮と熱意がこもったものとして伝えてきた。アイコンタクトを欠いているとはいえ、蛇たちの側の翻訳機は、通常の礼儀正しい人類（ヒューマン）のふるまいの中にはこういう状況下では実行不能なものがあることを十全に理解していて、リーラの動作を解釈しまちがえることはないだろう。「ここへ来たのは、孤高世界のことを知るためです」

「孤高世界？」最初、サラは困惑しているのかと思えたが、ちょっと皮肉混じりであることをリーラの翻訳機が示唆した。「かれらはわたしたちになにも提示していませんが」

リーラは一瞬、言葉につまった。言外の意味は漠然としているが、まちがえようがない。融合世界の市民には、たがいの好奇心をどう扱うかについてのプロトコルがある。各人が〈大要〉を公表し、そこには自分について一般の人々に知ってほしいと思う情報すべてが明確に記され、それ以上に尋ねてもかまわないことがもしあるのなら、そう明記されている。さらに市民は、まったくなんの〈大要〉も公表しない権利も完全に持っていて、その決定は尊重される。なんの情報も公表されず、なんの招きも提示されていないなら、その相手にはかまわずにいるほかに打つ手はない。

「わたしたちにわかる範囲では、かれらはなにも提示していません」リーラはいった。「けれど、それはなにかの誤解かもしれません。コミュニケーションがうまく取れていないのかも」

「プローブをことごとく送り返してきたんですよ」ティムが指摘した。「その意味するところをわたしたちが誤解していると、本気でお考えですか？」

　ジャシムがいった。「それが意味するのは、かれらがぼくたちに、かれらの領域に物理的な侵入をしたり、こちらの機械をかれらの住まいのすぐ隣に据えたりしてほしくないと思っている、ということです。ですが、それがいっさいのコミュニケーションを望んでいないということだとは、ぼくにはいい切れません」

「わたしたちは孤高世界を騒がせずにおくべきです」ティムが強説した。「プローブを目にしたのだから、ここにわたしたちがいるのをかれらは知っている。もしかれらがコンタクトしたいと思うなら、いずれむこうからそうするでしょう」

「孤高世界を騒がせずにおきなさい」別の蛇が繰りかえした。洞室のほかの蛇たちからもいっせいに同意の声があがった。

　リーラは主張を変えなかった。「バルジの中にいったいいくつの種族や文化が存在しているのか、わたしたちは想像すらつかずにいます。そのうちのひとつがプローブを送り返してきていますが、もしかしたら、融合世界がコンタクトしようと試みていることさえ知らない千の種族が、ほかに存在するかもしれません」

　この仮説から、一連の議論がはじまった。ゲストとホストのあいだでのものもあれば、蛇たちどうしでのものもある。議論のあいだじゅう、蛇たちは興奮して輪を描きつづけ、その間も、めずらしい訪問者の姿をひと目見ようと、新しく洞室に入ってくる蛇たちがいた。

孤高世界をめぐる喧噪がおさまってきて、別の話題に移れるようになると、リーラはサラに尋ねた。「あなたがたご自身がナズディークに来られた理由はなんですか？」

「ネットの主要経路を外れた、辺境にあるからです。ここでなら邪魔されることなく、物事をじっくり考えられます」

「ですが、同様の隠遁状態なら、どこででも手に入れられたのでは。すべては〈大要〉になにを記すかしだいです」

サラの返事は面白がっている気配で満ちていた。「わたしたちにとって、あらゆる接触を明示的に断つことは、法によって想像しがたい不作法だとされているのです。とくに、わたしたち自身の先祖種族の末裔である相手に対しては。だから、静かな暮らしを送るためには、わたしたちを見つけだしうるあらゆる人と遭遇する機会を減らす必要がありました。それを達成するためには、自分たちを物理的に隔離する努力が必要だったのです」

「でもみなさんは、ジャシムとわたしを大変に歓迎してくださっています」

「当然です。しかしこれで、この先二十年は訪問者不要になりました」

蛇たちの社会生活について問いただすのはここまでだ。「こうやって孤独を確保して、みなさんはどんなことを考えているのですか？」

「現実の本質を。存在の意味を。生きるための理由、そしてそうしないための理由を」

リーラは前腕の皮膚がぞくぞくするのを感じた。自分が死ぬ予定でいたことをほとんど忘れていた。いつそうするかは不確定とはいえ。

　自分とジャシムが死ぬ前に壮大なプロジェクトに乗りだすことを決断するにいたった経緯を、リーラは説明した。

「興味深いアプローチですね」サラがいった。「そのことをちょっと考えてみる必要がありそうです」サラは言葉を切ってから、つけ加えた。「ただ、あなたがたの問題が解決ずみかどうかは、よくわかりませんが」

「どういう意味ですか？」

「あなたがたの人生を捨て去る適切な瞬間を、いまではほんとうに前よりも容易に選べますか？　細心の注意を要するひとつの決断を、もっと困難でさえあるものと取りかえたにすぎないのでは？　孤高世界とのコンタクトの可能性が完全に尽きたと結論をくだすことと？」

「わたしたちに成功の見こみがないようないいかたをされますね」リーラは失敗の可能性をおそれてはいなかったが、失敗は不可避だとほのめかされるのは、まったく別の話だった。

　サラがいった。「わたしたちがここナズディークに来て、一万五千年になります。巣の外にはほとんど関心を払っていませんが、この隠遁状態にいてさえ、多くの人々がここの大地で背骨をへし折るのを見てきました」

「では、あなたがた自身のプロジェクトが終了したと認めるのは、どの時点でのことですか?」リーラは問いを返した。「一万五千年経っても、まだ探し物を手に入れていないなら、いつ失敗を認めるのです?」

「見当もつきません」サラは打ちあけた。「わたしには見当もつきません、あなたがたとまったく同様に」

5

前進につながる道が最初に姿を見せたとき、それが先行する無数の誤警報とは違うことを示すものはなにもなかった。

ふたりがナズディークに来て十七年目。十五年前には、銀河じゅうから選び抜いた最新の改良の数々を加えた自前の観測施設を打ちあげたが、以来それは、成果ゼロという先達たちの結果をなぞるだけだった。

リーラたちはまだ観測によって除外されていない可能性を体系的に探るという、気長なルーティン作業に没頭していた。明らかにまったく見こみのないシナリオ——使えるかぎりのありとあらゆる手段で積極的にコンタクトを求めている、活力に満ち、危険をいとわない、外向型の文明がバルジに存在する――と、無数の可能性――ただしこの距離からでは、生命がまったく存在せず、ひとつの無口で効率的な門番を除いて機械もまったく存在しないことと区別がつかない――とのあいだで、期待をあおる手掛かりが時おりデータの中から湧いて出て、精査ののちに統計的に非有意として片づけられて終わった。

ナズディークからは孤高世界の領域内部の数百億の星々が識別可能で、その中には年や月の単位で変化したり激しく相互作用したりしているものもあった。伴星の表層を剝ぎとり、飲みこんでいくブラックホール。新鮮な燃料を盗みとり、まぶしく燃えあがってノヴァ化する中性子星や白色矮星。衝突し、たがいを引き裂きあう星団。この見世物全体のデータをじゅうぶんな長期間収集すれば、そこにはほとんどどんなものでも見いだせるはずだ。もし、夜の庭にさまよい出て、ようこそを意味する記号が空に綴られているのを発見しても、リーラは驚かないだろう。だがそれは複数のノヴァが偶然描いたパターンで、やがて薄れていき、メッセージはふたたびランダムさの中に姿を消す。

観測施設のガンマ線望遠鏡が奇妙な明滅する光――励起状態から崩壊するフッ素の特定の同位体の原子核だが、最初に核をその状態にできる類の線源は近くにない――をとらえたとき、それは膨大な事実の山に加えられる、新たなもう一件のランダムで説明のつかない事実にすぎないかと思われた。同じ明滅がふたたび、あまり遠くないところで観測されたとき、リーラはこう説明づけた。もしフッ素の豊富なガス雲の一カ所が未知の線源の影響を受けたのなら、同じことが同じガス雲のどこで起こってもまったく不思議はない、と。

それは再度起きた。三つの事象は、厳密に焦点合わせをされたビームのかたちをとった短パルスガンマ線が、ガス雲の三つの異なる地点に当たったことを示唆するかたちで、時間的、空間的に一直線に並んでいた。それでも、ふたりが先達たちから入手したデータの山の中には、これよりもはるかに意味ありげな偶然が何十万回も起こっていた。

四回目の閃光から数のバランスが傾きはじめた。ナズディークに届いた二次ガンマ線は、もともとの放射の弱くてゆがんだ反映でしかないが、四回の閃光すべてが一本の細いビーム上に位置していた。バルジ内には既知のガンマ線源が数千あるが、放射の周波数、ビームの方向、パルスのタイムプロフィールは、そのどれとも一致しなかった。

アーカイヴには、類似の条件下でフッ素の原子核からの同種の放射が見られた例が数ダース記録されていた。三回以上連続した事象は過去いちどもなかったが、今回のものからあまり遠くない経路で起きた連続事象がひとつあった。

リーラは小川の岸にすわって、可能性をモデル化していた。もしビームが、動力飛行しているふたつの物体を結んでいるなら、予測は不可能だ。けれど、もし受信機と送信機がたいていは自由落下していて、たまに修正を加えているだけだとしたら、過去と現在のデータを組みあわせれば、未来のビームの方向を高い確率で予測できる。

ジャシムがリーラのシミュレーションを覗きこんだ。星々や方程式がひとつの思考吹き出しになって小川の上に浮かんでいる。「ビームの経路全体が立入禁止区域内で終わるかもしれない」

「まさか」孤高世界の領域はおおよそ球形で、凸集合になっていた。領域自体に入ることなしに、領域内のいかなる二点間にも位置することはできない。「ビームがどれだけ広がるか考えてみて。フッ素のデータから、ビームが受信機に届くときには幅数十キロメートルになっているだろうといえる」

「だから、受信機はビームのすべてはつかまえていないかもしれない、と？　ビームの幾分かを、銀河円盤に逃がしている？」ジャシムは説得された声ではなかった。

リーラはいった。「いい、もし孤高世界がこれを隠すためにあらゆる手を打っているなら、そもそもわたしたちがあの輝点を目にすることは決してなかったはずよ」

「これほどのフッ素を含むガス雲は、きわめてまれだ。通常の状況下でなら散乱しない周波数を、孤高世界が選んだのは明らかだ」

「そうね、でもそれは、局所的な環境で信号を通過させるという問題でしかない。融合世界のネットワークは、ルート上にありそうないかなる物質とも相互作用しない周波数を選択しているけれど、完璧な選択というものは存在しなくて、万一のときはあきらめるしかない。孤高世界も同じことをしているように、わたしには思える。もし孤高世界が常軌を逸した純粋主義者だったら、まったく違う手段で通信しているはず」

「なるほど」ジャシムはモデルの中に手を伸ばした。「それで、ビームの見通し線上で、ぼくたちの行ける場所はあるのか？」

簡潔な答えは、どこにもない、だ。もしビームが目的とする標的に完全に遮断されなかったら、銀河円盤の中を進んでいくあいだに著しく広がるだろうが、融合世界がなんらかの前哨を置いている一地点をかすめ去るほどの幅にはならないだろう。

リーラはいった。「これは見逃すには惜しすぎる。ビームの経路上にそれなりの観測施設を作る必要があるわ」

ジャシムが同意して、「そしてそれは、このビームのノードがなんらかの危険に近すぎるところまで来ていると判断して、進路修正のためにエンジンのスイッチを入れる前でなくてはならない」

ふたりは可能性をしらみつぶしにした。融合世界がすでに手を伸ばしている場所ならどこででも、設置ずみのインフラストラクチャーはビームのデータをあらゆる種類の物質界の物体に変換することができる。人をそういう場所へ、その人が必要とするどんなものとでもいっしょに送信するのは、ごくかんたんだ。光速が、ただひとつの現実の制約となる。受信地の資源を過度に要求したら拒否されるだろうが、適度な要請が却下されることは滅多になかった。

はるかに困難なのは、原料は存在するが受信機が現存しない場所で新たななにかを建造することだ。その場合、純粋なデータのかわりに、ある種のエンジニアリング種子を送ることが必要になる。もし急を要するなら、エネルギーを注ぎこんで――それは防護遮蔽体の質量に合わせて雪だるま式に増大する――相対論的速度まで種子を加速させる必要があるばかりでなく、そうやって稼いだ時間の大半をブレーキをかける長々しい過程のために浪費しなくてはならない。そうしなければ、種子が衝突するときのエネルギーで、標的はプラズマと化してしまうだろう。星間物質との相互作用は種子を減速するのに利用でき、ブレーキ用の推進剤となる余分の質量を運んでいく必要がなくなるが、この手法はあきれるほど効率が悪かった。

さらに難題なのは、実体のあるものを星々のあいだの広大な空っぽの空間内の任意の地点に到着させることだ。原料に使えるものが目的地にまったくないので、なにもかもをどこかよそから持ってこなくてはならない。まず着手する作業としてベストなのは、付随する星に重力的にゆるく縛られた彗星雲にエンジニアリング種子を送りこむことと決まっているが、そうした雲のすべてが略奪し放題というわけではないし、またあらゆることに時間と、腹立たしいほど大量のエネルギーとを要する。

観測施設がビームの見通し線上のもっとも接近しやすい地点に、正しい速度で移動して運ばれていくよう手配するには、すべてをひっくるめて約一万五千年かかるだろう。それは、もっとも近くの施設を所有し、原料の使用を拒否する権利を持つ目的地の文化が、リーラたちの要請に応ずると仮定しての話だ。

「送受信機の進路修正はどれくらいの間隔でおこなわれているの？」リーラは問いを発した。まだ仮説上の存在であるこのネットワークの建造者たちが有能なら、ノードはいっさいの問題なしに恒星間空間を長期間漂うことができるだろうが、あらゆることが銀河円盤内でよりも速く起こるバルジ内では、重力の影響に抗する必要が円盤内でよりずっと早くに生じるだろう。確実な予測をする手段はないが、ふたりにあたえられた時間はたぶん八千から一万年しかない。

リーラは現実に屈しまいとした。「まず現在判明している場所で試してみて、もし運がよければまだなにかを受信できるかもしれない。もしダメだったら、ビームが移動したあとで再度試せばいい」最初に作る観測施設に、移動するビームを追跡させても無駄だろう。ノードが自由落下運動をしている現状でさえ、観測候補地点は周囲の星々に対して光速の何パーセントか、決して無意味ではない割合で動いている。バルジ内でのビームの方向の小さな変化も、膨大な距離を経て拡大され、銀河円盤に到達するときにはビームが数千光年も脇に逸れていることもありうる。

ジャシムが、「待てよ」といって、投影されたビームの経路周辺の宙域を拡大する。

「なにを探しているの？」

ジャシムがマップに尋ねた。「融合世界のふたつの前哨で、ビームと交差する一本の直線上に位置するものはあるか？」

　マップは穏やかな懐疑含みの声で返答した。「いいえ」

「いまのは虫がよすぎる期待だったな。ではビームと交差するひとつの平面上に位置する、三つの前哨は？」

　マップがいった。「その条件を満たす三地点の組み合わせは、約十の十八乗存在します」

　ジャシムの考えていることが、リーラにもピンと来た。リーラは声をあげて笑いながら、ジャシムの腕を握りしめた。「あなた、完全に頭が変！」

　ジャシムがいった。「まず正確な数を把握させてくれ。そうしたらぼくを馬鹿にしていいから」ジャシムはいいかたを変えてマップに問いなおした。「その組み合わせのうち、ビームが三地点のあいだを通過し、三地点を頂点とする三角形と交差するものはいくつある？」

「約十の六乗です」

「その三角形とビームとの交点のうち、ぼくたちにいちばん近いものの距離はどれくらいだ――なおその距離は、三角形の各個でぼくたちからいちばん遠い頂点経由で測るものとする。経路全体を最長にする頂点経由でだ」

「七千四百二十六光年です」

リーラがいった。「衝突でブレーキをかけるのね。三つの部品どうしで」

「もっといい案がある?」

従来の手段で最速のものより二倍の速さの案にまさるもの? 「なにも思い浮かばない。ちょっと考えさせて」

稀薄な星間物質でブレーキをかけると、長い時間を要することになる。幸運にもふたつの既存の前哨を通る直線上のどこかにある地点に迅速にペイロードを届けたいなら、ふたつの別々のパッケージをそのふたつの前哨から発射して、パッケージどうしが遭遇したときに〝衝突〟させればいい――あるいはもっといい手段として、磁気でブレーキをかけさせあう手もある。ふたつのパッケージが等量で反対方向の運動量を持つように設定すれば、反応質量を投棄したり、通りすがりの分子をつかみとったりする必要いっさいなしに停止して、さらにパッケージの運動エネルギーの幾分かを電気的エネルギーとして回復させ、蓄電して後刻利用できるだろう。

照準とタイミングは完璧でなくてはならない。相対論的速度で飛ぶパッケージは飛行中に進路修正はおこなわないし、各発射地点で入手可能な相手の正確な位置はつねに潜在的に不完全な予測であって、手堅い事実発表ではない。融合世界の莫大な天文測定および計算の資源をもってしても、千光年の距離でミリメートル単位の照準を合わせられるかどうかは保証の限りではなかった。

いまジャシムがやりたがっているのは、そうした弾丸三つを遭遇させ、複雑な電磁気的ダンスを踊らせ、移動している標的であるビームを追跡しつづけるために必要な速度ぴったりを最終的に得ることだった。

夕方、屋敷に戻ったふたりは、いっしょになってシミュレーションに取りくんでいた。すべてが完璧にいった場合にうまく機能する計画案はかんたんに見つかったが、ふたりは最高に頑強なバリエーションを追い求めつづけた。距離や時間のわずかなズレの許容範囲が最大のものを。標準的な二体衝突ブレーキの場合、通常の解決法は、円柱状に加工した第一のパッケージに、第二のパッケージの穴をくぐり抜けさせるというものだ。穴の反対側から第一のパッケージが出てきて、ふたつのパッケージが離れていきはじめたところで、磁場が斥力から引力に切りかわる。そのあと数回の〝跳ね返り〟の過程が続くあいだに、可能なかぎりの運動エネルギーが徐々に超伝導電流に変換されて貯蔵され、残りは電磁放射となって散逸する。三つの物体をある角度で遭遇させるには、タイミングと位置合わせの重要度が増すばかりでなく、単純な軸対称ではなくなり、不安定性というより大きなリスクを抱えることにもなるだろう。

ふたりが最適な計画を確定したときには、夜が明けていた。その計画は問題を効率的に二分割したものだった。まず、球形の第一パッケージが、円環体状（トーラス）の第二パッケージと遭遇してトーラス中央の間隙をくぐり抜け、それから間隙を行ったり来たり十七回跳ね返る。

トーラスの平面は、球が正面から接近できるよう、飛行方向に対してある角度で傾いている。最終的に球とトーラスが相互に静止したとき、両者はまだ速度成分を持っていて、それが両者を、軸に穴が空いた円柱である第三パッケージのところへ直行させる。

電磁的相互作用は二体の場合と同様なので――自動的に中心に戻り、本質的に安定している――それぞれの遭遇において小さなズレがあっても、致命的にはならないだろう。けれど、通常の二体の場合には、跳ね返りの果てにエネルギー散逸が完了したあとで、結合したパッケージがさらに別の狭い輪を通り抜けられるよう正確に決定された経路を移動していく必要はない。

保証は皆無だし、結果がどう出るかは最終的にほかの人々の手にゆだねられることになる。ふたりにできるのは、三カ所の前哨に要請を送って、それぞれのパッケージを要求した時間に要求した軌道で発射するよう依頼することだ。だが、その際に必要なエネルギーは好意に甘えられるような量かどうかぎりぎりのところで、ひとつまたはそれ以上の要請があっさり却下される可能性はあった。

ジャシムが手を振ってモデルを消し去り、ふたりはカーペットの上に並んで長々と横たわった。

ジャシムがいった。「これほどの成果に到達できるなんて、思ったこともなかった。たとえこれがじつは蜃気楼にすぎないとしても、追い求めるに値するものを見つけられるとは、思ったこともなかった」

リーラはいった。「わたしには自分がなにを予期していたか、わからない。ある種の壮大な愚行かな。長期間、へとへとになるけれど、わくわくするような努力をして、何年もジャングルをさまよって、しまいに完全に迷子になったような気分になるの」

「それからどうするんだ？」

「見切りをつける」

ジャシムはしばらく黙っていた。リーラはジャシムが何事か熟考しているのを感じとったが、相手が口をひらくのを待った。

やがてジャシムがいった。「ぼくたちは自分でこの観測施設まで旅をして行くべきだろうか、それともここで結果を待つべきだろうか？」

「行くべきよ。絶対に！　ここで一万五千年もただ待って、ぶらぶらしていたくない。ビームが発生させる新たな蛍光発光をナズディークの観測施設に探させるようにしておけば、どこだろうと目的地でわたしたちは結果を知ることができる」

「理にかなっているね」ジャシムは口ごもってから続けた。「その旅に出るとき、ぼくはバックアップを残していきたくない」

「あぁ」ナジブから旅してくるとき、ふたりは自分たち自身をまったくあとに残してこなかった。もしふたりの送信情報がなんらかの理由でナズディークに到着しそこねていたとしても、目ざめさせられて、断ち切られた人生を再開するコピーデータが保存されているというようなことは、いっさいなかった。とはいえ、融合世界の既存ネットワーク内を旅することにともなうリスクは、無視できるほどのものでしかない。だがもしふたりが、このまったくなにもない場所の未建造ステーションの仮定的な位置にむかって飛びだしていったら、二度とふたたび具現化することなく無限への航海をすることになる可能性は、きわめて高かった。

リーラはいった。「わたしたちが取りくんでいる作業にうんざりしたの？　いまのわたしたちのありかたに？」

「そういうことじゃないよ」

「今回のはひとつのチャンスにすぎなくて、これしかないとかもうあとがないとかいうものじゃない。これでビームの探しかたがわかったんだから、このビームが移動しても、確実にまた見つけられる。根気強くやっていれば、ほかにも千のビームが見つけられるはず」

「それはわかっている」ジャシムがいった。「ぼくはやめたいわけじゃないし、これを最後にしたいのでもない。でも、これが最後になる危険をおかしたい。いちどだけ。それがまだなにかの意味を持っているうちに」

リーラは体を起こして、頭を膝にのせた。ジャシムの感じていることは理解できたが、それでも動揺を覚えた。

ジャシムがいった。「ぼくたちはすでに、とてつもないことをなし遂げた。過去百万年でだれひとり、こんな手掛かりを見つけてはいない。もし、あとのことは運まかせにしても、行きつくところまで探求されることには確信が持てる。でも、ぼくはどうしても自分自身で探求せずにはいられない。きみといっしょに」

「そして、そうせずにはいられないから、それを果たせない可能性とむきあう必要があるということ？」

「そうだ」

これはふたりがこれまでいちども試みたことがないことのひとつだった。若いころには、意図して死の危険をおかそうとは決してしなかっただろう。ふたりは愛にのめりこんでいたし、これから生きることになる人生を熱く望んでいたから、死は耐えがたいほど高いものについただろう。ナジブでの人生の黄昏どきには、死ぬのは容易だっただろうが、なんの面白味も味わえなかっただろう。

ジャシムが起きあがって、リーラの手を取った。「こんなことをいったせいで傷つけてしまった？」

「いいえ、そうじゃない」リーラは思案顔で首を横に振りながら、考えをまとめようとした。自分の感情を隠したくはなかったが、混乱したまま思いつきを口走るのではなく、気持ちを正確に表現したかった。「でも、わたしたちはいっしょに最後のときを迎えるのだと、ずっと思っていた。いっしょにジャングルの中である場所に着いて、あたりを見まわして、視線を交わして、来るべき場所に達したのだと知る。それを声に出していう必要さえなしに」

ジャシムがリーラを引きよせて、抱きしめた。「わかった、あやまるよ。さっきぼくがいったことは全部忘れてくれ」

リーラはむっとして、ジャシムを押し離した。「これは取り消しがきくようなことじゃない。もしそれがあなたのほんとうの気持ちなら、それはほんとうなの。とにかく、わたしに自分の望みをはっきりさせる時間をちょうだい」

ふたりはその話はいったん棚あげにして、仕事に全力を注いだ。新しい観測施設の設計に仕上げをほどこし、三ヵ所の前哨に要請を送る準備をする。申請先の惑星のひとつは蛇たちの所有地だったので、リーラとジャシムはもういちど巣を訪問して、願いを聞きいれてもらうためのベストの方策について助言を求めた。隣人たちは、孤高世界が百万年におよんでまとってきた秘密主義の覆いに小さなほころびがあらわれたというニュースよりも、単にリーラたちと再会したことのほうに興奮しているように見えた。リーラがやんわりとその点を指摘すると、サラはいった。「あなたがたはここにいる、いまこの場に、わたしたちのゲストとして肉体を持って。孤高世界が同じことをするつもりになるはるか前に、わたしが死んでいることはまちがいない」

リーラは考えた。わたしはなんておかしな欲望で悩んでいるんだろう？　わたし自身の先祖とはまったく異なる分子を経て塵から生まれてきた生物にもてなしてもらっている。その生物たちといっしょになって、死生観を論じあっている。融合世界はすでに、銀河の中でその気があるあらゆる種族を、ひとつの巨大な会話に参加させている。なのにわたしは、孤高世界を盗聴しに行きたいと思っているのか？　かれらが百万年間、焦らすように気のないふりをしてきたからというだけで？

リーラとジャシムは要請を急送した。要請内容は、三つのモジュールの建造と発射。要請する相手は、現時点ではそんなことを意識すらしていない協力者。発射の秒読みをナノ秒単位で指定しているけれど、プロジェクトについて論じる猶予期間は十年間取ってある。リーラは楽観的な気分だった。ナズディークの蛇たちの巣はこの件にとことん無関心だったが、孤高世界の覆いのむこうを覗き見するチャンスにほんとうに抗える宇宙航行文化があるとは、リーラには思えなかった。

ふたりは自らの要請のあとを追う前に、三十六年待った。猶予期間分の十年の遅れに加え、新観測施設の三つのモジュールは光速を数分の一パーセント下まわる速度で移動してくるはずなので、ふたりはひと足先に出発する必要があった。

新たなガンマ線の閃光がバルジに出現して秘密を暴露することはなかったが、リーラはこんな短期間でそれが見られるとは思っていなかった。ふたりは自分たちの発見のニュースを、孤高世界の領域に近いほかの世界へ送っていたので、いずれは各個異なる観測地点から千のほかのグループが、同種の証拠を探し、それを分析し活用する独自の方法を見つけだすだろう。大変な労力をかけて入手した驚くべき事実をあっさり手放して、だれでも利用できるようにするのは——たぶんふたりをはるかに上まわる報償を得る人も出てくるだろう——少しつらかったが、リーラたちもナズディークに到着した瞬間から、先達たちの寛大さに支えられてきたのだし、そもそも問題全体のスケールからすれば、自分たちのささやかな勝利に利己的にしがみついているのは、みみっちいもいいところだった。

出発の日がついに到来して、リーラは結論を出した。ジャシムがあらゆることを危険にさらそうとする必要性は理解できるし、ある意味でリーラもその思いを共有している。もしリーラがずっと、ふたりがこれをいっしょに終わらせる——支えあって道を切りひらきつづけ、やがて前進する道が失われてジャングルの下生えにのみこまれる——と想像してきたのなら、いい、それこそがリーラが危険にさらすべきものだ。リーラはジャシムの対極に賭けることにした。

屋敷がふたりの精神を分離して、ビームの追跡に送りだしたとき、リーラは自分自身のコピーを一体、凍結状態でナズディークに残した。もし、ふたりが無事に到着したという知らせが予想の日時までに届かなかったら、そのコピーが目ざめて、探索を継続することになるだろう。

ひとりきりで。

6

「〈トライデント〉へようこそ。もっとも高名なゲストにおいでいただき、光栄に存じます」

ジャシムがベッドの脇に立って、三角旗を振っていた。各頂点が赤、緑、青で、中央にむかって白くなっている。

「いつから起きていたの？」

「一時間ほど前だ」リーラが顔をしかめると、ジャシムは弁解口調でいった。「きみがあんまりぐっすり眠っているから、起こさないでおこうと思って」

「わたしが出迎え役をするつもりだったのに」リーラはいった。「あなたは決して目ざめないかもしれない役」

寝室の窓からは一面のまばゆい星々が見えた。バルジに面した側の眺めではない――リーラはいまでは、そちら側の星々の特徴的なスペクトルを造作なく見てとれるようになっていた――が、この銀河円盤の星々の鮮明な明るさは、リーラが見たことのあるどんな空とも違っていた。

「もう一階には行った?」とリーラ。

「まだだ。それはふたりでいっしょに決めたかった」ここでは屋敷には物質界の翼棟はなかった。リーラたちを実体化するような軽挙にまわせる予備の質量はちっぽけな観測施設にはなく、恒星間空間のまん中に建築学的愚の骨頂を築くための分などなおさらだった。ここでの〝一階〟は、ふたりが意のままに設計できる単なる観境（スケープ）だ。

「全部順調に行ったのね」どうにも信じられない思いで、リーラはいった。

ジャシムが両腕を広げて、「ぼくたちは現にここにいる」

ふたりは最初のふたつのモジュールが接近するようすの再現を眺めた。タイミングも軌道も完璧に近く期待どおりだったし、規格どおりの純粋さと均質さで構築された超伝導磁石が発生させる磁力の包囲は、理想化されたシミュレーションさながらだった。ふたつのモジュールが合体したとき、第三のモジュールはほんの数分の距離にあった。運動量から放射への変換における実際と予測との追跡不能な食い違いによって、合体物は予定の角度からわずかに逸れて移動していたが、第三モジュールとの接触時に両者の磁場はまだ安定した配置の範囲におさまっていて、最終組立物を軽く押して孤高世界のビームの予測された移動と正確に歩調を合わせるだけのエネルギーが残っていた。

融合世界は、それが標榜しているとおりの存在であることを示した。リーラたちとまったく面識もなければなんの借りもなく、分子的先祖が共通してさえいない人々だらけの三つの世界それぞれが、これを実現するために、自分の世界の都市すべての照明十年分に相当するエネルギーを割き、知らないよそ者からの指示に原子レベル、ナノ秒レベルで従ったのだ。

これからどうなるかは、完全に孤高世界しだいだった。

新観測施設の〈トライデント〉は、設計者たちが到着して作業をはじめる約ひと月前から機能を開始していた。これまでのところ、バルジから漏れだしてくるガンマ線信号はまだ受信されていなかった。蛍光発光を生じさせるのをリーラとジャシムが見たパルスそのものは、もちろんとっくに消えているだろうが、この現在位置で成果があがるという予測は、三つの仮定に基づくものだった。孤高世界は同じ経路を、ほかの多くのデータバーストでも利用するだろうということ。そのデータを運ぶ放射の幾分かが、目的とする受信機を外れて通りすぎること。そして、漏れたデータが予測された経路上にとどまっていること〈トライデント〉に到達するまでのあいだ、孤高世界のネットワークのノードふたつが自由落下状態のままでいること。

もっとも信頼の置けない協力者である孤高世界側についての、この三つの仮定条件がまちがっていたら、〈トライデント〉はなんの役にも立たないだろう。

「一階に」リーラがいった。「ガラスの壁があるポーチのようなものをつけるのはどう？」

「よさそうだね」

リーラが屋敷の案を思い描いて、アイデアをいくつかスケッチし、それからふたりは、その案を実行してみるために下へおりていった。

ふたりはナジブをめぐる軌道に行ったことはあるし、ナジブの三つの美しいが不毛な姉妹惑星に実体化して旅したこともあるが、恒星間空間に出たことはこれまでいちどもなかった。少なくとも、意識のある状態でそこにいたことはまったくなかった。

いまもふたりは、じっさいには実体化していないが、肉体がなくても周囲の真空を感じることはできる。覚醒状態で周囲の環境の忠実な〈描述〉にプラグインするだけでいい。〈トライデント〉建造の協力者世界でいちばん近いところは、六百光年の彼方にあった。ナジブとの距離は想像を絶する。リーラはポーチを歩きまわって外の星を見晴らし、仮想身体の中で目まいを感じ、偽の重力下でふらついた。

ふたりがナジブを発ってから二万八千年になる。ほぼ確実にリーラの子どもたちや孫たちの全員が、死を選択して久しいだろう。ナズディークにいたとき、ふたり宛てに送信されてきたメッセージはなかった。その情報遮断状態は、リーラが自ら求めたものだった。

来る日も来る日も、自分が決して関与できない出来事についての知らせを聞き、しかも意味のある返事もできないというのは、耐えがたい苦痛だろうとおそれたのだ。だがいまのリーラは、そんなことをしたのを後悔していた。先祖の伝記を読むようにして、孫たちの人生を知りたかった。ある意味で未来への時間旅行者として、さまざまなことがどんな結末を迎えたかを知りたかった。

観測開始から二カ月がすぎたが、なんの成果もなかった。ナズディークから届けられるデータ流も、同様に沈黙していた。ビームの位置に関する新しい手掛かりがナズディークに到達し、それからその報告が〈トライデント〉に届くには、ビーム自体が直接〈トライデント〉に届くよりも数千年余計にかかる。だから、もしナズディークで、ビームの経路が〝いまも〟同じままだという証拠が観測されても、それはたぶんリーラたちがここで傍受しようとしているのではないパルスについての、古い情報でしかない。けれど、もしビームが移動したとナズディークから報告があったら、そのとたんにとりあえずふたりは気が楽になるだろう。それは〈トライデント〉の建造がまにあわなかったということでもあるのだが。

ジャシムはポーチに菜園を作って、星明かりの下で異郷風の食べ物を育てた。リーラもそれにつきあって、同じものを食べた。それは他愛もないおふざけだった。ふたりは屋敷の周囲をどんな風にでも描画できた。記憶から引きだして、ふたりで訪れたどんな惑星でも再現できたし、どんな空想の世界でも作れた。このささやかなごっこ遊びのおかげでふたりは正気を保ち、現実としっかりつながっていられるのだから、別にかまわないだろう。

〈トライデント〉にいるとさまざまなかたちで孤独に胸がうずいたが、その中でも時おりリーラがどうしてもなじめない思いを味わうのは、ここではもはや、銀河系に関する知識に、すぐには手が届かないことだった。旅行者としての送信時のふたりの記述は、ふたりの膨大な個人的記憶を、記述記憶もエピソード記憶もエンコードしていたし、〈手荷物〉の中には巨大なライブラリ（図書館）もあったが、リーラにとってはそれ以上のものが手に入るのがふつうのことだった。あらゆる文明化された惑星は、とうてい〈トライデント〉におさまる量ではない情報貯蔵庫を持っているし、さらにほかの世界から百京バイトのニュース流が常時押しよせてくる。銀河のどこであっても、ニュースのうちのあるものは旧聞と化しているし、とっておきの理論の中にはとっくに廃（すた）れたものがあるし、事実の中には時代遅れになっているものがある。けれどもここにいると、何十億ものしっかりと確立された事実——数百ミレニアムにもおよぶ思考や実験や観測の結果——が手の届かないところを通りすぎていくことに、リーラは気づいた。融合世界生まれのほかのだれもが即座に答えを得られると思っていい質問への返事を受けとるのに、ここでは千二百年かかる。

具体的な質問が思い浮かんだわけではないが、それが事実だというだけで、リーラはいまも少しのあいだ、自分の過去や家族とだけでなく、文明そのものとも結びつきを失ったような、耐えがたいほどに寄る辺ない気分になることがあった。

〈トライデント〉が大声をあげた。「データです！」

リーラはナズディークの蛇たち宛てのポストカードを録画中だった。ジャシムはポーチで植物に水をやっていた。リーラがふりむくと、ジャシムが煉瓦に命じて紗のカーテンのように左右にひらかせ、壁を通り抜けてくるところだった。

ふたりは並んで、分析結果が表示されるのを見つめた。

どんぴしゃりの位置からの、予期された周波数のガンマ線パルスが、いまさっき〈トライデント〉を通過していた。ビームは正当な所有者によってエネルギーの大半を奪われているのに加え、長距離の旅で減衰していたが、孤高世界をすり抜けてここに到達した分だけでも、〈トライデント〉がパルスの内容を理解するのにはじゅうぶんすぎるほどだった。

パルスが情報で変調されていることは歴然としていた。放射には正確に繰りかえされる位相変調が見られ、それは自然のガンマ線源の場合にはありえないもので、また通信以外を目的として作られた人工のビームの中にあっても、意味を持たないものだった。

パルスの長さは三秒で、十の二十四乗ビットのデータを運んでいた。その大半はランダムなようだったが、だからといって意味のある内容を含んでいないということにはならず、効率的な暗号化を示唆するにとどまった。融合世界のネットワークは、暗号化されたデータをこれと似た頑強な古典的チャネルで送信し、一方それを解読するのに必要な鍵を、第二の、量子チャネルで送信する。リーラは、瞬時にして孤高世界の秘密をあらわにするような暗号化されていないデータが手に入るという期待は、まったくいだいていなかった。バルジの中のだれかがほかのだれかに話しかけているという明確な証拠が得られ、その両者を結んでいる経路の一部を突きとめられただけで、自分たちの正しさを証明するにはじゅうぶんだった。

だが、まだその先があった。メッセージそのもののあいだに、〈トライデント〉は簡潔で規則的な暗号化されていないシーケンスを識別した。なにもかもがかなりの当て推量だったが、これほど巨大なデータの切れ端の場合、統計的計量は強力な指標になる。データの一部は経路情報に見えた。メッセージがネットワークを運ばれていく際に経由するアドレスだ。別の一部は、ノードの現在および未来の軌道に関する情報のようだ。もし〈トライデント〉がそのデータをほんとうにクラックしたら、次の観測施設を建造すべき位置が割りだせる。じっさい、次の観測施設をバルジのじゅうぶん近くに設置できれば、たぶんそれは漏れだしてくるビームの内側にとどまりつづけることになるだろう。

ジャシムはわざと否定的なことをいってみずにはいられなかった。「わかっていると思うが、これは、プローブをぼくたちの顔めがけて投げ返してくるなにものかが、同じようななにものかを相手に話しているだけということもありうる。孤高世界自体はやはり滅んでいて、その保安システムが誇大妄想的ゴシップをぶつぶついいつづけているということもありうる」

リーラは気にもとめなかった。「仮説は却下。挑発には乗りません」リーラはいった。「おリーラはふりむいてジャシムを抱きしめ、ふたりはキスをした。リーラはいった。「お祝いってなにをするのか忘れちゃった。これからどうするの？」

ジャシムは指先でやさしくリーラの腕をなでた。リーラは観境（スケープ）を拡張して、四番目の空間次元を作りだした。リーラはジャシムの手を取ってキスすると、鼓動する自分の心臓の上に押しあてた。ふたりの体は変形し、裏返しになった神経終末が表面を覆いつくした。

ジャシムがリーラの、リーラがジャシムの内側によじのぼり、抱擁しあうふたりをまとめてくるみこむかたちに観境（スケープ）のトポロジーが変化した。ふたりの人生から愉悦と勝利感とたがいの存在以外のなにもかもが、ほぼ可能なかぎり、消え去った。

7

「〈公聴パーティー〉に参加しに来られたのですか？」

キチン質の七足人が、食べ物のカートを押してにぎやかな通りを漫然と歩きながら、行き当たりばったりに食べ物を配っている。その七足人が、リーラとジャシムの好みに合わせてこしらえた軽食を皿にのせて、リーラにさしだした。リーラはそれを受けとると、相手の言葉の意味を惑星タッセフが伝達説明するあいだ立ち止まった。リーラたちが到着したばかりの惑星タッセフの説明によると、人々は特別な出来事の生き証人となるために、宙域じゅうからこの世界に旅してきていた。約一万五千年前、孤高世界のネットワークからのデータバーストがタッセフ近隣の観測施設で受信された。そうしたバーストには、単独ではほとんど意味がない。だがタッセフの人々は、バルジの反対側にある惑星マッサに近い観測施設のうちの最低ひとつが、タッセフで受信されたのと同じデータパケットの多くを含むビームの漏れを、四万年前に観測したのではないか、と予想した。もしじっさいにそういう観測がなされていたなら、そのことがニュースとして広まり、観測の正確な内容情報とともに、バルジを通るよりも遠まわりの銀河円盤内の融合世界ネットワーク経由で、いま、とうとうタッセフに到達しようとしているに違いなかった。ふたつの観測結果が比較できるようになったら、マッサ側の〈盗聴セッション〉で受信されたメッセージのどれが、孤高世界のネットワークのうちタッセフで観測できる部分を進んだかがはっきりする。この比較によって、データ内に見られるアドレス符号のすべてをじっさいの物理的位置にマッピングする、というプロジェクトは前進することになるだろう。

リーラがいった。「それが目的でここへ来たのではないけれど、教えてもらったおかげで、もっと楽しい気分になってきたわ」

七足人がさえずり声をあげ、愛想よく歓迎の意を示したのだとリーラは受けとった。それから七足人はカートを押して人込みの中に戻っていった。

ジャシムがいった。「ぼくたちの送信中にだれもが孤高世界に飽き飽きするだろう、と自分がいったのは覚えてる？」

「いずれそうなるといったのよ。この旅でなくても、次のときに」

「そうだね、でもきみがそういったのは五回前の旅だ」

リーラは顔をしかめて、相手のまちがいを指摘してやろうとしたが、確認してみるとジャシムが正しかった。

約一万年前、ふたりがタッセフを最終目的地に選んだときには、こんなに人であふれた場所だとは思っていなかった。惑星はふたりに、このシャロウフという都市で小さな部屋をあたえ、現地の市民権を取らずに実体化したままでいることを望む場合の実在期限を千年と指定した。マッサからの観測結果が届くのを期待して、過去五十年の訪問者は十億人以上になったが、そもそもマッサの観測施設の軌道の詳細はまだ送信の途上なので、タッセフに到達する正確な日時は予測不能だった。

リーラは本音をいった。「十億人もがこんなジグソーパズルをもとに旅行計画の手配をするとは、全然思いもしなかった」

「旅行計画？」ジャシムが笑った。「ぼくたちは自分自身の死が、まさにそのジグソーパズルをもとに展開されることを選択したんだよ」

「ええ、でもわたしたちは変なだけだから」

ジャシムは混みあった通りを身振りで示した。「どれほど変かの勝負で、ぼくたちに勝ち目があるとは思えないけど」

ふたりは都市をぶらぶら歩きまわり、何十年も続くお祭り気分を浴びて酒を飲んだ。リーラがこれまでに遭遇したことのあるあらゆる表現型の人がいて、さらにもっといろいろな人がいた。二足人、四足人、六足人、七足人、歩行する人、すり足で進む人、這い進む人、早足の人、通りの上空高くを羽が生えたり、鱗があったり、膜状だったりする翼で舞う人々。ある人々は好みの大気で体をすっぽり覆い、ほかの人々はそうはせずに、リーラやジャシムと同様に先祖伝来の化学的指示のすべてに従うわけではない模造肉体に実体化することを選択している。物理学と幾何学が進化の手を縛り、同じ問題を解決しようとする多くの試みが類似の答えに収束していても、銀河系に存在するさまざまな異なる自己複製子（レプリケーター）は、それぞれに特異な特徴を生みだすことに成功していた。不協和音をなす声や信号を翻訳機にランダムサンプリングさせたリーラは、銀河円盤全体が、融合世界全体が、この小さな大都市に収斂しているように感じた。

じっさいは、旅行者の大半はほんの二、三百光年旅してここへ来ていた。リーラとジャシムは、〈盗聴〉の歴史で自分たちが果たした役割を〈大要〉に含めないことを選択していて、リーラは自分が、ようやくもたらされた、だが疑いもなくうわべだけの大衆の関心に困惑している知られざる賢人が群衆の中を歩いているかのような、独善的な気分でいることに突然気づいた。けれどよくよく考えれば、自分が知識でまさっているという感覚は、とうてい正当化できないものだった。群衆の大半は、リーラにはあとから追いつくしかない知識の発展に、どっぷり浸かって成長してきたはずなのだから。リーラとジャシムの送信中に設計された新世代の観測施設は、〝強い弾丸〟を基礎にしていた。強い弾丸は特別に設計されたフェムトマシンで、一兆分の一秒しか安定していない陽子と中性子のクラスターが超相対論的速度で発射される。速度が非常に大きいために、それは〝時間の遅れ〟によって、ほかの部品と衝突して結合するまで生きのびて、ちっぽけで短命なガンマ線観測施設になる。〈トライデント〉建造時の基本的な手法は、一回限りのギャンブルから、小型化され大量生産される現象へと変化して、文字どおり十億の強い弾丸が、銀河円盤内縁じゅうの何千もの惑星から連続的に打ちだされていた。

フェムトマシンそのものはめずらしくもなかったが、〈盗聴〉に関する技術開発に取りくむうちに、そこから二、三の新しい手法をしぼり出そうとする人が出てきた。歴史家にいわせると、長期的に見ればテクノロジー的進歩は水平漸近線だ。ひとたび人々が物理的に可能な範囲で望むものを多かれ少なかれすべて手に入れると、進歩をひとつなし遂げるごとに達成に要する時間が指数関数的に増大し、収穫逓減が起こり、手間をかける理由も減る一方になる。たぶん融合世界は果てしない年月をかけて文明的死にむけてじりじりと近づいているのだろうが、それでもいま起きていることは、まだ状況が変化するだけで地味なルネサンスのひとつやふたつのきっかけとなり、そこに根本的な科学的発見も、真に新しいテクノロジーもまったく必要ないことを物語っていた。

ふたりは芳香性炭化水素を噴きあげている小さな噴水の脇にある広場で立ち止まった。つやつやした弾力性のある皮に覆われたタッセフの地元民である四足人たちが、ねばねばする黒いしぶきとたわむれ、たがいの体をなめて清潔にしている。

ジャシムが手をかざして太陽をさえぎり、「ぼくたちが世に送りだしたものはじゅうぶん大きく育った。その影響が大きく広がるのも見た。まだやり残したことがあるだろうか」

「ないかもね」リーラは死に急ぐ気分ではなかったが、ふたりは自分たちの発見が生んだものを、五万年かけてあちこち見てまわってきた。ふたりはガンマ線信号のニュースが銀河円盤内縁をぐるりと伝わっていくのを追いかけ、世界から世界へ突き進むあいだに、意識のある状態でいたのは一世紀以下だった。最初のうちふたりは、自分たちにできる新たな重要な役まわりを探していたが、自分たちが引きおこしたなだれのほうが先を行っていることを、少しずつ受けいれていった。孤高世界のネットワークのフィジカルマップもロジカルマップも、物理法則が許すかぎりの速さで作成が進んでいた。融合世界の領域である銀河円盤内縁に散らばった何千という惑星の何十億という人々が、それぞれの観測結果を共有して、姿を見せようとしない隣人の生ける骨格を組みあげるのに手を貸している。そのプロジェクトが完成しても、それはなんの終わりでもなく、むしろ長い休止期間のはじまりとなるだろう。暗号化された古典的(クラシカル)データからトラフィックルート以上のものが明らかになることはなく、どれだけ知恵を働かせてもデータの中身は引きだせないだろう。仮に孤高世界が量子鍵などというものを使っているとして、データを開錠できる量子鍵は、盗難や複製や不正サンプリングから絶対的に守られているはずだ。いつかある日、新たなブレイクスルーが起きて、あらゆることが変化するだろうが、リーラもジャシムも、次に起こることを目にするために十万年、いや百万年を待つ気があるだろうか？

世話好きな七足人たち――地元民ではなく、三十光年離れた世界からの訪問者であるにもかかわらず、天性の務めとしてもてなし役を買ってでている――は、腹を空かした人がいるとどこへでもあらわれるように見えた。リーラが七足人と話すのはふたり目だったが、会話に引きこもうとすると、相手は礼儀正しく詫びをいって、ほかのだれかに食事をあたえるためにそそくさと去っていった。

リーラはいった。「たぶん、そのときが来たのよ。マッサからのニュースが到達するのを待って、しばらくお祝いをしたら、それで終わりにしましょう」

ジャシムがリーラの手を取った。「ぼくはそれが正解だと感じる。自信はないが、自信を持ってそういえるときが来るとは思えない」

「疲れたの?」リーラはいった。「飽き飽きした?」

「いいや、まったく」ジャシムが答えた。「ぼくが感じているのは、満足だ。ぼくたちがなし遂げたことについて、ぼくたちが目にしたことについて。それを色褪せさせたくない。いつまでもぐずぐずして、それが薄れていくのを見ているうちに、またしてもぼくたちがナジブで感じていたような気分になりはじめるのは、ごめんだ」

「そうね」

ふたりは夕暮れどきまで広場にすわって、バルジの星々が姿を見せるのを眺めていた。ふたりはいままで、このまばゆい宝石をちりばめた宇宙の中心(ハブ)をありとあらゆる角度から見てきたが、リーラは決してその眺めに飽きることはなかった。

ジャシムがふざけて、いらだたしげにため息をついた。「あの美しくも腹立たしい、手の届かない場所。融合世界が完全に滅んで消え去るまで、だれひとりとして一歩もあの中に足を踏みいれることはないだろう」

リーラは急にいらだちが高まるのを感じ、それは反感へと育っていった。「あそこだって場所よ、ほかのどんな場所とも違いはない! 恒星、ガス、塵、惑星。空想上の王国じゃない。遠い彼方でさえない。わたしたち自身の母世界のほうが二十倍も離れている」

「ぼくたち自身の母世界は、難攻不落の囲いを周囲にめぐらせてはいない。本気でそうしたければ、ぼくたちはあそこに戻ることができる」

リーラは引きさがらなかった。「本気でそうしたければ、わたしたちはバルジに入りこむことができる」

ジャシムは声をあげて笑った。「きみはあのメッセージからなにかを読みとったのに、ぼくに話さずにいたのかい？　門番たちに告げる、〝ひらけゴマ〟の呪文とか？」

リーラは立ちあがると、孤高世界のネットワークのマップを呼びだして、自分たちの視界に重ねあわせた。縦横に交差する紫色のほっそりした光円錐が空に描かれる。ひとつの円錐は正面をむいていて、小さな円に見えた。漏れがタッセフの近くまで来たビームだ。リーラはジャシムの肩に手をかけて、その円にズームインした。円は手招きをするトンネルのようにふたりの目の前で広がった。

リーラはいった。「このビームがどこから来たかはわかっている。この特定のノード間のトラフィックが双方向かどうかは確証がないけれど、そうである例は多数見つかっている。もしここから、漏れの経路を逆にたどるかたちで信号の照準を定めて、それをじゅうぶん広くすることができたら、送信ノードに当てられるだけじゃない。受信機に当てることもできるはず」

ジャシムは無言だった。

「データフォーマットはわかっている」リーラは続けた。「経路情報もわかっている。データパケットの宛先を、バルジの反対側にあって、そこからの漏れがマッサの近くに出るノードに指定することもできる」

ジャシムがいった。「孤高世界がそのパケットを受けつけると思う理由は？」

「フォーマットにわたしたちに理解できないところはない。わたしたちが自力で書けない部分はないということよ」

「暗号化されない部分についてはそうだ。だがもし暗号化された部分に認証が、それどころかチェックサムがあっただけで、それがないパケットはノイズとして投げ捨てられるだろう」

「それは確かね」リーラはしぶしぶ認めた。

「ほんとうにこれをやりたいのか？」ジャシムがいった。リーラの手はまだジャシムの肩にかかっていて、相手の体が緊張するのが感じられた。

「どうしても」

「ぼくたちは自分たち自身をここからマッサへメールするのか、暗号化されていない古典(クラシ)的(カル)データとして、だれでも読めて、だれでもコピーできて、だれでも改変や破損ができるかたちで？」

「ついさっき、あなたは孤高世界がわたしたちをノイズとして投げ捨てるだろうといっていたけど」

「それを心配するのはいちばん最後でいい」

「かもしれない」

ジャシムは身震いし、ほとんど痙攣しているように見えた。猥雑な言葉をひとしきり吐きだしてから、窒息したような音を立てた。「いったいどうしたんだ？　これはなにかのテストなのか？　もしぼくがハッタリだと指摘したら、きみは冗談をいっていると認めるのか？」

リーラは首を横に振った。「ついでにいうと、これは〈トライデント〉に行くときにあなたがしたことへの仕返しでもないから。これはわたしたちのチャンスなの。これが、わたしたちが見つかるのを待っていたこと――それは〈盗聴〉じゃなかった、そんなのとは比べものにならない！　バルジはまさに、わたしたちの真っ正面にある。孤高世界はあの中の、どこかに存在する。孤高世界にわたしたちの相手をさせるようにはできないけれど、これまでだれもしたことがないほど孤高世界に近づくことはできる」

「もしこの方法で送信したら、孤高世界はぼくたちをどうとでも好きなようにできる」

「孤高世界は野蛮人じゃない。わたしたちに戦争を仕掛けてきたことはない。エンジニアリング種子でさえ、無傷で戻ってきた」

「もしぼくたちがむこうのネットワークにはびこったら、エンジニアリング種子より害になる」

「〝はびこる〟！　あの経路に混雑しているところはない。通り抜けるだけの二、三百京バイトなんて、ないも同然よ」

「孤高世界がどう反応するか、きみには見当もつかないはずだ」

「ええ」リーラは白状した。「見当もつかない。でも、わかるようにするつもり」

ジャシムが立ちあがった。「最初にテストメッセージを送信しよう。それからマッサへ行って、それが無事に着いたかどうか確認する」

「そうしましょう」リーラは譲歩した。「それが分別のある計画というものでしょうね」

「じゃあ、同意する？」ジャシムは警戒気味の冷たい笑顔をリーラにむけた。「まずテストメッセージを送信する。送るのは百科事典だ。それからいくつかの世界共通語の挨拶」

「いいわ。そういうものを全部、最初に送信しましょう。でもわたしは、その送信後、一日以上待つつもりはない。マッサに行くのに遠まわりはしない。近道（ショートカット）をするつもり、バルジを通り抜けて」

8

融合世界はずっとリーラに寛大だったし、孤高世界に対するこの地での関心はとても強かったので、自分がじっさいには、無制限で無条件の資源供給を受ける権利がないことを、リーラはほとんど忘れていた。これまでは自分の強迫観念が絡むどんな目的も、その資源でなんとかなったのだが。

リーラがタッセフに、バルジの内部に照準を合わせる高出力ガンマ線送信機を建造する手段を尋ねると、タッセフはリーラを一時間質問攻めにした末に、この問題には長期間の徹底した協議を要しますと返答した。十億人のゲストを二世紀のあいだ接待することに比べれば、自分の依頼にかかる費用は無に等しいと抗議してもはじまらないことに、リーラは気づいた。障害となるのは、エネルギー使用でも、タッセフの地元民の快適さや便宜性にあたえる同様に些細なほかの各種の影響でもなかった。問題とされたのは、リーラの申してでた行為を、孤高世界が歓迎せざる攻撃的なものと見なさないかどうかであり、それが侮辱的と受けとられた場合になんらかの報復を招きはしないかということだった。

無数のプローブや種子が穏やかに、根気よく、無傷でバルジから送り返されてきたが、それらは光速以下でのたのたとバルジに入っていった。だがガンマ線の閃光は、選ばれた標的にそれがぶつかる前に、さえぎって送り返すことは不可能だ。リーラには、ネットワークがデータを受けつけないという選択をするのはよくあることだろうと思えたが、孤高世界の感性がこの点でリーラ自身のものと違っていると考えるのは、不合理なことではなかった。

ジャシムはシャロウフから出ていって、惑星の裏側の都市に住んでいた。そのことについてのリーラの感情には、複雑なものがあった。離ればなれでいることは、いつだって苦痛だったが、ふたりは溶接でもされたように離れられないわけではないのを思いださせられると、空間と自由の感覚がもたらされることも否定できなかった。リーラはジャシムを無際限に愛していたが、それがすべてに優先するわけではない。だが、自分が最後には態度を軟化させて、マッサからのニュースが届いたらジャシムの隣で静かに死んでいく、ということがないとはリーラにはいい切れなかった。自分たちがもたらしたささやかな大変革を、華々しくて危険な新しい愚行で締めくくろうとして、穏やかで威厳のある人生の終わりかたを避けるのは、どうしようもなくひねくれていて、マゾヒスティックで、自分を大きく見せようとする行為だと思える瞬間もあった。けれど、ジャシムが考えなおして、リーラの手を握ってこの崖をいっしょに飛びおりる、ということがないともいい切れなかった。

リーラの要請に対してなんの決定もくだされず、マッサからのニュースもなく、夫からの連絡もないままだらだらと数ヵ月がすぎると、リーラは講演者としてタッセフの都市から都市へ旅してまわり、バルジの中心を通る道標を作るという自分の計画を説いた。リーラの言葉と画像は仮想フォーラムでも伝達されたが、リーラの目的に興味を引きつけるには本人が物理的にその場にいるのがいちばんで、〈公聴パーティー〉巡礼者もタッセフ人もともに、リーラの行く先々で集会場をいっぱいにした。リーラは現地の言葉や流儀を完璧に身につけていたが、いつまでも異邦風の癖が抜けないようなしゃべりかたやふるまいをした。リーラが〈最初の盗聴者〉のひとりだという噂が立ったのは事実だが、それで集会の参加者が減ることはなかった。

　ジャシムが自主追放して住んでいる都市にやってきたリーラは、聴衆の中に彼を探したが徒労に終わった。夜の街に出たリーラは、パニックにとらわれた。自分についてはなんの不安もなかったが、ここでジャシムがひとりきりで死のうとしていることを考えると耐えがたかったのだ。

　リーラは道にすわりこんで、すすり泣いた。どうしてこんなことになってしまったのか？　彼女とジャシムは輝かしい失敗の準備を、孤高世界の微塵も揺るがぬ沈黙に敗れ去る準備をしてきたが、逆にふたりの苦労の成果は銀河円盤じゅうに広まって、千の文化を再活性化した。勝利の味わいがどうしてこんなに苦いのだろう？

　リーラは、ジャシムに呼びかけ、見つけだし、ふたたび抱きしめて、たがいの傷を癒すところを想像した。

　けれどリーラの中には鋼の破片が残っていた。光り輝く空を見あげる。孤高世界はそこにあった。待ちうけるように。自分たちの前に出てこいとリーラをけしかけるように。はるばるここまでやって来ておいて、なじみ深い抱擁になぐさめられるためにぎりぎりのところで後戻りするのは、自分をおとしめることになるだろう。リーラは退くつもりはなかった。

マッサからのニュースが届いた。四万年前、タッセフから見てバルジの反対側からの漏れが、ちょうどマッサで受信されていた。受信データの各所を広く調べると、タッセフがこのときを予想して過去一万五千年間保持していた観測結果と一致した。

それで終わりではなかった。数分差でほかのいくつもの観測施設から、ほかの比較結果の報告が届いた。マッサからのメッセージが銀河円盤内縁を中継されてくるあいだに、途中の世界で保存されていたデータとの似たような一致が連鎖的に見つかったのだった。

パケットがデータ流から漏れだしてきた場所を調べることで、パケットの抽象的なアドレスはバルジ内の具体的な物理的位置になった。リーラは夕暮れどきのシャロウフの中央広場で報告内容を吸収し、刻々と孤高世界のネットワークは、稀薄な幻ではなく、確固たる実体になっていった。

リーラのまわりの街には高揚感のしるしが爆発的にあふれていた。多言語での叫び、さえずりやうなり、祝福の香り、鮮やかな体色変化。冷光が広場じゅうにパッと広がった。どこまでも真面目な七足人たちでさえ食べ物のカートのことなど放りだし、あおむけになって大喜びでくるくるまわっている。リーラもぐるっと体をまわして、その場の雰囲気を吸いこみ、翻訳機に命じてありとあらゆる種々雑多な動作や音の意味を脳の奥深くに叩きこむと、その脳内万華鏡をまとめあげてひとつの感情として蓄えた。

バルジの星々が姿をあらわすと、タッセフは新たにマップされた経路が金色の大通りのように輝くオーバーレイを提供して、だれもが見られるようにした。その視野を共有している人々の信号が、リーラのまわりじゅうから出ていた。ありとあらゆる文明、ありとあらゆる種族、ありとあらゆる自己複製子(レプリケーター)の人々が、空一面に描かれた孤高世界の秘密の街道を目にしていた。

リーラはシャロウフの街なかを歩きまわり、ジャシムが隣にいないことを痛いほど感じていたが、もうその痛みはなじみになっていて、打ちひしがれることはなかった。この瞬間の喜びがその痛みにかげらされるようだったら、この先の祝い事という祝い事は同じように色褪せたものになるだろう。すべてがそうなる。そしてリーラはそれに慣れていくだろう。

タッセフが話しかけてきた。

「市民たちは結論に達しました。あなたの要請は承諾されました」

「お礼申しあげます」

「条件がひとつあります。送信機は最低でも二十光年離れた場所に建造されなくてはなりません。恒星間空間か、無人の星系の周辺宙域に」

「了解しました」そうしておけば、もし孤高世界が破壊的報復行為に出るほどの脅威をリーラの行動に感じた場合でも、タッセフは、送信機自体にむけられた、少なくとも恒星規模の実力行使を免れることができる。

「では、ハードウェアの最終計画を用意し、それがあなたの目的を満たすものであることをご確認の上、提出してください」

「承知しています」

リーラは自分の部屋に戻って、作成ずみだった複数の計画案を再検討した。タッセフ人がかなり大きな安全マージンを求めてくることは予測していたので、エンジニアリング種子と、タッセフの支配圏内にある四十七の異なる彗星雲が関与する詳細なシナリオそれぞれのエネルギー収支を算出してあった。リーラは要求された条件に見合うベストのシナリオをほんの数秒で特定すると、まったく躊躇することなしにそれを提出した。

外の街路では〈公聴パーティー〉が続いていた。十億の巡礼たちは、これで満足していた。この人々は、家に帰り、孫たちのところへ戻り、世界にいままでなかったなにかをついに目にしたことを認識しながら、思い残すことなく死ぬだろう。リーラはこの人々がうらやましかった。彼女もそれで満足できただろうときが、かつてはあったのだ。

リーラは部屋を出ると、お祝いにふたたび加わって、会話し、笑い、知らない人たちと踊り、この場このときの力を借りて自分を舞いあがった気分にした。太陽がのぼり、リーラは道を埋めつくして寝ている人々をそっとまたぎこしながら、帰り道をたどった。

エンジニアリング種子群は最新世代だった。強い弾丸が光速に近いスピードで発射され、恒星の中心を通り抜けることで運動量を削ぎおとし、その後、恒星大気の中で崩壊しながら自らを原子密度のパターンとして再構成する。結果的に、死にゆくフェムトマシン群が核密度のパターンとして内部に保持していたのと同じ青写真を持つナノマシンが組みたてられ、今度はそのナノマシン群が彗星雲まで旅を続けて自らを複製し、本番の作業である原料の発掘とガンマ線送信機建造を開始する。

リーラはこの軌跡に追随することも考えてみた。信号として送信された自分を、現時点では未建造の送信機に傍受させるのだ。それは〈トライデント〉行きのときにジャシムがやったほどの大きな賭けにはならないはずだった。強い弾丸はすでにこの手法で何百もの同じような恒星相手に用いられ、首尾よく行っている。

最終的にリーラは、送信機が無事完成し、テストと最終調整と較正が自動で終わったという信号をタッセフで待つことを選んだ。闇雲にバルジの中へ進みいろうというときに、崖っぷちに着きもしないうちにつまずいたせいで早々に落下したのでは、馬鹿もいいところだ。

そして出発の日、一万人ほどの人々が、安全な旅を、と旅人にひと言いおうとシャロウフの中心部に集まった。リーラとしては静かに姿を消したいところだったが、支持を求めての講演をあれだけやったあと、こっそり行動することはあきらめていた。それにタッセフ人は、リーラは自分たちに対して、最後をこの派手な式典で飾らせるくらいの借りがあるという気持ちのようだった。

〈公聴パーティー〉から四十六年がすぎて、巡礼の大半は各人の母世界に戻っていったが、シャロウフに長居している何百人かのほとんど全員が、メインイベントの意想外の脚注にやって来ていた。孤高世界のネットワークがリーラをまっすぐ銀河円盤に弾き返す以上のことをすると信じている人がここにひとりでもいるのか、リーラにはわからなかったが、旅の無事を願うこの人々が見せている親愛の情は、心からのもののようだった。中にはわざわざ苦労して、リーラの先祖種族の言語の中でいまも残っているもののうち、知られているかぎりもっとも古いものからひとつのフレーズを見つけだしてきた人さえいた。〝サファル・ベクヘア〟――あなたの旅路に幸いあれ。そのフレーズは、リーラが最後に目にしてから八万年になる大昔の筆記文字で空いっぱいに書きこまれ、一方、群衆の中では音声として広まっていったので、リーラが会場を通っていくときに出会った人々はみな、リーラにこの希望に満ちた別れの言葉をかけることができた。

惑星の全市民の非意識代理人であるタッセフが、群衆にむけて式典につきものの厳粛で中身のない話をはじめた。リーラの心はさまよい、たぶん自分は公開処刑に参加しているのだという結論に落ちついた。それでかまわない。友人たちや家族には、ずっと前に別れの言葉を告げていた。式典用にステージ上に設置された送信ゲートがどろどろのタールで塗りたくられているのは、それがタッセフ人にとっての美の極致だからだ。そこをくぐり抜けるとき、リーラは目を閉じて、ナジブでの最後の夜を想起し、そのときといまのあいだの数ミレニアムを、一回の夢にすぎなかったと思うことにするだろう。だれもが最後に死を選択し、完璧な退場を演じる人はいない。自然が人々をあっさりと人生から連れ去っていた時代に生きるよりも、まちがいもある自分自身の判断をよりどころとし、見苦しいヘマな死にざまをさらしたほうが、ずっとマシだ。

タッセフが話を終えて黙ったとき、群衆の中から聞き慣れた声があがった。

「こんな馬鹿げたことをするというきみの決心は、いまも変わらないのか？」

リーラは夫をにらみつけた。「ええ、そうよ」

「考えなおすことはない？」

「ないわ」

「じゃあ、ぼくもいっしょに行こう」

ジャシムはあっけに取られている群衆を押しわけて進んでくると、ステージの上にのぼった。

リーラは非公開でジャシムに話しかけた。『あなたのせいでふたりとも バツの悪い思いをしてるのよ』

ジャシムも同じかたちで返事をした。『そんなのはどうでもいいことだ。ぼくがきみを傷つけたのはわかっているが、悪いのはふたりともだ』

『なぜこんなことをするの？　あなたは自分の望みを、この上なくはっきりと示してきたのに』

『きみが危険にむかって歩いていくとき、ぼくがいっしょに横を歩かずに見ているだけでいられると思うのか？』

『あなたは〈トライデント〉行きが失敗したら、死んでもかまわないと思っていた。あのとき、わたしをあとに残していくことになってもかまわないと思っていた』

『そのことでぼくが率直な気持ちをいったあと、きみはぼくに選択させてくれなかった。きみは頑なだった』

ジャシムがリーラの手を取った。『長いあいだずっときみから離れていたのはね、それできみが思いとどまるだろうと願ったからだ。だが、そうはならなかった。だからぼくはこうしてここにいる』

リーラの気持ちがやわらいだ。『本気なの？　わたしといっしょに来るの？』

ジャシムがいった。『孤高世界がきみになにをするにしても、それをする相手はぼくたちふたりだ』

リーラにはそれに対する反論もなく、怒りの残滓もなく、わざと気づかってみせるつもりもなかった。最後のときにはジャシムに隣にいてほしいといつでも思っていたし、いまジャシムを拒むつもりもなかった。

リーラはタッセフにむかっていった。「乗客をひとり増やします。受理してもらえますか？」エネルギー収支的にはリーラのあとに続く千年分の送信テストが可能だった。ジャシムひとり送っても、追加データがわずかに増えるにすぎない。

「受理されました」タッセフは会場の群衆と惑星じゅうの見物人に変更点の説明をはじめた。

ジャシムがいった。『ぼくたちふたりのデータを織りあわせて、ひとつのパケットにしよう。マッサに着いてから、手違いできみがジャーノムに送られたとわかる、なんて結末は嫌だからね』

『そうしましょう』リーラは必要な変更を手配した。盗聴者たちはまだだれも、ふたりがやって来るのを知らないし、銀河円盤を遠まわりして送信されるメッセージは、事前にそれを知らせるにはまにあわない。けれど、バルジに送りこまれるメッセージには、冒頭に指示書きがついていて、それは融合世界のだれひとりとしてまちがえようのない明白なかたちで、ふたりの記述はマッサで傍受された場合に限って実体化されるよう依頼していた。

もしマッサへの送信途中でのほかの漏れの中で発見されることがあっても、ふたりは複数個の実体ができることを望まなかった。そしてもし、ふたりのデータがマッサではまったく傍受されなかったら、それはそれでかまわない。

タッセフが説明をおえた。リーラは最後にもういちど群衆を見おろして、すべてが大げさな式典に対するいらだちを追い散らし、これもいい気晴らしだと思うことにした。もしリーラが正気の人々の側にいたなら、くるりと反対側をむくだけで、ひと組の愚かな年寄りが想像上の存在でしかない空の道に足を乗せようとしているのが目に入って、ふたりに、、、サファル・ベクヘアと願っただろう。

リーラがジャシムの手を握りしめ、ふたりは送信ゲートにむかって歩を進めた。

9

リーラの指どうしがくっついた。手の中は空っぽだった。落下しているように感じたが、視野の中で動いているものはなにもないようだった。いや、それも違う。リーラに見えているのは遠くの背景幕だけで、それがどれくらい大きくて、どれくらい近いかは判断不能だ。それは宇宙の暗黒を背景にした、数千の青く苛烈な星々だった。

あたりを見まわしてジャシムを探したが、リーラはまったくのひとりきりだった。彼女をこの空虚の中へ吐きだしたはずの乗り物も、ほかの機械も、なにひとつ目に入らない。下方にはリーラが重力的に縛られているのかもしれない惑星、あるいはいちばん明るい恒星のひとつさえなかった。不条理なことに、リーラは呼吸をしていた。ほかのあらゆる手掛かりが、リーラは真空中を、おそらくは恒星間空間を漂っていると告げている。けれど肺はいっぱいになって、空っぽになってを繰りかえしていた。空気は、そして自分の皮膚も、熱くも冷たくも感じなかった。

だれかが、あるいはなにかがリーラを実体化したか、ソフトウェアとして走らせているかだ。自分がマッサにいるのでないことには、リーラは確信があった。その世界を訪れた経験は皆無だったが、融合世界のどこであっても、ゲストがこんな扱いを受けることはないだろう。たとえ、バルジから漏れだしてきたデータに入って、予告なしに到着した人であっても。

リーラは声をあげた。「これが聞こえていますか？　わたしのいうことがわかりますか？」自分自身の声は聞こえていた。くぐもっていて、反響がない。広大で、空っぽで、無風の場所でなら、完璧にすじの通った音響効果だった。ただし、空気のない場所でなければ。

融合世界のどこにいても、自分が実体化されているのかそうでないのかは、わかる。現実でも仮想でも、すべての体の性質として、あらゆる細部にいたる宣言的知識は、求めれば手に入る。だがここでは、リーラが同じ情報を呼びだそうとしても、心は空白のままだった。それは〈トライデント〉で文明の宝庫から切りはなされていたときに感じた奇妙な欠如の感覚と似ていたが、ここでの切断はリーラの内側深くにまでおよんでいた。

リーラは深く息を吸ったが、なんのにおいも嗅ぎとれなかった。先祖の表現型を身にまとっていても、環境の要求しだいでどんなかたちの模造肉体を採用していても予期されるはずの、自分自身の体臭さえ少しも感じない。前腕の皮膚をつねると、これまで身にまとってきたどの代用品よりも、自分本来の皮膚に感じられた。この体は驚異的に生物的な、だが化学的に不活性ななにかで作りあげられたのだろう。そして巨大で透明な容器に入った空気の中に置かれた。けれどリーラは、模造物理現象の悪臭を感じはじめていた。空気も皮膚も一様に、原子ではなくビットでできているのではないかとリーラは思った。

（それで、ジャシムはどこ？）ジャシムもやはり走らされているところなのだろうか、ここことは別の観境（スケープ）で？ リーラは夫を探す叫び声が悲しげにならないように気をつけながら、大声でジャシムの名前を呼んだ。なぜジャシムがあんなに懸命になってリーラをここに来させまいとしたのか、そしてなぜひとりだけあとに残ることに耐えられなかったのかが、いまならわかりすぎるほどにわかった。自分にはそこへ行くことも見ることもかなわないどこかで、孤高世界がジャシムの無防備な意識に対して言語に絶するなにかをしているかもしれないと考えると、リーラは白熱する剣を心臓に突き刺されたように感じた。リーラにできるのは、パニックを抑えながら、その可能性を深刻なものではないと思うようにすることだけだ。（じゃあ、ジャシムがここでひとりきりにされているとしましょう、でもそれはわたしも同じだし、そんなにひどい状態じゃない）リーラは状況が対称なものだと信じようとした。孤高世界がリーラを虐待していないなら、ジャシムにだけ害をおよぼそうとするだろうか？

リーラは苦労して心を落ちつけた。孤高世界はわざわざリーラに意識をあたえたが、リーラにとっての通常のレベルのもてなしは期待できない。まず、ホストがリーラを、融合世界のライブラリに相当するデータソースに接続することができないかそのつもりがなく、身体の知識の欠如についても同様の状態だとすれば、そんな期待はできなくて当然だ。体のことについていえば、故意にリーラをだましているというよりも、関連性のあるデータチャネルを見て、そこにないにを流しこんでも誤解につながりうると判断したのだろう。リーラに意識を持たせられるほどにリーラの記述を理解できたからといって、リーラを具現化した技術の詳細をリーラ自身の言語に翻訳する方法がわかると決まったわけではない。

それに、もしこの無知プラス誠実さという解釈が鵜呑みにするには楽天的すぎるとしても、孤高世界がじっさいに悪意のない病的な秘密主義だと考えるのは、むずかしいことではなかった。孤高世界自身についてなにも明かさないようにするために、リーラの意識を回復した手段について沈黙を守ろうとしているのなら、それもまたすじが通っている。リーラを悩ませたいなら、沈黙は必要ない。

周囲の天を調べたリーラは、あることに気づいて衝撃を受けた。自分が最初に送信されていくはずの標的ノードのいちばん近くにある星々の位置を、リーラは記憶しておいた。いま、ひと塊の特徴的な星座を背景に、ひとつの一致するパターンがくっきりと見てとれた。リーラはそのノードからの天の眺めを見せられているのだ。これはリーラがじっさいにいる位置についてはなんの証明にもならなかったが、いちばんかんたんな説明は、孤高世界はネットワークを通してリーラを送信しつづけているのではなく、このノードで具現化させたというものだった。星々の位置は、リーラがこのノードに到着したときに予想されるものだったので、もしこれが現実ならば、侵入者への対処法はほとんど遅延なしに選択されたことになる。千年におよぶ討議もなく、遠方の意思決定者に知らせを伝えることもなしに。孤高世界と呼べる存在そのものがこのノードにいるか、それと変わらないほどにノードの機械類が高性能かだ。リーラが目ざめさせられたのが、偶然ということはありえない。まちがいなく意図的な行為だ。だとすれば、孤高世界はこうした事態を何ミレニアムも予期していたのだろうか、とリーラは思った。

「次はなに？」リーラは問いを発した。ホストは沈黙したままだ。「わたしをタッセフに弾き返す？」軌道を反転させられたプローブには、なにを体験したかの記録がまったく残っていなかった。たぶんリーラを送り返す前に、孤高世界がいまの新しい記憶をリーラの記述に組みこむことはないだろう。リーラは懇願するように両腕を広げた。「もしこの記憶を消し去るなら、その前にわたしに話しかけてもかまわないでしょう？　わたしは完全にあなたがたの思いのままで、わたしにあなたがたの秘密を墓まで抱えていかせることができる。会話を望まないなら、いったいなぜわたしを目ざめさせたんです？」

それに続く沈黙の中で、リーラは難なくひとつの解答を思いついた。リーラを研究するためだ。リーラのふるまいに関して孤高世界がいだく疑問の中に、単に静的記述を精査しても絶対に答えが得られないものがあるのは、数学的に確実なことだ。あたえられたシナリオでリーラがなにをするかを予測しようとするなら、リーラを目ざめさせて、その状況に直面させるのが唯一確実な方法だった。もちろん孤高世界は、これまでも何回となくリーラを目ざめさせることを選択し、その際に以前の具現化時の記憶をあたえていないのかもしれない。リーラは純粋な実存的目まいというものを知った。いまのこれは、リーラをとらえた者たちが彼女の反応の目録作りのためにおこなう一連の莫大な実験のうちの、数ダースの変数を変えての千回目、十億回目ということもありえた。

目まいはすぎ去った。どんな可能性もありうるが、心の中で転がすならもっと楽しい仮説にしたかった。

「わたしがここへ来たのは、話をするためです」リーラはいった。「わたしたちが機械を送りこむのをあなたがたが望んでいないことはわかっていますが、話し合いのできる事柄や、たがいに学びあえる事柄が、あるに違いありません。銀河円盤内では、ふたつの宇宙航行文明が出会うたびに、なんらかの共通点があることが判明します。相互に関心のある事柄や、相互の利益になる事柄が」

熱をこめた自分自身の演説が周囲の仮想空気の中に雲散霧消すると、リーラは笑いはじめた。自分が何世紀ものあいだ、ジャシムを相手に、ナジブの友人たちを相手に、ナズディークの蛇たちを相手にいってきた主張が、いまでは滑稽で気恥ずかしく思えた。孤高世界を前にして、かれらが何十万年も前に熟考の末に却下したのではないなにかを自分は提供できる、などとよくもまあいえたものだ。融合世界はこれまでまったくその真の姿を隠そうとしてこなかった。孤高世界は遠い彼方から融合世界を観察し、研究して、意識的に孤立を選んだのだろう。ここへやって来て、それがホストの心をまったくよぎったことがないかのような顔でコンタクトの利点を列挙するのは、単に侮辱的だった。

リーラは黙りこんだ。文化使節が自分の役割だという自信を失ったとしても、少なくとも、プローブが遭遇してきたパチンコ(スリングショット)付きの囲いよりも賢いなにかがここにいるのを立証したことで、リーラは自己満足できた。孤高世界はリーラを受けいれてはくれなかったが、これまでの努力すべてが無駄に終わったわけではない。バルジの中で目ざめることは、たとえそれが沈黙相手であろうとも、リーラが期待する権利を持っていたどんなことをもはるかに超えていた。

リーラはいった。「どうか、いますぐ夫をここに連れてきてください、そうしたらここから黙って立ち去りますから」

この懇願にも、ほかのすべてと同じ反応が返ってきた。リーラは実験変数についてふたたび考えそうになるのをこらえた。百万年の歴史を持つ文明が孤独に対するリーラの耐性をテストすることに興味を持ち、伴侶を奪いとられて自殺を試みるまでどれだけかかるかを調べている、などとリーラは思わなかった。孤高世界はリーラの指示は受けない。それはかまわない。正気を奪われた被験体でも、あらゆる望みが聞きとどけられる賓客でもないとしたら、リーラと孤高世界とのあいだには、彼女がまだ探りあてていないほかの関係があるということだ。リーラが意識を持たされたことには、理由がある。

ノードそのものについての手掛かりか、自分が見落としていたなにかの特徴がないかと天を探しまわったリーラは、融合世界のものと違って註釈機能はないにしても、まるで星図内にずっと住んでいたような気分になった。天を横切る星々の平面である天の川銀河（ミルキーウェイ）は、ここではもっと厚いガスや塵の雲に隠されていたが、リーラには方角が認識できた。どっちに行けばバルジの奥深くへむかうことになり、外側の銀河円盤に戻るのはどっちかがわかった。

リーラは、船乗りがふり返って陸地の最後の眺めを目にするときのような複雑な感情とともに、彼方のタッセフの太陽のことを考えた。そのなじみ深い場所への慕情がこみあげてきたとき、円柱状の紫色の光がリーラの周囲にあらわれて、リーラの視線の方向を取り囲んだ。ここへ来てからはじめて、リーラは無重力感が断ち切られたのを感じた。ゆるやかな加速が想像上のビーム沿いにリーラを前へ運んでいく。

「ダメ！　待って！」リーラは目をつむって、ボールのように体を丸めた。加速は停止し、リーラが目をあけると、光のトンネルは消えていた。

力なく浮かんだまま、天にはいっさい注意を払わず、旅をしたいという思いが心にまったく浮かばないままにしていたらどうなるか、結果を待ちうける。

そんな風にして一時間がすぎたが、さっきの現象は再発しなかった。リーラは視線を反対方向の、バルジの内側にむけた。気弱さや郷愁を心からすべて追いだして、この荒々しく、壮観で、異質な領域の奥深くへ突進していくスリルを想像する。最初のうち観境(スケープ)は無反応だったが、そこでリーラは、二番目のノードの方向に注意の焦点をしぼった。銀河の核を通り抜ける途上で、自分自身が最初のノードからそこ宛てに送信されるように願っている場所だ。

同じ紫色の光、同じ移動。今回リーラは、呪文を解く前に、さっきより数心拍分長く待った。

これがなにかの無意味でサディスティックなゲームでないとしたら、孤高世界はリーラにはっきりした選択肢をさしだしているのだった。リーラはタッセフに引き返し、融合世界に戻ることができる。そして、自分は謎めいた水域に爪先を突っこんだと告げ、その話をするために生きていく。さもなくば、バルジに飛びこむこともできる。これまで思い描いてきたくらい深くへ行き、そしてネットワークが連れていった場所に出る。

「約束はしてもらえないの？」リーラは訊いた。「バルジの反対側に出るという保証は？コンタクトをほのめかして、わたしを焦らしたりはもうしない？」リーラは考えを声に出していたが、答えは期待していなかった。彼女のホストたちは強い義務感のプリズムを通して異邦のものを見ているが、その義務感は境界線が非常に明確でもある、という結論にリーラは達しかけていた。孤高世界は非意識のプローブを、細心の注意を払って無傷で所有者のもとに送り返している。この侵入者を目ざめさせたのは、選択をさせるためだ。彼女はほんとうに送信情報が示す場所へ行きたいのか、それとも、ここへは迷子のように入りこんできただけで、帰り道が見つかればそれでいいのか？　孤高世界はリーラになんの害をなすことも、本人の同意なしに旅に送りだすこともないだろうが、かれらが世話をする義務の範囲はそこまでだ。孤高世界はリーラになんの借りもない。だからかれらはリーラに挨拶しようともしないし、もてなそうともしないし、会話しようともしない。

「ジャシムはどうなったの？　彼と相談する機会をもらえませんか？」リーラはジャシムの顔を思い浮かべ、彼がそこにいてほしいと望み、孤高世界には言葉は理解できなくても、心は読めるのではないかと願いながら待った。もし天の一点にむけられた慕情を解読できたなら、親しい人とともにいたいというこの望みは、きっと理解困難ではないのでは？　別の方向も試してみる。仮にジャシムの物理的な見かけが孤高世界にとっては無意味だとしても、自分が切望している対象を明快にするかもしれないと期待しながら、送信情報の中で織りあわされたふたりのデータの抽象的構造をくわしく説明した。

リーラはひとりきりのままだった。

さしだされた唯一の選択肢を、周囲の星々が明確に示していた。もし死ぬ前にもういちどジャシムといっしょにいたいなら、彼と同じ結論を出さなくてはならない。

対称性を考えれば、ジャシムも同じジレンマに直面しているに違いなかった。

（ジャシムはどんな風に考えるだろう？）安全なタッセフに引き返したい気分になるかもしれないが、彼がシャロウフでリーラと和解したのは、彼女に付き従って危険の中へ入っていくというただひとつの目的のためだ。リーラがもっと奥深くへ進みたがることを、マッサにいたる全道程を突き進んで、銀河の核を抜ける近道（ショートカット）を開通させ、それが安全であることを未来の旅行者たちに証明したいと思うだろうことを、ジャシムはわかっているはずだ。

ジャシムは別のこともわかっているだろうか、リーラがこの強引な思考の道すじに罪の意識がうずくのを感じるだろうことを、そして自分自身を生け贄として捧げることについて熟考するだろうことを？　ジャシムはリーラのために未知のものをおそれなかったし、ふたりはすでに報酬を獲得している。ふたりは史上だれよりも、孤高世界に近づいた。なぜそれで満足できないのか？　リーラにいえる範囲で、この先マッサに着くまで、ホストたちはリーラを目ざめさせることさえないだろう。もしここで引き返しても、リーラはなにをあきらめることになるというのか？

要するに、ジャシムはリーラがどうすると思うだろう？　容赦なく進みつづけ、強迫観念に最後まで導かれていくか、それとも、リーラとジャシムへの愛を第一に考えるか。

可能性は無限後退して増えていく。リーラとジャシムはふたりの人間としてこの上ないほどにたがいを知っているが、相手の心が体の中にあるわけではない。

リーラは星々の中間地帯を漂いながら、ジャシムはもう結論を出しただろうかと思った。孤高世界が自分のおそれていたような拷問者ではないとわかったジャシムは、リーラがとりあえずは深刻な危険にさらされていないことに満足して、もうタッセフにむけて出発しただろうか？　あるいは、このノードひとつだけでの自分たちの体験からではなにもいえないと判断した？　ここは融合世界ではないのだから、文化の分裂が千倍に達している可能性はある。

こんな風に推測と疑問を順に繰りかえしても、結論は出ない。それをとことん突きつめようとしたら、リーラは麻痺してしまうだろう。どんな結論を出しても、正しいという保証はない。リーラにできるのは、最悪度が最小の結論を選ぶことだけだ。もしリーラがタッセフに戻って、ジャシムがひとりきりでバルジを抜けて進んでいったとわかったら、とても耐えられないだろう。まったく無意味にジャシムを失ったことになる。もしそんなことが起きたら、リーラはジャシムのあとを追おうとして、すぐさまバルジに戻るだろうが、その時点ですでに数世紀分遅れを取っていることになる。

もしリーラがマッサにむけて進んで、タッセフに引き返したのがジャシムのほうだったら、少なくとも彼が無事だったのをやがてリーラは知ることになるだろう。そして、ジャシムが彼女を心配して自暴自棄にならなかったのも知ることになるだろう。それは、この最初のノードで孤高世界が見せた悪意なき無関心によって、孤高世界がリーラに害をなすことはないとジャシムが納得したからだ。

それがリーラの答えだった。リーラはマッサへの長い道のりを進みつづけなくてはならない。ジャシムも同じように考えただろうという希望を持って。裏づけはないにしても。

結論は出たが、リーラは観境（スケープ）内でぐずぐずしていた。再考していたのではなく、手に入れようと懸命に奮闘してきた機会をあっさりと手放す気になれなかったからだ。リーラには、孤高世界の一員であるだれかが彼女を観察して聞き耳を立て、彼女の思考を読み、彼女の欲求を調査していないかどうかはわからなかった。たぶんかれらは関心も好奇心もなくて、すべてを非意識ソフトウェアにまかせ、どこに行きたいかをリーラが決心するまでのあいだ世話をするよう、機械に指示しただけなのだろう。リーラはなおも孤高世界と接触を持とうとして、最後にもういちど試みないわけにはいかなかった。さもなくば絶対に、思い残すことなく死ぬことはできないだろう。

「たぶんあなたがたは正しいのでしょう」リーラはいった。「もしかするとあなたがたは過去百万年間わたしたちを観察していて、わたしたちにはあなたがたに提供できるようなものがなにもないと判断していたのかもしれない。もしかするとわたしたちのテクノロジーは遅れていて、わたしたちの哲学は単純素朴で、わたしたちの慣習は異様で、わたしたちの作法はとんでもないものかもしれない。けれど、もしそれがほんとうのことだとしても、もしわたしたちがあなたがたよりずっと下等だとしても、あなたがたは少なくとも、わたしたちに正しい方向を指し示すことができる。なぜわたしたちが変わらなければならないかについて、なんらかの理由を提示することが」

沈黙。

リーラはいった。「わかりました。忍耐力が足りなくてすみませんでした。ですが、あなたがたをわずらわすのがジャシムとわたしで終わりではないのは、まちがいのないところだといっておきます。融合世界には、あなたがたと接触を取る方法を探しつづける人々がごろごろいます。これはさらに百万年間にわたって続いていくでしょう、あなたがたを理解したとわたしたちが確信するまで。それを不快に感じても、わたしたちへの対応はいくらかはお手柔らかに願います。わたしたちはそうせずにいられないんです。それがわたしたちなんです」

リーラは目を閉じて、いい残したのを後悔するようなことがないかを確かめてみた。

「安全な通行を認めていただいてありがとうございます」リーラはいい添えた。「もしそれがそちらの提供しようとしているものならですが。もしあなたがたにどこか行きたい場所があるなら、いつの日かわたしたちのだれかがお返しをできればと思います」

リーラは目をひらいて、自分の目的地を探しだした。ネットワークの奥深く、銀河の核へむかって進む方角を。

10

アストラーハトの町の外にある山地は、最初は斜面がゆるやかで、楽にのぼれそうに思わせるが、徐々に急になっていく。同様に、草木も山麓では低くまばらだが、斜面を高くのぼるにつれ、着実に太く高くなっていく。

ジャシムがいった。「もうここでいいよ」立ち止まって、登山杖にすがる。

「あと一時間?」リーラは説きつけた。

ジャシムは考えこんでから、「三十分休んで、そのあと三十分のぼるのは？」

「一時間休んで、そのあと一時間ののぼり」

ジャシムは疲れた声で笑った。「わかった。一時間ずつだ」

ふたりは下生えを払って、すわれる場所を作った。

ジャシムが水筒の水をリーラの両手に注ぎ、リーラはその水をはねかけて顔を洗った。

腰をおろしたふたりはしばらく無言で、なじみのない野生生物たちが立てる音に聞きいっていた。林冠の下は薄暮に近く、リーラが頭上の小さな空の切れ端を見あげると、バルジの星々が見えた。小さく、青白い、半透明のビーズのように。

どうかすると夢だったように感じることもあったが、あの体験をリーラがほんとうに忘れ去ることは決してなかった。孤高世界は、リーラがノードに達するたびに目ざめさせてそこからの眺めを見せ、選択をさせた。銀河の核の片側から反対側まで、リーラは無数の息をのむような光景を目にした。共食いする新星、誕生したばかりの星々のまばゆい星団、衝突寸前の双子の白色矮星。銀河中心のブラックホールも見た。X線で輝く降着円盤、ゆっくりと引き裂かれていく星々。

それは手のこんだ嘘、もっともらしいシミュレーションだったのかもしれないが、銀河円盤内の観測施設から見てとれるディティールというディティールが、リーラの目撃したものを裏づけていた。仮にリーラに対してなにかが変えられたり隠されたりしていたとしても、それは少しだけだったに違いない。もしかすると孤高世界の人造物それ自体がリーラの視野に映らないよう塗りつぶされていたのかもしれないが、孤高世界が自分たちの領域にしるした跡はほんのかすかなもので、そもそも隠すべきものなどないということも同様にありうる、とリーラは考えていた。

ジャシムが尖った声でいった。「いまどこにいる?」

リーラは空を凝視していた視線をさげて、やんわりと答えた。「わたしはここで、あなたといっしょにいる。ちょっと回想していただけよ」

熱狂的な、喝采する盗聴者たちに取り囲まれてマッサで目ざめたふたりは、まず尋ねられた。「あそこでなにがあったんですか?」「なにを見ましたか?」自分がなぜ、間髪を入れずにありとあらゆるディティールをどっとあふれさせるかわりに、口を閉ざしたまま、返事をする前に夫のほうをむいたのかは、よくわからない。たぶん、どこから話しはじめたらいいかがわからなかっただけなのだろう。

理由はともかく、最初に答えたのはジャシムだった。「まったくなにも。ぼくたちはタッセフでゲートをくぐり抜けて、そしてそのままここに着いた。バルジの反対側に」

一カ月近くのあいだ、リーラはジャシムの言葉を信じるのを頭から拒んでいた。(まったくなにも? あなたはまったくなにも見なかったというの?)それは嘘か冗談でなければならなかった。なんらかの仕返しでなければならなかった。

ジャシムはそういうことをする人間ではなく、リーラもそれはわかっていた。それでもリーラは、どうにも無理になるまでその説明にこだわっていたが、やがて自分でももはや信じていられなくなって、ジャシムに許しを請うた。

六カ月後、別の旅行者がバルジから漏れだしてきた。〈公聴パーティー〉巡礼の居残り組のひとりが、リーラたちのあとに続いて、近道（ショートカット）を利用したのだ。ジャシムと同じく、この七足人もまったくなにも見ていなかったし、まったくなんの体験もしていなかった。

リーラはなぜ自分ひとりだけが特別扱いされたのかを、推測しようとあがいた。孤高世界は自分たちのネットワークに乗ってきた人が、ちゃんとわかった上でそうしていることを、ひとりひとり確かめる義務を道徳的に感じている、というリーラの説は、もう通用しない。ただし孤高世界が、リーラひとりのふるまいを見れば、銀河円盤からの侵入者たちは、ひとつの種族として考えた場合、情報をあたえられた上で選択をしているというじゅうぶんな証明になる、と判断したのなら話は別だ。だが、知る必要のあるあらゆることを理解したと孤高世界が結論するために、かれらの隣人の作動していて意識のあるバージョンのサンプルたったひとつでじゅうぶんだったということが、ほんとうにありうるだろうか？　そうではなくて、この気まぐれさは、運がよければだれもが、先行する人々すべてをはるかに超えるなにかを目撃できるかもしれないという心そそられる可能性で、もっと多くの訪問者を誘いこもうとする戦略の一部だろうか？　あるいは、なにかを体験できるかどうかは不確実だという悪評で、侵入者たちにその気をなくさせる計画の一部？　その気をなくさせるいちばんかんたんな行為は、歓迎されざる送信のすべてを廃棄することだろうし、誘いをかけるのならもっとも効果的なのは、ふた言三言のわかりやすい歓迎の言葉だろう。だがしかし、そんな理屈にかなった指図に従うようだったら、それは孤高世界ではない。

ジャシムがいった。「ぼくの考えは、前にいったとおりだ。きみはどうしても目ざめたいと思っていたから、孤高世界はそれを拒めなかった。ぼくがそれほどにはその気がないことが、かれらにはわかった。ただそれだけのことだったんだ」

「あの七足人は？　あの人はひとりでネットワークに入った。ほかのだれかを見守るための付き添いじゃなかった」

ジャシムは肩をすくめた。「あの七足人はその場のはずみで行動に出たんじゃないかな。あの連中の熱心さは、なににつけても不健全に思える。もしかすると孤高世界は、七足人の気分をもっと明確に判別したのかもしれない」

リーラはいった。「そんなことはひと言も信じません」

ジャシムはすべてを受けいれるように両手を広げた。「そうしてもいいよといったら、きみがぼくの決心を五分で変えることができるのはわかっている。でも、もしぼくたちがここで引き返して山をおりて、バルジを通ってくる次の旅人を、さらに次のひとりをと待ちつづけていたら、その中に大旅行（グランド・ツアー）をさせてもらった人とそうでない人がいる理由がようやく判明するころには、また新たな疑問が生まれているだろうし、それが繰りかえされていくだろう。たとえぼくがもうあと一万年生きたいと思うことがあるとしても、そのときは別のことに取りくみたい。それに、最後を迎えようといういまになって……」ジャシムは言葉を濁した。

リーラはいった。「その先はいわなくていい。あなたのいうとおりだから」

リーラは腰をおろしたまま、自分にはなんの知識もない生き物たちが発する聞き覚えのないさえずりやうなりに耳を傾けた。その生き物たちについて記録にあるあらゆる事実を、リーラは一瞬にして吸収することもできるのだが、それはリーラには関心のないことで、知る必要はなかった。

だれかほかの人々がふたりのあとを継いで、孤高世界を理解しようとするだろう。もしかするとそのとてつもなく大変で、手に負えない気分にさせられ、徒労感が募る真剣な営みを、次の段階へ前進させる人も出てくるかもしれない。自分とジャシムは端緒をひらいた。それで満足できる。ふたりがなし遂げたのは、まだナジブにいたころのリーラには想像もおよばなかったことだ。けれど、ふたりがまだ自分自身のままであるいまが、止まるべきときだ。経験によって大きくなってはいるが、見分けがつかなくなるほどに姿が変わってはいないうちに。

ふたりは最後の一滴まで水を飲みほした。水筒はそこに置いていった。ジャシムがリーラの手を取って、ふたりはいっしょにのぼっていった。つらい斜面を上へと、隣りあって。

孤児惑星

Hot Rock

1

アザールは集まった友人や家族に背をむけると、出発ゲートへと歩いて、通りぬけた。真正面に視線を据えたままでいようとしたが、結局、まだもういちどだけさよならと手を振るチャンスがあるかのように、立ち止まって肩越しにふりむいた。だがもう遅かった。そこにはだれの姿もない。自分の幸運を願ってくれる人々を、彼女ははるか彼方に置いてきたのだ。

移動の変わり目がまったくわからなくて、アザールは神経質な笑い声をあげてみた。光が変化したという気もしなかった。周囲の通廊にはなにも変化したようすがない。壁はアザールが入ってきたときと同じ青と金の抽象的なモザイクだったが、突き当たりまで歩いて右に曲がると、そこは壁一面がガラスの観測デッキで、宇宙空間の深みのある暗黒が見晴らせた。

じっさいには知覚不能な行為をそれらしく演出するシナリオは何十もあって、アザールが選んだ〈星々への門戸〉という旅のスタイルはそのひとつにすぎない。そこには門戸などなく、出発ゲートを通りぬけることは、承諾を示す動作、アザールが自分のために選んだ合図でしかなかった。ゲートを抜ける一歩の途中で、アザールの精神は彼女の生まれ持っての肉体内部に設置されたプロセッサからコピーされ、ガンマ線にエンコードされて、千五百光年の距離を送信されたのだ。主観的には一瞬のうちに、アザールは母世界であるハヌズからこの観境に運ばれてきた。ここは惑星タルーラを周回する広々とした居住施設であるかのように作られている。アザールはじっさいにタルーラを周回しているのだが、居住施設や、彼女が自分の肉体として認識している身体は、幻だった。いまアザールが宿っている機械は、米ひと粒とほとんど変わらない大きさだ。

アザールは両手のひらを目に押しつけて、心を落ちつかせた。もしここでまわれ右をしてゲートまで戻って通りぬけても、ゲートはなにひとつ尋ねることなく母世界に連れかえってくれるだろうが、そこでは彼女が出発してから三千年が経過しているだろう。それは支払いずみの代価であり、再考しようがあわただしく引きかえそうが、取り消しはきかない。いまアザールにできるのは、旅した時間をその分の価値があるものにすべく努力することだけだ。

観測デッキの照明は消えていたが、デッキを横切ってタルーラを見おろしにいくアザールの足取りに合わせて、床が柔らかく輝いた。観境（スケープ）の架空の重力のおかげで、固い地面の上にいるのとほとんど変わらない気分だった。山の高くにある家から雲ひとつない東の夜空にのぼってくる月を見ているような感じ。月は新月で、灰色の円盤を星明かりだけが照らしている。だがアザールは、いくら待っていてもその円盤の縁に夜明けが忍びよってくることがないのを知っていた。惑星が三日月状に光ることも、細長い光が見えることもない。タルーラは太陽を持たないのだ。この惑星は少なくとも十億年間は宇宙の孤児として、なにもつなぎとめられることなく銀河系内を漂流してきた。遠い彼方の天文学者たちは、タルーラの地表は流水で覆われていると推測してきた——そして、いまここで機器類がそれを確認していた。恒星間宇宙の低温の中では、大気が凍って軟泥状の固体窒素や固体二酸化炭素になっていなければおかしいのに、タルーラの長い夜は、星に照らされた海の上を吹く穏やかな微風で息づいていた。

「こんにちは（サラーム）！　あなたはアザールだね！」長身の女性が笑みを浮かべ、両腕を広げてデッキを横切ってきた。「わたしはシェルマ」ふたりは軽く抱擁した。アザールがハヌズで初対面の人とするのとちょうど同じくらいに。それは、シェルマが人間の姿をしていて、ありふれた音声的な名前であるのと同様、偶然のことではなかった。ふたりが相互理解可能になるよう、観境（スケープ）がふたりのやりとりするあらゆる見た目、あらゆる言葉、あらゆる身振りを翻訳しているのだ。

シェルマはふりむいて灰色なだけの円盤に顔をむけると、うれしそうに目を輝かせた。

「美しい！」と彼女は叫んだ。

自分が視覚を適切なかたちにしていなかったことに遅まきながら気づいて、アザールは少々愚かしく感じた。タルーラの地表は遠赤外線の輝きを発しているが、その周波数だと大気は事実上不透明で、細部を見るのにもっともかんたんな方法は、アザールが自分の感度を通常の可視スペクトルまで増大させることだった。アザールはその変更を意志し――彼女の両目が実物であるかのように、観境(スケープ)はその願いをかなえた。

星明かりにきらめく海。眼下の半球を分けあうふたつの幅広い大陸。影のない土地を彩る長大な山脈や広大な剝きだしの平原、そして謎めいた草木の広がり。

「すてき」アザールはいった。とはいえ、どの世界にもその世界特有の美しさがあり、アザールは最高に心奪われる景観を眺めるだけのために三千年を犠牲にする気はなかった。

アザールが生まれるはるか前のこと、タルーラが望遠鏡による測天の中にはじめてあらわれてきたとき、人々がすぐに気づいたのは、惑星ハヌズと惑星バハルがある遠く離れたふたつの星系を結ぶ想像上の線の近くをタルーラがたまたま通過するときが、そこを調査しに行くベストの機会であるということだった。もしふたつの惑星が協力して、タルーラに同時に到着するプローブをそれぞれが発進させれば、ふたつの宇宙機はたがいにブレーキをかけあうことができ、両者とも減速に必要となる膨大な量の燃料の節約になる。

というわけで、モロハト一号と二号が、タルーラで出会って、複雑な電磁気的抱擁によって合体することのできるタイミングで、各惑星から送りだされた。だがそこで、ある知らせがハヌズに届いた。バハルはこのミッションを非意識のロボットたちの手にまかせっぱなしにする気はなく、ひとりの旅人がバハル側のプローブのあとを追い、統合されたモロハト・ステーションの内部で目ざめ、孤児惑星の探査を指揮するだろう、というのだ。

ここ数ミレニアム（千年紀）、惑星外への旅人になったハヌズ生まれはいなかったし、アザールの母世界の人々は、プライドにとらわれるあまりに自分たちの代表者が探査の現場にいないのは耐えがたいと思ったりは、しなかった。ハヌズの人々がモロハト一号とともに送りだしたソフトウェアは、ミッションにおけるハヌズの権益を完璧に守ることができる。バハル人に異星人の流儀でしたいようにさせておいても、ハヌズの人々がそのあとに続くさまざまな発見を自分たちなりに楽しむ邪魔には少しもならない。だというのに、こんな声が惑星に広まっていった。衝撃的なささやきが。〝わたしたちのだれかひとりがそこに行って、その場にいて、探査のすべてに直接居合わせることができるのでは〟

「深宇宙で十億年をすごしたのに」シェルマが驚嘆の声をあげた。「氷山のひとつも見当たらないなんて」

「信じがたいね」アザールは答えた。タルーラの終わりなき夜は、ハヌズの夏の盛りに匹敵した。もしある惑星が太陽を奪いとられても、長寿命放射性同位元素の崩壊によって、惑星の核を数十億年間溶融させつづけておくに足るだけの熱を補える——けれども、たとえその熱を閉じこめておく温室効果ガスが豊富にあったとしても、タルーラの表面温度は説明がつかなかった。惑星の中心部がいかにあたたかくても、これだけの年月が経ったいまでは地表は冷えていて当然だ。

アザールたちの到着以前にモロハトはタルーラを三年間周回していて、その観測結果をアザールは摂取し終えた。惑星表面に明白な人工的構造物は見てとれなかったが、惑星の地殻深くからニュートリノ流が放射されていた。ニュートリノのスペクトルは、自然のものでもそうでないものでも既知の放射性同位元素の崩壊のどれにも該当しなかったし、核分裂や核融合のサインとも一致しなかった。なにものかが懸命にこの孤児のあたたかさを維持しようとしてきたということだが、いかにしてそれをなし遂げたかは明白にはほど遠かった——そして、そのなにものかがいまもこのへんにいるかどうかは判断不能だ。

「どう思う?」アザールはシェルマに尋ねた。「だれかがここにいるかな?」

「三万年間、タルーラにむけて信号が発信されてきた」シェルマがいった。「けれどまったく、物音ひとつ引きおこさなかった。つまり、そのだれかは死に絶えているか、断固として隠遁するつもりでいるということになる」

「その人たちが平穏に放っておかれることを望んでいるなら、邪魔をする権利はわたしたちにはない」アザールはいまの言明がいわずもがなであることを望んではいたが、基本原則を疑問の余地なく明確にしておきたかった。

「それはもちろん」シェルマは同意した。「けれど、その人たちが完璧に死んだふりをすることに固執するなら、手に入れられる権利も死者のそれになる。つまり、無視はされないけれど、幾分限られたものになるということ」

　ひとつの文明が死滅した場合――単に新しいなにかに変転するのではなく、いかなる有意識の後継者もまったく残さなかった場合――その歴史がだれにでも調査する資格のある共有遺産と化すことは、広く容認されている。もし主権の問題がほんとうに消え去ったなら、タルーラはまちがいなく探査する価値がある。過去には何万という孤児惑星が発見されてきたが、居住地が存在する徴候を示したのはそのうちのわずか数十で、そうした世界がもたらしたのは永久凍土層に埋もれたもの悲しい廃墟でしかなかった。融合世界(アマルガム)――いまや銀河系を取りまいているメタ文明――の時代にあって、ひとつの世界がまるごと死滅するのはとうてい考えられることではなかった。仮に大災害が避けられないとしても、すでに頑強なデジタル形態を持っている人々は数秒のうちに避難することができるし、純粋な生物学的モードを選択した人々も、せいぜい数日あればスキャンを受けることが可能だ。

　タルーラの人々はその中間にあったように思える。なんらかの宇宙的災難によって恒星の炉辺から弾きだされたとき、タルーラ人たちは避難するつもりがなかったか、あるいはその能力を持たなかったが、周囲の空気が雪のように地面に落ちるのを傍観していたわけでもなかった。それが運命だったのか、断固としてそれを乗りきる決意をしたからなのか、タルーラ人は生きのびる手段を見つけだした。もしその後なにかの悲劇に屈するか、ただ時の流れに勝てなかったのだとしても、アザールはタルーラの秘密を掘りおこすことが敬意を欠く行為だとは思わなかった。タルーラ人が達成したことは、十億年を持ちこたえたのだ。それは認知され、理解されるに値する。

2

モロハトの軌道は用心のためタルーラから十万キロメートル離れていたが、さまざまな傾角のもっと小さくて速い軌道にマイクロプローブ群を急送して、地表を完全に網羅していた。もし、地殻が熱せられているのはなんらかの奇矯な自然のプロセスが原因ではないかという疑いが拭えずにいたとしても、詳細なデータがそんな考えを一掃した。気温は緯度とともに、惑星の自転極にむかうほど下がるかたちで変化しているばかりでなく、約三カ月周期で変化して模造の季節を作りだしていることを記録が示していた。恒星周回軌道を取っていた遠い過去をそうやって懐旧的になぞっているのは明らかだというのに、人工太陽を打ちあげるのではなく、結局は熱源を地中に置いていることに、アザールは驚いた。

「人工太陽なら光が頭上からもたらされるだけでなく」モロハトのライブラリをシェルマと散策しながら、アザールは話した。「古い日周リズムを維持することもできる」地中深くからの熱伝導は、典型的な惑星の一日のような短周期の変動をすべて消し去ってしまっただろう。

シェルマがいった。「効率的なマイクロ太陽を作るには、大量の余計な作業が必要になる――エネルギーを無駄に宇宙空間へ流出させないようにするために」

「そのとおり」

「それにタルーラ人は不安でもあったと思う」シェルマはそうつけ加えて、タルーラの気象パターンのアニメーションモデルを表示した画像を、脇の書架からするりと引きだした。「タルーラ人はすでにひとつの太陽を失おうとしているところだった。だから、新たなエネルギー源からも引き離される危険をおかすよりは、地中に埋まったままにしておくほうを選んだのでは」

「そうかも。それでも、生物圏にそんな――地熱を日光のかわりにするという――根本的変更を加えたのに、季節を残したのは興味深い」

シェルマは微笑んだ。「一日とか季節とか、人々にはなにか変化するものが必要。変化がないと気が狂う」シェルマもアザールも、睡眠周期は維持することを選択していたし、各人のソフトウェアは先祖の表現型の指示に従っていた。だがアザールは、バハル人の先祖が夜行性であることを知っていた。アザールがステーションの夜として知覚しているものは、シェルマにとっての昼であり、その逆もいえる。

アザールは植生密度の地図を引っぱりだした。合成アパーチャ法を用いて、マイクロプローブはタルーラの地表の細部を約十分の一メートル単位で分析し、その粗い解像度でも数千の別種の植物を識別できた。分光法では軌道上から生化学的特徴の詳細を解きほぐすことはできなかったが、生物圏は明らかに炭素基／嫌気性で、植物は炭水化物を合成していたが、遊離酸素はまったく放出していなかった。

シェルマは腕を広げて、ふたりの周囲に集められた全データを取りこんだ。「ここにあるあらゆるものは好きなように解釈できる。これ以上のものを手に入れようと思ったら、わたしたちは地表に降下する必要がある」

「わたしも同意見」アザールはあれこれ思い悩んでいたが、その判断を聞いてほっとした。ここまではるばる旅してきた結果が、タルーラには明らかに隠遁者たちが居住していて、その人たちを孤独にゆだねさせておく以外にできることはないということにならなくて、アザールはうれしく思った。

「そうなると問題は」シェルマがいった。「降下する方法はなにがいいかだ」そして選択肢を並べたてた。数個のナノテク種子を地表に散布して、ロボット昆虫の大群が惑星を調べてまわるのを座して待つという手もある。あるいは、ふたりがモロハトを離れて自ら地表に旅することも可能で、それにはさまざまな手段がある。もちろん、そのふたつをいずれかの程度で組みあわせて、探査の大半はロボットに代行させるが、肝心なところではその場にいることもできる。

アザールは母世界を発つ前にそうした手段をすべて検討していたが、シェルマのしゃべりかたは、理論上の知識を復唱しているだけだとしても、感情がこもっていなすぎた。

「以前もこの種の作業をしたことがあるの？」

「何十回も」シェルマはためらってから、「自分の星系を出たのは、これがはじめて？」

「ええ」それはまぐれ当たりではなかった。ハヌズから旅してくる人がいないことは、だれもが知っている。「わたしたちにとって」アザールは説明した。「自分の知るすべての人々のもとから数百年離れているのは、耐えがたいことなの。あなたはまったく平気？」

「わたしの先祖たちは生活環のある部分では単生で」とシェルマ。「ほかの部分では社会性だった。いまのわたしたちはその点では柔軟で、ふたつのモードを随意に切りかえられる。わたしがわからないのは、あなたがたは集団で旅すればそれでいいんじゃないかということ、もしそれで話がかんたんになるのならだけれど」

アザールは笑った。「集団旅行というものをする人たちがいるのは知っている。でも、わたしたちの社会ネットワークはあまりにも入り組んでいて、必要な要素が正しくそろったグループを作るのは困難にすぎるの――とりわけ、だれもがひとつだけの行く先に合意しているグループを作ることは。もし行く先に合意しているとしたら、そのグループは旅行してふたたび帰郷するというよりは、移住しようとしているといったほうがいいと思う」

「なるほど」

「ともかく、ハヌズのことはどうでもいい。わたしたちはいくつかのことを決める必要がある」アザールは、ロボットたちが楽しいことを全部取りしているあいだ、モロハトでぼけっとしているつもりはなかった。だが、彼女が爪のあいだを多少の泥でよごしたからといってどれだけの成果があげられるかといえば、そこには実際的な限界というものがあった。もしアザールが自分の標準身体を地表で、そこの条件下で生存可能なように変更を加えて再現したら、食料の探索にすべての時間を費やすことになるだろう。モロハトには、母世界出発時の反物質の貯えのうち、わずか数マイクログラムしか残っていない。それが発生させる数百メガジュールは、ステーション自体のささやかな必要量はじゅうぶん満たすだろうが、その一部をくすねて体重六十キログラムの巨獣の動力にするのは、正気の沙汰とはいえなかった。アザールはひと月で貯えのすべてを消費するだろう。もしタルーラに重水素がじゅうぶん豊富にあれば、アザールは重水素核融合を身体の動力源にできただろうが、この惑星では同位元素は希少だった。

「探査昆虫のひとつに、高容量プロセッサを組みこむというのはどう？」アザールは提案した。「そして、その中にわたしたちがダウンロードする。惑星を直接見ることができて、リアルタイムでの決定もある程度くだせるけれど、エネルギーを浪費したり、大きな足跡をつけたりすることはない」もしタルーラにやはり居住者がいたら、友好的と見なされるか敵と見なされるかは、アザールたちが使う現地の資源の量や、物理的な見た目がどれほど侵入者的かといった単純なことで、あっさり決まるかもしれない。

シェルマはしばらく考えてから、「その選択肢がいちばんいいように思えるね」

3

アザールは例の門戸というメタファーにこだわって、モロハト・ステーションから〝エアロック〟を通ってロボット昆虫の中に入った。あたかも両者がドッキングしているかのようなその奇抜な仕掛けをシェルマは面白がって、アザールのあとをついてきたが、やんわりとした非難を口にせずにはいられなかった。「気球はかわいそうに、再現する価値もないってこと？」

アザールは肩をすくめた。「お願いやめて、高いところは目がまわるから」ふたりのソフトウェアを妥当な時間内に送信できる帯域幅があるのはガンマ線だけだったが、ガンマ線は惑星大気圏内では遠くまで通らない。そこでタルーラ地表のナノテクが小さな水素気球を作り、それは成層圏高くまで上昇してふたりの送信情報を受信して、そのデータを高密度にエンコードされた分子メモリに転写したあと、ガスが抜けて降下する。

昆虫内にアザールが構築した観境（スケープ）は、ハヌズの遊覧航空機にあるような透明なドーム状のフライトデッキに似ていた。シェルマが認識している設備はそれとはまったく異なっているはずだが、少なくともふたりが風防ガラスのむこうに見ているジャングルの眺めは同じものだった。シェルマの視覚は遠赤外線の領域にまでおよぶもので、アザールもいまは自分の視覚をそれに合わせる選択をしていた。

昆虫は幅広い平らな葉にとまっていた。その葉は細長い幹から生えた紙のように薄い構造物のひとつで、葉脈があたたかな樹液の熱で輝き、表面に染みのように散らばる六角形の気孔から熱い蒸気が漂っていた。アザールが空を見あげると、霧を通して星々をかろうじて見ることができた。

探察子機（ダニ）たちはすでにこの植物をうじゃうじゃとのぼりおりして、その奇妙な生化学の解読をはじめていた。葉の中で冷やされるとともに蒸発で濃縮された樹液は、根に運ばれて、真水の小室で希釈される。その希釈によるエントロピーの増大は、樹液の中の酵素に吸熱反応を起こさせ、大地から熱を吸収する一方、溶存二酸化炭素から糖を合成する。

植物の遺伝性自己複製子（レプリケーター）は、Ｃ３として知られる炭水化物ポリマーで、それはほかの多くの世界でも見つかる。じゅうぶんな数の生物種から分子シーケンスのデータベースを構築できたら、アザールたちは進化樹を描く試みのほか、科学技術的改変がおこなわれている徴候を探すことにも着手できるだろう。

アザールはジョイスティックを操って、ふたりの宿主となった昆虫を別の植物へ飛ばした。放射状冷却フィンのような葉の生えた細枝をまとう小さな低木だ。昆虫は細枝に降りたち、探察子機は穴をあけてサンプルを採取した。

「この木は樹液が多くない」シェルマはそこに注目した。「葉はもつれた繊維そっくりだ」ここには気孔はなく、蒸気状の滲出物もなかった。

アザールは探察子機が発見したものを映す画面を見つめた。繊維状の長い構造が葉から根の先端までずっと通っていて、それらの構造は結合したポリマーで包まれている。いくつかの繊維ではポリマーは可動電子が豊かだった。ほかの繊維には正の〝孔（ホール）〟がある。これは電子の不足箇所で、分子のバックボーンに沿ってサイトからサイトへ飛び移ることができる。

「これって熱電拡散？」アザールは考えを口にした。電子と孔は大地から葉に熱を伝導し、そうすることで電位差を作りだし、次にはその電位差を化学反応を進めるのに使うことができる。

詳細が判明してくると、アザールの考えが確認された。植物は生きた熱電対（つい）で、熱ポンプが生じさせたポリマー内の電流が、炭水化物を合成する酵素と電子をやりとりしていた。

熱電対低木の地上部分は容易に消化できる栄養素を含んでいなかったので、アザールはエントロピー樹に飛んで帰ると、昆虫の吻を葉脈に刺しこんで、甘い樹液を貯蔵槽いっぱいに吸いあげた。ここには糖の代謝を助ける大気中の遊離酸素は存在しなかったが、植物そのものと同様、アザールたちのロボットは樹液の中の硝酸イオンを酸化剤として利用することができ、そのプロセスで硝酸イオンをアンモニアに還元した。探察子機はなおも最初に硝酸塩を作りだす役を担った生物を探していた。

シェルマがいった。「いったい昆虫はどこにいるの？　動物はどこにいるの？」これまでのところ、ふたりはジャングルの中で動くものをなにひとつ目にしていない。

「もしかすると〈大地加熱者〉は、新しい条件に適合するように動物に手を加える時間がなかったのかもしれない」アザールはいった。「いまにも自分たちの太陽系から追いだされようとしているとき、〈大地加熱者〉の優先事項は新しいかたちのエネルギーや、そのエネルギーを利用できる主要食糧源だったはず。前からいた動物は全部死に絶え、だれも新しい動物を作りだそうという気にはならなかった」

「そうかもしれない」シェルマはその説を認めた。「だけど、母星が太陽を失うことが予測されるとき、最初にするのは、ドームで覆われた箱舟を数隻作ることだと思わない？　母星本来の環境条件と、可能なかぎりの生物圏を維持できる、人工の熱と光を備えた密閉居住地を」

それを受けてアザールは、「そのあと、新エネルギー源で生きていけるよう、箱舟の生物を徐々に改変していった。そして植物から着手したけれど、その先には進めなかった」

探察子機はさらに多くのC3シーケンスを採取し、それが比較して意味のある数に達すると、それらのゲノムが自然のものであり、遺伝子改変されていないことがどんどん明確になってきた。きわめてテクノミメティック（人工技術模倣的）な熱電対繊維の構築に関わっている遺伝子でさえ、ほかの遺伝子すべてと同じく、ごちゃごちゃな場当たり的継ぎ接ぎを特徴としていた。

さらに奇妙なことに、遺伝子分析はそれらの植物すべてがわずか二億年前に共通の先祖を持つことを指し示していて、それはタルーラが孤児となったはるかあとのことだった。

モロハトのライブラリからデータを引きだして、ほかのC3世界の記述を精査していたアザールは、あと二時間のうちにステーションが地平線の下に沈むことに気づいた。問い合わせに対するタイムラグにはすでに不便な思いをしていて、あらゆる送受信を帯域幅の限られたマイクロプローブ経由でタルーラをめぐる新ルートに変更したら、状況はさらに悪化するばかりだろう。

「ステーションのライブラリをクローンしなくちゃ」アザールはシェルマに提案した。ライブラリはふたりの個人的ソフトウェアよりはるかに大きく、ふたりがいま宿主にしているロボット昆虫にはそれ用の空き領域はなかったが、少なくとも成層圏内に持ってくれば、遠方のモロハトの軌道からよりもずっとデータにアクセスしやすくなる。

シェルマもそれに賛成した。ふたりは気球を新たなフライト用に装備する作業をナノテクに設定すると、ジャングルの探査を続行した。

空に近づこうとする競争がおこなわれている点は多くの植物の群落と同じだが、この星では日光を浴びることではなく、熱を発散することがその目的だった。もっとも健康な植物はその根を地中深くに伸ばし、葉を宇宙の暗黒にむけて露出する。あたたかすぎる岩の割れ目などにとらわれて、一様な微温状態に置かれるのは致命的だった。このルールの唯一の例外は寄生植物だ。幹や枝や葉の上に伸び広がって刺のある細根で餌食に固着し、栄養に富んだ樹液を吸いあげる吸血鬼のような蔓植物。

ジャングル内を進んでいくあいだに探察子機から新たに届くシーケンス・データは、最初の結論を補強する一方だった。ふたりが目にしている生物は完全に自然のもので、ここの植物は種(しゅ)として比較的若い。

「たとえばだけれど」シェルマが思い切った仮説を口にした。「〈大地加熱者〉がこうやって生きるために、遺伝子改変をおこなう必要がなにもなかったのだとしたら」

「それは、温度勾配を利用する生物種が最初から存在していたということ？」アザールはその説に難色を示した。「温度勾配をエネルギー源として使うように進化することなんてできる？　ひとつの細胞単独では、絶対にそれは不可能。一定の最低サイズにならなければ、有効な温度差は手に入れられない」

「最初期の生物がすでに温度勾配を利用していたというつもりはないよ」シェルマがそれに答えていった。「たぶん最初期の生物は化学合成に依存していて、火山ガスや、無機物の豊富な間欠泉からエネルギーを抽出していた」

「賛成」地球でのアザール自身の先祖種族のはじまりは、そうしたかたちのものだった。光合成の出現はずっとあとのことだ。「この星の生物は化学合成を利用して一定のサイズまで育ってから、利用するものを熱効果に切りかえられることに気づいた。でも、そのすべては〈大地加熱者〉が進化してくるよりも前のことで、だとすると地表の岩をこんなに熱く保っているものはなに？」

シェルマは考えをめぐらせた。「潮汐加熱とか？　もしタルーラのかつての軌道が冷たい赤色矮星の近くだったとしたら。あるいは褐色矮星でもいい。そういう弱い日光のもとでは、潮汐加熱は光合成よりもはるかに有力なエネルギー源だったはず」

「でもその状態は永続しない」アザールは反論した。「惑星はやがて、潮汐的に固定される」岩盤を引きのばしたり押しつぶしたりするのに使われ、内部摩擦で岩盤を熱したエネルギーは、結局のところはタルーラの自転から引きだされたものなので、タルーラの自転は遅くなって、最後には一日と一年が同じになり、片方の半球が永遠に太陽のほうをむいていることになる。

「やがてはそうなる。でも、そうなる以前に〈大地加熱者〉が進化していたとしたら？　自分たちのエネルギー源がゆっくりと、予測どおりのかたちで減衰していくさまを、〈大地加熱者〉は数ミレニアムにわたって直視することになっただろう。そうなれば、突然の破局に半狂乱で対応するのではなく、数世紀を費やして代替エネルギーを完成させられたはず」

「そしてずっとあとになって恒星から弾きだされたけれど、そのときには、〈大地加熱者〉はなにもする必要がなかった。すでに親（太陽）から独立してやっていけるようになっていたから」アザールは楽しげに笑った。人工の季節や緯度による温度変化は、この仮説でも意味をなす。潮汐加熱は赤道が最強で、高緯度では惑星の地軸と潮汐力の方向との角度の季節的変動に影響される。

　このエレガントな仮説が説明していないのは、ここの植物種がこれほど若い理由だ。またこの仮説は、〈大地加熱者〉が独立をなし遂げるためにいったいなにをしたかについても、まったく解明の助けにならなかった。

　データ収集気球がふたたび所定の位置についた。モロハトが地平線の下に消える前に、アザールはライブラリのコピーを送信するようステーションに指示した。

　アザールがクローンされたライブラリとのインターフェースをチェックしていると、マイクロプローブからメッセージが届いた。数千キロ離れた太洋底でなにかが爆発して、数十億トンの水を空にむけて噴出したという。

アザールは、心の目で衛星画像を見ているシェルマのほうをむいて、「なにがあったの？　熱源になにか問題が？」十億年間存続してきたシステムにとって、この大地のしゃっくりは強力なパンチを食らったようなものだろう。噴出はすでに大気圏高くまであがっていて、氷に変わった蒸気は彗星の衝突を反転させたかのようだ。

シェルマは不安げだった。「モロハトは過去三年間、惑星のどこにも火山活動を観測していない。なにかがわたしたちをうるさく思ったせいとか？」

「だとしたら、わたしたちがまだ生きているのはなぜ？　爆発したのは、わたしたちの足もとの地面じゃない」気球は明らかに標的ではなかったし、マイクロプローブのどれも違った――水のミサイルがむかっているのはおおよそモロハトの方向ではあったが、距離的にはまったくそこまで達しない。だがアザールがステーションとコンタクトしようとすると、反応なしとマイクロプローブは返答した。

シェルマがいった。「結論に飛びついてはダメ。モロハトによる強制的な通信途絶かもしれない。自分が攻撃を受けていると判断したら、モロハトは軌道を移動させて、自分の位置を明かすようなことはいっさいしないようにするはず」

アザールは気分が悪くなった。「ガンマ線送信がなにかの攻撃とまちがわれたんだと思う？」同じ方法でアザールとシェルマがロボット昆虫に入るときにはなにも起こらなかったが、そのときのバーストはライブラリのコピーのときより極端に短かったし、ほぼ垂直下方に送信された。ライブラリのコピーのビームは水平に近いかたちで送信されたので、超高層大気内を通過した距離はずっと長かった——ビームはずっと気づかれやすかっただろうし、送信源まで遡るのもずっと容易だっただろう。

それから数分のうちに、惑星じゅうに散らばった水中の地点でさらに六つの噴出があったことを、各地のマイクロプローブが報告してきた。アザールにはまったく意味不明な話だった。ギガトン単位の水が千キロメートル上空の軌道まで上昇したが、もしそれが武器を意図したものなら、だれを標的にしたのか？　マイクロプローブがいるのはもっと低いところだし、モロハトの高度は百倍離れている。がっしりした氷山が直撃したら、どんな侵入者にも大きなダメージをあたえられるだろうが、噴出で生じたきらめく雪玉は結合してさえいない。タルーラは自らを細かな氷晶の薄い光輪（ハロー）で覆ったにすぎなかった。

「これは戦争行為じゃない！」アザールは結論づけた。「タルーラ人は攻撃を受けたとは考えていない。ガンマ線に気づいて、こう思った。反物質だと。そして、自分たちが反物質の雲の中に漂っていこうとしていることをおそれた。氷は、ほかにも反物質があった場合にそれを教えてくれるためのもの」

シェルマはそれを聞いて考えた。「あなたのいうとおりだと思う。タルーラ人は対消滅の放射線を捕捉して、それが自然の線源によるものだという結論に飛びついた」

銀河系のどこにも大量の反物質の自然の供給源など存在しないのだが、それはこの際関係ない。ほかの文明と遭遇することなく宇宙で十億年すごしたら、陽子‐反陽子ガンマ線を通信に用いる異星からの訪問者よりも、反水素の小さな雲のほうが、たぶんはるかに奇想天外でない仮説に思えるだろう。

「つまりタルーラ人は、わたしたちがここにいることさえまだ知らないってこと？」アザールはいった。「あれだけ送った無線通信は、全部無駄だった。なにをしたら気づいてもらえるの——成層圏に二進数でπをタトゥーするとか？」

シェルマがいった。「それはお薦めしない。それよりわたしには、ここになにものかがいるのかさえ、確かだとは思えない。これは単に、それが守ることになっていた人々よりも長く残った非意識の装置かもしれない」

水のミサイルは止んだ。それに反応して放射閃光がひとつも起きなかったことで、もし周囲に反物質があるとしても、その広がりはあまりにも希薄で、いかなる災厄も引きおこすことはない、とはっきりしたに違いない。

アザールはもういちどモロハトを呼びだそうとしたが、今度も反応はなかった。「きっと攻撃されたんだ」アザールはいった。「タルーラ人がそれをなんだと思ったかは知らないけれど、なにか小さくて速いものを発射して、氷の嵐がはじまらないうちにぶっ壊し

た」感覚が麻痺した。（これで星々への門戸はなくなってしまった）

シェルマが元気づけるようにアザールの腕に触れた。「モロハトはまだ応答してくるかもしれない――それに、たとえそれがなくなったとしても、わたしたちはここで座礁したわけじゃない」

「違うの？」マイクロプローブの出力は恒星間送信をするにはとうていおよばないし、ふたりが必要とするようなハードウェアを作る原料さえない。データ運搬気球はふたりをどこへも連れていくことができなかった。モロハトへの帰還経路には気球のガンマ線ミラーが含まれ、それが変調して反射する放射線は、ほかならぬステーションからおりてくることになっていた。

アザールは座席に沈みこんだ。（なぜ自分にはこんなことができる気になったりしたんだろう？　千五百光年を旅するのがなんでもないことのように）母世界へ導いてくれる魔法のゲートはどこにもない。あるのは14×10^15キロメートルの真空だけだ。

シェルマがいった。「この惑星には大量の資源がある」

アザールは目をこすって、集中しようとした。「確かにね」時間さえあれば、ナノテクはふたりのためにほとんどどんなものでも作ってくれる――しかも送信は、はるばるハヌズやバハルまで届く必要すらない。融合世界のネットワークに接続できれば、それでいい。それでも、いちばん近いノードは七百光年離れていた。そんな遠くまで信号を届かせるのは、考えるだに気が遠くなる。「地表から可能なことかな？」

「うーん……差し渡し数百キロメートルの皿形アンテナは作れると思う」シェルマはまじめくさって答えた。「信号対雑音比の適切なエラー修正を考慮に含めたとして、送信完了までほんの二、三世紀しか要しないかもしれない」

アザールはその含意を理解した。「わかった。それならレールガンを作って、送信機を軌道に打ちあげたほうがいいね。でも、レールガンに動力を供給できたとしたところで、送信機の動力はどうするの？　わたしたちの手もとに反物質はない。ここには重水素も実質上ない。水素－ホウ素核融合炉の建造を試みる？」ガンマ線を生成するもっとも効率的な方法は、反物質を使うことだ――それは最軽量のエネルギー源を軌道に打ちあげることにも、確実につながるだろう――だがほんの数マイクログラムの反水素を、植物の炭水化物のみをエネルギー源として作りだそうとすることを考えると、シェルマがさっきいった巨大な皿形アンテナがいいアイデアに思えてくる。タルーラを防護しているなにものかは少々鈍いのかもしれないが、動力用に産業規模の森林伐採を必要とするような粒子加速器がレーダーの監視を逃れられる、と考えるのはむずかしい。

「いったいこの送信になんの意味があるの？」アザールは苦い思いでいった。「まったくの手ぶらで、聞く価値のある知らせもなしに、母世界に着くことに？　もしそんなことになるなら、わたしはむしろ母世界にある自分のバックアップを目ざめさせる」

「わたしもそうすると思う」とシェルマ。「でも、あなたは見落としていることがあるんじゃないかな」

「へえ？」

「聞く価値のある知らせと」シェルマがいった。「それを送るためにわたしたちが必要としているエネルギー源とは、まったく同じものだということ。この惑星を温暖に保っているものがなんであれ、それはわたしたちの足もとわずか数キロメートルのところにある。もしそこに到達して、研究して、理解して、制御活用することができたなら、わたしたちは母世界へ帰る手段と、帰る理由の両方を手にすることになるだろう」

4

わたしたちの足もとわずか数キロメートル、はアザールを鼓舞するための表現で、ふたりが立っている場所からのじっさいの距離は、二万七千メートルだった。ナノテクは長い熱電尻尾を動力とするロボットモグラ数体を作りだして、それを送りだした。モグラたちの熱源到達予定は約二百日後。

海洋地殻にはかなり薄い場所があちこちにあった。アザールはちょっと計算してみた。

水中にどんな種類の食料があるかは明らかになっておらず、それは調べる価値があることだとアザールは考えた。シェルマも賛成し、ふたりは海岸にむけて出発した。

　昆虫は平均時速三十キロメートルで順調すぎるほどに進んでいったが、ジャングルのはずれまで来ると、食料はいっそうまばらになり、散在する植物が含む栄養分も減った。赤外線で単調に輝く平坦なサバンナの上を飛びながら、アザールは際限のない夜を追いはらってくれる夜明けが来ることを切望した。だが刺すような郷愁を抑えこんで、この上下逆の世界に美を見いだそうと努める。

　ほかの探査昆虫たちは、種子が降りたった十数の地点からすでに四方八方に散って、地質化学的な大陸図を作りあげていた。暫定的なデータ分析は、地表が水面上に出てから約二億五千万年しか経っていないことを示唆していた。

「それ以前には、陸地はまったくなかった」シェルマがいった。「ここの生態系がなぜこんなに若いのかは、それで説明がつく」

「それで、その大量の水はどこに行ったの？」アザールは疑問を口にした。「タルーラ人の反物質探知器が大量のまちがい警報を発したのではないとして」ふたりが先ごろ空に打ちあげられるのを目にしたささやかな量の水は、大半が雨になって戻ってくるだろう。

「衝突かな？」シェルマは顔をしかめて、その説を撤回した。「いえ、じゅうぶんな大きさがあるなにかとぶつかる確率は、ここではとても低いはず」現時点で推定されるタルーラの銀河系内での軌道は、過去数十億年のあいだ、ほかの星系のオールト雲を横切ってさえいないことになっていた。

ふたりは海岸線に到着した。生物の気配がない浜辺を波がそっと洗っている。穏やかな海の赤外線の輝きは、アザールに液体金属を連想させたが、もし彼女が自分の身体をまとっていたら、この水でぜいたくな温浴ができただろう。

波の中で見つかったのは単細胞生物だけで、とても薄い有機堆積物のスープを餌にしていた。ふたりは一キロメートルほど飛んで、探察子機(ダニ)を水中数百メートルに送り、別のサンプルを採取した。そこではスープはもっと濃かった。微調整すれば、昆虫はそれを利用可能だろう。

六百キロメートルほど沖合に海溝があり、そこの太洋底下ちょうど九千メートルのところに謎のニュートリノ源があった。ふたりは波を越えて旅に出ると、二時間ごとに止まって潜水し、昆虫に食事をさせた。

海中に飛びこむたびに、アザールはシェルマが緊張するのに気づいた。そのことを話に出すのは、礼儀としてどうなのだろうか。もしアザールがシェルマの真の自己像——バハル人の体は五つの肢と五本の尾があり、万華鏡に入りこんだ猫の後部と似ている——を見ていたとしたら、平静なときと怯えているときを区別できなかっただろう。けれど、それは観境(スケープ)がシェルマの心を読んでいるのとは違う。観境(スケープ)はシェルマが公開することを選択した情報を翻訳しているだけだ。

　海溝に近づいたとき、アザールはようやく口をひらいた。「もししたくないのなら、あなたはこれをしなくてもいいんだよ」海溝は深さ三千メートル。もしシェルマが溺死に対する原初的恐怖をいだいているなら、彼女が苦しむのを見たくはなかった。「プロセッサを分割すれば、あなたは海上のここに残っていられる」

　シェルマは首を横に振った。この提案に少し当惑しているようだ。「いいえ、わたしもあなたに同行する。でも最初に、収容可能な最大量のライブラリを持ちこんでおきたい」

「ああ」それでアザールにも理解できた。これはバハル人が自分の毛皮を濡らすことをどう感じるかとはまったく無関係なのだ。水中に入ったら、あらゆるものとの無線による接触が失われる。気球が運ぶライブラリも含めて。

　シェルマはライブラリとの密なやりとりを開始し、ライブラリのコンテンツから、決定的な問題あるいは好機を目の前にしたふたりを装備不足にすることなく昆虫内に収容できる分を選択する作業に取りくんだ。「〈大地加熱者〉と出会ったとき、相手の言語の意味さえ理解できないと気づくなんていうことになるのは、ごめんだから！」

「もし相手がとても賢かったら」アザールは言葉を返した。「むこうがわたしたちの言語の意味を理解してくれるでしょ」けれども、もしタルーラ人が十億年を他者と接触せずに太洋底ですごしてきたなら、相手のコミュニケーションスキルにあまり多くを期待するのは、たぶん賢明ではないだろう。

ハヌズは十万年間、ひとりの旅人も銀河に送りだしたことがなく、それでさえ長すぎるといえた。タルーラは魅惑的な目的地ではあったが、アザールが母世界を離れたのは、孤児惑星の秘密のためよりも、呪いを破るためだった。モロハト行きのウィンドウが迫ってきたとき、アザールはこう考えた。(もしいまだれかが旅立たなかったら、今後はもっと困難になるだけだ) そしてとうとう、ほかのだれかが志願するのを待つのをやめたのだった。

シェルマは選択完了を告げたが、そこで考え直して、ライブラリとのインターフェースにふたたび飛びこんだ。アザールは自分の曾々孫娘のシリンが、一泊旅行のために荷造りしようと悪戦苦闘している姿を思い浮かべた。アザールが帰ったときには、シリンは大変な高齢になっていて、おもちゃの動物たちは全部、過去のどこかに置いてきているだろう。

「今度こそできた」シェルマが宣言した。「これでどんなことにも対応できる」シェルマのアヴァターはほとんど過呼吸していなかったが、彼女が任意の技能と疑似事実を心の中に軽く吹きぬけさせ、導管がぴしゃりと閉じられる前に体の組織を情報の酸素に浸すようすを、アザールは想像できた。

「もしもう少し空き領域が必要なら、わたしがいつでも記憶喪失になるから」とアザールは申しでた。シェルマは一瞬、本気になったように見えたが、冗談だと気づいてうっすらと微笑んだ。

アザールはジョイスティックを手に取り、昆虫は波の下に飛びこんだ。

赤外線の視覚は、ここではまったく役に立たないわけではなかった。周囲のピーク熱放射より少し短い波長に合わせれば、よりあたたかい下方の水の輝きの中に近くの物体が投じる影が見えた。音響探知器(ソナー)のストロボフラッシュで強化すると、ぼんやりとした影ははためく垂直なリボンになった。海流の中を漂っているが垂直方向の定位は維持している。アザールが送りこんだ探察子機によって、リボンは浮力のある小室で包まれていて、複雑な循環過程でガス交換をおこない、温度勾配から数マイクロワットを得ていることがわかった。C3シーケンスからして、リボン海藻は陸上植物の近しいいとこだった。じっさい海藻は、もう一方の子孫が陸地を侵略した先祖から、たぶんほとんど変化していなかった。

五百メートル降下したところで、ふたりは最初の動物を目にした。約一ミリメートル長の小さな条虫類が、リボン海藻を食べていた。探察子機は条虫類の表皮から数個の細胞を分析用につまみ取った。データが届くのを注視していたアザールは、モロハトに足を踏みいれて以降で最大のわけのわからなさを味わった。条虫類の細胞にはC3が皆無だったのだ。アザールとシェルマの関係と同様に、条虫類はそれが食んでいる海藻と生物学的なつながりがなかった。条虫類の自己複製子(レプリケーター)はP2、ポリペプチドだった。しかも、そのゲノムはおそらく百万年以内に、見まちがえようのない人工的改変を受けていた。

「外来種?」シェルマが考えを口にした。

「きっとそう」アザールは答えた。Ｐ2世界からの入植者がタルーラへやって来たに違いなく、そのとき自分たちの母惑星からいくつかの生物種も持ってきて、それがここで生存できるように手を加えたのだ。それは戦略としては奇妙だった。ほぼすべての恒星間旅行者は生物としてではなくデジタル化されて移動するし、もしその旅行者たちが――ハヌズの第一世代のように――到着時に本来の生化学的特徴を再現することに固執するとしたら、不毛な世界に入植する傾向がある。とはいえ、孤児惑星に不動産的な価値を求めて旅してくる者はいない。「まるでわたしたちのずっと前に、だれかが宝探しに来たみたい」

「そうらしい」シェルマが同意した。「でも、タルーラがそんな古くから知られているとしたら、その加熱プロセスが銀河系の反対側でいまだに知られていないのはなぜ?」

さらに深く潜るにつれ、リボン海藻は大きくなり、微生物のスープは濃くなり、Ｐ2生物は数も種類も増えた。小エビに似た動物が水から微生物を濾しとり、有毒触手を持つ浮き袋が浮遊し、あらゆるサイズのしなやかな筋肉質の魚がたがいを、あるいは海藻やエビを餌にしていた。

ソナーの探知距離に太洋底から伸びあがる巨大な森が入ってきた。アザールはすでに、浮動性のリボン海藻のサイズに強い印象を受けていたが、固着性のそのいとこは五十から六十メートルの高さがあった。海中の対流が空気よりも効率的に熱を運び去るので、温度勾配は陸上と比べてまったく急ではなかったが、水はまた、より高い構造物が自立するのをたやすくもする。探察子機は森の上部だけで八十種の動物を確認した。そのいくつかはP2だがC3種もいて、それは子機が見つけた最初のC3動物だった。さらにいくつかは、ゲノムを核酸にエンコードされたN3だった。

「ここはとても人気のある土地だったんだね」シェルマが皮肉っぽくいった。「だれもの中にいる落書き屋を引っぱりださずにはいない。あなたがN2微生物を水中にばらまいたら、わたしはそこにC1をつけ足す」N2はDNA、アザールの先祖伝来の自己複製子だ。

N3種はP2と同じく遺伝子改変されていたが、もっとも正しいと思われる推定によると干渉の時期はずっと早くて、二億年前と三億年前のあいだだった。アザールが昆虫内のライブラリのコピーを調べてみると、その時代にN3を先祖とする恒星間文明が存在したという先行する考古学的資料はなかった——そしてこの資料があるデータベースは、シェルマが刈りこんだもののひとつではなかった。タルーラのようなむずかしい標的に到達できた文明が、ほかのどこにもなにひとつ痕跡を残していないなどということがありうるのか？

森の内部にゆっくりと降下していくと、タルーラの生物学的多言語性とはまったく無関係な発見を、ロボット昆虫が告げた。周囲の水のサンプルを常時分析していたロボットの質量分析計が、先ほどたまたま異常な物体を発見したという。問題の物体は質量四十・六三五原子単位。このどう見ても整数ではない数字は、カルシウム40とその重い同位体の混合物を含むサンプルの平均値としてなら意味をなしただろう——だがそれは平均値ではなく、単一のイオンの質量だった。さらに奇妙なことに、電子をすべて剝ぎとっても、その電荷は二十かそこらではなく、二百十あった。これはいかなる既知の安定原子核の電荷と比べても二倍あり、この物体の原子量が意味するはずの電荷より十倍大きかった。

「こんなもの注文した覚えはないんだけど?」アザールは軽口を叩いた。シェルマはにこりとさえしなかった。劣化版ライブラリには、適切な翻訳の基盤となる文脈を観境に提供するのは荷が重かった。

「これはフェムトテクだ」シェルマが断言した。

アザールは躊躇したが、結局賛成した。それはあまりに驚異的な考えだったが、それ以外になにがありうるのか? 新たな基本粒子……電荷が二百十もある? フェムトテク——原子核スケールでの物質工学——は、融合世界内ではまだ初期段階の技巧だ。これまでにもフェムトテクを巧みに駆使した産物は存在したが、そのすべてはやるべきことを瞬時に終わらせる必要があった。数兆分の一秒で爆発してしまうからだ。昆虫が発見したものは少なくとも三百秒持ちこたえ、さらに記録を伸ばしていた。

「どうしたら結合エネルギーがその質量の九十パーセントに等しいフェムトマシンを作りだせるの?」アザールはいった。もっとも安定した原子核であるニッケルと鉄のそれの重さは、強い核力に由来する位置エネルギーのおかげで、全体の合計より約一パーセント少ない。だがその効果を九十倍に強めるのは、ほとんど想像を絶する。

昆虫がイオンの磁気モーメントを測定した。結果は、原子番号210の原子核がその基底状態にじっとしているときに持つと予想されるよりも、数桁高かった。そんな強い磁場を発生させるには、相対論的速度で回転している必要があるはずだ。それは全体像をいっそう奇妙なものにするばかりだった。この回転の運動エネルギーはイオンの全質量に実質的に加わっていなくてはおかしいので、じっさいの四十・なになにという値はなおさら奇怪なものになる。異常なりに意味をなすことのひとつは、イオンが遠心力で分裂していないことだ。爆発したら個々の断片が全体の十倍のエネルギーを持たなくてはならない、という状況では爆発など起こりようがない。

アザールはいった。「これは加熱プロセスで生じた灰のようなものに思えるのだけど？」

シェルマは困惑したような笑みを浮かべてみせた。「もしそうでなくても、当然そうであるべき。九十パーセントの質量－エネルギー変換。そりゃ十億年経っても絶好調なわけだ！」

タルーラの地殻は約二ペタワットの割合で熱を発生させて、温室効果の毛布から漏れだすエネルギーのかわりを補うことで惑星の温度を安定させている。九十パーセントの質量変換の場合、毎年八百トン以下の燃料しか消費しないから、原理的にはそのプロセスは十の十八乗年持続できる。現在までの持続期間の十億倍の長さだ。核分裂や核融合と違って、フェムトテク・プロセスの出発点がある特定の種類の原子核でなくてはならないとしても、それが自然界でどれほど希少だろうがまったく問題にならない。ほかのどんなものからでもそれは合成できて、その際に必要なエネルギーは、比較すれば些細なものでしかないからだ。もし〈大地加熱者〉版の〝金〟が苛烈に燃え、一トン燃やして供給できるエネルギーで百トンのニッケルや鉄をさらなる燃料に核変換することが可能ならば、タルーラの大かがり火はやすやすと星々よりも長く残るだろう。

この種のテクノロジーは、融合世界を大きく変えることができる。反物質はすばらしくコンパクトな貯蔵装置以上のものでは決してない。製造にはそれが放出するのと同じくらいのエネルギーを要する。最上の効率的な核融合システムが利用可能なエネルギーとして抽出するのは、燃料の質量の約二分の一パーセントだ。ブラックホールを使ってもっとうまくやる面倒な芸当もいくつかあるが、それはあまり実用的ではないし、もちろん持ち運びはできない。もしだれもが〈大地加熱者〉のフェムトテクを制御利用できたなら、それはどんなものでもその十分の九をエネルギーに変えることができて、あとに残すのはこの奇妙な回転する灰だけという、魔法の杖のようなものになるだろう。

アザールはいった。「ひとつの奇怪なイオンから出す結論としては、これは話が大きすぎる。器械誤差でないのは確かだといえる？」

昆虫は太洋底に触れるまでに水中から灰の粒をもうひとつ見つけだした。アザールはナノテクに関連する機器のすべてを一から作りなおさせて、分析を繰りかえした。器械誤差はなかった。すべての特性について同じ結果が出た。

5

ナノテクはモグラを増産して、岩盤の中に送りこんだが、地殻が比較的薄いここでさえ忍耐が必要になるだろう、とアザールはわかっていた。

「六十日？」フライトデッキをうろうろしながら、アザールは嘆いた。フェムトテクの詳細を核子単位で解明するのがたやすいとは思っていなかったが、深部地殻のサンプルを入手して、その組成がエネルギー放出時にどのように変わるかを観察できたなら、それで少なくとも、自分たちの思い描いている〈大地加熱者〉のプロセスが正しいことは確認できるのだが。

この白熱する岩盤をいくらか手にしていじくりまわせるようになるまでは、フェムトテクの制御利用が実際的かどうかははっきりしないままだったが、自分たちが孤立しているというアザールの不安感は、ほとんど消え去っていた。ただいたずらに座礁しているだけで、もしどうにか帰還できたとしても手に入れたものはほとんどないという以前の見通しは気の滅入るものだったが、いまでは賭け金はとても高くて、状況は胸躍るものになっていた。（プロメテウスよ、汝の心臓を食いつくせ）

モグラが宝の山にぶつかるのを待つあいだ、ふたりはリボンの森の探索を続け、タルーラの謎の炎が維持している三種類の生物のカタログをまとめあげた。たぶん意外なことではないが、P2動物――この星で最新のもの――は数が圧倒的に多く、目の前に出てきたあらゆるものを消化できるよう遺伝子改変されていた。古参のN3とさらに希少なC3は、P2が口に合わなかった――とはいえ歯が立たないわけではない。探察子機はN3魚たちが、食物にはならないというのにP2の敵手を全滅させる現場を何度も目撃していた。そればかりか、二、三のC3生物は、N3の肉を餌にすることができた。進化がついに、侵略者の第一波への遅まきながらの復讐を可能にしたのだ。もうあと一億年したらどの生物がどの生物を餌にしているかは、だれにもわからない。

ふたりがP2〝蜥蜴（トカゲ）〟の居留地と最初に出くわしたとき、アザールは蜥蜴たちを魅力的な動物だと思った。林床の十数平方キロメートルに延び広がる網状の巣穴が、巨大なリボン海藻の根と絡みあい、蜥蜴はその根に穴をあけて食物を得ている。蜥蜴には八本爪の肢が二本あって、それを使って掘削したり物をつかんだりしていた。

強力な尻尾がすべての原動力だ。周囲の世界は赤外線視覚と音響探知で感じとっている。頬の中にある腺が複雑な分子カクテルを分泌し、ほとんど常時、それをたがいに吹きかけあっている。社会性動物のコロニー内での嗅覚信号伝達は、なにも驚くようなことではない。衝撃がやって来たのは、蜥蜴の何体かがその化学物質を巣穴内の特定の洞室にある無生命の物体に吹きかけているのを、探察子機がとらえたときだった——すると無生命の物体が、液体を吹きかけ返して返事をしたのだ。近寄って調べると、その装置は精巧な化学トランシーバーで、光ファイバーネットワークにリンクされていた。

「わたしたちの先輩がいるということか」シェルマがいった。「その人たちは、どの文明世界からも離れたタルーラにはるばるやって来た。この惑星のあたたかさの謎を解明するために。でもその人たちはとっくの昔にフェムトテクを発見しているに違いないのに、なぜまだここにいるんだろう？　どうしてお宝を母世界に持ち帰らなかったのか？　なぜそれを銀河じゅうに広めなかったのか？」

「ほかのどの星より百万倍長いあいだ、あたたかさを保証してくれる世界を離れる理由がある？」アザールは問い返した。

「同じような世界を新しく百個作ればいいじゃない？」シェルマが反論する。

「本人たちに訊いてみましょう」

探察子機は、蜥蜴たちの言語を構成する化学信号のサンプル採取作業に着手し、それを環境内の要素や蜥蜴の行動と関連づけようとした。その作業は無礼ともいえる盗聴だったが、ふたりはなんとかして自力でコミュニケーションを達成しなくてはならず、文化や生物学に共通点がない以上、蜥蜴たちのところへ単に歩いていって、ジェスチャーゲームをはじめるわけにもいかなかった。理想をいうなら、探察子機の観察対象に子どもが含まれていれば、その子たちが受けるなんらかの授業にただ乗りできたのだが、全体で五万人がいる居留地の中に、いまのところ若者はまったくいなかった——それが示唆しているのは、蜥蜴たちが人口を安定させるために生殖能力を抑制し、その分おおよそ望むだけの長さを生きているということだ。

光ファイバー幹線がこの居留地を惑星各地のほかの居留地とつないでいて、通過するデータ・トラフィックのすべてが単一の言語に準拠しているようだった。もし知的なN3生物がまだどこかにいるとしたら、同じネットワークには接続していないか、どちらかの方向への徹底的な文化の同化が過去にあったということだ。

森から養分をもらい、独自の初歩的なナノテクに奉仕されて、蜥蜴たちは社交活動で時間をつぶしているらしい。化学トランシーバーを使ってライブラリへのアクセスが可能だったが、呼びだされるコンテンツの大半は蜥蜴たちがいつも面とむかっておこなっているやりとりと非常に似ているように見えたので、きっと専門的で技術的なところがあるものではなく、物語的な歴史や小説に近いものなのだろう。とはいえ、もっとも自然な会話でさえ、現段階の分析ではとらえがたい繊細なテーマをエンコードしているのかもしれなかった。

蜥蜴たちは明白な社会的階層を持たず、雌雄同体なので性的二形性はいっさい示さなかったが、探察子機はひとつの奇異な区分のかたちがあることを突きとめた。蜥蜴たちの多くは、三つのグループのひとつに属するものとして自己認識している。各グループには、内むきに螺旋を描く、外むきに螺旋を描く、そして明らかに多数派である円環をなぞる、という動作にちなんだ名がついている。じっさいにここで語られているような遊泳スタイルの蜥蜴はいないから、それはメタファーのはずだが、なんのメタファーなのか？　探察子機はこの分類と関連するような具体例を観察できていなかった。

三十日後、シェルマがいい放った。「蜥蜴たちに自己紹介するときが来た」

「ほんとに？」アザールもさまざまな疑問への答えを待ちきれなかったが、探察子機たちは蜥蜴言語の微妙な部分をさらに統合するのに、平気でさらにひと月を費やしそうだった。

「礼儀正しく挨拶をして、わたしたちが何者かを説明できるレベルには達している」シェルマがいった。「ここまで来たら、より信頼できる結果を得るには、対話を通して言語を習得するほかない」

シェルマはナノテクに指示して、ふたつの複製蜥蜴ボディを作らせた。このロボットたちは明らかに下手くそな模倣で、機能はするが、蜥蜴たちが仲間の居留地住民とまちがえるような完璧な模造品ではなかった。

ロボット昆虫はロボット蜥蜴と、ほんの数メートルの範囲の視線レーザーパルスで通信した。アザールとシェルマは自分たちのソフトウェアを昆虫のプロセッサに残して、テレプレゼンスで蜥蜴を操作した。蜥蜴の視点はモニターしているが、蜥蜴の知覚に完全に浸ることもなければ、昆虫のフライトデッキに自分がいるという自覚を手放すこともない。

居留地のはずれにむけて蜥蜴ボディで泳ぎ、リボン海藻のあいだを縫っていきながら、アザールは幸福感に圧倒されていた。彼女はいま、単なる旅人以上の存在だった。これまで知られていなかった文化への使節になろうとしている。そしていまこの瞬間、物理的にはどれだけ孤絶していようとも、アザールはハヌズという自分のルーツと切り離されているとは感じなかった。心の目の中に、自分の冒険譚で喜ばせたいと願っている人々の顔が見える。

ひとりの蜥蜴が近づいてきた。おそれているようすはない。それが水中で吹きかけてきた化学物質はほとんど視認できなかったが、アザールはその翻訳を明瞭な大声で聞きとった。「おまえたちはなにものだ?」

「わたしたちはほかの世界から友好的な意図でやって来ました」アザールは誇りを持って告げた。蜥蜴たちが天文学の話をしているところをふたりは目にしたことがなかったが、蜥蜴たちは惑星全体を指す単語と、〝これのことではないが、同じ種類の別のもの〟を示す一般的な抑揚を持っていた。

　蜥蜴はむきを変えて逃げ去った。

　フライトデッキで、アザールはシェルマのほうをむいた。「なにかまちがったことをしたかな？」アザールが半ば予期していたのは、自分のいうことが懐疑的に迎えられることだった──結局のところ、ふたりのロボットボディは蜥蜴たち自身のテクノロジーでじゅうぶん手の届く範囲のものだ──が、たぶん氷の光輪(ハロー)のきっかけとなったガンマ線が、不吉な名刺がわりになってしまったのだろう。

「してないよ」シェルマがアザールを励ました。「ほかにも目撃者になる人を呼んでくるのは、ふつうの反応だ」シェルマは以前にファーストコンタクトを経験してはいなかったが、ライブラリは彼女の言葉を裏づけた。

　アザールはいった。「もしこの人たちが、ほかの世界というものがあることを忘れ去っていたら？　ここに百万年もいたんだから、自分たち自身の歴史さえ覚えていないかもしれない」

　シェルマはその説にうなずかなかった。「ここにはテクノロジーがあふれている。もしこの人たちがどこかの時点で暗黒時代に陥っていたとしても、いまはもう完全に回復しているはず」蜥蜴たちのナノテクは、融合世界のナノテクとまったく同様にまわりの植物や動物すべてをたやすくシーケンスして、蜥蜴たちの健康を維持していた。だが、正しい文脈抜きで——無数のほかの世界からの自己複製子(レプリケーター)シーケンスのライブラリなしで——そのデータをどう解釈したらいいか、蜥蜴たちにわかるのだろうか?

アザールは何人もの蜥蜴が葉状体のあいだを突進してくるのを見た。先ほどの蜥蜴が、十人、十二人、十四人の仲間とともに戻ってきたのだ。アザールには補助なしでは蜥蜴どうしの区別はまったくつかなかったので、ソフトウェアを呼びだして各人の特徴をとらえさせ、全員に音声的な名前を割りあてた。

シェルマがいった。「どうぞわたしたちの好意を受けとってください。わたしたちはほかの世界から友好的な意図でやって来ました」

ふたりが最初に出会った蜥蜴、オマールが答えた。「どうしてそんなことがありうる? まだそのときではない」

彼の仲間のリサがあとを続けた。「おまえたちはわれわれからタルーラを取りあげることはできない。われわれは決してそんなことは認めない」

突然、十四人の蜥蜴全員が同時に話しだした。アザールのロボット知覚は難なく全員の言葉を聞きとった。化学的射出物は個々人の標識でタグ付けされていたので、ある蜥蜴の言葉をほかの蜥蜴のものと取り違える危険はない。アザールは翻訳音声を各人別々のデータ流に分解した。

蜥蜴たちの何人かは、驚きと懐疑を表明していたが、それはほかの世界からの訪問者という考えに対してのものではなく、ふたりが来訪したタイミングについてだった。ほかの蜥蜴たちはアザールとシェルマを、タルーラを奪取しにきた入植者集団の先兵だと考えているらしく、挑戦的に抵抗の意思を表明していた。

シェルマがいった。「わたしたちは入植者ではありません、単なる探索者です。タルーラを目にして、好奇心をそそられたんです」

「おまえたち自身の世界はどこにある？」カレブと名づけられた蜥蜴が問いただした。

「わたしの連れとわたしは、別々の世界から来ました」シェルマが説明する。「どちらも千光年以上彼方です」ソフトウェアはこれを現地の距離の単位に翻訳したはずだが、天文学的スケールに適した単位がないここでは、その単位に添えられた数はおそろしく巨大なものになっただろう。

蜥蜴たちは急に新たな不協和音をあげた。そのような旅は想像もつかないのだ。

オマールがいった。「われわれといっしょに来ていただきたい」

蜥蜴たちに全方位から押されて、前に進まされた。シェルマが非公開でいった。『いわれたとおりのところへ行こう、逆らわないで』

蜥蜴たちは、ちっぽけな昆虫がずっと大きなロボットのあいだを浮遊していることに気づいていなかった。昆虫のレーザー閃光が蜥蜴たちの可視スペクトルの外側にあるのはまちがいない。『これって、わたしたちを囚人にしようとしているのかな？』アザールはいった。そんなことをしたがる人がいるのかもしれないという事実と、そんなことが可能だと蜥蜴たちが信じているという事実のどちらが奇異なことかは、判断がつけがたい。

『事実上はね』シェルマが答えた。『でもいまの時点では、逃げるのではなく、いわれたとおりにしようと思う。二、三の誤解を解いたら、すべてがうまくいくはずだから』

アザールは一団の蜥蜴たちに導かれるままにリボン海藻のあいだを抜けていき、それから巣穴の中におりた。事態をフライトデッキのドーム越しに見ていたほうが、押し動かされているロボットの感覚から受ける印象よりも、閉所恐怖感が少ないのだが、トンネルが狭まっていき、周囲からの圧迫がどんどんきつくなると、昆虫の存在に気づかれる危険が出てきたので、それをシェルマのボディに這いこませることにした。大きなほうのロボット二体のあいだの視線は見え隠れするので、アザールは自分の蜥蜴をオートパイロットにして集団の流れに素直に従わせておいて、昆虫のフライトデッキの観境（スケープ）を、宿主の内部ではなく外部の光景を示すように変更した。

ふたりは入口がひとつだけで壁が剝きだしの洞室に連れて行かれた。蜥蜴たちのうち六人がいっしょに中に入ると、空間の余地はほとんどなかった。

尋問を再開したオマールは、懐疑を少しも捨てていなかった。「おまえたちの星はとても薄暗いに違いない」彼は断定的にいった。「われわれにはもっと多くの歳月があたえられていると信じていた」

アザールは相手のいうことがわかりはじめてきた。タルーラはこの先とても長いあいだ、別の星に接近することはないだろう。蜥蜴たちはなぜか、訪問者の来る機会としてもっともありうるのはその接近時だと決めつけていたのだ。

「わたしたちの星はどちらも、とても明るくて、とても遠いんです」アザールはいい募った。「なぜそのことを疑うんです？　あなたがた自身のご先祖が、遠くまで旅をしてこの世界へやって来たじゃないですか？」

オマールがいった。「先祖の旅は半年しかかからなかった」

半年だって？　たぶん、ほんとうの出来事は、恒星間の距離というぞっとするような現実を、こぢんまりした身近な数に置きかえて再話されるうちに、神話に変質してしまったのだろう。

「光速で旅してですか？」シェルマが質問した。

浮かれたような笑いと嘲笑をあらわす物質が洞室内にほとばしった。「光速で移動するのは光だけだ」リサが説明した。

探察子機は、蜥蜴たちが自らをデジタル化している証拠をひとつも見つけていなかった。そのテクノロジーを失ったのか、それともいちども手に入れたことがなかったのか？　蜥蜴たちの先祖は、ほんとうに何光年もを肉体のまま渡ってきたのだろうか？

「ではご先祖たちは、どれだけの距離を旅したんですか」アザールは尋ねた。「その半年間で？」

「たぶん十億キロメートル」オマールが答えた。

アザールは黙っていたが、いまの言葉は理屈に合わなかった。十億キロメートルというのは小規模な惑星系の大きさだ。蜥蜴たちはあまりにも長いあいだ、このあたたかい海の底で何世紀もまどろんですごしてしまい、自分たち自身の歴史を忘れ去ったばかりではなく、まわりの宇宙のほんとうの大きさも忘れてしまったのだろう。

シェルマは粘った。「わたしたちはタルーラの経路を過去に遡ってたどりましたが、ほかのどこの星の経路にもそれほど近づいたことは、十億年間ありません。あなたがたはここに十億年もいるんですか？」

オマールがいった。「タルーラの経路など、どうやったらわかる？　おまえたちはいつからわれわれを観察していたというのだ？」

「三万年です」シェルマが答えた。「わたし本人が、ではありませんが、わたしの信頼する人々が」

ふたたび浮かれたような笑い。いまの話のどこがそんなに笑えるのだろう？

「三万年だと？」オマールがいった。「なぜそれで過去十億年のことがわかるなどと思った？」

シェルマはいまや途方に暮れて、「わたしたちはあなたがたの位置と速度を追跡してきました」といった。「わたしたちは星々の運動を知っています。ほかになにを説明しろというんですか?」タルーラの銀河系内での軌道には星がまばらだった。いずれはカオスによって過去の再現が不可能になるだろうが、過去十億年のことに関する信頼水準は、まだきわめて確固としたものだった。

「われわれがタルーラに到着して以来、八回」オマールが明かした。「この世界は進路を変えている。八回、大地の熱が上昇して、経路をわれわれの目的地に近づけたのだ」

6

蜥蜴たちのあいだで議論が勃発し、いったん議論をやめると、ふたりの寡黙な見張りだけを訪問者たちとともに残して、洞室から出ていった。おそらく昆虫はその見張りたちの横をすり抜けられるだろうし、必要があれば穴を掘って太洋底面まで戻ることさえできるだろうが、シェルマはいつでも対話ができるようにしておいたほうがいいと主張し、熟慮の末アザールも同意した。

「つまり、わたしたちの孤児は旅人だった」シェルマが考えながらいった。「かつてこの惑星は蜥蜴たちの母星系にまっすぐ進路をむけて入ってきて、いまは新しい目的地にむかっている。でも、そうなるようにしたのは〈大地加熱者〉なのか、N３入植者があとからエンジンを取りつけたのか？」

「もしかすると、それが水はどこに行ったかの答えかもしれない」アザールはいった。ふたりが以前目にした噴出は、惑星の運動にはなにも長期的な影響をあたえなかっただろうが、脱出速度に達するもっと熱い噴射なら、その芸当をやってのけるだろう。

シェルマがいった。「水を推進剤に選ぶのは不思議な気がする。光子ジェットのほうがずっと効率的なのに」

「それをしたのがN３生物だったとしたら」とアザール。「もしかしてフェムトテクをじゅうぶん細やかにコントロールできなかったのかもしれない」

「かもね。でもN３生物は陸地には生物学的痕跡をなにも残していないから、海洋居住者だったに違いない。海洋居住者が、自分たちの不動産の三十パーセントを失うほど大量の水を、宇宙空間に放りだす気になるかな？」

「鋭い指摘」アザールは認めた。「だけど、惑星まるごとを星系から星系へ操縦して行く理由はなに？〈大地加熱者〉だったら、確実にフェムトテクを使って、もっと小さくてもっと速い宇宙機を作れたでしょ」

シェルマはお手あげの身振りをして、「最初に戻って考えよう。〈大地加熱者〉は潮汐加熱によって発展した。潮汐加熱は減衰しはじめたけれど、〈大地加熱者〉にはツキがあった。驚くほどすばらしい代替品を発明してのけたの。で、〈大地加熱者〉は次になにをしたか？」

「文化によってはナノテク種子を送りだしたかもしれない」アザールが答えた。「そしてそのあとに、デジタル化した旅人たちの波が続く。でも、そうじゃなかったことはわかっている。もしそうだったら、いまもフェムトテクがほかのどこかにもあるはずだから」

「〈大地加熱者〉は入植地を築かなかったけれど、それでも結局旅をすることになった」シェルマは笑った。「それは意図的な選択だったに違いない、といおうとしていたんだ——もし〈大地加熱者〉が本気になったら、どんな自然の原因で自分たちの星系から放りだされることにも抵抗できただろうから——けれどその当時に〈大地加熱者〉にあったのは、核融合力だけだったのかもしれない。ここに重水素がない理由は、それで説明がつく。フェムトテクを開発するあいだに、〈大地加熱者〉が使い尽くしたからだ」

「でもいずれにしろ」アザールはいった。「自分たちの太陽から離れて、自分たちの進路を決められるようになった〈大地加熱者〉は、その状況を最大限利用することに決めた。二、三の地点を見に行くことに。さて、矮星のまわりで育った人は、どこを見に行こうとするでしょう？　ほかの矮星めぐりを——」

「居住者がいる惑星を持つ矮星を見つけるまで続ける」シェルマがあとを続けた。「自分たちがかつて直面したのと同じ問題に、いまその居住者たちが直面している惑星を」

「それからどうなったの？」アザールは顔をしかめた。「N３生物が〈大地加熱者〉を征服したなんてことは、信じられない！」

「それはないだろうね」シェルマも同意見だった。「それに、なぜそんなことをする必要がある？〈大地加熱者〉が仲間である好熱性生物を助けようと思ったら、単にフェムトテクを分けあえばいいんじゃない？もしそんなことをするような寛大で社交的な気分でなかったとしたら、そもそもなぜ居住者がいる世界を訪れたりしたの？もし領地を求めているだけだったとしたら、選択対象になる不毛な世界はふんだんにあったはず」

アザールはいった。「ひょっとして、〈大地加熱者〉はN３世界に到達する前に絶滅したのかも。フェムトテクにタルーラでの十億年の宴をプログラムしておいたけれど、途中で気力を失ってしまった。幽霊船がN３星系に入ってきて、現地民は幸運を信じられなかった。十の十八乗年間居住可能な空っぽの惑星が、自分たちの玄関口にある！しかし現地民は惑星を停泊させることができず、操縦することもできず、とにかく乗りこむほかはなかった。そして二億五千万年後、同じことが蜥蜴たちに起こった」

シェルマはしばらく考えこんだ。「それでほとんどすじが通るけれど、無賃乗客のどちらも、フェムトテクを推進システムに変えて、ほかのどこかに二、三の入植地を築くことになんの興味も持たなかったというのは、とても信じられない」

「興味は持ったのかもしれない。わたしたちが見落としているのかも。タルーラはとても長いあいだ、見つからずにいたんだし」

「わたしたちはなにかを見落としている」シェルマがいった。「でもたぶん、ここの主たちが教えてくれるだろう」


蜥蜴たちからなにも接触がないまま、数時間がすぎた。見張りは交替したが、新しいふたりも決してアザールたちと話そうとしない点では変わりがなかった。

アザールはフライトデッキを歩きまわった。「きっとわたしたちがほんとうのことを話したのかそうでないのか、答えを出そうとしているんだ。タルーラが自分たちをとても薄暗い褐色矮星のような、予期しそこねていた寄港地の近くに運んできたのではないかを確認したり」

「あの人たちもそれを確認できる性能の望遠鏡は持ってるでしょ」シェルマがいらだたしげにいった。「自分たちの運命がそこにかかってくるんだから」

「油断していたのかもしれない。つまり、徹底的な掃天探索をして、この先十万年はなにひとつ心配することはないという非常に明瞭な結論が出たら、繰りかえし探索を続けようなんていう気になる？」

「理想的なケースなら、探索は全自動化されるだろう」シェルマが答えた。「そこにやる気は関係なくなる」

「まあ結局、わたしたちが降りたったのは、可能なかぎりで最高の世界じゃなかったのかもしれない」

フライトデッキの明かりが和らぎはじめた。モロハト到着以来、アザールは自分にとっての日常である日周リズムを几帳面に固持してきた。睡眠はアザールのアイデンティティの一部だった。だがいまは不安が強すぎて、睡眠の衝動を遠ざけるよう意志した。混乱している偏執的な蜥蜴にとらわれているときには、アザールの自己意識も例外を取りこむところまで広がるくらいの必要はあるだろう。

見張りがまた交替し、アザールはそのふたりが、最初に森で姿を見た中にいたことに気づいた。ソフトウェアがジェイクとティリーと名づけたふたりは、そのときはほとんどしゃべらなかったし、いまのアザールもわざわざふたりに話しかけようとはしなかった。文明的な議論をようやくはじめられるのは、望遠鏡でアザールとシェルマのいっていることがほんとうだと確認されてからだ。

ジェイクがいった。「いっしょに来てください。急いで。あまり時間がない」そして四人たちにむかって少しだけ泳いでから、洞室の入口にすばやく引きかえした。

アザールは口もきけないほど驚いていた。

「いっしょにどこへ行くんです?」シェルマが質問した。

「ここの外へ」ティリーが言った。「円環派はきみたちを殺そうとしているようだ」

アザールはシェルマに視線を走らせた。たぶん昆虫は蜥蜴のテクノロジーの大部分から身を守れるだろうが、破壊不能ではない。ふたりは海岸へむけて出発する前にバックアップをジャングルに残してきたが、そのふたりの心のスナップショットは、それ以降になされた決定的な発見のすべてを欠いている。いずれにしろ、たとえふたりがここで無事生きのびたとしても、ふたりに死を望む相手とどんな対話ができるだろうか？

シェルマが非公開でアザールに話しかけてきた。『このボディをおとりとして残して、ここを離れる？』

アザールは迷った。昆虫単独では、蜥蜴とのコミュニケーションに際して技術的な問題とむきあうことになるだろう――昆虫は小さすぎて、貯蔵できる原料では数分の会話しかできない――し、もっと大きな標的の内側に隠れているといういまのやりかたに、アザールはどこか安堵を感じてもいた。

『分割案はどう？』アザールは提案した。アザールの蜥蜴ボディには、ナノテクが同じ原料から二体のボディを作れるだけの工学的重複性があった。アザールは自分のボディに指示して、シェルマのボディの模倣と、オリジナルである自らに強度で若干劣る複製とに分裂するよう指示した。それからその両方に、偽物とは知らずに処刑をおこなう蜥蜴が中途半端なチューリング・テストをしてもやすやすとパスできる、非意識ソフトウェアをロードした。

ティリーが偽の囚人たちの見張りとしてあとに残り、シェルマのボディはジェイクのあとについて、来たときとは別のルートでトンネルを抜けていった。だれにも見られずに移動しているわけではないが、通路の交差部でアザールがちらりと目にした数少ない蜥蜴たちは、ジェイクと囚人が通りすぎるのを無言で見ているだけだった。おそらくその蜥蜴たちはジェイクの派閥に属していて、アザールたちの逃走を助けるための見張りに立っているのだ。

太洋底面に出ると、リボン海藻が林床に一種の迷路を刻みこんでいた。いんちきをして、葉状体の端がじっさいには触れあっていない部分を押しわけて進むことはできるが、その迷路をよく知っていてそんなことをする必要がなければ、そのほうが速い。

しばらくしてからジェイクは止まって、下生えの中のずんぐりした球根植物にむかって切迫したようすの身振りをした。洞室を離れてから、ジェイクは完全に無言だった。水中では言葉は急速に分解して意味が失われるとはいえ、残留物は容易に追跡されてしまう。シェルマがなにも反応せずにいると、ジェイクは頭をさげて、植物から球根をむしり取り、それを自分の口に詰めこんだ。シェルマはその意味に気づいて、同じことをした。探察子機（ダニ）はこれまでこの植物と出くわしていなかったが、ロボットのナノテクは球根の含有物をすばやく分析した。ふつうの栄養素もいくつか含まれていたが、球根は有機アジ化物でいっぱいだった。それは窒素の豊富な化合物で、エネルギー密度がきわめて高い。その植物はC3だが、蜥蜴たちがそれを改変してこの食べられるロケット燃料を作りだしたことを、ゲノムが示唆していた。また、地味な見かけにもかかわらず、たぶんその根は、リボン海藻が海中に伸びあがっている長さよりも深くまで、地中に伸びていた。ナノテクがアジ化物を安全に代謝する経路を案出するのに時間はかからず、それは幸運なことだった——なぜなら球根を食べたジェイクは、先ほどまでの五倍の速さで泳いで前進していたからだ。

ロボットボディが必死でジェイクに追いつこうとしているあいだに、シェルマがいった。

「これで蜥蜴たちがわざわざ乗り物を作らない理由がわかった」アザールはかつて、自分自身の肉体に手を入れて、大陸をノンストップで走れるようにした——純粋に肉体的な喜びそのもののために——だが、適切な栄養補助食品があれば、タルーラにいる人はだれでも、高性能潜水艦になって夜逃げができそうだ。

森を高速で通りぬけるとき、左右のリボン海藻の熱／音響画像がぼやけてつながり、長く曲がりくねった峡谷の壁面のようになった。「もし〝円環派〟が本気でわたしたちを殺したがっているというなら」アザールはいった。「それがその派閥の全員のことではないといいんだけど」その謎めいた自称への言及は、光ファイバーで届く遠方のトラフィックの中にも見られた。その集団は明らかに、ひとつの居留地に限定された存在ではなかった。

シェルマがいった。「このすべてが単なる誤解なのはまちがいない。円環派はこれで自分たちは一巻の終わりだと考えている——タルーラがほかの死にゆく惑星の手が届くところにやって来て、わたしたちはその惑星の住人で、タルーラの乗っ取りを意図していると」

「その派閥には先行例に対する罪悪感があると思う？」アザールはいった。「それが蜥蜴たちとN３生物のあいだで起きたことなのかもしれない」

「もしかするとね。でも、N３生物がとっくに滅んでいて、そのことにも衝撃を受けたというほうがありそうだと思う。蜥蜴たちは、自分たち自身に取ってかわるものと出会うことになるとも予想していなかった」

アザールはいった。「じゃあ、もし蜥蜴たちが自分たち自身の望遠鏡が示す証拠も信じようとしなかったら、脅威なんてどこにもないことをどうやって納得させたらいいの？」

「そこが難関。もっとも薄暗い矮星はどれほど薄暗くて望遠鏡で見えないのか、そしてわたしたちがどれほど遠くから来たと蜥蜴たちが信じる気になるのか？」

森はもっと小さな植物の密な絨毯へと変わったが、ジェイクはここでもその中から燃料球根を見つける方法を知っていた。そのために止まったとき、ジェイクは危険をおかして話をした。「とりあえずきみたちは安全になったと思う」彼ははっきりといった。「だが、移動を続けなくてはならない。ぼくたちを匿ってくれる友人たちがいるが、そこまではまだ数百キロメートルある」

「わたしたちはだれの命も危険にさらしたくありません」アザールはいった。シェルマの蜥蜴ボディを間借りしてはいるが、発言は自分自身の蜥蜴ボディにいたら使っていただろう個人認識タグで変調させた。

「そんなことにはならないよ」ジェイクは断言した。「三つの主義(フィロソフィー)は何ミレニアムも争いなくやってきた。いまたがいに殺し合いをはじめるようなことはない」

「三つの主義というのは？」シェルマが質問した。

「円環派。内螺旋派。外螺旋派」

「その表現は前にも聞きましたが、なにを意味するのかわかりません」

ジェイクは陸上選手が短距離走を前に準備運動するように体を屈伸させた。「話を続けたかったら、ぼくのすぐ横を泳いで、尻尾をぼくのと同調させるんだ」ジェイクが移動を再開し、シェルマはいわれたとおりにした。ふたりのあいだにとらわれた水のおかげで、流れの中に言葉が失われることなくコミュニケーションが取れる。

「円環派は」ジェイクがいった。「とどまる決意でいる。タルーラにとどまる決意だし、自分たちのいまのありかたにとどまる決意だ。この世界はぼくたち自身が建造したのではなく、贈り物としてぼくたちのところへやって来たことは認めているが、円環派にとってそれは重要なことじゃない。〈建造者〉は姿を消し、いまタルーラはぼくたちのものだ」

アザールがいった。「そこで円環派は、あらゆる侵入者を撃退しようと備えていると？」

「そのつもりでいる」ジェイクはいった。「だが、備えができているとはいえないな。きみたちが来るのを予期していなかったんだから。円環派以外もだけれど」

「わたしたちはこの世界を自分たちのものにしようとは、まったく思っていません」シェルマがいった。「自分たち自身のものである世界があって、そこは日光をエネルギー源にしています。それは信じてもらえますよね？」

ジェイクはその問いに考えこんだ。「適切な星の周囲で、生命がそういうかたちで進化することは可能だろうと思う。放射線が致命的だと主張する専門家もいるが、狭い居住可能ゾーンは存在しうるはずだ。だが、千光年以上を旅することとなると……」

シェルマはモロハト一号と二号のことを、両者が出会ってたがいの運動量を打ち消しあうことについて説明した。自分とアザールが取っているデジタル形態について、ガンマ線として何光年もを主観的には一瞬で渡ることについても。

ジェイクがいった。「きみがいっているのは、内螺旋派はじっさいには外螺旋派と同じだということだな」

「外螺旋派は宇宙旅行を主張しているんですか？」アザールはいった。「タルーラを離れて、新しい母星を探そう、と？」

「そうだ。ぼくは外螺旋主義者だ」

アザールは次の質問をできるかぎり失礼でないいいかたをしようと努力し、翻訳機がその意図を尊重可能であることを願った。「では、こう尋ねてかまわなければ、なぜあなたがたはまだここにいるんですか？」

「宇宙旅行はかんたんなことじゃない」ジェイクはきっぱりといった。「自分たちのものだと主張できる空っぽの惑星の近くに、タルーラが連れていってくれるのを、ぼくたちはずっと待っている。前回そうなったときには——ぼくが生まれる前のことだが——外螺旋派は数が少なかったし、ぼくたちのテクノロジーは実地に立証されていなかった。そして機会は失われた」

　シェルマが訊いた。「それで、内螺旋派というのは？」

「あの派閥の目標は、きみたちが取っているといっている形態を取ることだ。純粋な情報になること。ただし、宇宙旅行をするためじゃない。この世界にとどまるためだ。この世界と一体化するため」

　奇妙な表現の仕方だったが、アザールは相手のいっていることがわかると思った。デジタル化する手段を持つほとんどの文化にも、一種の内破を唱道するサブカルチャーが存在する。物理的現実と絶縁した幾多の観境（スケープ）からなる世界への隠遁。

「この世界と一体化するというのは？」シェルマが問いを重ねた。

「熱との一体化。輪（フープ）との一体化。〈建造者〉自身との一体化」ジェイクは浮かれ気分をあらわす物質を吹きだし、それはアザールにはおざなりな笑い声に聞こえた。「内螺旋派の中には、地中深くには一万の文化が存在すると信じている人々もいる」

太洋底がにじみになって下方をすぎていく。

「輪（フープ）というのはなんですか？」アザールは質問した。

「まだ輪（フープ）を見ていないのか？」ジェイクが答えた。「岩盤が熱に変わるとき、あとに残されるのが輪（フープ）だ」

『灰だ』シェルマが非公開でいった。『灰のことをいっている！』

「それは目にしました」アザールはいった。「ですが、それがなんなのか、いまひとつはっきりしません」

ジェイクはしばらく沈黙してからいった。「相対性理論についてはどれくらい知っている？」翻訳機は最初の単語に要注意コメントをつけていた――〝探察子機はこれまでこの単語が使用されたのを聞いておらず、意味は語源のみからの推量〟

「基礎は理解しています」アザールは子どものころに相対性理論を学習していたが、完全なライブラリを参照できないときに専門家を名乗るのは、分別を欠くだろう。

ジェイクがいった。「尋常でなく強いなにかでできた輪（フープ）が、光速に近い速さで回転していると考えてくれ。輪（フープ）の視点から見ると、それには桁外れの張力がかかっている。だが脇でその回転を見ている人には、それはあまりに高速で動いているので、張力の一部はそれのエネルギーの減少というかたちであらわれる」

アザールにはおなじみの原理だったが、逆の効果を考えることのほうが多かった。圧力のかかっている気体を考えると、その圧力はあちこちへ動いている分子の運動量に由来する。けれど、観察者がその気体に対して高速で動いている——またはその逆の——ときには、その動きの運動量の何分の一かは、観察者にはむしろ静止しているエネルギーのように見える。視点の変化が、圧力をエネルギーに変えたのだ。

張力は単なる負の圧力なので、張力のかかっている動いている物体の場合、効果は正負の符号を変化させ、総エネルギーは減少する。ただし、減少する量は通常、測定不能なほど小さい。「それは、輪（フープ）にかかっている高い張力は、そのエネルギーを静止質量の十パーセントまで低下させる、ということでしょうか？」

「そうだ」

「回転の運動エネルギーにもかかわらず？　輪（フープ）を引きのばすのに使われるエネルギーにもかかわらず？」

「そのとおり」ジェイクは答えた。「張力の効果は、その両方の増加を上まわる」

シェルマが非公開でいくつかの計算をアザールに送ってきてから、ジェイクにむかっていった。「あなたの理論には問題があると思います。ひとつの輪（フープ）をどんどん速く回転させたら、そのエネルギーが減少をはじめるには、輪（フープ）の中の音速が光速を超えるほかはありません」

アザールは計算をチェックした。シェルマは正しい。輪（フープ）の総エネルギーは、輪（フープ）物質の弾性とそれにかかっている張力の正確な関係によって決まる。だがそれは、物質内の音速についても同様だ。ふたつの方程式を連結すると、張力の増加に応じて総エネルギーが減少するには、音速が光速よりも大きくならなければ不可能だという結果が出る——そのために必要な特性を持つ物質は存在不可能であることが、こうして相対論的に示される。

ジェイクは動じなかった。「その結論は昔から知られていた。だがそれで事実は変わらない」

「なにがいいたいんですか？」シェルマがまさかといいたげに尋ねた。「音速が、光速を、上まわっている、とでも？」

「もちろんそうじゃない」ジェイクがいった。「静止した輪（フープ）を作り、単にそれを回転させて、そのエネルギーが減少をはじめるほどの大きな速度までその回転を速くするのが不可能なことには、同意する。しかし、すでに回転している輪（フープ）は、その組成を変えられる——素粒子を吐きだして、張力下でのみ存在できる新しい物質に変化するんだ。それには、中間構造を介して最終状態に近づく必要がある。高エネルギーで低張力の輪（フープ）が崩壊して、高張力で低エネルギーの輪（フープ）になり、そのエネルギー差は崩壊で放出される素粒子に移る」

シェルマはその話を熟考した。「いいでしょう、あなたのいわんとすることはわかったと思います。ですが、その中間構造の詳細と、それがいったいどうやって合成されるのかは説明できますか？」

「詳細？」ジェイクがいった。「ぼくたちはタルーラに来て百万年でしかない。それでどうして、すべての詳細を解明ずみだなんて思うんだ？」

7

アザールたちは、ほかのどの居留地からも遠く離れた、孤立した巣穴に到着した。ジェイクが先に中に入って、ふたりの仲間を連れて出てきた。アザールのソフトウェアはそのふたりを、ジュヒとラウルと名づけた。

ジュヒがいった。「ジェイクがいうには、あなたたちは明るい星の世界から来たとか？ほんとうなの？」

シェルマが答えた。「もちろんです」

「ではあなたのほんとうの体は、これとはまったく違うのだね？」

シェルマは自分が先祖から受け継いだ五回対称の形を砂にスケッチした。ジュヒがなにかをいったが、翻訳機には解明できなかった。

一行は巣穴に入って、いちばん深くの洞室までいっしょに泳いだ。逃げだしてきた監禁所よりはずっと広々とした洞室だった。そこにはトランシーバーと、アザールにはなんだかわからない別の装置があった――この状況では、探察子機を送りだしてそれがなにかを探るのは、不作法だし分別を欠くように思えた。

ラウルがいった。「ジュートにいる友人たちによると」――ジュートはアザールたちが逃げだしてきた居留地だ――「円環派はまだあなたたちをとらえているつもりでいるそうだ。侵略計画についてもっと多くを突きとめたいと思っている」

侵略計画という言葉からアザールが連想するのは、古代史か野暮ったいコメディだった。蜥蜴ボディに捨ててきた非意識体(ゾンビ)操縦ソフトウェアは、円環派にむかって真実を繰りかえし唱えつづけるだろうが、いまのアザールは告解のパロディをプログラムしておけばよかったという気分になりかけていた。

シェルマがいった。「みなさんの援助に感謝します。わたしたちは問題を引きおこしにやって来たのではありませんが、タルーラに居住している方がいることを知る前に、ここから立ち去る手段を失ったんです」そしてモロハトの末路を説明した。

ジェイクがいった。「ぼくはそれを偶然の一致ではないと考えていた。〈旧乗客〉の機械は以前も氷の粒をまき散らしたことがあったが、今回はそのすぐあとできみたちが姿を見せたので、それが偶然のわけはないとわかった」

（N3生物のことだろうか？）「〈旧乗客〉というのは、〈建造者〉のあとでここで暮らした人たちのことですか？」アザールは質問した。

「そう」ジュヒが答えた。「〈旧乗客〉が連れてきた動物のいくつかはまだここにいる。〈旧乗客〉はタルーラを防護する何千もの機械を作ったけれど、その中にはちょっと作動しやすすぎるものもあってね」

「では、あなたがたの先祖は〈旧乗客〉と会ったことがあるんですか？」シェルマが訊いた。

「まさか！」ラウルは、三葉虫や恐竜について質問をされたアザールがそうなるだろうように、面白がっていた。「少なくとも、大地の上では。もしかすると、〈旧乗客〉の中には岩盤の奥深くでまだ生きている人がいるのかもしれない。だがそうだとしても、あまり話し好きな人々ではないな」

アザールはいった。「いったい地殻内ではなにが起きているんですか、加熱プロセス以外に？　輪（フープ）は内螺旋主義とどう結びつくんですか？」

ジュヒがいった。「肉体を捨てて情報になってしまったら、最速の情報処理法を探しもとめるのではありませんか？」

「必ずしもそうではないです」アザールは答えた。「わたしたちの文化では、大半の人は妥協していますーーおたがいと、物理的世界とに、結びついたままでいることに」

「わたしたちの文化では」ラウルがいった。「だれも数千光年を行き来してはいない。生物学的いとこたちがいるだけだ――そして内螺旋派にとって、いとこたちが自分たちに追随しなかったら、それは敗北なのだ」

シェルマがいった。「では輪（フープ）は情報処理に使えるんですね？」

「使えるものもある」ジェイクが答えた。「きみたちが水中の上のほうで目にしたものは、たぶん使えない。だが地中には、十億の異なる種類がある」

「十億ですか？」シェルマがアザールのほうをむいて、ふたりは啞然とした表情を見せあった――というかシェルマの側では、その表情に相当するかたちで五本の尻尾を丸めた姿のアザールを知覚しただろう。

「もっと多いかもしれない」ジェイクがいった。「じっさいには、大地の上にいる人はだれもほんとうのところは知らない。しかし、輪（フープ）の中に計算素子に使えるものがあることは知っている。内螺旋派は時おり本気になっては、輪（フープ）を研究し、使いかたを学んで……それから大地の中に姿を消す」

アザールは、〈大地加熱者〉のプロセスが意味するものについて、これまで自分が突きつめて考え抜いてはいなかったことに気づきはじめていた。そのプロセスがあとに残す灰でさえ、融合世界が従来、夢想するしかなかった道をひらいていた。融合世界のフェムトコンピュータは、存続しているあいだは猛烈に速いが、もっとも不安定な原子核と同じくらい急速に崩壊する。そのあとは、それを一から作りなおすほかになく、ひと握りの専用アプリケーション以外については全プロセスが時間の浪費になる。もし、個々の部分よりはるかに少ないエネルギーしか持たないために永久に安定した、原子核スケールの複雑な構造物を作れたら、それはゲームのルールを完全に変えることになる。自らをバラバラに吹き飛ばさないフェムトコンピュータは、ノンストップで計算を続けることができ、原子版のそれより最低でも六桁は速く走るだろう。

　アザールはいった。「では内螺旋派は、仮想現実に隠遁するために輪（フープ）を使っているんですね。でも、なぜあなたがたは加熱プロセスをご自身で利用しないんですか、エネルギーを得るためだけにでも？　タルーラからの脱出を望むなら、このプロセスをいただいて脱出すればいいのでは？」

　ラウルは洞室の隅にある機械のひとつを身振りで示した。不細工で印象のよくない製品で、のたくる十数本のケーブルがそこから出ている。「あの中に深部岩盤のサンプルがある。それが発生させるエネルギーはどれくらいだと思う？　一マイクロワット以下だ」

　アザールはその機械をじっと見つめた。直観はラウルのいったことを鵜呑みにできずにいたが、よくよく考えると完全に納得のいく話だった。何キロメートルもの厚さがある岩の被覆という断熱材の下で、大量にまとまって埋まっている驚異の燃料は白熱しているだろうが、ここ太洋底面では、小さなかけらは周囲よりもわずかにあたたかい程度だろう。惑星まるごとを凍結から防ぐそのエネルギーは純粋にその量に由来し、その目ざましい効率性は、急速燃焼ではなく持久性にむけて調整されている。

アザールはいった。「つまり通常の状態では、プロセスはゆっくりと進行する。だがこれは、変更できない半減期を持つ放射性同位体とは違う」

「そうだ」ラウルがいった。「それよりも悪い。放射性同位体を含む鉱石のサンプルがあれば、有効成分を精鉱できる。だが深部岩盤を精錬しても——より高密度のエネルギー源を作りだせることを期待して、そこに含まれる通常の鉱物のいくつかを取り除いても——プロセスは自動的に刺激に対する反応を抑制し、一定の総質量に対しては同じ出力を維持する。それはなにをされているかをわかっていて、なにをしようといっさい余分な利益をあたえてくれない」

「うーん」アザールは蜥蜴たちのいらだちへの共感と、〈大地加熱者〉の発明の才への賞賛とのあいだで引き裂かれる思いだった。フェムトテクの設計には、不測の事態や兵器化をはねのけるあらゆる手段が組みこまれているようだ。

シェルマがいった。「ですが、それを研究しているあいだ、きっとつねにあなたがたにはなんらかの進展があったのでは？　内螺旋派が輪（フープ）を計算装置として使う方法を学んだ、とあなたはいわれました。それはあなたがたに、プロセス全体に対するなんらかの洞察をもたらしたに違いありません」

「輪（フープ）を利用することと、その産出をコントロールすることは同じではない」ジュヒがいった。「コントロールは……魚の骨からコンピュータを作りだすようなものだ、魚の生物学的特徴を遺伝子工学で作りかえるのとは違って。内螺旋派は、自分たちの心をもっとも単純な可能なかたちで岩盤中に埋めこむ方法までは学ぶことができた。そこを出発点にして、たぶんもっと洗練されたモードへ移行しているかも。だれにわかる？　内螺旋派が戻ってきてわたしたちに話をしたことは、いちどもないのだ」

「内螺旋派が岩盤中に移住することができるのなら」とアザール。「なぜまだ多くの内螺旋派がここに、大地の上に残っているんですか？」

「何回もの移住のたびごとに、そのあと内螺旋主義は廃れた」ジュヒが答える。「だが数世代ごとに、それはまた広まった。はじまりは抽象的な立場――いずれいつか自分たちが〈次の乗客〉と対峙していることに気づく前に、わたしたちはなにをするべきかについての考えかた――としてだが、そのうち臨界量に達する。じゅうぶんな数の人が、それを再発見されるべき実際的なこととして真剣に受けとめるのだ。そして本気になった人はみな、地下にむかう……空虚なレトリックをまくし立てていた人はみな、別の主義に走る。いまはその繰りかえしの中で、レトリックは大量にあるがほかのものはあまりない時点だ」

外螺旋派自体もだいたい同じような状態にあるのでは、といってしまうほどアザールは無礼ではなかったが、そもそも外螺旋派の場合、繰りかえせるものがなにもなかった。

シェルマは悲観的な統一見解に亀裂を探すかのように、蜥蜴から蜥蜴へとロボットの視線を移して、「このプロセスを制御利用することは可能に違いありません」といった。「調整することが。操作することが。ひとつの核反応は物理法則にその速度を固定されていますが、これはシステム――柔軟でプログラム可能な原子核機械のネットワークです。このシステムを、自分たち自身の目的のために構築した人がいるなら――そしてその詳細はその人たち自身で選んだものであり、その基礎をなす物理学によって押しつけられたものではなかった――それは再構築できる。あなたがたはこの全体をリバースエンジニアして、あなたがたが望むどんなかたちにでも組み立てなおすことができるはずです」

ジェイクがいった。「深部岩盤を作った人がいる、それは事実だ。そしてもし〈建造者〉と同じ道を選ぶ気になったなら、たぶんぼくたちには〈建造者〉の偉業に匹敵することをなし遂げられるだろう。しかし〈建造者〉はタルーラを動かしたが、結局は内螺旋主義になった。深部岩盤を作ることで、〈建造者〉は深部岩盤になった。ほかのかたちでそれができたとはとても思えない。それを変化させられるほどに深部岩盤を理解するには、ぼくたちは深部岩盤にならなくてはならないだろう。そしてそのときには、自分たちをあまりに変化させすぎていて、自分たちがそもそも達成しようとしていたまさにその目的を、もはや望まなくなっているだろう」

8

議論はタルーラの不明瞭な歴史と、その未来についての相争う複数の展望のあいだをうねうねと行ったり来たりした。ラウルがほとんどついでのように漏らしたひとかけらの朗報に、アザールは飛びついた。蜥蜴たちは、フェムトテクを一から再現することも、手を加えて実用的なかたちの推進力にすることさえもできないが、それを移植することができる見込みはじゅうぶんにある、という確信を持っていた。実験に使える空っぽの惑星があれば、深部岩盤のサンプルを地殻内に導入することで、フェムトテクの自己複製を引きおこし、現地の岩盤を覆って広がり、最終的には第二のタルーラを作りだせるだろう、というのだ。

それはすばらしい未来図だったが、蜥蜴たちはすでに少なくともいちどの好機を逃していた。約二十万年前、タルーラは居住者のいない星系を通りぬけたが、外螺旋派は衰退期で、探査プローブを打ちあげることさえできなかった。外螺旋派はそれ以来、次のチャンスを待ってぐずぐずしているだけだった。〈大地加熱者〉は蜥蜴たちに途方もない贈り物をあたえ、死にゆく惑星から救いだしたが、その贈り物によって生まれた依存文化と、定期的に繰りかえされる内螺旋主義の誘惑と、次に遭遇する世界が〈次の乗客〉の住み家だと判明するかどうかがわからないというストレスとで、外螺旋派は無力化してしまっていた。

「あなたがたは融合世界に加入するべきです」アザールはいった。「そして融合世界のネットワークを使って移住すべきです。あなたがたが探しているような惑星の需要は多くありません。薄暗い褐色矮星に潮汐的にしっかりとらえられた氷結惑星は、大半の宇宙航行文化にとってまったく興味がありませんから」

「そういう惑星はぼくたちにも役に立たない」ジェイクが応じた。「ぼくたちがそれを活性化させられなければ。きみたちのネットワークでは深部岩盤を送ることはできないんだろう？」

「ええ、でも、一、二世紀かけて地熱エネルギーから反物質を大量に製造すれば、光速のかなり大きな割合で岩盤のサンプルを運べるエンジンを作れます。たとえなんらかの理由でそれが可能なだけの余剰エネルギーがあなたがたにないとしても、いくらかの深部岩盤サンプルと引き換えに数トンの反物質を渡してくれるパートナーが、融合世界で見つかることは請けあいます。ちなみに、その数トンというのはタルーラ到着時の量であって、発送時に燃料分と合わせて数トンということではありません！」

ジュヒがいった。「その話は要注意だと思う。〈建造者〉が意図していたようにタルーラを〈次の乗客〉に引き渡すのは、それはそれでいいが、百万人のよそ者が惑星を採掘するだけのためにここに群がるのは願い下げだ」

「そんなことをする人はいません」シェルマが保証した。「融合世界で深部岩盤がなんらかの価値を持つとしたら、それを移植できることか、リバースエンジニアできることがその理由になるでしょう。どちらの場合でも、数キログラムあればじゅうぶんです」

ラウルがいった。「わたしたちが融合世界への加入を選択するしないにかかわらず、あなたたちはご自身の旅のために反物質が必要なのでは？」

「数マイクログラムあれば役に立つでしょう」シェルマが認めた。

トランシーバーが化学的呼出音を吹きだし、ラウルがそれに応えて通話を命じる化学物質を出した。そのあとに続いた会話の内容はアザールには暗号めいていた——その一部はじっさいに暗号だったのではないか——が、話し終えるとラウルが告げた。「あなたたちがジェイクと森にいたことをだれかが突きとめた。円環派はあなたたちの操り人形を破壊したが、いまではなにがあったかをある程度まで知っている。わたしたちはここから移動する必要があると思う」

アザールは動揺した。「円環派と話し合いはできないんですか？　状況を説明することは？　わたしたちの計画はどれひとつ、円環派にはなんの脅威にもならないはずです」融合世界は円環派を平穏に放っておいて、旅人もこれ以上の探索者も送りこまないことに異存はないだろう。そして外螺旋派は移住の権利と、タルーラのエキゾチックな遺産のわずかなかけらを数個、もっと広大な銀河系と取り引きする資格をあたえられる。

ラウルがいった。「円環派はあなたたちが〈新乗客〉で、タルーラを失わないための戦いがはじまったと思いこんでいる。従来、円環派は外螺旋派を臆病な運命論者と見なしていたが、あなたたちを助けたいま、わたしたちはもっと悪いものになった。裏切り者に」

フライトデッキではシェルマが一連の忌み言葉をつぶやいた。「わたしたちは内戦を誘発するつもりはありません」シェルマは蜥蜴たちにいった。「わたしたちは投降します。円環派がわたしたちを抹殺してもかまいません。バックアップを作りますから」

ジェイクがいった。「しかしきみたちにそれができることを、いまでは円環派も知っている。きみたちは千体の機械を引き渡すことが――あるいは、ひと組の生物を引き渡して、それがきみたちの真の姿だと称することが――できるだろうが、それでも円環派に、きみたちの計画に終止符を打ったと納得させるにはいたらないだろう」

アザールはこの索漠とした判断に異議を唱えたかったが、自分で目にした円環派のようすを考えると、それは正しく聞こえた。タルーラの創造者がもともとなにを意図していたのであれ、それは美しい物語に思えた。二輪戦車(チャリオット)が薄暗い忘れられた星々のあいだを旅してまわり、死にゆく世界の住人たちを救いだし、安全で数百万年はあたたかな故郷をさしだし、その人々が力をつけて、巣から飛びたてるようにする――あるいは、その人々が望むなら、巣の深みにある十の十五乗の部屋を持つフェムトスケールの館に潜れるようにする。円環派がその台本を破り捨てたことを、そして、おとなしく同乗しているだけではなく自分たち自身で決定をくだすのだ、と姿を消して久しい恩人にむかって怒りの声をあげたことを、ある意味アザールは賞賛していた。だが皮肉なことに、円環派は〈建造者〉に反抗することに熱中するあまり、自分たち自身の描いたシナリオに従わないあらゆるものが目に入らなくなってしまったようだ。いつか自分たちがタルーラをめぐって〈新乗客〉と戦うだろう、ということは円環派にとって石に彫り刻まれた事実であり、この劇の予行演習をあまりにも長く続けたせいで、円環派の肩を叩いて別の結末を示唆しただけで、すじ立てに引きずりこまれて敵役を割りふられてしまうのだ。

シェルマはふたりが使っていた偽蜥蜴ボディを自壊させ、昆虫が寄生し改変する対象として、目立たないが機敏なP2魚を見つけた。話す魚は疑いを招くだろうが、ライブラリからの多少の助けを得て、ふたりは魚用の急速に分解する言葉を生みだす発話腺を遺伝子改変で作った。秘密の話をするために選んだ相手の近くまで泳いでいけば、ほとんど盗聴の心配なしに短射程の化学的ささやきを発することができる。残念なことに、蜥蜴たち自身の医療ナノテクは蜥蜴の体に同じことをできる柔軟性がなかったし、ジェイクとほかの人々は、発話器官を微調整するという異星人からの友好的な申し出にしりごみした。

シェルマが非公開でいった。『厄介なことになる気がする』

『どう対処したらいいの?』とアザール。

『それがわかればいいんだけど』

集合地点と時間を約束して、ジェイクとラウルとジュヒは別々の方向に去った。

シェルマがいった。「しばらく海面に戻るべきだと思う」

ふたりは魚に可能なところまで浅いところに行かせ、そこに魚をとどめておいて、最後の数百メートルは昆虫単独で進んだ。水から出たとき、アザールは安堵のあまり泣きそうになっていることに気づいた。いまも母世界から遠く離れていることに変わりはないが、星々の見えない場所にとても長いこといたあとでそれをちらりと目にしただけで、ふたたび正しい宇宙に戻ってきたという気分になった。

気球も軌道上のマイクロプローブも、どんなかたちでも攻撃を受けていなかったし、ほかのふつうではないことにもいっさい気づいていなかった。円環派はきわめて偏執的でありながらも、タルーラの次の停泊地がまだ視界に入ってこないうちは気がゆるんでいて、探知器や武器をぎっしり並べた世界を作る気はないようだった。

シェルマがいった。「気球をどこかの地面におろして、ライブラリを数回コピーしなくては。必須のものはすでに全部持ち運んでいると思うけれど、もしバックアップがわたしたちを引き継がなくてはならないときには、不利になることが絶対ないようにしておきたい」ジャングルにあるふたりのバックアップは、マイクロプローブ経由の無線で増分の記憶更新を受信ずみだった。

アザールは同意し、ふたりは指示を送った。アザールは目をこすりながらフライトデッキを歩きまわった。睡眠の必要は手放していたが、眠りによる中断のない意識が時間を遡って遠くまで延びているという感覚は、いまも取り返しのつかないなにか奇妙なものに思えた。

「ドジを踏んじゃった」シェルマがいった。「コンタクトを急ぎすぎた。派閥の名前の意味すら知らなかったのに」

「そしてわたしはそのあなたを止めなかった」アザールはそう応じた。「落ち度はわたしたち両方にある。でも、まだ回復不能な状況だとは思わない。円環派は異星人のゾンビ蜥蜴を殺したけれど、ジェイクの話だと三つの派閥は何ミレニアムも争いなくやってきた。蜥蜴たちにとってたがいに危害を加えあうことは、いまも大きすぎる一歩のままかもしれない」

「円環派の不安を鎮めるにはどうしたらいい」とシェルマ。「打ち負かして安心できる侵略軍が、そもそもどこにもいないのに？　マイクロプローブを楽な標的としてさしむけてみる？　むこうがそんな小さな標的に命中させることができるか疑問だし、たとえできたとしても、あとからさらに一万の敵が来ると決めてかかるだけだと思う」

アザールはふたたび顔をあげて星々を見て、それを敵意のある威嚇的な光景だと思おうとしてみた。「円環派は活躍の場を必要としている。カタルシスを求めている」明らかにシェルマも同じように考えていたが、ふたりのどちらも蜥蜴たちの心理学の専門家ではまったくなかった。「そしてわたしたちは、もういちどジェイクと話す必要がある」

「なにか考えがあるの？」

「マイクロプローブは小さすぎるし、モロハトはもうなくなった。だからわたしたちは、大きな標的を打ちあげることを考えるべきなのかもしれない」

リボン海藻の森の遠隔地にある集合地点に姿を見せたのは、ジュヒだけだった。「ジェイクとラウルも無事だ」彼女はいった。「でもいまは、遠すぎるところにいる」

「なにがあったんです？」アザールが尋ねた。

「わたしたちは外螺旋派の大半と接触して、全員がひとつの決断をくだした。あなたたちといっしょに代表団をいちばん近い融合世界の惑星に派遣して、そこの文化とコンタクトを取り、取り引きと移住の可能性について帰って報告することを望む、と」

アザールは希望が湧いてきた。少なくとも外螺旋派は、先入観を断ち切る意志があることを証明したのだ。

「反物質の製造をはじめる準備はできている」ジュヒが話を続けた。「だが、最初にそのプロセスについてあなたたちと情報交換すべきだろう。あなたたちの方法がより効率的なら、わたしたちはそれを採用すべきだから」

シェルマがいった。「あなたがたがアクセスできるエネルギー源の種類は？」これまでふたりが目にした蜥蜴たちの日常文化は、植物熱電気を基盤にしていた。

「特別な研究プロジェクト用の深掘地熱タービンがいくつかある」ジュヒが答えた。「もちろんその全出力をかすめとることはできないが、いくらかを慎重に吸いとることはできるはずだ」

「あなたがた専用のタービンを作るのはどうです？」アザールは訊いた。「円環派はそれを阻止する動きを見せるでしょうか？」

「現時点で」とジュヒ。「その答えを知ろうとするのが賢明なことだとは思えない」

アザールはその発言を心の中でよくよく検討した。もし人々が秘密裡に反物質の製造をはじめようとしたら、もしその人たちがとらえられたとき、どんな目に遭うだろうか？

「わたしたちにはあるアイデアがあります」アザールはいった。「ですが、それがあなたがたにとって意味をなすかどうかはわかりません。円環派はわたしたちが近隣の惑星から、薄暗すぎて見えない星からやって来たと信じています。もし、そういう短距離の旅ができたかもしれない宇宙機を、わたしたちが作ったら……そして円環派にそれを撃墜させてやったら、どうなるでしょう？」

ジュヒがいった。「その宇宙機の動力源はどうするの？」

「あなたがたが旅をするときに食べるアジ化物の球根です。じゅうぶんな量があれば、小さな宇宙機をじっさいに低軌道に送れるでしょう。円環派はわたしたちがデジタル化されていることを了解していますから、侵略軍が千トンの箱舟の艦隊だなどとは思っていないはずです」

「それは面白いアイデアだ」とジュヒ。「だがもっとも困難なのは、円環派による宇宙機の破壊をなんとか成功させる部分だろう。あなたたちの来訪以来、円環派はわたしたちの先祖が二十万年前の最後の惑星最接近に備えて作った武器の図面を掘りかえしている。しかしいまはまだ、だれもその設計を理解したと確信できていない」

シェルマがいった。「監視体制はどうですか？　円環派はすでに近傍宇宙で起きていることをモニターしていますか？」

「ああ。それはまちがいないと思っていい」

「では問題は」とシェルマ。「わたしたちが発進するのを、円環派が目にするだろうことです。新しいなにかが深宇宙から接近しつつある、と思いこませたほうがいい」

ジュヒは考えこみ、体の正面が左右にピクピク動いた。その動きは不安のしるしだと、いまのアザールにはわかっていた。「うまく行くとは思えない。が、この案をほかの人たちのところに持ち帰らせてほしい」

シェルマは昆虫のナノテクに、固体反物質製造機のサンプルを作らせて、それを蜥蜴たちがコピーできるようジュヒに渡した。その設計は融合世界でもっとも効率的なものだが、それでもふつうの巣穴が消費するエネルギーの数千倍を必要とする事実は回避しようがなかった。

ジュヒと別れてから、ふたりはジュートやほかの居留地に近づかずにいたが、探察子機ダニはとっくにコロニー間光ファイバー幹線のいくつかに盗聴装置を設置していた。蜥蜴たちには量子暗号化のかわりをするインフラストラクチャーがなにもなかったので、標準通信コードはかんたんにクラックできた。明らかにここの文化は、激しい悪意と固く守られた秘密に蝕まれた歴史を持つものではなかった。これは突然のパニックによって分極化した文化で、もっと冷静な頭脳がまもなく優勢になるという希望にアザールはすがりついた。

だが盗聴した会話は、気が滅入るものばかりだった。外螺旋派は裏切り者だという考えは円環派じゅうに広がっていて、その人々の多くは、信頼できない隣人や古い友人の密接な監視を続けるよう、たがいに煽りあっていた。異星の訪問者たちは領土的な野心を持たない穏やかな探索者だという主張は、たいてい相手にされなかった。タルーラが入植されたふたつの先例だけで、どうやらほかの動機をありえないものとするのにじゅうぶんらしい。もしかすると最善策は、一、二世紀身を潜めていて、大々的に告知された侵略軍などが到来せず、破滅の預言者たちが道化に見えるようになるのを単に待つことではないか、とアザールは思いはじめていた。

次の集合地点では、ラウルがふたりと会った。「ジェイクが姿を消した」ラウルがいった。「監禁されているのだと思うが、だれもジェイクをとらえているとは認めようとしないだろう」

アザールは言葉を失った。盗聴でさんざん悪い知らせを聞いてきたが、こんな事態になるとはまったく思いもしていなかった。

「機械を送りだして彼を捜すことができます」シェルマがいった。

「そうできるなら、お願いしたい」とラウル。「だが、ジェイクは別の居留地に移動させられるだろうから、いったいどこからはじめてもらえばいいのか」

アザールはわれに返った。すでに魚のそばを浮遊していた探察子機に指示して、散開して自己複製し、光ケーブル幹線を居留地から居留地へとたどって、進みながら捜索隊をどんどん増やすようにさせた。

「円環派を懐柔するアイデアがある」ラウルがいった。「連中が必要としていると考えている勝利をあたえてやるための」

「続けてください」シェルマがうながした。

「宇宙機を目撃されずに深宇宙に持っていくことはできない」ラウルが説明する。「たとえそれができたとしても、円環派が宇宙機を撃墜できるかは疑わしい。だが〈旧乗客〉の機械は、これだけの時間のあとでも、まだ非常に順調に作動している——あなたたちが犠牲を払ってご存じのように。もしその機械が〈新乗客〉志願者を撃退するのを目撃したら、円環派はその勝利を、自分たち自身のものであるがごとくに扱うだろうと思うのだ」

シェルマがいった。「ですが、どうやって標的をそこまで上昇させるんですか？　それにどうやって確実に機械に標的を攻撃させるんですか？」

「いんちきをする」ラウルが答えた。「〈旧乗客〉のネットワークに侵入して、それがじっさいにはそこにないものに対して、可能なかぎり騒がしくて激しい反応を見せるようにする」

アザールが質問した。「その方法はわかっているんですか？」

「あまりよくはわかっていない」ラウルは認めた。「そこであなたたちの助けが必要になる」

蜥蜴たちは昔、〈旧乗客〉のネットワークのいくつかの部分をマップしていた。ネットワークは在来のC３植物から生物工学的に作りだされていて、アザールが熱電対の低木で最初に見た伝導性ポリマーの改変形態が使われていた。各種のセンサーが大陸じゅうにばらまかれ、処理ハブが陸上と水中にあり、何十もの地熱大砲が太洋底にあった。

千年かそこらごとに、ネットワークへの侵入を試みる者があらわれるが、プロトコルはつねに解析を逃れていた。この常軌を逸した、予測不能なシステム全体を作動停止させようという話も出たことはあるが、逆の意見――〈旧乗客〉は自分たちのしていることをわかっていて、つねにタルーラのためを思っていた――が優勢だった。確かにこのシステムは慈悲深くて、蜥蜴たちが母世界から平穏に渡って来られるようにしてくれたし、大砲がときどき幻にむけて蒸気や氷を吐きかけることがあるにしても、それはささやかな代価だった。

ラウルのマップで武装して、アザールとシェルマは海面に戻ると、いまや大陸という大陸に到達したほかの探査昆虫たちに指示を送った。昆虫たちがネットワークに侵入し、入ってくる宇宙線が超高層大気内に生じさせるチェレンコフ放射の閃光を、マイクロプローブ群がモニターする。ほかのなにがシステムの反応を誘発するにしても、放射線が刺激源であることは証明ずみだった。

データが蓄積されるのを待ちながら、アザールはジェイクのことを考えずにいられなかった。あの人をとらえているやつらはなにをするつもりだろう？　拷問か？　蜥蜴たちは遺伝子改変で老化を捨て去り、もっとも潜在的な毒や寄生虫とも戦える医療ナノテクを体いっぱいに注入しているが、それでも単なる金属の刃は、最初期の先祖にとってそうであったように、苦痛であり、あるいは致命的だ。

三日間で、昆虫たちはプロトコルをクラックした。〈旧乗客〉のネットワークが大気中の閃光をどのように表現しているかも、データがどのようにクロスチェックされて確認されるかもわかった。システムはそれなりにエラーに対して強かったが、蜥蜴たちの逸話になにか意味があるとすれば、システムは時おり偽陽性になりがちで、改竄に対する抵抗の優先度が高い設計になっていないのは確かだった。じっさいには〈旧乗客〉は侵略をまったく予期していなかったのではないか、とアザールは感じはじめていた。〈旧乗客〉の関心は、すべてが自然災害を中心に動いていた。

円環派も同様に考えて、自分たちがだまされたことに気づくだろうか？　それとも、証拠に飛びついて、それを自分たちの空想が立証されたのだと考えるだろうか？

ふたりは潜水してまたラウルと会い、ネットワークはいまや自分たちの手中にあるとシェルマが告げた。

「実行しよう」ラウルがいった。「侵略者を撃墜せよ」

アザールは探察子機とくわしく話をした。いまだにジェイクについての知らせはなかった。

9

昆虫は海面の上数メートルをゆるやかな螺旋を描いて滑空していたが、アザールはフライトデッキの観境(スケープ)を星々に固定して、旋回の知覚を消し去った。アザールは水平線に視線を据えて、待った。

データが〈旧乗客〉のネットワークにあたえられ、精巧な幻影を描きだした。反水素の雲が三百万キロメートル彼方からまっすぐタルーラにむかって、急速に接近している。雲とぶつかった星間ガスや星間塵が高エネルギーガンマ線を生じさせ、次にそのガンマ線がタルーラ成層圏の窒素分子に衝突して粒子‐反粒子対を生成する。このエキゾチックな放射線の中には地面近くに到達するものはひとつもないので、幻影は最後まで大気圏高くの閃光として演じられる。

シェルマがいった。「〈旧乗客〉の気質を考えると、軌道上に衛星を設置しただろうと考えたくなる。少なくともガンマ線望遠鏡を」

「もしかすると、設置したのかもしれない」アザールは答えた。「でもタルーラが蜥蜴たちの星系に入ったときに、軌道が不安定になった。でなければ、腐食しただけかも」二億五千万年というのは長い時間だ。衛星に積まれた深部岩盤は恒常的に少量のエネルギーを供給しただろうし、ナノテクは修理を遂行できただろうが、研磨作用のある宇宙塵や宇宙線融除で、どんなにゆっくりだとしても物質が失われ、永遠にそれを保全し続けることは不可能だ。

「あそこで爆発した！」シェルマがうれしそうに叫んだ。完全なライブラリが観境（スケープ）にアクセス可能ないま、アザールが耳にしたシェルマの言葉の翻訳は、ずっと活き活きとしたものになっていた。赤外線の視覚の中で、海から立ちのぼって空へと伸びる過熱状態の蒸気の柱が、遠方で電弧のように輝いていた。上昇する先端は薄暗くなっていって遠くで消えたが、アザールが可視周波数を増幅したオーバーレイを追加すると、氷の槍の穂先が星明かりにきらめきながら宇宙空間に突進していくのが見えた。

今回は、危険を流し去るための惑星を覆う光輪（ハロー）は不要だった。標的は明瞭すぎるほど明瞭だったからだ。マイクロプローブは氷のミサイルを追跡し、ネットワーク用に大気圏の捏造ライトショーを生じさせるモデルに、架空の反物質雲との相互作用を送りこんで、全データが首尾一貫したシナリオを確実に反映しつづけるようにした。もちろん、もし円環派がたまたま大気圏の閃光を探していたら、そんなものはなにも目にしないだろうが、〈旧乗客〉の防護設備がなにを標的にしているつもりなのかは円環派には知りようがないのだから、問題にはならない。

アザールがいった。「自分が絶滅した種族と架空の侵略者のタルーラをめぐる戦闘をでっちあげることになると事前に聞かされていたら、絶対にゲートを通りぬけなかったと思う」

「いや、こんなのはなんでもないよ」シェルマは鼻で笑った。「そのうち話してあげるけれど、昔わたしが――」

世界を半周したところのマイクロプローブが、自慢話を途中でさえぎった。惑星の反対側にある大陸の中央からなにかが出現したが、それは蒸気の噴流ではなかった。細いガンマ線ビームが大地から立ちあがっている。幅はほんの数ミリメートルだが、高エネルギーで自らを輝くプラズマの筒にくるみ、大気圏外まで貫通していく。

アザールは苦悩のうめきを漏らした。「今度はなにをやらかしちゃったの？」ひとつの憂慮すべき可能性が心をよぎって、鳥肌が立った。なにものかがマイクロプローブに干渉して、存在しない放射線の映像をあたえているのでは。だがそれはただの妄想だ。捏造者に捏造をしてみせて、だれがなんの得をする？　たぶん昆虫たちの〈旧乗客〉プロトコルの分析にミスがあって、データに新たな幻の標的をうっかり注入したのだろう——それがはるかに苛烈な反応を誘発したのだ。

長い数秒間、ショックか考えこんでいるかでシェルマは凍りついていた。そして断言した。「これは光子ジェットだ。わたしたちは予定外の進路修正を引きおこした」

「ええっ？」

「蒸気ジェットは脱出速度を上まわる、つまりタルーラを押して、進路からごくわずかに外すことになる。そこで〈建造者〉と〈大地加熱者〉は、それを相殺しているわけ」

アザールはまだなにを信じていいかよくわからなかったが、円環派がシェルマと同じ結論に達することを願った。そうなれば、蒸気ジェットは防護手段だという自分たちの解釈を疑う理由がなくなる。光子ジェットは技術的な細目で、要はタルーラの巨砲に対する反動打ち消し装置だ。いずれにしろ、〈旧乗客〉のネットワークは、その反応を当然予期されるものだとわかっているらしい。光子ジェットを、もう一本の消火ホースで蹴散らす必要のあるまた別の星間災厄扱いしてはいなかった。

だがそれが逆捏造でなかったとして、この放射線のビームには、蒸気ジェットの拳を浴びまくった非在の災厄の無限倍、重大な意味があった。「いまや、本物のガンマ線が大気圏を爆発的に貫いている」アザールはいった。「原子核に衝突して、対生成を引きおこしている。光子ジェットは反物質で取りまかれることになる」

シェルマがいった。「そう、あなたのいうとおり」

ふたりは光子ジェットのいちばん近くにいる昆虫たちに、ビームの近くまで飛んで調査するよう指示した。中心のプラズマの筒は反陽子が豊富で、対消滅するまで長くは保たなかったが、今度は対消滅ガンマ線そのものが窒素原子核に衝突し、さらに陽子‐反陽子対を生じさせて、エネルギーが熱に変わるか、ビームの頂点で宇宙に逃げるかする前に、長い核子カスケードを生じさせた。

昆虫内のナノテクはほんの数分で必要な磁性収穫機を作りだし、それはもっとも遅い反陽子をプラズマの比較的低温の縁からつまみ取った。その区域にいる昆虫はほんの二、三十で、ビームの一部からしか吸いあげることができなかったが、手に入った報酬は旅人たちが必要とする分を圧倒的に上まわっていた。外螺旋派の協力者たちなら何カ月ものこそこそした危険な作業を要しただろう課題が、いまは一時間足らずで完了しそうだった。

アザールは強い安堵の波を感じた。あと少しで融合世界に手が届く。そしてその旅を可能にするためには、ほかのだれひとりその身を危険にさらす必要はないだろう。

シェルマがいった。「水がどこへ行ったのかわかったと思う」

「へえ？」

「タルーラが〈旧乗客〉の星系に入ってきたとき、〈大地加熱者〉の姿はどこにもなかった。死んでいたか、フェムト化したかのどちらか。だから〈旧乗客〉には交渉する相手も、学びとる相手も、ルールをくわしく説明してくれる相手もいなかった。〈旧乗客〉は単にこのぜいたくな無人の救難船を見つけて、それを支配したいと思った。けれど、母世界から物理的に立ち退くには数千の宇宙機を作って打ちあげなくてはならず、長い時間がかかった。だからタルーラが自分たちの宇宙機の航続距離外に出て行くときになっても、渡航希望者が母世界に数百万人残っていても不思議はない」

「そこで〈旧乗客〉はタルーラを航続距離内に引きもどそうとして」アザールが続きをいった。「地熱大砲を作った。乗り遅れ客を乗船させようと必死だったので、海の半分を空に汲みあげることもいとわなかった」

「が、その甲斐はなかった。〈大地加熱者〉の亡霊――あるいは非生命の航宙システムのようなもの――が途中のあらゆる段階で邪魔をしたから。フェムトテクは大砲を止めることはできない。たとえ加熱プロセスのスイッチを局部的に切ったとしても、岩盤は何千年も熱いままでいる。けれど、すでに操縦に使っている光子ジェットは蒸気の運動量を楽々相殺できる」シェルマはためらってから、つけ加えた。「それは〈旧乗客〉が反物質に過剰反応するようになった理由の説明にもなると思う。通常の進路変更では、タルーラの後方にジェットが噴射されるから、進行方向にデブリは生じない。でも、そのときの一連の長くて入り組んだ奮闘後には、一掃しないわけにはいかない反物質の雲がほかの方向にもできてしまったんだろう」

アザールがいった。「気が狂いそうになるのは、深部岩盤が移植できるなら、すべてが無駄だったということ。深部岩盤のサンプルを母世界に持ち帰れば、〈旧乗客〉はだれひとり惑星を去ることなしにすべての問題を解決できたのに」

「たぶんそれが、〈大地加熱者〉の本来の計画だった」とシェルマ。「銀河系を旅して、深部岩盤を手渡し、死にゆく世界をふたたびあたためる。でも〈旧乗客〉にとって、岩盤を移植するのはたぶん、死んだ星にひとさじのなまあたたかいヘリウムで再点火しようとするのと同じくらい馬鹿げたことに思えたんだろう。フェムトテクの初歩の初歩を〈旧乗客〉が理解したときには、もう手遅れにすぎた」

アザールは空に駆けのぼりつづけている輝く蒸気の柱を眺めた。「そしていまわたしたちが、蜥蜴たちをだますだけのために、数ギガトンの水を新たに投げ捨てた」

シェルマがいった。「曾々孫にこの話をして聞かせるとき、ほんの少しでも安っぽさを減らそうと思ったら、わたしたちの動機は一貫して反物質のためだったことにするのがお薦めだね」

「人の命を救うためなら、嘘をついても平気だけれど」アザールは答えた。「ハヌズに戻るとき、内戦の種をまきっぱなしにしてきたのではないというなんらかの見通しがほしい」

「同意。わたしたちの散らかしたゴミ屑がこのジェスチャーゲームでどこまできれいになったか、確かめる必要がある」シェルマは大きく息を吸った。「潜水しよう」

集合地点でのラウルの説明によると、円環派はまだ蒸気ジェットの意味について討議しているという。アザールとシェルマが名乗り出てくるまで、氷の光輪(ハロー)は無意味なまちがい警報だと思われていたが、今回は〈旧乗客〉の機械がこれほど激しく持続的に作動しているのは、侵略異星人となんらかの関係があることをだれも疑わなかった。

アザールがラウルに、自分たちは送信機を作れるだけの反物質を収穫しおえたと告げると、ラウルは、光子ジェットは完全な不意打ちというわけではなかったと打ちあけた。「〈旧乗客〉はタルーラの進路をコントロールしようとして〈建造者〉と争った、と信じている人々がつねにいた。そのおかげで円環派は、自分たちも同じことをしようとするのを思いとどまっている。そしてその話を、自分たちには惑星を操縦することはできないが、それを守るために戦うことが唯一の選択肢だ、と受けとめた」

シェルマがいった。「惑星を守りたいなら取り引きをすればいいのに。侵略に来た相手に、なぜ数キログラムの深部岩盤の移植を申しでないんです？」

「なぜなら、移植は立証されていないからだ」ラウルが答えた。「わたしたちは、異なる鉱物を使ってさまざまな温度と圧力で無数の実験をおこない、その結果、輪（フープ）システムの拡散能力と、その暴走を止める安全機構のあいだには、わたしたちが活用できるバランスがあるように見えた……だが、まったく新しい惑星で試してみないと、唯一の真の証明にはならない。それまでのあいだ、取り引きできるものはなにがある？　相手の惑星を火球に変えてしまうかもしれないし、まったくなにもしないかもしれない、ひと握りのあたたかい小石だけだ」

話をしているあいだに、一群の探察子機（ダニ）が偽装魚の中を泳いで、昆虫にドッキングした。ジェイクを見つけたのだ。三千キロメートル近く離れた孤立した巣穴にとらわれている。

アザールはラウルにその位置を伝えた。ラウルがいった。「その近くには仲間がだれもいない。ジェイクを見張っているのが何人かわかるだろうか？」

「機械は二十人を目にしました」

「では、助ける手段を思いつかない」ラウルが正直に認めた。「ジェイクがあなたたちを脱走させたときは、なにもかもがまだ混乱状態だったから、もっとかんたんだった。あなたたちのまわりにいた人の半分は、なんの忠誠宣言もしていなかった。ジェイクとティリーはそれまで、外螺旋派として知られていたわけではなく、あなたたちがあらわれたことで、立場を決めることを迫られたのだ。しかし、いまジェイクといっしょにいる二十人は全員が、その主義に何世紀も献身するつもりでいる断固たる円環派だろう」

シェルマがいった。「侵略は退けられたんですよ！　いまジェイクを傷つけて、円環派になんの得があるんです？」

「未来の協力者たちに手本を示すことになるだろうな」

アザールたちの魚とラウルはいっしょに泳いで、いちばん近くの幹線のインターセプト・ポイントに来た。探察子機たちは自分自身のデータを光ファイバーにピギーバックしていたが、蜥蜴たちに検知されない繊細さでその方式を利用していた。アザールとシェルマは探察子機の感覚を通して観察し、円環派の化学的会話をラウルに伝達した。ジェイクがいるのはある洞室で、四人の見張りがいっしょにいる。その近くのある洞室ではほかの円環派たちが集まって、最新の知らせについて話しあい、次の行動を計画している。

シェルマが非公開でアザールに話しかけてきた。『いざというときのために、侵入してジェイクをデジタル化するナノテクを準備した。でも、待っているうちにやつらがジェイクを殺したら、手遅れになるかもしれない。体をバラバラにするか腐食性薬品を使われたら、ジェイクを適切にキャプチャする時間が取れなくなる』

ジェイクはふたりが自分になにかすることについて、なにも明確な同意をあたえていなかったが、アザールは内心の反論を抑えこんだ。ジュヒによると、ジェイクは融合世界への代表団に参加したがっていたというし、もし無断で情報圏（インフォスフィア）に連れこまれたことにジェイクが不快を感じるようだったら、彼のソフトウェアを安全なところに隠してから、いつでも通常の肉体に書き戻すことができる。ここでの真の危険は、現場に飛びこむのが早すぎたり遅すぎたりすることだ。早すぎれば、まぎれもなく異星人が干渉したといって、緊張状態にふたたび火をつける危険をおかすことになる。遅すぎれば、ジェイクは死ぬだろう。

ほかの洞室にいる円環派の中に、アザールが蜥蜴たちとの最初の遭遇時に見覚えのあるふたりがいた。オマールとリサだ。これまでにここで出た話の大半は取るに足らない口論だったが、いま話題がジェイクのことにむけられた。

「われわれは彼を解放すべきだ」オマールは譲らなかった。「艦隊は破壊されるか、引きかえすかした。もはや彼がなにをしようと問題ではない」

「外螺旋派は裏切り者がどうなるかを知る必要がある」リサがいい返した。「彼は〈新乗客〉をわれわれのあいだで自由の身にした。あらゆる人を危険に陥れたのだ」

シラスという別の円環派がいった。「あいつらのテクノロジーを見ただろう。なにをしたって逃げられてしまう。外螺旋派がなにをしようと、われわれは自分たちが安全だと、われわれは孤立していると確信できることは決してない。それがいまの現実であり、われわれはそれを受けいれて生きていく方法を見つける必要がある」
五、六人のほかの円環派がこれに怒りの反応を見せ、洞室内を小まわりの不安げな環を描いて泳いだ。
「われわれは彼を殺す必要がある」ジューダが断言した。「外螺旋派がタルーラを去るという自分たちの計画を立てる権利と、われわれがここで安全に暮らして、われわれ自身の世界を守るという権利とのあいだに、明確な境界線を引く必要がある」

オマールがいった。「彼を殺したら、われわれは別の戦争をはじめることになる。前のときには何人死んだか、わかっているのか？」

「百万人が死んだほうが、〈新乗客〉相手にわれわれが全世界を失うよりはいい」リサが答えを返した。

「だれも死なないほうがいい」オマールが切り返す。「そしてわれわれすべての助けになることに、努力を注ぐのだ。われわれは愚者のような生きかたをしてきた。われわれは安全になったわけではないし、われわれと同じ人々を殺したからといって安全になるわけでもない。いちばん近い世界がじっさいにどこにあるのかさえ、われわれは確かなことを知らないのだ！　そしてわれわれには、明るい星々のまわりに生き物がいるとしたらどんな種類の生き物なのか、まったく見当もつかない。異星人たちの告げたことが真実かどうかは疑わしいが、なにがありうることなのか、ほんとうに知っている者は、われわれの中にはいない」

「われわれは眠りをむさぼっているところを襲われたようなものだ」ジューダがいった。

「それは確かに、われわれの落ち度だ。だが、それについてなにかできることがあるというのか？」

オマールがいった。「外螺旋派との共同作業で、いちばん近い世界のいくつかを探索する必要がある。そこの居住者たちがこれ以上はだれも、むこうが先にわたしたちのところへやってこないうちに。小さな情報収集ロボットを送りだせば、結果はあらゆる人の役に立つだろう。タルーラを守る人にも、タルーラを去ろうとする人にも」

リサが嘲るようにいった。「こんなことがあったあとで、外螺旋派をわれわれの同盟者として信じようというのか？」

「あなたが殺そうとするほどおそれているふたりの異星人を、ジェイクは逃がした」オマールが答える。「そのふたりはわれわれになんの害もなしておらず、嘘をいっているのかどうかさえ、われわれには確かなところはわからない。それを理由に、われわれは外螺旋派全員を虐殺すべきなのか？　あるいは、全員をわれわれの敵と見なすべきなのか？　もしこれまでに起きたあらゆることが、外螺旋派を眠りから目ざめさせて、われわれもそれによって目ざめるべきであるのなら、われわれはたがいの努力から利益を得るだろう」

アザールはラウルのほうを見て状況を読みとろうとしたが、ラウルは動きを見せず、姿勢にも判断はあらわれていなかった。ジェイクの運命はどちらにも進みうる。

四十分議論してもはっきりと意見が一致しないまま、オマールがいった。「わたしは彼を解放する」そして数秒の間を置いてから洞室を去った。リサが言葉にならない化学物質を吹きだした。不満を示す雑音だが、だれもオマールを止めに動こうとはしなかった。

オマールはジェイクがとらわれている洞室に入って、見張りをしていた円環派たちと話をした。

「わたしは同意しません」タレクがいった。「あなたはひとりで来て、いまの要求をしました。ほかにだれがあなたに賛成なのですか？」

オマールとタレクはいっしょにほかの円環派のところに行った。オマールがいった。「もういちどいう、わたしはジェイクを解放する。もしここに戦争を望む者がいれば、わたしは戦争挑発者の敵となるつもりだから、いまわたしを殺すがいい」

ジューダがいった。「だれもあなたを殺す気はありません」彼はオマールとともにジェイクの洞室まで泳いで、残っていた見張りたちと話をした。そして五人全員が立ち去り、ジェイクひとりが残った。

ジェイクは不安げに洞室を二、三回泳ぎまわってから、巣穴を出ていった。アザールは一群の探察子機にあとを追わせたが、光ファイバーに返信するデータチャネルがなく、ジェイクはたちまち視野から消えた。

一時間近くしてから、探察子機からのメッセージが届いた。探察子機がふたたび光ファイバーに侵入できる近隣の居留地に、ジェイクが到着した。アザールはラウルにその位置を告げた。

ラウルがいった。「ジェイクは無事だ。友人たちとともにいる。とりあえずは、ひと段落だ」

アザールはフライトデッキにすわりこみ、シェルマにも涙を隠してすすり泣いた。

10

タルーラ最高峰に作られたレールガンから発射されたモロハト三号は、六秒かけて大気圏を抜け、宇宙空間の自由を獲得した。上昇中に熱シールドが明るく白熱したが、もし〈旧乗客〉の機械がそれに気づいたとしても、無害な方向にむかっているこの光の小粒を妨害する理由はなにもなかった。高度千キロメートルに達すると、モロハト三号はそれ自体の光子ジェットに点火したが、放射は水平で指向性が高かった。タルーラ上でそれを検知できる望みはいっさいない。ジェイク、ティリー、ラウル、ジュヒ、そして五人目の代表団員のサントは、水浸しの観測デッキを泳ぎまわりながら、自分たちの世界をはじめて見おろしていた。アザールもその中に交ざって泳いでいたが、その姿はだれが見ても蜥蜴ではなかった。アザールの言葉はなじみのある化学物質として蜥蜴たちには届いていたが、彼女のほんとうの姿を見ても蜥蜴たちはうまく対処していた。

タルーラを眺めながら、アザールはあえて希望を感じた。戦争も大量虐殺も起こらないだろうが、あとに残った数百万の外螺旋派の行く手には気の遠くなるような課題が待っている。円環派に真実に対して備えさせる必要があるのだ。いつか戻ってくる秘密の代表団に対して、融合世界との取り引きに対して、円環派が想像していたのとはまったく違う銀河系に対して。そして、円環派の台本どおりにならない未来に対して。

ジェイクがいった。「ぼくたちがシェルマと再会できることがあると思う？」

アザールは肩をすくめた。ジェイクはその仕草を即座に理解はできないだろうが、すぐに学ぶだろう。「シェルマは以前わたしに、孤独か自分の種族の人々とのつながりかを、自分で選ぶことができるといったことがある。もし彼女が戻ってきたいと思ったら、そのつながりをできるかぎり強くするでしょう」

「これまで戻ってきた人はだれもいなかった」ジェイクがいった。

「内螺旋派がそれを本気で望んだりする？」

モグラたちがとうとう太洋底下のお宝に行きあたったとき、質量分析器は一千億種以上、の輪（フープ）を検知し、しかもそれは安定形だけを数えた数字だった。深部岩盤は生命のあるシステムのほとんどよりも複雑だった。その複雑さの多くが、加熱プロセスの要求によって固定されていることは疑いないが、そこにはまだ無数の変化の余地がある――輪（フープ）が鉄やニッケルを熱に変えるときに、新たな乗客がそこに乗せてもらえる余地が。

だれかがそれを理解するために深部岩盤になる必要があるのなら、自分がそれになって、そして戻ってくる、とシェルマは決心したのだった。輪（フープ）の秘密を地下から星明かりのもとへと引っぱりだす、と。

「もしあなたが戻ってこられなかったら？」そのときアザールはシェルマに尋ねた。「もしあなたが迷子になったら？」

「あそこには全宇宙を入れる余地がある」シェルマが答えた。「もしわたしが地下にとどまる気になったときには、わたしを死んだとは考えないで。すばらしい人生を最後まで生き抜いた、ひとりの探索者だと考えるようにして」

ジェイクがいった。「あなたの世界についてもっと聞かせてほしい。ハヌズのことを話して」

「そんな必要はないの」アザールは答えて、出発ゲートを身振りで示した。「あなたに準備ができているなら、それを見せてあげられる」

「そんなかんたんなことなのか？」ジェイクは不安げに体を引きつらせた。

「十四かける十の十五乗キロメートルの旅」アザールはいった。「三千年間戻ってこられない。あなたは気を変えてここに残ることもできるし、友人たちを集めて、わたしといっしょにあのゲートを泳ぎ抜けることもできる。とにかく、わたしはこれからここを去る。家族に会う必要があるから。家に帰る必要があるから」

編・訳者あとがき

本書は、《ＳＦマガジン》七百号（二〇一四年七月号）を記念しておこなわれたオールタイム・ベスト投票で海外作家部門第一位という人気と評価を集めたグレッグ・イーガンの、日本で独自に編集した六冊目（本文庫では五冊目）の短篇集である。

「**七色覚**」"Seventh Sight"（*Upgraded*, 2014初出／邦訳：ＳＦマガジン二〇一六年四月号）＊星雲賞参考候補作
　サイボーグをテーマとするアンソロジーに発表された短篇。網膜インプラントというテクノロジーを題材に、文字どおり〝世界の見えかた〟が変貌する様が描かれていく。

「**不気味の谷**」"Uncanny Valley"（Tor.com, 2017.8.9初出／本邦初訳）＊ローカス賞第十一位、英国ＳＦ協会賞候補、二種類の年刊ＳＦ傑作選に収録

亡くなった有名脚本家（もとは作家。成功をおさめてからはプロデューサー業も兼ねたらしい）の人格と記憶を持たされたAI／アンドロイドを主人公にした、ミステリ要素もある物語。本篇で扱われているサイドローディングというテクノロジーは、長篇『ゼンデギ』（本文庫／原著二〇一〇年刊）にもメインの設定として出てくる。同一未来史的な想定があるのかは不明だが、『ゼンデギ』がおもに二〇二〇年代の話だったのに対し、本篇は二〇四〇年代が舞台のようだ。

サイドローディングに関する『ゼンデギ』での説明は次のとおり。「活動中の脳の非侵入性スキャン多数のデータに基づいて、特定の有機脳をニューラルネットワークに模倣させる訓練過程のことだ。（略）古来（クラシック）のアップローディングでは、脳の解剖学的構造を顕微鏡的な細部まで観察して、それをなにからなにまで再現しようとし、一方、古来のニューラルネットワークの訓練では、利用できるのは刺激と反応だけ、感覚を入力してその結果のふるまいが目に見えるだけで、脳はブラックボックスだった。／サイドローディングでは、そのブラックボックスを分解はできないまでも、内部を覗くことができる。（略）生きている脳をあらゆる種類の刺激にさらして——言葉、画像、音、味、におい——それが頭蓋骨の内側でどんな風に跳ねまわるかを見られる」

アンドロイド・ボディに関しては、本篇中での説明的な記述はアニマトロニクスという言葉がいちど出てくるのと、あとはいくつかの細かな描写にとどまっている。

「ビット・プレイヤー」“Bit Players”（Subterranean Online, 2014. Winter 初出／邦訳：SFマガジン二〇一四年七月号・初訳時邦題「端役」）

開幕早々、自分が奇妙奇天烈な世界に目ざめたことを知らされた主人公は、呆然とする読者を尻目に、その設定の矛盾の考察にのめりこむ――という展開はイーガンの真骨頂。鬼面人を驚かす（が、ちょっと理屈を考えるとまるでぐだぐだな）設定を思いつくだけならかんたんだが……という作者の皮肉が感じられる気もする作品。

なお、本書収録作決定後に、本篇と主人公が共通する〝続篇〟のノヴェラが発表され、さらにその続篇が本書校了直前に発売になるアメリカのSF雑誌に掲載予定。それらとの関連を考慮して、初訳時とは邦題を変更した。

「失われた大陸」“Lost Continent”（*The Starry Rift*, 2008 初出／本邦初訳）＊ローカス賞第十四位

現時点で著者唯一のタイムトラベルもの。といっても、科学的な原理などはまったく議論されず、また時間移動が世界線の移動を伴うという設定なので、われわれの世界の歴史との関係を考察しても意味はない。

イーガンは前世紀から、自国（オーストラリア）の難民（亡命希望者）受け入れ政策や

現場の様相を、非文明的で不条理だと批判してきた（一九九九年刊の長篇 *Teranesia*［創元SF文庫刊行予定］にも、本篇のような〝収容所〟を描いたパートがある）。ゼロ年代前半には、抗議活動や難民支援に積極的に深く関わり、その数年間は小説を書く時間がまったく取れなかったという。いうまでもなく、本篇はそのときの見聞に基づくもの。

「鰐乗り」〝Riding the Crocodile〟（*One Million A.D.*, 2005 初出／邦訳：SFマガジン二〇一七年八月号、十月号）＊ローカス賞第十二位、二種類の年刊SF傑作選に収録

長篇『白熱光』（本文庫／原著二〇〇八年刊）で、銀河文明史に残る数十万年前の出来事として言及される、リーラとジャシムという夫婦の物語。長篇とはまったく独立した作品として読むことができる。

現在から数百万年後。人類の遠い子孫はほかの幾多の種族とともに、物質界と仮想空間に融通無碍にまたがる「融合世界(アマルガム)」という文明圏を銀河円盤内に築き、ガンマ線通信ネットワークで恒星間をデータとして旅している（光速を超えることはなく、また通信のあいだは意識が中断しているかたちになるので、数千年、数万年が一瞬で経過し、全体では桁外れの歳月が描かれることになる）。一方、銀河中央の〝バルジ〟には別の文明圏が存在するらしいが、融合世界側からのあらゆるコンタクトや侵入の試みは、一貫して〝消極的に〟拒絶されてきた。リーラとジャシムは長い人生の最後に、この「孤高世界(アルーフ)」と呼ばれ

る銀河中央領域の文明の姿を探ろうと試みて……。

「孤児惑星」 "Hot Rock"（*Oceanic*, 2009初出／本邦初訳）＊ローカス賞第七位

融合世界という単語が出てくるので、「鰐乗り」や『白熱光』（および本文庫『プランク・ダイヴ』所収の「グローリー」）と同じ超遠未来史設定の作品だが、内容に関連はない（フェムトマシンへの言及からすると、本篇の時代がいちばんあとかもしれない）。

初出は著者短篇集だが、もともとは、超巨大人造物や改造天体をテーマにしたアンソロジー *Godlike Machines*, 2010用に書かれたもの（諸般の事情で出版が遅れた）。内部に謎の熱源を持つ放浪惑星といういかにもそのアンソロジーらしい設定、と思っていると、数段構えの真相が明らかになっていく。

イーガンは過去六年に、本書収録の三篇を含む十二篇の中短篇を発表していて、さらに今年と来年にはすでに五篇の発表が予定されている。その中には、太陽系が舞台の宇宙SFや、いま現在の一般的なニュースで取りあげられているテクノロジーを題材にした極至近未来ものなど、従来とは違うタイプの作品も多い。ノヴェラやショートノベルも含む長い作品がほとんどなので、雑誌訳載や書籍にまとめる機会がなかなか作りづらいのだが、近作はできればすべてを紹介していきたいと思いますので、よろしくお願いします。

神なき世界で「私」の根拠を問えるか？

SF研究家
牧眞司

グレッグ・イーガンの作品は、きわめて理知的であり、またいっぽうで情緒に訴えるものを秘めている。それが広範なSF読者から支持される理由だろう。情緒的であっても感傷的でないところも、じつに良い。

まだ長篇の翻訳がなかったころだから、たぶん一九九六年か七年だと思うのだが、神田神保町の古書店街で、その当時《SFマガジン》の編集部にいた清水直樹さんに遭遇したことがある（みなさん、よくご存じのとおり、出版関係者に出くわす率がもっとも高い場所だ）。ほんの一、二分の立ち話のなか、「グレッグ・イーガンって面白いね」と言ったのを覚えている。清水さんは、いつものすべてお見通しのような笑いを浮かべて、しかし、あきらかに食い気味に「そうでしょ！　これからどんどん載せていきますよ！」と頷いた。とびきりの奇貨を見つけた編集者の表情だった。

それから数年のうちに、イーガンはSFファンなら知らない者はいないほどの注目を集める。一九九九年に邦訳された二長篇、『宇宙消失』（創元SF文庫）と『順列都市』（ハヤカワ文庫SF）は、SF関係者の投票による『SFが読みたい！』年間ランキングで海外部門の一位と三位を獲得した。それ以前に紹介された短篇も含めて、すべて山岸真さんの翻訳である（それ以降も［ただし一部に中村融さんとの共訳あり］）。

山岸さんは誰よりも早くイーガンに注目し、《SFマガジン》に連載していた海外SF事情／未訳SF紹介コラム「山岸真の海外SF取扱説明書」で、しばしばその名前を挙げていた。とくに九二年一月号ではまるまる一回をあてて、実作を紹介しながらイーガンSFの特徴を分析している。題して「オーストラリアからあらわれた短篇の名手、グレッグ・イーガン」。いや、イーガンは長篇も良いぞという読者もいらっしゃるかもしれないが、この時点ではオーストラリアのファン出版社が刊行した習作 *An Unusual Angle*（1983）があるきりだった（ちなみに同書は初刊二五〇〇部のみで再刊されていない）。

また、これはあくまで私見だが、これまで発表されたイーガン作品を見るかぎり、出来映えは長篇よりも短篇のほうがはるかに優っている。SFをSFたらしめる外形的なアイデアや設定と、作品固有の内在的なテーマとが分かちがたく結びつき、表現型としての物語を駆動させる――そんな感覚だ。

たとえば、近作の〈直交〉三部作（新☆ハヤカワ・SF・シリーズ）においても、アイデアと設定はきわめて斬新で印象的だが、登場人物たちの行動や意識は一九五〇年代のテクニカルなSF（要するにハインラインやアシモフが書いていたような）とさほど変わらない。その前に発表した『ゼンデギ』（ハヤカワ文庫SF）は、アイデアと精神的なテーマとのリンクがかなり成功しているが、こちらはアイデアそのものが（ディテールのキメ細かさは措(お)くとして）読者の認識や日常感覚をひっくり返す強烈なインパクトはない。

もちろん、作品の楽しみかたはひと通りではない。〈直交〉三部作にしたところで、アイデアはアイデアとして——科学知識とロジックを縦横無尽に駆使しながら奇想天外なヴィジョンを喚起するトリガーとして——満喫ができ、それとは別に、物語は物語として、つまり主人公の自己実現への苦難、人間関係や状況との葛藤・克服のドラマとして楽しめばいい。そう割りきってしまえば、現代物理学のゴリゴリな蘊蓄など無理に咀嚼せずとも、すいすい読める。理系でなければイーガンの真価はわからないなどとくだらぬことを口走るひとがいるけれど、バカを言っちゃいけない。ぼくは理系出身だがイーガンの設定説明はさっぱりだし、物語の水準ではたやすく感情移入して読める。

この短篇集に収録されたなかでも、比較的長い「鰐乗り」「孤児惑星」は、長篇と似た小説構造になっている。物語だけを取りだせばまるでラリイ・ニーヴン作品のようだ。どちらも、宇宙に未探査の場所（「鰐乗り」は銀河の中心宙域、「孤児惑星」はタイトルどおり太陽を周回せずに孤立している惑星）があり、知的好奇心に駆られた主人公がそこへ行き、冒険して帰還する。単純きわまりない。ただし、ガジェットに科学技術のアイデアが惜しみなく投入されていて、そのレベルが尋常ではない。機序が幾段階に重なっていたり、異なる知識分野を掛けあわせていたり。ちなみに両作品の前提となる、多様な知的生命体（遺伝子ベースのものの情報化されたものも含めて）と多様な文明・文化がもつれながら銀河系を覆っている融合世界（アマルガム）は、長篇『白熱光』（ハヤカワ文庫ＳＦ）と共通する。

　まだ、イーガンの長篇に接したことがなく、これから読んでみようかと考えている読者にとって、「鰐乗り」や「孤児惑星」は格好のウォーミングアップになるだろう。設定や科学技術面で細かなことを記している箇所は、その理論をわかろうと無理せず（わかりたいひとは好きなだけ味わえばよろしいが）、へえー、そうなっているのねとざっくりと摑めばよい。そのコツを身につければ、長篇もぜんぜん平気だ。

　むしろ興味深いのは、単純な物語のなかで展開される人間的・社会的なテーマだ。「鰐乗り」ではパートナー間の信頼・依存という多くのひとにとって身近な問題が、「孤児惑星」では手のうちがわからない相手との外交という、まさに現代の国際社会でおこっているのと相似の状況が、シビアに扱われている。

　そうしたテーマ性がより強く押しだされているのが「失われた大陸」で、シチュエーションこそ時間断層・並行世界の大仕掛けだが、中核にあるのは内戦と難民の問題である。この作品では、柱となるアイデアが物語の駆動系としっかりリンクしている。アイデア・

設定はそれ自体としてマテリアルに存在するが、同時に、ストーリーの流れにおいては比喩性・象徴性を帯びる。SFの要諦は、アイデア・設定が比喩に回収されきらず（つまり文学の装置にとどまらず）、機能的にもイメージ的にも自存する（いわば過剰にモノ的である）ことだが、かといって、ただの事物（書き割りや小道具）で終わってしまえばそれだけの価値しかない。「失われた大陸」は、そのバランスが優れている。

やはり、イーガンはこれくらいの長さの作品がいちばん面白く、小説としてエッジが効くようだ。ちなみに、ヒューゴー賞などのカテゴリ分けでいえば、本書収録作品のうち「鰐乗り」「孤児惑星」がノヴェラ（中長篇）、ほかの四作はノヴェレット（中篇）の扱いである。

「七色覚」「不気味の谷」「ビット・プレイヤー」の三篇は、ぼくがもっとも愛好するイーガン短篇「しあわせの理由」と同系列に属する作品だ。中核にあるテーマは煎じつめれば「自分が自分であること」だが、それはいわゆるアイデンティティ（社会的・心理的な水準）の問題よりもいっそう深く、フィジカルな根源にまで及んでいる。生理学・脳科学・認知論・身体論を踏まえたアプローチだが、物語へとつなぐガジェットとしてSFのアイデアが効果的に用いられている。そして、物語の主体となるのは、主人公が生きていくうえでの苦難や希望、挫折、諦観といった、かなり生々しく、すべてのひとにとって切実な感情である。

ただし、イーガンは人間を聖域化しない。人間とは神経ネットワークにして生化学的ダイナミクスにほかならず、環境と物質・エネルギー・情報をやりとりしながら曖昧な輪郭を保ちつつ、その流動のなかで事後的に感得されるものが、とりあえずの自我となるだけのことである。ルーディ・ラッカーがいみじくも言ったように、魂とはソフトウェアだ。「七色覚」が示すとおり、原理的には才能も習熟度もアプリで代替できる。そう考えれば、人間の個性とはパラメーターの偏差にすぎない。しかし、それでも私にとって私は唯一無二で、そこに希望も苦悩もある。

この構図を端的に示したSFが、アーサー・C・クラークの『都市と星』（ハヤカワ文庫SF）だ。主人公アルヴィンは、悠久の都市ダイアスパーでただひとり、前世の記憶を持たずに生まれたユニークだった。じつは、彼は人類の歴史を再スタートさせるカギとしてプログラムされていたのである。それを知ったアルヴィンは戸惑う。都市の外の広い世界へと向かう強い好奇心や感情は、はたして自分自身のものか？　ぼくは自由意志で判断しているのか、それともあらかじめ組みこまれたアルゴリズムに従っているだけなのか？

このアルヴィンの逡巡に通じるものが、しばしばイーガンの作品にもあらわれる。ただし、『都市と星』ではアルヴィンを動機づけした都市の建設者、つまり「他者」がいたし、多くの文学作品で自由意志のテーマは、「神」もしくはそれに類する超越的な何かとの対峙として扱われる。しかし、「しあわせの理由」系列の世界には、かような「他者」や

「神」はおらず、現世的でフラットなシステムが機能しているだけだ。ただ、そのシステムは代替がきかない。というのも、そのシステムこそが「私」の根拠だからだ。イーガンの世界では、「わが神、わが神、どうして私を見捨てられたのですか?」と嘆くことすらできない。

それゆえ、「しあわせの理由」も、本書収録の「七色覚」「不気味の谷」「ビット・プレイヤー」も、カタルシスで決着しない。いつまでも片づかない気持ちを、読者に委ねて幕を閉じる。アイデアを消費して終わるSFではなく、幾度も再読せずにはいられない。イーガンの価値はアイデアのインパクトや見かけの斬新さなどではなく、色褪せることのない文学的普遍性にある。これはぼくの確信だ。

訳者略歴　1962年生，埼玉大学教養学部卒，英米文学翻訳家・研究家　訳書『シルトの梯子』『白熱光』『ゼンデギ』『プランク・ダイヴ』イーガン　編書『SFマガジン700【海外篇】』（以上早川書房刊）他多数

HM=Hayakawa Mystery
SF=Science Fiction
JA=Japanese Author
NV=Novel
NF=Nonfiction
FT=Fantasy

ビット・プレイヤー

〈SF2223〉

二〇一九年三月二十日　印刷
二〇一九年三月二十五日　発行

（定価はカバーに表示してあります）

著者　グレッグ・イーガン
編・訳者　山岸（やまぎし）真（まこと）
発行者　早川浩
発行所　株式会社　早川書房

郵便番号　一〇一 - 〇〇四六
東京都千代田区神田多町二ノ二
電話　〇三 - 三二五二 - 三一一一（大代表）
振替　〇〇一六〇 - 三 - 四七七九九
http://www.hayakawa-online.co.jp

乱丁・落丁本は小社制作部宛お送り下さい。
送料小社負担にてお取りかえいたします。

印刷・星野精版印刷株式会社　製本・株式会社川島製本所
Printed and bound in Japan
ISBN978-4-15-012223-2 C0197

本書は活字が大きく読みやすい〈トールサイズ〉です。